U0152073

寫作方法一百例

劉勵操 编著

出版說明

當您想用紙筆寫下這大千世界所帶給您的感動，卻不可得時，該怎麼辦？

心中有感動時，即具備了一切藝術創作的動力。而難以下筆的原因之一是，對寫作技巧的認識不夠，以致無法掌握心中的感動，來經營出一篇文章。

有鑑於此，我們特別爲有興趣於文藝的朋友們準備了這一本「寫作方法一百例」。

本書作者專就寫作方法，整理出一百種概念。每一種概念再賦予一個明確的名稱，使讀者能夠熟記於心，靈活運用於手。對於文章的脈絡能夠充分掌握，相信「空有滿腹的感情卻寫不出來」的困境必能大大的減少。

本書的價值，不僅正面的提升寫作能力，也可以幫助您有意識地去鑑賞別人作品中的寫作技巧。如此，當您在賞析一件文藝作品時，就能更深一層的探究作者的創作本心，來作爲自己實踐寫作時的參考。

這種雙向式的進修途徑，對於提升您的寫作能力，應該是有加倍助益的。我們出版這一本書，正有著這一點期望。

民國八十一年一月

目錄

集中

形象

描寫

議論

序

寫作，一般說來，有狹義、廣義兩種含義。狹義的寫作，指文藝創作和寫其他文章；廣義的寫作，則指一切按照一定的章法格式、運用語言文字表情達意的活動，連寫日記、書信、公文、報告之類都一概包括在內。這說明，寫作在社會生活中應用廣泛，與人們的關係極爲密切。而且，隨著文明建設的發展，這種關係日益顯得更加突出。從這種意義上說，任何一個有文化的人，都不可避免地要進行不同形式的寫作活動。因而，也就必然地面臨著一個如何在寫作中運用相應恰當的寫作方法，更好地表情達意的問題。

但是，長期以來，對於「寫作方法」，不少人頗有訾議，持懷疑態度，因而素有「文無定法」之說。其實，這是很有些誤解的。「文之必有法，出乎自然而不可易者，則不容異也。且夫不能有法，而何以議於無法？」（唐順之《鑑中峯侍郎文集序》）古代理論家們，通過對寫作實踐的總結，已認識到了寫作方法實際上就是寫作實踐基本規律的反映，這是很有見地的。同時，從他們辯駁式的論述中也透露了一個消息，即關於「寫作方法」問題的爭論，是古已有之的。

日月經天、江河橫地、草木枯榮、蟲魚存滅、社會演變、歷史沿革……古往今來，萬事萬物的發生、發展、運動，總隱含著一定的規律，寫作也不例外。早在漢代，王充就指出：「文字有意以立句，句有數以連章，章有體以成篇。」（《論衡．正說篇》）這裡所說的「體」，指體式章法，其中就包含著寫作方法的因素。而且，「文成而後法立」，從寫作實踐與寫作成果來看，寫文章都要運用某些方法技巧，每一篇文章寫成後都要體現出某些方法技巧。因此，寫作方法是客觀存在的，不是因誰執意提倡而成立，或因誰著力抹殺而消亡的。問題在於，我們應當怎樣認識和總結它，如何掌握和運用它。

寫作是一項極其複雜的精神活動。它固然存在具有普遍意義的基本規律，即存在具有某種共性特色的寫作方法；但客觀世界——特別是社會生活是千變萬化、千差萬別的，這些不同的對象要用不同的方法來表現，不同的文體適用的表現方法並不一樣，不同的作者長於運用的表現方法也往往不盡相同。寫作方法具有鮮明的個性、特殊性；它絕不是依樣畫葫蘆便可成文章的「模式」、「框架」，寫作也絕不是「臨摹」、「描紅」。這就是古人所說的「定體則無」，「大體則有」。而實際上，確實有些初學寫作的青年將寫作方法神祕化、模式化，似乎只要掌握了一些寫作的基本方法，就可以得心應手地寫出好文章。這也是一種誤解。我想，他們在實踐中應當早已廓清了這種不正確的認識。總之，我們對於寫作方法，應當正確地認識，整體地把握，靈活地運用，這樣，它對於我們的寫作才能有所裨益。

正由於對「寫作方法」存在著一些不正確的認識，影響所及，阻礙了我們對寫作方法的研究和總結。近幾年，在科學研究工作全面發展的形勢下，許多人對於「文章學」的研究做了許多工作，取得了不少成果，有的還開始建立新的文章學理論體系。綜觀這方面的研究成果，這個體系似乎可以歸納爲下述幾個部分：研究文章與社會生活以及其他外部諸因素的關係、文章的社會作用等的「本質論」；研究文章的產生和發展基本規律的「發展論」；研究文章本身的特徵及其內部諸因素的「本體論」；研究文章寫作過程及其規律的「寫作論」；研究各種文體的特點及其寫作的「文體論」；研究作家的修養及其風格的「作家論」，等等。遺憾的是，在這個體系中，關於寫作方法的研究卻沒有獲得應有的位置。這是一個不可忽視的罅漏。我認爲，還應當有一個研究各種寫作方法的特點及其運用的「方法論」。這樣，文章學體系才顯得更加完整嚴謹。

顯而易見，對於寫作方法的研究還沒有引起我們足夠的重視。在這種時候，劉勵操先生的《寫作方法100例》的出現，是值得注意的。在這以前，像這樣系統彙集和整理寫作方法的專著，似乎並不多見；而且，從這部著作的結構體系看，劉勵操先生不僅力圖對每一種寫作方法進行新的理論探討，而且還結合具體作品的剖析，努力從理論與實際的結合上對每一種寫作方法進行深入淺出的闡釋。這對幫助習作者掌握和運用各種寫作方法，將會是切實有效的。

劉勵操先生是我的朋友。他要我爲這部著作寫一篇序，我幾經推託，不敢答應。因爲，按照慣例，「序言」、「前記」之類的文字，應當讓名家來寫，這樣可以顯示作品的身價；如果意在於此，我當然是不夠寫序資格的。但勵操認爲我是這部著作的第一個讀者，又是一個熱心的支持者，執意要我動筆，我終於應允了。這一方面，是摯友盛情，卻之不恭；另一方面，我想，他大約還有一層「不藉大名擡價，只讓著作說話」的意思在內吧。這樣，我也便坦然了。好在不管序言怎樣拙劣，也不致遮蔽著作本身的光澤。於是，我寫了以上幾段文字，算是向我的朋友表示祝賀和敬意。

林植漢

一九八五年元月

前言

寫作具有綜合性特點。「積之愈厚，發之愈佳」。文章寫得如何，與一個人的生活積累、思想修養、語言功底、才情稟賦都有關係，同時，也不可忽視寫作方法與技巧的作用。許多教師的寫作教學經驗證明：凡重視在寫作方法上對學生進行科學訓練的，學生的寫作水平就能迅速地得到提高，寫作興趣也會愈來愈濃。因此，深入研究寫作方法與技巧，採用科學的方法進行寫作訓練，是語文教學的一個重要環節。

編寫這本書，目的在於通過對各類寫作方法的總結和研究，以有助於讀者寫作能力和鑑賞能力的提高，有利於寫作學和寫作教學研究的發展。這只是筆者的初步嘗試，能否達到這一目的，當然須得實踐檢驗。讀者若不識爲「以其昏昏，使人昭昭」，筆者就如願以償了。

俗話說：「人不同藝，文不同法」。寫作方法是多種多樣的。本書僅撮其要者，介紹了一百種常見的方法，按表達效果與表達方式分爲十類。每類列舉了若干寫作方法。在安排的系列性和對各方法的闡述上，筆者注意了發掘各寫作方法之間的內在聯繫，並試圖使之形成一個有機的整體。我想，細心的讀者會注意到這一努力。

每種寫作方法的介紹，均由「理論」、「例文」、「簡析」三部分組成。「理論」，簡要地介紹寫作方法的性質、特點、作用以及運用的方法。「例文」，多係名家名篇，一部分是選自書報雜誌上的優秀作品(包括少量中學生習作)。這些文章文野粗細有別，雅俗高低各異，但大都能較爲突出地體現某一寫作方法的實際運用。「簡析」，側重分析例文的寫作方法，使讀者從理論與實際的結合上理解每一寫法的特點。

必須說明，在寫作實踐中，一篇文章只單獨運用某一種方法的例子是罕見的，而常常是幾種寫作方法的綜合運用。本書對各種寫作方法逐一介紹，只是爲便於集中說明問題。同時，有的寫作方法具有多種表達效果，有的寫作方法適用於多種文體，這些情況表明，寫作方法的分類不是絕對的，而是相對的。因此，爲避免重複交叉，某一寫作方法在此處提到，在彼處就免於贅述，例如「比較法」，列在「議論」類中，「說明」類便省去。類似的情況還有一些。「例文」一般都署有作者姓名，有的「例文」因無法找到原作者姓名，故未署名，敬希見諒。

本書在寫作過程中，多得湖北師範學院林植漢先生的幫助、指導；同時，還吸收了不少先輩、時賢在寫作方法與技巧方面的研究成果。現在，藉本書出版之機，向諸位師友深表謝忱！

編寫一本總結寫作方法的書，不是一件輕易的工作。筆者雖然主觀上有很多願望，但限於水平，書中的缺點、錯誤一定不少，懇請讀者批評指正。筆者願以此書作爲向讀者求教之階，以「知一重非，進一重境」。

作者

一九八五年元月於武漢

波瀾

「遠山一起一伏則有勢，疏林或高或下則有情」。文章要有波瀾。要寫得像高山起伏，海浪奔騰，有文勢的抑揚、情節的跌宕、結構的開合，切忌平鋪直敍、一覽無餘。一位老作家說：「海，遠看是平的，近看就不平。海浪可以給詩人很大的靈感。爲什麼呢？因爲海浪洶湧澎湃，給予人一種生命激動的感覺。浪有高有低，當浪頭從高處跌下來的時候，就使人感到一種驚恐，接著又要看它繼續發生的變化。不會寫文章的人，就應當到有懸崖的海邊去看看，看看自己的文章裡有没有這種波浪、懸崖，有没有這種奔騰澎湃、衝激和激情？」「文似看山不喜平」。文章應當離合變化，曲折生姿，這是人們普遍的審美習慣，也是寫文章應努力達到的一個要求。

那末，怎樣才能使文章有波瀾呢？下面介紹一些常見的方法。

1 順逆法

順逆法，是一種通過對順勢與逆勢的巧妙安排，造成文章波浪迭起、起伏變化的寫法。順勢，即順著事物某種發展趨勢來寫；逆勢，即寫與順勢相反的趨勢。現實生活中各種事件的發展演變，從來不是一帆風順的，而是有許多反覆、曲折、起伏。這反映在文章中，也必然不是平直推進、一瀉而下的。比如寫「過江」，過江的趨勢是順勢，阻礙過江的趨勢是逆勢。如果人來到碼頭就上船、過江，一切順利，這都是寫順勢。沒有逆勢，文章也就沒有波瀾。如果人來到碼頭（順勢），卻沒有船，使人大失所望，這就是寫逆勢；正失望時忽然發現一艘船從遠處迎面開來，過江似乎有希望了，這又是寫順勢，但當船駛近時忽然向另一個碼頭開去，又令人失望了，這是寫第二個逆勢。或者，如另一種情形：人來到碼頭（順勢），但沒有船（逆勢），於是去乘車（順勢），但車也收班了（逆勢），最後只好從大橋上步行過江了（順勢）。這種把寫順勢與寫逆勢錯雜安排的方法就是順逆法。

在寫作中，我們應當精心構思，巧妙安排，表現出情形的順勢逆勢，並使之錯落相間，相輔相成。這樣，不僅可以有力地推動情節的發展，逐步揭示人物的性格特徵；而且，也可以把文章寫得層波疊浪，峯起嶺伏，引人入勝，扣人心弦。但逆勢、順勢的出現，要符合「意料之外，情理之中」的原則，不能違背生活的邏輯，去編造荒誕不經的情節，否則，其效果會適得其反。

例文：獵獅

（一家美國雜誌曾以三千美元的懸獎徵求文字最簡短，情節最曲折的故事，不少人絞盡腦汁應徵。結果，這個故事獲得首獎。）

伊莉薇娜的弟弟佛萊特伴著她的丈夫巴布去非洲打獵。不久，她在家裡接獲弟弟的電報：「巴布獵獅身死。——佛萊特」。

伊莉薇娜悲不自勝，回電給弟弟：「運其屍回家。」三星期後，從非洲運來了一個大包裹，裡面是一個獅屍。她又趕發了一個電報：「獅收到。弟誤，請寄回巴布屍。」

很快得到了非洲的回電：「無誤，巴布在獅腹內。——佛萊特。」

〔簡析〕

這個故事構思奇巧，引人入勝。巧在哪裡？巧在作者運用順逆法，在短短的一百多字中掀起了三個波瀾：巴布告別妻子，帶著妻弟前往非洲打獵（順勢），但不幸身亡（逆勢）——第一個波瀾；伊莉薇娜要求把丈夫的屍體運回（順勢），卻得到一個「獅屍」（逆勢）——又一個波瀾；伊莉薇娜再索夫屍（順勢），弟回電，「巴布在獅腹內」（逆勢）——一個更大的波瀾。作者就是這樣把順勢與逆勢錯落相間地巧妙安排，使文章收到了一波三折，高潮迭起，妙趣橫生的效果。

但是，作者的構思符合「意料之外，情理之中」的原則。巴布獵獅身亡，妻索夫屍得到獅屍，巴布葬身獅腹，這些「逆勢」的出現都是出乎讀者意料之外的，但又都是合乎情理的。這是生活中很少發生卻又可能發生的事，新奇而眞實，因而讀起來引人入勝，饒有趣味。

2 巧合法

俗話說「無巧不成書」。這裡說的「巧」，就是巧合，就是利用生活中的偶然事件來結構故事情節的方法。在寫作中，巧合是一種經常使用的手法。它可以把本來互不關聯的人物、事件以一種獨特的方式聯繫在一起，集中而强烈地反映社會生活中的現象，深化作品的主題，增强作品的故事性、戲劇性，使作品波瀾突起，奇事巧合。讀者在驚訝之中得到美的享受。

選用這種表現手法，關鍵是一個「巧」字。「合」是基本要求，要「合」得既在情理之中，又出意料之外，「合」得新穎別致，方見其「巧」。當然，這種「巧」往往是一種偶然性的事件。由於偶然性中總是包含著必然性，是必然性的一種表現，因而巧合要符合必然性，符合情理，即要巧中有常，巧而不僞。若離開必然性，離開生活的規律去任意編造，胡亂湊合，作品就會失去眞實性，失去光彩，那便「弄巧反拙」了。

例文：鳳凰車又回來了

張和平

它雖然三根大樑上套上了紅大絨，還罩上了嶄新的座套，我也一眼認出了正是我一年前經過幾番周折，求爺爺告奶奶好不容易買來的那輛廿六型全鏈盒鳳凰自行車。前叉那片沒有噴好的油漆和車杠上那個坑便是證明。

「媽，怎麼我的車又回咱家了？」我狂喜，驚奇地問。

「傻小子，你半年没回家了，媽還没跟你說哩，你妹妹找上了對象，是城裡供電局的工人，那車是你妹妹向人家要的，哪是你的那輛？當初你的對象向咱要鳳凰車，可把咱難壞了，媽這次讓你妹妹也向他對象要了一輛鳳凰車，等你弟弟找對象時就不用愁了。」

奇怪，明明是我買的那輛嘛！

出於好奇心，我一回到廠裡就找到了我的對象問：「小喬，你向我要的那輛車還在你們家嗎？」

「早就讓我弟弟的對象要走了！」

「你弟弟的對象叫啥？在哪裡工作？」

「好像和你一個姓，在石油公司工作！」

「你弟弟在哪工作？」

「你問這幹什麼？」

「隨便問一問！」

「在供電局工作」

一切都明白了，果真是我那輛廿六型全鏈盒鳳凰車又回到我們家了。

〔簡析〕

這篇作品是利用生活中的一個偶然事件來組織故事情節的。半年前，女方向「我」要去的鳳凰自行車，半年後恰好又被「我」的妹妹因同樣的原因找女方的弟弟要了回來，這是一

「巧」；因爲自行車上有印記，恰好被「我」發現了這個祕密，這又是一「巧」。沒有這些「巧」，就構不成這個引人入勝的故事。

「作家的能力在於能透過種種偶然性的形式，認識並展現必然性的規律」。「鳳凰車又回來了」這種事在現實生活中不一定眞能碰到，但在「要彩禮」這個特定的條件下，類似的事件是可能發生的。因而，這個故事具有眞實性和典型性。它揭穿了「彩禮」後面隱藏的意識心態，對把愛情商品化的和要彩禮的陋習是有力的一擊，使讀者在忍俊不禁中受到教育。『鳳凰車又回來了』運用巧合法，以引人入勝的情節，達到了發人深省的目的。

3 擒縱法

擒，是抓住；縱，是放開。擒縱法是一種先縱後擒，欲擒故縱的表現方法。打一個比方，如貓兒捕鼠，縱之，捉之，再縱之，再捉之，反覆幾次，最後一口咬住。看過『西門豹治鄴』的讀者可以發現，這篇文章也是通過幾縱幾擒，生動地表現了西門豹不同凡響的機智、高超的戰略藝術和治鄴的堅强決心。

擒與縱，縱是爲了擒；幾經擒縱，是爲了最後一擒。要描寫事件的結局，表現誤會的解決，如果平直說來，當然也可以敍述清楚，不過那就平而乏味，直而無趣了，文章也便失去了感染力量；相反，如果欲寫「結局」而故意先寫成與願望成反向發展，欲寫「解決」而故意先寫衝突似乎還在激化，這樣，最後的「結局」與「解決」一見分曉，便會顯得新穎別致，從而更加有力地使題旨得以揭示和深化，給人以强烈印象。同時，文章有幾縱幾擒，大起大落，也顯得起伏跌宕，引人入勝。

例文：信任

付興龍

鋼琴手安存生找了一個漂亮的電影演員吳潔做妻子，他感到很幸福。隨著吳潔在電影上的成功，引起了社會上很多人的注意。在陣陣喝彩聲的後面，也傳來了很多流言。儘管他不太相信那些話的真實性，但心裡總是惴惴不安。表面上他沒表現出來懷疑的樣子。每天他還是很熱情地對待妻子，有時不免在熱情中帶著虛假的客套，這些吳潔已經覺察了。

這一天，吳潔又要到外地拍外景去，要很長時間才能回來。臨行前，吳潔對丈夫囑咐說：「桌子左面的抽匣上的鎖頭丟了，我有一樣東西放在裡面。你無論如何也不要打開看。請你答應我。吳潔誠實地盯著他，他連連點頭地應著：「我不看，我不看……」妻子聽了他的回答，深情地望望他走了。

晚上，他一個人躺在床上，總也睡不著。月光透過窗簾，照在桌子上，他雙眼緊盯著那個没有上鎖的抽匣。

在他們結婚的時候，桌子上的兩個抽匣由他提議，兩人一人一個。這樣，雙方使用方便。他妻子的抽匣裡他從來没翻過。

他躺在床上。眼前總出現那個抽匣，他怎麼也睡不著，懷疑折磨著他。一種要看個究竟的想法，使他拉開了電燈。當他走到桌前的時候，突然想到自己對妻子的保證，他伸出的手，又悄悄地縮了回來。他想到，妻子從來没有像這次這麼認真，裡面究竟放了什麼？

躺在床上。他努力地克制自己，可剛一閉上眼睛，眼前就出現吳潔和一個陌生男人的影子。他一想起那些關於他妻子不貞潔的議論，腦子裡就亂哄哄的。他想，既然妻子是清白的，爲什麼還要有瞞著我的事情呢？想到這，他再也忍不住了，忘了自己的諾言，騰地跳下床，一下子拉開了抽匣。

抽匣裡空空的，只有一封疊好的信，他迅速打開：

存生：

我多麼不希望你能看到這封信呀！因爲當你看到這封信的時候，你就成了一個不忠實的丈夫啦。

憑良心說，我是你忠實的妻子。由於職業的關係，我可能遭到各種誹議。在這種情況下，我是多麼想得到丈夫的信任和理解。因爲夫妻間没有信任，還談得上什麼愛情？家庭也是很難維持的。

吳潔

他讀完信，一下子明白了妻子的用意。深深地悔恨自己剛才對妻子不忠實的行爲。爲了隱瞞自己的過失，他又悄悄地把信照原樣放好，認爲這樣就滿有把握地不被妻子發現。

一個月以後，妻子回來了。

她回到家裡就發現丈夫異樣的神色，忙走到桌前，慢慢地、小心翼翼地拉開了抽匣。然後，吃驚地望著丈夫說：「抽匣你打開過。」

丈夫的臉紅了，爭辯著：「沒……沒有！」

吳潔嚴肅地看著他，寬慰地說：「你要現在承認錯誤，還來得及，我會原諒你的。」

吳潔的目光緊緊地逼視著他。他低下頭：「我是動過了，你怎麼知道的呢？」

吳潔從抽匣的鎖扣上取下兩根細長的頭髮：「這是我繫在鎖扣上的一根長頭髮，瞧，一根情絲，被你拉斷了。」

安存生驚呆了，羞愧地望著妻子說：「還能接上嗎？」

妻子深情地望了他一眼，雙手交給他：「你來接吧。」

〔簡析〕

安存生聽到一些流言就懷疑妻子吳潔不貞，這個誤會怎麼解決呢？作者沒有讓吳潔直接向丈夫作表白，也沒有按事件發展的一般順序敍述下去，而是採用先縱後擒的手法，讓安存生沿著懷疑的道路走下去，直到認識自己的錯誤。

安存生對妻子產生了懷疑，吳潔已經覺察到。她在外出拍片之前，要求丈夫不要打開她的沒有上鎖的抽匣，看裡面放著的東西。安應允了。吳走後，擺在安存生面前有兩條路：一條是相信妻子，恪守諾言，不打開抽匣，做忠實的丈夫；一條是懷疑妻子，違背諾言，打開抽匣，偷看裡面的東西。疑心既起，暗鬼難消。作者讓安選擇了後一條路，就是讓他去懷疑，這是一「縱」。當安看到抽匣裡的東西不是別的，正是妻子寫給自己的信，字裡行間洋溢著一種熾熱的感情，坦露著一顆眞誠的心，他一下子明白了，「深深地悔恨自己剛才對妻子不忠實的行爲」初步認識了錯誤，這是一「擒」。但是，安爲了隱瞞自己的過失，又把信照原樣放好，以爲這樣就可以不被妻子發現，這又是一「縱」；一月以後，吳潔回到家中，發現自己暗中繫在鎖扣上的一根長頭髮被拉斷了，知道丈夫打開過抽匣。在美麗而聰明、嚴肅而溫存的妻子的追問下，安存生終於低下了頭，「束手就擒」。縱觀全文，故事寫得有起有伏，曲折動人，結構出奇制勝，結尾意味深長。運用這一手法更能表現主要人物的聰明和機智、力量與信心，因而人物形象栩栩如生，光彩照人。

4　蓄勢法

蓄勢，就是先寫順勢的直線發展，似乎文章要按照這一發展趨勢結束，但當順勢發展到關鍵之處，突然來一個大轉折，掀起高潮，以完全出乎意料的方式終篇。以流水作比，蓄勢好比提高水位，加大落差，使水飛流直下，更爲有力，激起更大的浪花。

蓄勢法與順逆法有相似之處，但更有區別。二者都有逆轉出現，但順逆法是把順勢與逆勢錯落相間地進行安排，使文章「一波未平，一波又起」；蓄勢法則是先寫一個又一個順勢，最後來一個逆轉，「湧出一個動人肺腑的高潮來」。運用蓄勢法，關鍵在於轉折。轉折安排在哪裡，要取決於情節的進展和題旨的深化；作者要用力從中找出牽動全篇的關節處。如果轉折安排得恰在關節之處，使順勢到此止乎不得不止，自然發生轉折，則整個作品文勢陡變，別開生面，又進一層勝境。可見，蓄勢要蓄足，轉折便轉得陡，文章的波瀾就可成洶湧之勢，從而獲得更加充分的表現力。

例文：獵鹿

霍龍

查干淖爾森林的空地上，突然，出現了一隻美麗的鹿。牠高高揚起好看的頭顱，機敏地注視著前方，牠的耳朵支棱著，微微轉動，警惕地捕捉著周圍細微的響動。金巴和寶音伏在一條距離空地五十米的壕溝之內，緊張地屏住了氣息。溝沿茂密的茅草遮住了兩隻舊式的單筒獵槍，只有當微風低低掠過，才能發現槍筒上時而泛起的一兩道幽藍的光波。

那隻美麗的鹿，只停頓了兩秒鐘，就繞著橢圓形的空地奔跑起來。牠彷佛在跳著一種鹿的舞蹈，純淨的皮毛彷佛在清冽的溪水中洗過，渾身閃耀著金紅色的光芒，牠的角很碩大，像一叢美麗的珊瑚。

只要能打住這隻雄鹿，就可以還清爸爸治病的欠債了。金巴思忖著，他的心頭湧起一陣喜悅。爲了還清父親的債，兄弟倆曾經鬧過不愉快，今天決定，兄弟倆一起冒險進入森林來打獵。面前的這珍貴的大角鹿，使兄弟倆激動不已。寶音狂喜地望著哥哥。金巴感受到弟弟火辣辣的目光，他的臉頰緊貼著槍身，烏黑的槍口跟蹤著那隻雄鹿移動：他渴望牠能夠停下來。

這時，一隻碩壯的母鹿帶著一隻小鹿進入空地，雄鹿親暱地跑上前去，用鹿唇碰撞了一下母鹿的身體。金巴剛要開槍，兩隻鹿又跑開了，那隻小鹿停留在原地，睜著閃閃的眼睛，好奇地望著。牠們在輕盈而敏捷地奔跑著，不時唇角相摩，好像在親切地交談著什麼，時而又彼此追逐，彷佛在表達著內心的傾慕。一會兒，那隻小鹿也加入這組圓舞曲，並且調皮地咬著母鹿的尾巴。在這靜靜的森林裡，牠們無憂無慮地嬉戲著，顯露出一種動人的深情，當牠們逆著日光奔跑而又襯著幽暗的地平線的時候，牠們的身軀就浮現出一縷縷蟬翼般透明的輪廓線，這些若隱若現的優美的曲線，宛如三朵明亮的浪花神奇地飄逸在空中，使人感到置身於童話世界中。漸漸地，那隻母鹿有些跑累了，便輕輕躺倒在綠絨般的草地上，小鹿親密地偎依著，那隻雄鹿停留在母鹿不遠的地方揚起好看的頭顱，凝視著湛藍的天空。啊！太動人了！就像公園裡一座優美的雕像。

「你瞄準母鹿！」金巴說。

他的槍口慢慢地低下去，漸漸對準了那隻雄鹿。牠正脈脈含情地回望著母鹿，驀地，牠走回來，彎下優美的頸項，用鹿唇親暱地拱著母鹿的胸脯。

突然，一聲清脆的槍響打破了森林中的寂靜。空地上的鹿羣聞聲躍起，像棕色的流星遽然消失在遠方的森林中了。槍聲是那樣的驚心動魄，久久在林間迴盪。金巴有一剎那間，幾乎不明白到底發生了什麼事情。他茫然地轉過頭來，驚訝地望著弟弟手中的獵槍口仍指著天空。

「你這是幹什麼？」許久，金巴猛然醒悟過來，他朝著弟弟憤怒地叫喊著。

「我不能殺死牠！」弟弟的臉漲得通紅，他眼睛望著地下，動情地說，「假如小鹿没有母鹿該怎麼活？……」

金巴渾身震顫了一下，他一把抓住弟弟瘦削的雙肩。他發現弟弟的眸子是那樣的純淨，像一片幽遠的晴空。他漸漸鬆開手，凝視著遠處那條通向家鄉的小路，輕輕地嘆了一口氣，憂鬱地說：「爸爸的欠款怎麼辦呢？」

「只要我們也像鹿那樣和諧和美好，事情總會有辦法的。」弟弟悄聲囁嚅地說。

金巴的心口頓時一熱，緊緊地抱住了弟弟……

〔簡析〕

「蓄勢於前，突轉於後」，這是《獵鹿》在結構上的特點。

爲了還清父親治病的欠債，爲了消除兄弟間因經濟衝突而造成的不和，金巴和寶音冒險闖入查干淖爾森林獵鹿，這說明，獵鹿的決心很大；他們埋伏在距離鹿羣只有五十米的壕溝內，茂密的茅草遮住了他們的獵槍，這說明，條件很有利；三隻鹿嬉戲一陣之後，漸漸地偎依在一起了，這是說，開槍的好時機到了。從這情勢看，雄鹿和母鹿必死無疑，槍聲一響，兩隻鹿就會斃命，這就是爲下面的急轉「蓄勢」。突然，「一聲清脆的槍響」，「鹿羣聞聲躍起，像棕色的流星遽然消失在遠方的森林中了」，原來，寶音怕金巴向雄鹿開槍，搶先向天空放了一槍，這是一個出乎意料的逆轉。這一逆轉把文章推向了高潮，使衝突誤會得到了解決，人物內在的思想性格也得到了揭示：寶音和金巴不失爲善良的人。

但是，情節的突轉又是合情合理的。文章在前面對鹿的描寫已爲後面驚人之筆的出現埋下了伏線：三隻鹿是那麼美麗、和諧、可愛，「在這靜靜的森林裡，牠們無憂無慮地嬉戲著，顯露出一種動人的深情」，牠們「宛如三朵明亮的浪花神奇地飄逸在空中，使人感到置身於童話世界中」，誰忍心殺害牠們呢？鹿類尚且如此相親相愛，脈脈情深，那麼人應該怎麼辦呢？所以寶音受到感動，說出「我不能殺死牠！」的激憤的言詞是很自然的，金巴聽了弟弟的話，精神受到「震顫」也是可信的，更何況他們本來就不是爲發財而來冒險的貪心者呢！

最後，兄弟倆緊緊地擁抱在一起，其意蘊就更爲深遠了，這說明他們已經懂得了應當怎樣處理人與人、人與自然的關係。

5 懸念法

懸念，是指在文章的開頭或文章中提出問題，擺出衝突，或設置疑團，引起讀者的關注。懸念的特點是，先將疑問懸在那裡，然後，或者「顧左右而言他」，他故意不予理會；或者作出種種猜想，令人念念不忘。總之，作者並不急於揭開謎底、解決矛盾，而是蘊蓄比較長的時間後，再解開「懸念」，寫出結局，回答先前擇出的問題。

懸念，是現實生活中的矛盾和問題的集中概括。它往往帶有一定的偶然性和突發性。這就決定了運用懸念既要出人意料之外，又要在人意料之中。離開生活的眞實蓄意製造「疑團」，或照抄生活的樣本客觀介紹「矛盾」，都不能構成懸念。因而，運用懸念必須新奇而眞實。這樣，文章才能寫得情節曲折，富有魅力，引起讀者閱讀和思考的濃厚興趣，從而取得「出奇制勝」的藝術效果；而且，通過懸念的設置與解決，能直接而充分地展示人物的內心世界和事件的內在蘊含，使得人物形象有血有肉，文章題旨逐步昇華。

例文：第二次考試

何爲

著名的聲樂專家蘇林教授遇到了一件奇怪的事情，在這次參加考試的二百多名考生中，有一個二十歲的女生陳伊玲，初試時的成績十分優異，聲樂、視唱、練耳和樂理都列入優等；尤其是她的音色美麗、音域寬廣，令人讚嘆。而複試時卻使人大失所望。蘇林教授一生桃李滿天下，但這樣年輕而又有才華的考生卻還是第一個，這樣的事情也還是第一次碰到。

那次公開的考試是在一間古色古香的大廳裡舉行的。當陳伊玲鎮靜地站在考試委員會的幾位聲樂專家面前，唱完了冼星海的那支有名的『二月裡來』時，專家們不由得互相遞了遞讚賞的眼色。按照規定，應試者還要唱一支外國歌曲，她唱的是義大利歌劇『蝴蝶夫人』中的詠嘆調《有一個良辰佳日》。她那燦爛的音色和深沈的感情驚動了四座。一向以要求嚴格聞名的蘇林教授也頷首讚許，在他嚴峻的眼光裡，隱藏著一絲微笑。大家都注視著陳伊玲：嫩綠色的絨線上衣，咖啡色的西褲，宛如春天早晨一株亭亭玉立的小樹。在衆目睽睽之下，這個本來從容自若的姑娘也不禁有點困惑了。

複試是在一星期後舉行的。錄取與否取決於此。它將決定一個人的終身事業。經過初試這一關，剩下的人已是寥寥無幾；而複試將在更加嚴格的要求下進行。本市有名的音樂界人士都到了。這些考試委員和旁聽者在評選時幾乎都帶著苛刻的挑剔神氣。但是大家都認為，如果合乎錄取條件的只有一個人，那麼這人無疑應該是陳伊玲。

誰知道事情卻出乎意料之外。陳伊玲是參加複試的最後一個人，唱的還是那兩支歌，可是聲音發澀，毫無光彩，聽起來前後判若兩人。是因爲怯場、心慌，還是由於身體不適，影響聲音？人們甚至懷疑到她的生活作風是否有不夠慎重的地方。在座的人面面相覷，大家帶著詢問和疑惑的眼光望著她。雖然她掩飾不住臉上的困倦，一雙聰穎的眼睛顯得黯然無神，那頑皮的嘴角也流露出一種無法訴說的焦急，可是就整個看來，她是明朗、坦率的，可以使人信任的。她抱歉地對大家笑笑，飄然走了。

蘇林教授顯然是大爲生氣了。他一向認爲，要做一個真正爲人民所愛戴的藝術家，首先要是一個高尚的人，一個各方面都能成爲表率的人！可是這樣一個自暴自棄的女孩子，是永遠也不能成爲有成就的歌唱家的！他生氣地側過頭去望著窗外。

這個城市剛剛受到一次嚴重的颱風的襲擊，窗外斷枝殘葉狼藉滿地，整排竹籬傾倒在滿是積水的地上，一片慘澹的景象。

考試委員會對陳伊玲有兩種意見：一種認爲陳伊玲的聲音極不穩定、紮實，很難造就；另一種則認爲可以讓她再試一次。蘇林教授有他自己的看法，他覺得重要的是弄清造成她先後兩次聲音懸殊的真正原因是什麼。如果問題在於她對事業和生活的態度，儘管聲音的稟賦再好，也不能錄取她。這是一切條件中的首要條件！

可是究竟是什麼原因呢？

蘇林教授從祕書那裡取來陳伊玲的報名單，在填著地址的那一欄上，他用紅鉛筆劃了一條粗線。表格上的那張報名照片是張朝氣蓬勃、逗人喜歡的臉，小而好看的嘴，明快單純的眼睛，笑起來鼻翼稍稍皺起的鼻子。這一切都像是在提醒這位聲樂專家，不能用任何簡單的方式對待一個人——一個有活力、有思想、有感情的人。至少眼前這個姑娘的某些具體情況是這張簡單的表格上所看不到的。如果這一次落選了，也許這個人終生就和音樂分手了。她的天才可能從此就被埋沒。情況如果是這樣，那他是絕對不能原諒自己的。

第二天，蘇林教授乘早上第一班電車出發，根據報名單上的地址，好容易找到了在楊樹浦的那條偏僻的馬路。他進了弄堂，不由得吃了一驚。

那弄堂裡有些牆垣都已傾塌，燒焦的樑柱呈現一片可怕的黑色，斷瓦殘垣中間時或露出焦黃的破布碎片，所有這些説明了這條弄堂不僅受到颱風破壞，而且顯然發生過火災。就在這瓦礫場上，有些人大清早就在忙碌著清理什麼。

蘇林教授手持紙條，不如從何處找起。忽然聽見對面的樓窗口，有一個孩子有事沒事地張口唱著：

「咪——咿——咿——咿——，嗚——啊——啊——啊——」彷彿歌唱家在練聲似的。蘇林教授不禁微笑了：「這準是她的家！」他猜對了，那孩子敢情就是陳伊玲的弟弟。

從孩子嘴裡知道：他姐姐是個轉業軍人，從文工團回來的，到了上海被分配在工廠裡擔任行政工作。她是個又積極又熱心的人，不管廠裡也好，里弄也好，有事找陳伊玲準沒有錯！兩三天前，這裡因爲颱風造成電線走火，燒壞了不少房子。陳伊玲爲了安置災民，忙得整夜沒睡，影響了嗓子。第二天剛好是她複試的日子，她説了聲「糟糕！」還是去參加考試了。

這就是全部經過。

「瞧，她還在那兒忙著哪！」孩子向窗外揚了揚手說，「我叫她！我去叫她！」

「不用了。請轉告你姐姐，她的第二次考試已經錄取了！」

蘇林教授從陳伊玲家裡出來，走得很快。他心裡想著：這個女孩子完全有條件成為一個優秀的歌唱家，我幾乎犯了一個錯誤！這天早晨，有什麼使人感動的東西充溢在他胸口，他想趕緊回去把陳伊玲的故事告訴每一個人。

〔簡析〕

這篇文章有一個特點：讀了第一段，就不能不讀第二段，讀了第二段，就不能不讀第三段，只有讀完最後一句話，你才會擡起頭來，舒一口氣。這種藝術魅力從何而來？祕密就在這篇文章是由懸念串連起來的，懸念引導著人們自始至終關心著人物的命運，關心著情節的發展。

文章一開始就提出了一個問題：陳伊玲初試成績十分優異，複試卻使人大失所望，著名聲樂專家蘇林教授也是第一次碰到這樣奇怪的問題。

這個問題一下子把讀者的心「懸」起來了：陳伊玲初試的具體情況是怎樣的，複試的具體情況又是怎樣的？蘇林教授將如何處理這一難題？

文章接著描述陳伊玲第一次考試時，那燦爛的音色和深沈的感情曾「驚動了四座」，在蘇教授嚴峻的眼光裡，也「隱藏著一絲微笑」。大家認爲，「如果合乎錄取條件的只有一個人，那麼這個人無疑應該是陳伊玲」。可是事情偏偏出乎人們的預料，陳伊玲在第二次考試時，雖然唱的還是那兩支歌，但「聲音發澀，毫無光彩，聽起來前後判若兩人」。這個問題引起人們的懷疑、猜測、「面面相覷」。但蘇教授認爲重要的是「弄清造成先後兩次聲音懸殊的眞正原因是什麼」，如果問題出在陳伊玲對事業和生活的態度不嚴肅，儘管聲音的稟賦再好，也不能錄取。

上面的敍述回答了讀者心中的一個問題，即陳伊玲先後兩次考試的具體情況是怎樣的，但蘇教授將如何處理這個難題還沒有回答，這個問題繼續「懸」著。同時讀者也和蘇教授一樣，很想立即弄清眞正的原因，於是懷著更大的興趣閱讀下面的文章。

作者接著敍述蘇教授家訪的情形。原來，這個城市剛剛受到一次颱風的襲擊，陳伊玲家附近因「颱風造成電線走火」而發生了火災，陳伊玲爲了安置災民，忙得整夜沒睡，影響了嗓子，這就是事情的眞相。

考試之「謎」解開了，蘇教授斷然決定：「她的第二次考試已經錄取了！」讀者這時才鬆了一口氣，「懸」著的心才放下來，並被陳伊玲的美好心靈所感動，爲她的成功而高興。

如果文章去掉「懸念」，換一種寫法，比如先寫初試，繼寫救災，再寫複試，最後由陳伊玲自述失敗的原因，其效果與現在這篇文章相比，恐怕就有天壤之別了。

6 鋪墊法

鋪墊，是「水漲船高」的表現手法。即爲了突出主要人物或事物，而用另外的人物或事物做「襯墊」。這正如爲了讓雕像高高地聳立起來，就得把它安放在堅實的基座上，沒有合適的基座做「鋪墊」，雕像就將因站得不高而黯然失色。

鋪墊有兩種類型：一種是積極鋪墊，先寫某人（或事物）好，再寫另一人（或事物）更好；一種是消極鋪墊，先寫某人（或事物）壞，再寫另一人（或事物）更壞。對於「襯墊」，固然要盡情描寫，但不能喧賓奪主，要恰有分寸，使被墊的人物或事物「高聳」而穩當；固然要描寫得具有獨立價值，但還要注意二者的內在聯繫，使被墊的人物或事物的出現顯得別開生面而又自然和諧。這種手法，具有「山外有山山更高」的表達效果。它可以使被墊的人物或事物顯得特別鮮明突出，給人以强烈深刻的印象；也可以使文勢顯得曲折跌宕，波浪迭起，讀來如登山觀景，一步高於一步，一景美過一景，因而興致越來越高，從而得到更大的美感享受。

例文：明湖居聽書（節選）

到了十二點半鐘，看那臺上，從後臺簾子裡面，出來一個男人，穿了一件藍布長衫，長長的臉兒，一臉疙瘩，彷彿風乾福橘皮似的，甚爲醜陋。但覺得那人氣味倒還沈靜，出得臺來，並無一語，就往半桌後面左手一張椅子上坐下，慢慢的將三弦子取來，隨便和了和弦，彈了一兩個小調，人也不甚留神去聽。後來彈了一支大調，也不知道叫什麼牌子；只是到後來，全用輪指，那抑揚頓挫，入耳動心，恍若有幾十根弦，幾百個指頭，在那裡彈似的。這時臺下叫好的聲音不絕於耳，卻也壓不下那弦子去。這曲彈罷，就歇了手，旁邊有人送上茶來。

停了數分鐘時，簾子裡面出來一個姑娘，約有十六七歲，長長鴨蛋臉兒，梳了一個抓髻，戴了一副銀耳環，穿了一件藍布外褂兒，一條藍布褲子，都是黑布鑲滾的。雖是粗布衣裳，倒十分潔淨。來到半桌後面右手椅子上坐下。那彈弦子的便取了弦子，錚錚鏦鏦彈起。這姑娘便立起身來，左手取了梨花簡，夾在指頭縫裡，便叮叮噹噹的敲，與那弦子聲音相應；右手持了鼓捶子，凝神聽那弦子的節奏。忽羯鼓一聲，歌喉遽發，字字清脆，聲聲婉轉，如新鶯出谷，乳燕歸巢。每句七字，每段數十句，或緩或急，忽高忽低；其中轉腔換調之處，百變不窮，覺一切歌曲腔調俱出其下，以爲觀止矣。

旁坐有兩人，其一人低聲問那人道：「此想必是白妞了罷？」其一人道：「不是。這人叫黑妞，是白妞的妹子。他的調門兒都是白妞教的，若比白妞，還不曉得差多遠呢！他的好處人說得出，白妞的好處人說不出。他的好處人學得到，白妞的好處人學不到。你想，這幾年來，好頑耍的誰不學他們的調兒呢？只是頂多有一兩句到黑妞的地步，若白妞的好處，從沒有一個人能及他十分裡的一分的。」說著的時候，黑妞早唱完，後面去了。這時滿園子裡的人，談心的談心，說笑的說笑。賣瓜子、落花生、山裡紅、核桃仁的，高聲喊叫著賣，滿園子裡聽來都是人聲。

正在熱鬧哄哄的時節，只見那後臺裡，又出來了一位姑娘，年紀約十八九歲，裝束與前一個毫無分別，瓜子臉兒，白淨面皮，相貌不過中人以上之姿，只覺得秀而不媚，清而不寒，半低著頭出來，立在半桌後面，把梨花簡叮噹了幾聲，煞是奇怪：只是兩片頑鐵，到他手裡，便有了五音十二律似的。又將鼓捶子輕輕的點了兩下，方擡起頭來，向臺下一盼。那雙眼睛，如秋水，如寒星，如寶珠，如白水銀裡頭養著兩丸黑水銀，左右一顧一看，連那坐在遠遠牆角子裡的人，都覺得白妞看見我了。那坐得近的，更不必說。就這一眼，滿園子裡便鴉雀無聲，比皇帝出來還要靜悄得多呢，連一根針掉在地上都聽得見響！

王小玉便啓朱唇，發皓齒，唱了幾句書兒。聲音初不甚大，只覺入耳有說不出來的妙境：五臟六腑裡，像熨斗熨過，無一處不伏貼，三萬六千個毛孔，像吃了人參果，無一個毛孔不暢快。唱了十數句之後，漸漸的越唱越高，忽然拔了一個尖兒，像一線鋼絲拋入天際，不禁暗暗叫絕。那知他於那極高的地方，尚能迴環轉折；幾轉之後，又高一層，接連有三四疊，節節高起。恍如由傲來峯西面，攀登泰山的景象：初看傲來峯峭壁千仞，以爲上與天通；及至翻到傲來峯頂，才見扇子崖更在傲來峯上；及至翻到扇子崖，又見南天門更在扇子崖上：愈翻愈險，愈險愈奇。

那白妞唱到極高的三四疊後，陡然一落，又極力騁其千迴百折的精神，如一條飛蛇在黃山二十六峯半中腰裡盤旋穿插，頃刻之間，周匝數遍。從此以後，愈唱愈低，愈低愈細，那聲音漸漸的就聽不見了。滿園子的人都屏氣凝神，不敢少動。約有兩三分鐘之久，彷彿有一點聲音從地底下發出。這一出之後，忽又揚起，像放那東洋煙火，一個彈子上天，隨化作千百道五色火光，縱橫散亂。這一聲飛起，即有無限聲音俱來並發。那彈弦子的亦全用輪指，忽大忽小，同他那聲音相和相合，有如花塢春曉，百鳥亂鳴。耳朵忙不過來，不曉得聽那一聲的爲是。正在撩亂之際，忽聽霍然一聲，人弦俱寂。這時臺下叫好之聲，轟然雷動。

〔簡析〕

這個故事主要寫白妞高超的歌唱藝術。但在刻畫白妞的精湛技藝以前，先描寫了另外兩個人：琴師和黑妞。作者先寫琴師的高超演技：

那抑揚頓挫，入耳動心，恍若有幾十根弦、幾百個指頭，在那裡彈似的。這時臺下叫好的聲音不絕於耳，卻也壓不下那弦子去。

寫琴師不是目的，是爲了引出下面的人物，爲白妞的出場作好第一層鋪墊。

繼寫黑妞的美妙歌喉：

忽羯鼓一聲，歌喉遽發，字字清脆，聲聲婉轉，如新鶯出谷，乳燕歸巢。每句七字，每段數十句，或緩或急，忽高忽低；其中轉腔換調之處，百變不窮，覺一切歌曲腔調俱出其下，以爲觀止矣。

黑妞確實不凡，唱得妙絕。不了解情況的人以爲這就是白妞了。然而知情的人說，黑妞是跟白妞學的，黑妞的好處人說得出，白妞的好處人說不出，黑妞的好處人學得到，白妞的好處人學不到。這就把主要人物白妞自自然然地推向了高潮，爲白妞的出場作好了最後的鋪墊。

白妞是在觀衆的盼待和想像中出場的，是在很高的起點上開始表演的，這就特別引人注目、扣人心弦，因而把觀衆的情緒推向了最高峯。

本文由於使用了層層鋪墊的手法，不僅白妞的形象光彩照人，鮮明突出，而且文章精采紛呈、高潮迭起、一浪高過一浪，令人拍案叫絕。

7 誤會法

誤會法，就是作品中的人物一方誤會另一方或雙方互相誤會，從而引起矛盾，造成故事情節的發生與發展。如《紅樓夢》寫林黛玉與賈寶玉相親相愛而又多有誤會。一次誤會，一次理解，使他們的感情關係波瀾遞進，多姿多采；而且，也表現了他們不同的性格特徵和相同的感情傾向。

現實生活中任何事件的發生和發展，都遵循著一定的規律。作品中的故事情節，作爲現實中生活事件的概括反映，其變化發展也必然具有一定的規律。運用誤會法，當然要追求新穎、出乎意外，但又必須符合事實，在其理中。如果一味標新立異，胡編亂造，人爲地製造誤會，那將會適得其反。運用誤會，只有符合現實生活的情理和人物性格的邏輯，才能更好地寫出故事情節的波瀾曲折，更好地揭示人物的內心世界和性格特徵，使整個作品引人入勝，含意深長。

例文：一朵玫瑰花

（電視小品文學劇本）

馬路上，車輛往來頻繁；人行道上，行人絡繹不絕；雖然熙熙攘攘，秩序卻井然有條。

兩個男孩從橫道線穿過馬路，向街邊花園走去。個子稍高的叫李明，另一個面目秀氣，有點小姑娘氣質的名叫張林，年齡都約十三歲。

「張林，你瞧！」李明指著前面說：

張林順著李明指向看去……

迎面出現一條紅布橫幅，上書八個大字：

愛護花木　不准攀折

（螢光屏上先出現一個個單字，然後鏡頭推向遠處，出現完整的八個字，稍停片刻後隱去）。

這是一支少年宣傳隊。隊員八名，各佩戴袖章。領隊的兩名高擎橫幅，率領其餘六名隊員（其中二人各手提喇叭）整齊地進入街邊花園。

其中有個柳眉大眼，胖墩墩的女隊員，對前面那個走得較慢的隊員推了一把，說：「快走！別慢騰騰的。」

宣傳隊全部進入街邊花園後，李明和張林也趕上了。

李明一進街邊花園，拔腿就沿著一排冬青向前飛奔。張林在後面叫著：

「李明，等等我！」

遠遠傳來李明的聲音：「張林，你來找我！」還沒說完，就蹲下身來，隱沒在冬青叢後。

街邊花園裡一派好景色：一條潔淨的水泥大道，兩旁綠樹成蔭；從岔道拐彎，一片綠草如茵，有幾個老人在打極拳；左邊一帶整齊的冬青與一條羊腸小道相隔；小道另一邊則是一個小小的魚池，池中映出假山倒影，游魚穿行在「假山」中間；假山上雜樹叢生，鮮花處處，越過假山，則是一個連著一個的花圃；時當春深，各色鮮花盛開，特別是玫瑰花，顯得更爲艷麗；在花圃的對面，有十幾棵合抱的大樹。

李明經過玫瑰花圃。一朵碗口大的紅玫瑰伸在他的手邊。他順手就折了下來，擡眼忽然看見花圃裡立著一塊木牌：「愛護花木」；遠處也傳來了電喇叭的聲音——少年宣傳隊員正在宣傳。同時，前面出現了一個人影，李明一慌，隨手將花扔在身後，就閃身轉入樹後。

張林恰好走來，地上那朵紅玫瑰十分顯眼，立刻引起了他的注意，他撿起來，聞了聞，自言自語：

「真可惜！不知道是誰折下來的——對，該去交給管理員阿姨。」

就在這時，迎面走來了一個柳眉大眼的少年宣傳員。她就是剛才在街邊花園門口把同學推一把的那個。

「怎麼？你折花？」她衝著張林大聲說。

張林一怔，隨即答道：「我沒有折花呀！」

「你還賴！」宣傳隊員瞪著眼，嚴厲地說，「你手裡拿的是什麼呀！」

「這……」張林嚇得連話也説不清楚了，「這是……」

「這是，這是！這是你折的花！你手裡拿著，還想分辯！」她從口袋裡掏出一本收據簿。「採花一朵，罰款五角！」

張林受了委屈，又無法申辯，禁不住眼淚汪汪。他把紅玫瑰送給了宣傳員，説：「我没有折花……」

「還説没折，廢話！快，交出五角，要不，拖你上街道辦公室。」一面説，她一面就撕下一張收據，往張林手裡一塞。「這是收據！」

張林只得從袋裡掏出錢來，拿了一張五角的鈔票遞給了宣傳員。

這一切，都給躲在樹後的李明看清楚了，他皺著眉，一聲不吭。呆呆地站著，心裡怪難受的。可是，他没有勇氣站出來。

李明和張林是鄰居，房屋相連。

月亮升上樹梢，月光照進了張林家的窗戶，靠窗是一張寫字桌。

這時，窗下有個黑影一晃，他悄悄伸出右手，往窗裡扔去一張鈔票，然後弓著身快步離開。

那張鈔票端端正正地落在張林的寫字桌上。張林走來，發現了它，奇怪地說：

「這是誰的錢？」拿起一看，是張五角票面的鈔票。

媽媽剛巧進屋。張林就問：「媽，桌上的錢是你的吧？」

「我可沒有把錢扔在桌上，」媽媽走來，瞧了一眼，「這不是你自己的錢嗎？昨天我給了你五角錢，你瞧瞧口袋，還在嗎？」邊說邊取了盒火柴走了。

張林一聽，没什麼說的。他蹙著眉，在思索。

早晨，張林背著書包上學校去，出門就碰上李明。李明瞧著張林的臉，故意問道：

「張林，你好像有什麼事？」

「噢，我正要告訴你，」張林說，「昨晚上，不知道是誰把五角錢放在我的桌子上，問過媽，媽說不是她的……」

「也許是別人還你的吧？」李明說。

「不會。」

「你想想，昨天發生過什麼事，或者代替什麼人付過什麼錢？」李明說。

「錢是確實付過，不過，那是罰款。」張林說。

「怎麼回事？」

「在街邊花園裡唄！李明，那時你不知道躲到哪兒去啦！」張林說。

張林把經過情況簡單地敘述一遍，李明的眼前重現了當時的情景。

「依我看，」李明說，「這五角錢你該收下。」

「不，」張林說，「不是我的錢，我怎麼能收下呢！」

他倆邊說邊走，漸漸來到學校門口。張林忽然想起什麼似地說：

「李明，我想出了一個主意：星期天，咱們用這五角錢去買株花苗，種到街邊花園裡去。」

「為什麼？」李明問。

「因為，那麼一朵好的紅玫瑰被折了下來，該給街邊花園補種些什麼才好。」

星期天下午。

張林和李明從花木商店出來。張林手裡托著株未開花的玫瑰。

街邊花園裡。就在原先那個玫瑰花圃跟前，他們站住了。

張林瞧著四面，看是不是有人走來，李明雙手扒泥，很快就將這株玫瑰種上了。

就在這時，突然從樹後閃出個人來。她，就是那個柳眉大眼的女宣傳隊員。

「剛才你們種花，我全看到了，」她說：「不過，爲什麼不讓人看見呢？」她凝視著張林，忽然說，「你，就是罰過五角錢的吧？」

張林漲紅了臉，不說話。

「那朵紅玫瑰到底是不是你折的呀？」宣傳員問。

「不是，不是他折的！」李明搶著回答。

「現在我相信了，」宣傳員掏著口袋，「那麼，我該把錢還給你，」她取出五角錢，遞給張林，「我給，請收下吧！」

張林退後一步，將雙手藏在背後，不願接受。

「張林，你應該收下！」李明說。

「不」張林掉轉身，跑了；又回過頭來：「收據都給丟啦！」

李明和宣傳員拔腿追去……

晚上，燈下。

李明在寫著日記。

耳邊響起了清晰而緩慢的聲音，那就是李明的心聲，也就是日記的全文：

上星期日我幹了一件蠢事，折了街邊花園裡的一朵紅玫瑰。真慚愧！張林做了我的替罪羊，被罰交了五角錢，我心裡難受極了，就在晚上趁張林不注意的時候，悄悄地把五角錢扔到他的桌上去了。

張林真是我學習的好榜樣，他無辜而被罰款，卻不願隨便接受這「來歷不明」的五角錢，反倒用它去買了一株玫瑰花苗種在街邊花園裡，也真巧，又被那個宣傳隊員瞧見了。宣傳員這才相信那朵紅玫瑰花不是張林折的，自己掏出錢來還他。可是張林又怎麼肯接受呢！

我是幫著張林種花的，弄得滿手是泥，幹完以後，我才覺得心裡輕鬆。

是的，我已經用自己的行動抵償了過錯。

〔簡析〕

這篇作品主要是運用誤會法來結構故事情節的。

花園裡的玫瑰花本來是李明折下來的，但女宣傳隊員誤以爲是張林折的，不容張林申辯就罰款五角，這是故事的發生。躲在樹後的李明看清了這一情況，可又沒有勇氣站出來；晚上他趁張林不注意，悄悄地把五角錢扔到張林的桌子上，但張林不願接受這「來歷不明」的錢，想用這錢買株玫瑰花苗種在花園裡，這是故事的發展。最後，當張林、李明種花苗時，碰巧又被女宣傳隊員看見，一場誤會才算消除。故事寫得引人入勝，富有情趣，展現了張林、李明、女宣傳隊員這三個孩子的不同性格。

誤會不應是作者的主觀杜撰，應是符合人物性格邏輯的。女宣傳隊員積極、潑辣，不講情面，但性格急躁、武斷，她一出場就把一個「走得較慢」的隊員推了一把，她一見張林手上拿著玫瑰花就大聲喊：「怎麼？你折花？」「採花一朵，罰款五角！」張林呢，是一個很誠實的孩子，但氣質過於「秀氣」，以致一受委屈就說不出話來了；李明，犯了錯誤願意用行動暗暗地改正，但是沒有勇氣站出來公開承認。這三種不同性格的孩子碰在一起，才可能產生誤會，他們中的任何一個換一種性格，恐怕不會產生這場誤會。所以，誤會是可以從人物的性格中找到依據的。另一方面，誤會不是目的，而是一種手段，一種爲了更深地揭示人物內心世界的手段。張林不要「來歷不明」的錢，並且用這錢去買花苗種在花園裡；李明悄悄把錢扔到張林的桌上，並和張林一塊去種花苗；女宣傳隊員發覺錯罰了，就立即退錢給張林，這些情節都是在誤會產生後出現的，都更充分、更全面地展示了人物的思想性格。可以說，這篇作品在運用誤會法來刻畫人物形象方面是很成功的。

8 反常法

「常」，指常情、常理，就是讀者心目中所習慣之情，熟悉之理。反常，就是作者置讀者心目中的常情、常理於不顧，反其道而行之，從而表達出深刻的主題。如魯迅的《狂人日記》就是運用「反常法」的絕妙例子。從表面看，狂人滿嘴瘋話，「反常」至極；其實，狂人不是一般意義上的狂人，他在本質上是清醒的反傳統者。魯迅運用這一手法，揭露了幾千年來中國封建社會的本質，表達了深刻的社會現象。

人們常說「順理成章」，反常則是「逆理成章」。有創見的作者，都十分注重獨闢蹊徑，不落窠臼，力求以「反常」的構思、新穎的手法表現主題思想。這樣，往往可以使故事情節更加曲折驚險，人物性格更加鮮明突出，收到出人意料、使人震動的藝術效果，給讀者留下强烈而深刻的印象。

運用反常法應當注意，「反常」只是一種手段，它是爲昇華藝術形象，深化作品主題服務的。若離開這一根本目的，一味追求「反常」，致力於虛構驚險情節，描繪奇特場面，定然會妨礙主題思想的充分表達，削弱主題思想的社會意義。另外，「反常」應當是形如違反常理，實爲合情合理，是在符合常規的基礎上求「新穎」，求「反常」；如果任意違反常情常理，牽强附會，「倒行逆施」，文章就將失去眞實，流於虛假。

例文：跳水

列夫・托爾斯泰

有一艘輪船，環遊了世界，正往回航行。這一天風平浪靜，船上的人都站在甲板上。有一隻大猴子在人羣裡鑽來鑽去，做出可笑的鬼臉，模仿人的樣子。牠顯然知道大家拿牠取樂，因而更加放肆起來。

猴子跳到一個十二歲的孩子面前（他是船長的兒子），把他的帽子摘下來，戴在自己的頭上，很快地爬上了桅杆。所有的人都笑起來，只有那個孩子哭笑不得，光著頭站在那裡。猴子坐到桅杆的第一根橫木上，把帽子摘下來，用牙齒和爪子撕。牠好像故意逗孩子生氣，指著孩子，衝著他做種種鬼臉。孩子嚇唬牠，朝著牠大聲叫喊，但是牠撕得更凶了。

水手們笑的聲音更大了，孩子的臉紅了。他脫了上衣，爬上桅杆去追猴子。不一會兒，他已經順著繩子爬到第一根橫木上了。就在孩子想去抓住帽子的時候，猴子又往上爬了，爬得比孩子更靈巧，更快。

「你逃不了！」孩子一邊喊一邊往上爬。猴子不時回過頭來逗孩子，孩子氣急了，不停地往上追。眼看就要爬到桅杆的頂端了，這時猴子把身子儘量伸直，用後腳鉤住繩子，把帽子掛在最高的橫木的一頭，然後爬到桅杆的頂端，亂扭著身子，齜著牙做著怪樣。從桅杆到掛帽子的橫木的一頭有一米多。要拿著帽子，手必須放開繩子和桅杆，此外沒有別的辦法。

孩子氣極了。他丟開桅杆，走上橫木。甲板上的人都在望著，都在笑猴子戲弄船長的兒子。但是他們看到孩子放開了繩子，兩隻手搖搖擺擺地走上那最高的橫木，全都嚇呆了。

只要孩子一失足，他就會跌到甲板上，摔個粉碎。即使他不會失足，拿到了帽子也難以轉身走回來。所有的人全默默地看著他，等著將要發生的事情。

忽然人羣裡有個人嚇得大叫一聲。孩子聽見下邊的叫聲才醒悟過來。他往下一望，腳底下就搖晃起來。

正在這時候，孩子的父親——船長從船艙裡走了出來，手裡拿著一枝槍，本來是要打海鷗的。他看見兒子在桅杆頂端的横木上，就立刻向他瞄準，同時喊：「跳到水裡，趕快跳到水裡，不跳我就開槍了！」小孩在上面搖晃著，沒有聽明白爸爸的話。「跳到水裡，不然我就開槍了！……一、二……」在父親剛喊出「三」的時候，小孩把頭往下一低就跳了下來。

孩子的身子像一顆炮彈似的撲通一聲落到大海裡。波浪還沒有來得及把他淹沒，已經有二十個勇敢的水手由船上跳到海裡。四十秒鐘以後，——大家已經覺得時間太長了，孩子的身體浮上來了。水手們把他抓住，拉到甲板上。過了幾分鐘，孩子的鼻子裡、嘴裡嘔出許多水。他又開始呼吸了。

〔簡析〕

一隻猴子戲弄船長的兒子，把他戴的帽子掛到了桅杆高處的橫木上。孩子氣極了，決心追回帽子。他爬上桅杆，搖搖擺擺地走上那最高的橫木，水手們全都嚇呆了。正在這時，準備打海鷗的船長拿著一枝槍從船艙裡走出來。他看到此情此景，立刻向兒子瞄準，命令兒子跳到水裡，不跳就開槍。孩子受槍之逼，一低頭跳到了海裡，水手們立即把他救了起來。

這個故事乍一看似乎有些荒唐，世界上哪有用槍逼兒子從桅杆頂端跳進大海的父親？從常情常理看，這一驚人之舉不可思議。但是，細細一想，卻覺得船長的「反常」措施是唯一能救兒子的辦法。其一，孩子已經走上橫木，只要一失足就會跌下來摔個粉碎，即使不失足，也無法轉身走回來；其二，孩子聽到下邊的叫聲，心中已生恐懼，腳下已開始搖晃，隨時有跌下的可能，所以，此時此刻唯一的生路就是跳水；其三，這一天大海風平浪靜，水手們又都站在甲板上，隨時可入水救人；其四，在這千鈞一髮的時刻，是容不得與孩子對話的，最絕的一招莫過於用槍逼兒子立即下決心跳水，所以，船長的辦法是在特殊情況下採取的特殊措施。這一情節不僅扣人心弦，掀起了高潮，解決了矛盾，而且揭示了船長機警與果決的性格。

這一「反常」情節的安排也符合人物的特點、身分。文章開始就寫到，這是一艘「環遊了世界」正在返航的輪船。據此可以推想，這位船長不是位普通的船長，在他的身上具備著非凡的機智、勇敢、堅定、果斷等品質是題中應有之意，不足爲怪的。另外，這一「非常」措施也只有孩子的父親才敢想、敢幹，旁的人恐怕不敢如此設想。想到這一些，我們又不能不爲作家的「驚人之筆」而讚嘆，不能不爲作家的創作才能所征服。

9 欲露先藏法

欲露先藏即先藏後露，就是爲了達到更好的表達效果，作者把「底」先藏起來，到了最後再出其不意地抖落露出，把文章推向高潮，使讀者在驚嘆之餘，感受更深。

「藏」和「露」是辯證的統一，只「露」不「藏」，平鋪直敍，會失之淺薄，味同嚼蠟；只「藏」不「露」，也會使人不知所云，產生誤解，所以，要注意「藏」、「露」得體。只有「藏」得自然，才能「露」得新穎；只有「藏」得合情合理，才能「露」得出人意料，從而收到强烈的藝術效果。

運用這種手法，往往是將文章題旨和人物性格「藏」在前面的敍述之中，讀者可以從中有所領會；但當最後陡轉一「露」時，又能使文章題旨和人物性格一下子得到大幅度昇華，並充分展現其全部內藴，給人以極其深刻的印象。

例文：母親的來信

〔蘇〕克拉夫琴科

母親來信了。

在初來城裡的日子裡，文卡總是焦急地等待著母親的信，一收到信，便急不可待地拆開，貪婪地讀著。半年以後，他已是沒精打采地拆信了，臉上露出譏誚的冷笑——信中那老一套的內容，不消看他也早知道了。

母親每週都寄來一封信，開頭總是千篇一律：「我親愛的寶貝小文卡，早上（或晚上）好！這是媽媽在給你寫信，向你親切問好，帶給你我最良好的祝願，祝你健康幸福。我在這封短信裡首先要告訴你的是，感謝上帝，我活著，身體也好，這也是你的願望。我還急於告訴你：我日子過得挺好……」

每封信的結尾也沒什麼區別：「信快結束了，好兒子，我懇求你，我祈禱上帝，你別和壞人混在一起，別喝伏特加，要尊敬長者，好好保重自己。在這個世界上你是我唯一的親人，要是你出了什麼事，那我就肯定活不成了。信就寫到這裡。盼望你的回信，好兒子。吻你。你的媽媽。」

因此，文卡只讀信的中間一段。一邊讀一邊輕蔑地蹙起眉頭，對媽媽的生活興趣感到不可理解。儘寫些雞毛蒜皮，什麼鄰居的羊鑽進了帕什卡·沃羅恩佐的園子裡，把他的白菜全啃壞了；什麼瓦莉卡·烏捷舍娃沒有嫁給斯傑潘·羅什金，而嫁給了科利卡·扎米亞京；什麼商店裡終於運來了緊俏的小頭巾，——這種頭巾在這裡，在城裡，要多少有多少。

文卡把看過的信扔進床頭櫃，然後就忘得一乾二淨，直到收到下一封母親淚痕斑斑的來信，其中照例是懇求他看在上帝的面上寫封回信。

……文卡把剛收到的信塞進衣兜，穿過下班後變得喧鬧的宿舍走廊，走進自己的房間。

今天發了工資。小伙子們準備上街，忙著熨襯杉、長褲，打聽誰要到哪兒去，跟誰有約會等等。

文卡故意慢吞吞地脫下衣服，洗了澡，換了衣。等同房間的人走光了以後，他鎖上房門，坐到桌前。從口袋裡摸出還是第一次領工資後買的記事本和圓珠筆，翻開一頁空白紙，沈思起來……

恰在一個鐘頭以前，他在回宿舍的路上遇見一位從家鄉來的熟人。相互寒暄幾句之後，那位老鄉問了問文卡的工資和生活情況，便含著責備的意味搖著頭說：

「你應該給母親寄點錢去。冬天眼看就到了。家裡得請人運木柴，又要劈，又要鋸。你母親只有她那一點點養老金……你是知道的。」

文卡自然是知道的。

他咬著嘴唇，在白紙上方的正中仔仔細細地寫上了一個數字：一二六，然後由上到下畫了一條垂直線，在左欄上方寫上「支出」右欄寫上「數目」。他沈吟片刻，取過日曆計算到預支還有多少天，然後在左欄寫上：十二，右欄寫一個乘號和數字四，得出總數爲四十八。接下去就寫得快多了：還債——十，買褲子——三十，儲蓄——二十，電影、跳舞等——四天，一天二盧布——八，剩餘——十盧布。

文卡哼了一聲。十盧布，給母親寄去這麼個數是很不像話的。村裡人準會笑話。他摸了摸下巴，毅然劃掉「剩餘」二字，改爲「零用」，心中叨咕著：「等下次領到預支工資再寄吧。」

他放下圓珠筆，把記事本揣進口袋裡，伸了個懶腰，想起了母親的來信。他打著哈欠看了看錶，掏出信封，拆開，抽出信紙，當他展開信紙的時候，一張三盧布的紙幣輕飄落在他的膝上……

〔簡析〕

這個故事辛辣地諷刺、無情地鞭撻了那種對母親冷酷無情、自私自利的可恥行爲，同時也謳歌了偉大的母愛。作品如暮鼓晨鐘，震聾發聵，引人深思。

小說成功地運用了「欲露先藏」的表現手法，構思精巧，匠心獨運。作者在描述了母親對兒子的關心、愛護和兒子對母親的冷漠無情之後，就轉入對主要事件的敍述。一次，文卡照例又收到母親的來信，他把信塞進衣兜裡，沒有看就走進自己的房間。信裡的內容是什麼？作者沒有說，把「底」藏起來了。接著文章大筆鋪寫文卡領到工資後怎樣精心安排自己的支出，生活費、服裝費、儲蓄、電影、跳舞……都想到了，唯獨沒有想到靠微薄的養老金艱難度日的老母，雖然一位從家鄉來的熟人曾勸告他「給母親寄點錢去」，但他沈思片刻，終於決定：還是以後再說吧。文卡終究沒有良心發現，回到母親的懷抱。小說寫到這裡似乎就要這樣結束了，但忽然異峯突起，把先藏起來的「底」一下抖落出來：文卡「想起了母親的來信」，拆開信時，「一張三盧布的紙幣輕輕飄落在他的膝上……」。這三盧布不是一張普通的紙幣，是母親對兒子的摯愛，是母親的涓涓血淚。這一突變把情節推向了高潮，驚雷滾滾，電光閃閃，藉著雷電的閃光，我們進一步看清了自私冷酷之心的可恥，看清了無私的母愛的偉大。

可見，文章開頭的「藏」是爲了最後更好的露，爲了在「露」中達到特殊的表達效果。如果作者不採用先藏後露的手法，而是平鋪直敍，寫文卡接到信後就拆開，露出一張三盧布的紙幣，然後再寫文卡領到工資後的自私行爲，題材雖然沒有變，但文章的波瀾沒有了，藝術感染力也就喪失殆盡了。

10 張弛法

一張一弛，是客觀世界的普遍現象，「山峯有高低，流水有緩急」，事物總是有節奏地向前發展的。寫文章也要講究張弛，講究節奏。

張，是指用快速流動的筆法記述緊張激烈的情節、場面；弛，是指用緩慢流動的筆法記述輕鬆舒緩的內容。所謂「張弛法」，是在文章中將張弛兩種內容錯綜穿插，疾徐兩種筆法交替運用，使文章在節奏上有張有弛，有緊有鬆，跌宕多變，搖曳生姿。

如《琵琶行》中對琵琶女演奏技巧的描寫，就是張弛相間的。先是「大弦嘈嘈如急雨，小弦切切如私語。嘈嘈切切錯雜彈，大珠小珠落玉盤」，接著「冰泉冷澀弦凝絕，凝絕不通聲暫歇。別有幽愁暗恨生，此時無聲勝有聲」，最後「銀瓶乍破水漿迸，鐵騎突出刀槍鳴」，節奏跌宕起伏，錯落有致，美妙無比。

例文：揚眉劍出鞘

這是西班牙初春的一個夜晚。在馬德里體育宮的一角，中國青年擊劍隊女運動員欒菊杰恬靜地從睡夢中醒來，她即將參加女子花劍決賽。

「喂，睡著了嗎？」坐在她身旁的同伴問道。

「還做了個夢呢，」她笑著說，「一閉眼就夢見我在比賽，一打就是我贏。」

「真的，白天你贏了好幾場了。」

欒菊杰說：「還没贏夠呢，我想……」

「你想什麼?」同伴急切地問。

「我想，讓我們的國旗升上去!」欒菊杰悄聲地、但又十分激動地說。

晚上七點鐘，決賽開始。欒菊杰穿一套緊身的白色擊劍服，套一件金屬絲編織的背心，攜盔持劍，登上賽臺。對手是蘇聯的扎加列娃。近十年來，蘇聯擊劍運動員一直稱雄劍壇。今天，來自遙遠東方的中國選手，以高昂的氣勢，精湛的劍法，引起人們極大的振奮，這是一場關鍵的比賽。

蘇聯選手也一直在伺機進攻，手中雪亮的護手盤不停地翻轉，兩條腿强悍地跳躍著。突然，她大喊一聲，向小欒撲上來，一隻腳踩住了小欒的腳面，劍刺在小欒左臂上方的無效部位。這一劍刺得太狠了，劍身像蛇一樣地拱曲，發出刺耳的斷裂聲。由於慣性作用，扎加列娃手中捏著一柄斷劍，還在向前衝，斷劍刺穿了小欒的左臂。欒菊杰掄了掄胳膊，左臂已經麻木了——她恰恰是左手握劍的，這隻手幾乎握不住劍柄了。這時，欒菊杰雖然還不知道劍鋒已經透過了皮下肌肉，但是她已經感覺到傷勢不輕。

「千萬不能叫人知道我受傷了。只要能把國旗升上去，讓我去死——也幹！拚！拚了！」此刻小欒心裡重複著這樣幾句話。

扎加列娃換了一把劍，裁判員發出口令，比賽繼續進行。欒菊杰左手握劍衝上前去。雙方運動員你來我去，一招一式，都在發動最快速的進攻。多少次兩劍相擦而過，眼看就要同時刺中對方。只見欒菊杰忽地身體猛衝向前，兩腿充分拉開了弓步的幅度。對方來劍向她逼近了，她身體急速下沉；來劍從她頭上一閃而過，而她，將劍、臂、肩拉成一條直線，劍鋒飛駛向前——命中對方！

歡騰的風暴，從大廳上空掠過。隊友們閃著濕潤的笑眼向欒菊杰擁過來。一個同伴發現她擊劍服上的穿孔：「呀！你受傷了！」實際上，左臂的傷勢已經惡化，一陣陣劇痛發作了。手臂上又濕、又黏。她忍受著巨大的傷痛，揚眉挺劍，一次又一次登上賽臺，連續與四個强手對壘。在無數次擊搏之中，這位年輕的帶著幾分稚嫩的江南姑娘，表現得是這樣的頑强。比賽結果，欒菊杰榮獲第二十九屆世界青年擊劍錦標賽的女子花劍亞軍。

馬德里體育宮大廳裡冉冉升起鮮艷的國旗。這是國際劍壇上升起的第一面國旗。

欒菊杰走下擊劍臺時，身體左側濺下了斑斑血點。隊友們這時才發現她傷勢嚴重。

小欒受傷的消息傳開了，各國運動員都紛紛團攏來。無數雙眼睛——黝黑的、碧藍的、金黃的，同時望著她，各種語言發出同聲驚嘆：這是一位在本屆比賽中最勇敢最傑出的運動員！

〔簡析〕

《揚眉劍出鞘》是理由寫的一篇有名的報告文學，原文在敍述節奏的處理上很有特色，由於原文較長，這裡只摘錄了一部分，並且是經過改寫了的一部分，因此其風韻已遠不及原文，但其張弛技巧仍可窺見一二。

短文的第一部分寫欒菊杰從睡夢中醒來後與同伴的對話，敍述是緩慢的，氣氛是平和的，這是「弛」，但這「大戰」前的「寂靜」爲決賽的到來作了鋪墊。第二部分是重點，寫決賽的場面：只見刀光劍影，刺殺拼搏，你來我往，緊張激烈，這是「張」。第三部分寫欒菊杰取得勝利後國旗冉冉升起，各國運動員紛紛祝賀、讚嘆，氣氛熱烈輕快，這是「弛」。

這種「一張一弛」的敍述方法有什麼好處呢？第一，一張一弛文章才有波瀾。一味鬆弛固然平淡，一味緊張也會使人感到單調，「不見高山，不知平地」，一張一弛才能顯示出文章的起伏節奏，使讀者始終保持濃厚的閱讀興趣。第二，這樣寫才能加强文章的深度與廣度。決賽固然是文章的重點，但沒有第一和第三部分也是不行的。第一部分展現了欒菊杰的內心世界，透露了她的爲國爭光的思想，爲第二部分寫頑强的拼搏精神打下了堅實的基礎，第三部分寫勝利後的歡樂、幸福與各國運動員的讚嘆，從側面烘托了欒菊杰的形象，加强了文章的表達效果。

「一張一弛，文武之道」，此話確實有理。

11 斷續法

在敍述描寫過程中，爲了某種需要，故意中斷文路，插入別的內容，這就是我們常說的斷續法。寫文章，總是要求文氣貫通，意脈暢順，構成渾然一篇。然而，爲了增加文勢的變化，加强表現效果，或者加深對主題的開掘，有時中斷情節的連續發展，宕開筆鋒，間敍一件似乎與之並不相關的事。實際上，這是明斷暗續，「語不接而意接」，更見文章的體勢嚴謹。

清人劉熙載說：「章法不難於續而難於斷。」明斷暗續，古人稱爲「文章之妙」，是一種難度較大的表現手法。運用這一手法，關鍵在於要「斷乎其所當斷，續乎其所當續」，斷在巧處，續在好處，斷續均無阻隔；而插入的事件，又須與原來所敍事件暗相呼應，環環相扣、斷中有續，斷續有致。這樣，則可有橫雲斷嶺、橫橋鎖溪之妙，使得文章的文勢錯綜盡變，文意沈鬱頓挫，讀來令人感到峯巒起伏，多姿多采。

例文：我的第一個文學「啟蒙老師」

任大霖

文學是沒有遺傳性的。但一個人的愛好卻往往受到家庭環境的薰陶與影響。從這個意義上來說，我的第一個老師就是我的父親。

我父親對我國古代文學有相當的造詣。他晚年貧窮失業，我九歲那年，日寇瘋狂轟炸我的家鄉，舉家遷到紹興一個山村避難。父親在一所茅舍內辦起了學校。沒有課本，每學一篇，由學生用毛邊紙正楷謄寫，父親朱筆圈點，作爲「講義」。從《陋室銘》，到《赤壁賦》，從《曹劌論戰》到《曾子易簀》，從《屈原列傳》到《五人墓碑記》，從《靜夜思》到《長恨歌》……這對於一個剛剛換下開襠褲，只念過兩年小學的兒童來說，自然不是輕鬆愉快的事。父親是嚴厲的，不許錯筆，不許漏一字。我雖小，但不笨，記得一次在全班同學面前，把《桃花源記》流暢地背誦出來，父親當場賞我一個特大的重糖麻餅，作爲獎品。下課後，我捧著麻餅，就像捧著一塊「大獎章」，在孩子們的簇擁下，像個英雄似的回家去。

後來，父親生了重病，學校解散了。但父親在病榻上，仍教我古文、古詩，直到他去世爲止。父親很輕視小說，認爲是「閒書」但是我卻早就從他的書箱中拿了《聊齋誌異》、《三國演義》等小說，從同學那兒借了魯迅的作品，瞞著他偷偷地看。

記得我十二、三歲時，杭州來了一個親戚，給我們帶來了一大包新書，其中有一套少兒讀的「純文藝刊物」，有冰心的《寄小讀者》，還有一套世界各國的童話。我非常喜歡這些書，它們給我打開了心靈的窗。尤其是冰心的《寄小讀者》，我發現大人中間也有懂得孩子，跟孩子一樣有一顆活生生的心的人。我高興極了，因爲在書中找到了一個「最熱情最忠實的朋友」，她和我娓娓談心，她向我傾吐心中的歡樂和痛苦，她告訴我許多有趣的事情，她還親切地要我做一個善良、友愛的好孩子。

我一直很感謝給我送書的那位親戚。很久以後，當我在杭州見到他時，我向他表達了這種謝意。而他告訴我，關於贈書的事，是我父親託他「爲孩子代購優良之新書」，他才帶了這一大包文藝讀物來贈送的。我愣住了——呵，父親，原來你並沒有我原先想像的那樣固執、守舊。這說明我過去並沒完全理解我的父親。

我更加深沈地懷念我的第一個「文學啓蒙老師」——我的父親。

〔簡析〕

這篇文章以樸實的語言、眞摯的感情表達了作者對父親的深切懷念之情。首先，作者以深沈的筆觸敍述了父親在艱難中、病中敎「我」學習古文、古詩的情景。從《我的第一個文學「啓蒙老師」》的題目看，文章接下去似乎應該記寫父親怎樣引導「我」走上文學之路，但作者沒有這樣寫，而是忽然筆鋒一轉，插入寫杭州的一位親戚送給「我」一大包新書，給「我」打開了心靈的窗。這件事似乎與父親不相干，是文章的一「斷」。但很久以後，當「我」向那位親戚表達謝意時，才知道那一大包新文藝讀物是父親託交的。原來還是父親打開了「我」的心靈之窗，把「我」引上文學之路，這是一「續」，即接上了原來的敍述。這樣，一

「斷」一「續」，使文章生起一層波瀾；明「斷」暗「續」，使文章別開一局生面；斷而後續，更顯情思豐沛，意氣動人，從而進一步加强了深沈的懷念之情，也增加了文章的感染力量。

12 疏密法

疏密，主要是個詳略問題。略寫則疏，詳寫則密。疏密法是指在行文中要善於安排略寫與詳寫的方法。文章中哪些應寫得疏略，哪些應寫得詳密，如何配置得當，安排合理，要以中心思想的表達爲依據。一般說來，同文章中心思想關係密切的內容應詳寫，大筆鋪陳，用墨如潑；同中心思想關係不大的內容應略寫，省文約字，惜筆如金，不能隨意點染，平均使用力量。

疏密相間是寫作謀篇的一個重要美學原理。運用疏密法，首先必須從表達主旨的需要出發，衡量材料的主次輕重。這是確定詳細疏密的依據。據此處理，才能做到詳略得當，疏密合理。文章寫得有疏有密，疏密相間，不僅能使主旨突出，中心分明，形象更加血肉豐滿；而且還能使文章虛實相生、濃淡相宜，波瀾起伏，錯落有致，達到勻稱和諧的境界。

例文：記一次乒乓球賽

我和姐姐在一個學校讀書，課餘常在一起打乒乓球，是一對有名的小球迷。上星期體育老師宣布，國慶節前要舉行一次全校乒乓球賽，希望大家好好練習，踴躍報名。我和姐姐都報了名。

日子過得真快，乒乓球賽開始了。在預賽中，我和姐姐都戰勝了對方。到最後決賽的一場，恰恰是我和姐姐爭奪冠軍。

決賽那天，禮堂正中放著一張綠色的球檯，周圍坐滿了人。窗戶外邊也擠滿了小腦袋。大家都在不住地議論。有的說：「姐姐的把握大一些。」有的說：「不一定，妹妹打得才棒呢。」體育老師在場內忙碌著，來參觀的老師也幫著維持秩序。我看到這麼多雙眼睛望著我，不由得緊張起來，心突突地跳得厲害。

體育老師叫我們進場，全場立即響起一陣熱烈的掌聲，我更加發慌了。試球的時候，我只看見白色的小球忽高忽低，忽左忽右，只知道網子那邊是姐姐，至於她是不是也和我一樣緊張，我都沒有注意。

才試了幾個球，我的手心裡全是汗水。

決賽正式開始了。前兩局我和姐姐各勝一局。第三局先由我發球。我發一個正手球，發一個反手球，接著連發兩個長球，又發一個短球，總之不叫姐姐摸著我的規律。碰上姐姐打了稍高的球，我就用力扣殺。姐姐也毫不示弱，連連攻我的反手，還打出旋轉球來使我接不準。兩個人不分上下，比分緊緊咬住，五平，六平，八平……還好，是我領先一分，交換了場地。老師和同學爲我們鼓掌，有的還喊：「小球迷，加油啊！」

最後的戰鬥更加激烈了。我每一板都打得很小心，也不放棄攻球的機會。有時姐姐打過來的球又快又硬，我都把它擋回去了。當我以二十比十九領先一個球的時候，姐姐大概是急著要追成二十平，猛然抽了一板。我正擔心對付不了，球卻彈著網子，出界了。在一陣熱烈的掌聲中，我們的決賽結束了。

〔簡析〕

本文記敍了一次乒乓球比賽的過程，時間跨度較大，內容較多，但由於作者善於裁剪、布局，該密時細筆描繪，該疏時粗線勾勒，文章寫得疏密相間，錯落有致，精采紛呈，扣人心弦。

作者是怎樣以「疏密相間」來顯示文章的波瀾的呢？

一是略寫預賽，詳寫決賽，以預賽之「粗疏」襯決賽之「緊密」。預賽的時間長，打球的人次，場次多，但作者一筆帶過：「在預賽中，我和姐姐都戰勝了對方。」而決賽卻寫得很詳細，對比賽的場地，球檯，觀衆的議論，緊張的氣氛、運動員的心理、比賽的情景都作了繪聲、繪形、繪色的描寫，極力渲染，用墨如潑，使人有「身臨其境」之感。因爲預賽不是高潮，決賽才最爲大家所矚目，而且決賽是「我」與姐姐爭冠軍，最能表現「我」不畏强手，敢打硬仗的拼搏精神。

二是寫決賽也不一一鋪陳，局局細敍，前兩局省文略字，粗作介紹，只說「我」和姐姐各勝一局，第三局寫得很細密，如何發球，如何打球，觀衆的吶喊助威，比分的交替上升，都寫得有聲有色。

三是第三局也不是每球必寫，前二十個球是概寫，最後一個球是細描：「當我以二十比十九領先一個球的時候，姐姐大概是急著要追成二十平，猛然抽了一板。我正擔心對付不了，球卻彈著網子，出界了。」最後一個驚險球把觀衆、也把讀者的情緒推向了高潮，文章的波瀾達到了頂峯。

如果本文不是如此處理疏密詳略，以疏襯密，以略顯詳，而是平均使用筆墨，預賽、決賽、每一局、每一球都寫到，那就勢必長而單調，多而無味，不成其文，更不用說高潮迭起，扣人心弦了。

13 離合法

離，指放得開筆；合，指收得攏筆。離合法，就是指寫文章既放得開，能寫出去，又收得回，能合攏來。所謂放開、收攏，是就材料與題旨的關係而言。收攏，指緊密扣題，自不待說；放開，卻也並非離題，而是「似離非離」，時時與題旨一脈相通。

「世間文字斷無句句著題，句句不著題之理，其法在於離合相生。」「離合相生」，就是在行文時忽離忽合，忽遠忽近，離合錯綜，遠近交叉。這樣寫，可使文勢常呈動態，章法富於變化，作品也得以表現更豐富的內容。然而，運用離合法應注意兩點：第一，「離」與「合」，不可平分秋色，一般說，寫「離」是爲了寫「合」，寫「離」要立足於「合」；第二，「離」與「合」，都應各得其宜，切不可寫「離」，則離題萬里，「言不及義」，寫「合」則和盤托出，全無蘊蓄。

例文：茶花賦

楊朔

久在異國他鄉，有時難免要懷念祖國的。懷念極了，我曾也想：要能畫一幅畫兒，畫出祖國的面貌特色，時刻掛在眼前，有多好。我把這心思去跟一位擅長丹青的朋友商量，求她畫，她說：「這可是個難題，畫什麼呢？畫點零山碎水，一人一物，都不行。再說，顏色也難調，你就是調盡五顏六色，又怎麼畫得出祖國的面貌？」我想了想，也是，就擱下這樁心思。

今年二月，我從海外回來，一腳踏進昆明，心都醉了。我是北方人，論季節，北方也許正是攪天風雪，水瘦山寒，雲南的春天卻腳步兒勤，來得快，到處早像催生婆似的正在催動花事。

花事最盛的去處數著西山華庭寺。不到寺門，遠遠就聞見一股細細的清香，直滲進人的心肺。這是梅花，有紅梅、白梅、綠梅，還有朱砂梅，一樹一樹的，每一樹梅花都是一樹詩。白玉蘭花略微有點兒殘，嬌黃的迎春卻正當時，那一片春色啊，比起滇池的水來不知還要深多少倍。

究其實這還不是最深的春色。且請看那一樹，齊著華庭寺的廊檐一般高，油光碧綠的樹葉中間托出千百朵重瓣的大花，那樣紅艷，每朵花都像一團燒得正旺的火焰。這就是有名的茶花。不見茶花，你是不容易懂得「春深似海」的妙處的。

想看茶花，正是好時候。我遊過華庭寺，又冒著星星點點細雨遊了一次黑龍潭，這都是看茶花的名勝地方。原以爲茶花一定很少見，不想在遊歷當中，時時望見竹籬茅屋旁邊會閃出一枝猩紅的花來。聽朋友說：「這不算稀奇。要是在大理，差不多家家戶戶都養茶花，花期一到，各樣品種的花兒爭奇鬥艷，那才美呢。」

我不覺對著茶花沉吟起來。茶花是美啊。凡是生活中美的事物都是辛勤創造的。是誰白天黑夜，積年累月，拿自己的汗水澆著花，像撫育自己兒女一樣撫育著花秧，終於培養出這樣絕色的好花？應該感謝那爲我們美化生活的人。

普之仁就是這樣一位能工巧匠，我在翠湖邊上會到他。翠湖的茶花多，開得也好，紅彤彤的一大片，簡直就是那一段彩雲落到湖岸上。普之仁領我穿著茶花走，指點著告訴我這叫大瑪瑙，那叫雪獅子；這是蝶翅，那是大紫袍……名目花色多得很。後來他攀著一棵茶樹的小幹枝說：「這叫童子面，花期遲，剛打骨朵，開起來顏色深紅，倒是最好看的。」

我就問：「古語說：看花容易栽花難——栽培茶花一定也很難吧？」

普之仁答道：「不很難，也不容易。茶花這東西有點特性，水壤氣候，事事都得細心。又怕風，又怕曬，最喜歡半陰半陽，頂討厭的是蟲子。有一種鑽心蟲，鑽進一條去，花就死了。一年四季，不知得操多少心呢。」

我又問道：「一棵茶花活不長吧？」

普之仁說：「活得可長啦。華庭寺有棵松子鱗，是明朝的，五百多年了，一開花，能開一千多朵。」

我回了一聲：想不到華庭寺見的那棵茶花來歷這樣大。

普之仁誤會我的意思，趕緊說：「你不信麼？大理地面還有一棵更老的呢，聽老人講，上千年了，開起花來，滿樹數不清數，都叫萬朵茶。樹幹子那樣粗，幾個人都摟不過來。」說著他伸出兩臂，做個摟抱的姿勢。

我熱切地望著他的手，那雙手滿是繭子，沾著新鮮的泥土。我又望著他的臉，他的眼角刻著很深的皺紋，不必多問他的身世，猜得出他是個曾經憂患的中年人。如果他離開你，走進人叢裡去，立刻便消逝了，再也不容易尋到他——他就是這樣一個極其普通的人。然而正是這樣的人，整年整月，勞心勞力，拿出全部精力培植著花木，美化我們的生活。美就是這樣創造出來的。

正在這時，恰巧有一羣小孩也來看茶花，一個個仰著鮮紅的小臉，甜蜜蜜地笑著，唧唧喳喳叫個不休。

我說：「童子面茶花開了。」

普之仁愣了愣，立時省悟過來，笑著說：「真的呢，再沒有比這種童子面更好看的茶花了。」

一個念頭忽然跳進我的腦子，我得到一幅畫的構思。如果用最濃最艷的朱紅，畫一大朵含露乍開的童子面茶花，豈不正可以象徵著祖國的面貌？我把這個簡單的構思記下來，寄給遠在國外的那丹青能手，也許她肯再斟酌一番，爲我畫一幅畫兒吧。

〔簡析〕

本文通過對茶花和育花人的描寫，盛讚了偉大的祖國和勤勞的人民。在結構上採用先離後合、離合相生的手法，構思巧妙，獨具匠心。

作者首先引出一個話題，寫「我」久在異國他鄉，懷念祖國，盼望有一幅能繪出祖國面貌的畫掛在眼前，以寄託思念之情。但接著又擱下這個話題，把筆墨轉移到別的事物上去，從「一樹梅花一樹詩」寫到像火焰一般的重瓣茶花，從盛讚茶花的紅艷茂盛寫到盛讚勞心勞力，創造美的能工巧匠，從孩子們仰著的鮮紅小臉聯想到童子面茶花含露乍開……這些離開文章開始的話題似乎很遠了，但是作者筆鋒一轉，又把兩個話題合到一塊：

一個念頭忽然跳進我的腦子，我得到一幅畫的構思。如果用最濃最艷的朱紅，畫一大朵含露乍開的童子面茶花，豈不正可以象徵著祖國的面貌？我把這個簡單的構思記下來，寄給遠在國外的那位丹青能手，也許她肯再斟酌一番，爲我畫一幅畫兒吧。

這一結尾一語道破了兩個話題的內在聯繫，把祖國欣欣向榮的面貌合到含露乍開的童子面茶花的形象上去了，充滿了詩情畫意，象徵了祖國光輝燦爛的未來，給人以清新雋永，豁然開朗的感受。顯然，文章如果句句著題，步步相連，就無法展開形象，豐富內容；反之，如果只離不合，「行行愈遠」，最後不把祖國的面貌與童子面茶花的形象合在一處，也不能深化主題，開拓意境。

14　欲揚先抑法

抑，是按下、收束；揚，是振發、放開。欲揚先抑法，就是爲了肯定某人或物，先用曲解的方法和嘲諷的態度盡力貶低和否定他(它)的方法。這種方法的特點是：爲揚而抑，先抑後揚。抑的目的在於揚，抑下是爲了揚起更高，振發更力，「使文章有氣有勢，光焰逼人」(唐彪)。

古人十分重視先抑後揚法。有人說「此法文中用之極多，最爲緊要。」運用這個方法，一是抑揚雙方要有對照性，而且大都是採用相對立的形式構成對照；二是抑揚雙方要有襯托性，對二者不可等量齊觀，而且重在後揚，抑起襯墊之用。抑揚對立，相互生發，可以使文章曲折多變，搖曳多姿，形成波瀾起伏之勢，增強文章的藝術效果；而且，由於抑揚陡轉，文勢昂揚，給人造成强烈印象，既有攝人心魄之力，又能翻出一層新意，增强文章的思想力量。

例文：第十一根手指

木樺

他匆匆返回賓館。甚至忘記了跟門房打招呼。更沒有注意到幾個服務員在竊竊低語：「樂團不是走了麼，怎麼老指揮又回來了？」

他沒乘電梯，一口氣衝到五樓他住過的房間。只驚得早晨那位入宿的房客瞪大了眼睛。

他滿屋搜尋著：衣橱、床頭櫃、牆角、床下、暖氣片夾縫……他急得滿頭大汗，還在不斷地搜索著。終於在鬼曉得的什麼地方，找到了那根失落了的指揮棒——那根被他奉若爲第十一根手指的小小楓木條……然後，又匆匆趕回了百里以外的這座小城。

此刻，他巍然地站到樂隊前面了。

我是半年前調來的新樂手，對這位嚴厲怪僻的老指揮陌生而又敬畏。他不要別人擺譜檯，不要別人拿總譜，沒有那些大指揮的架子。

昨天只是因爲演出後他必須趕著去參加一個座談會，才不得不委託我把他的樂譜和指揮棒帶回他的房間。今天上午來到新的演出地，當他發現不見了那根指揮棒時，便執意要回去尋。

這無疑是一種迂腐的行動，許多人上前勸阻：「一場小小演出，湊合著算了！」

「我那兒有一根金屬棒可以代替……」

他搖了搖頭，只說了一句：「演出不能湊合，那是指揮者的手指，第十一根手指，懂麼？」說完，便扭頭離去了。

演出的鈴聲響了，大幕拉開，他提著那根指揮棒走來了……出於一種嘲笑心理，我第一次認真注視起他那根細細的木條：太普通、太平常了，絲毫看不出他所賦予的那種神祕色彩。

我以漫不經心的神態用提琴拉完了前幾首樂曲。等到演奏海頓的「驚愕」交響曲，我幾乎神離了樂隊。看著他，我不禁驚詫起來……

打從樂曲開始，老指揮手臂的第一記揮動，我便感到他手中的小木條驟然變成了魔杖。那木條輕輕一挑，竟然掀起了大海般波濤洶湧；那著力的一點，竟引發起電閃雷鳴；魔杖輪回了，倏然蕩起了暴風驟雨。接著魔杖變成了橄欖枝，於是陽光明媚，春風和煦，整個舞臺變得牧歌般幽靜……

我震懾了，那小小的木條竟會發出如此準確的指令。每一上挑，每一輪回，每一下滑，每一輕點……無異於一條神經通達的手指，把每記訊號，每種情緒，準確無誤地傳遞給每個樂手……

上千次的揮動，上萬次的撥點，只有隨心所欲的手指，才能如此靈通，才能如此傳神。

我和觀衆一樣靈魂震顫了。

突然，那魔杖向我點來了，像是在嗔怪我的愚昧和痴呆。我趕緊收攏神思，但一個强烈的印象卻久久不能排遣。

哦，神奇的第十一根手指！

〔簡析〕

本文先寫演出前的一段插曲：一次，樂團到一百多里外的一座小城去演出，剛到演出地點，老指揮發現自己的指揮棒不見了，便執意要回去找。許多人勸阻：「一場小小的演出，湊合著算了！」但老指揮不聽，說「演出不能湊合，那是指揮者的手指，第十一根手指，懂麼?」說完便走。所以,「我」覺得這老頭嚴厲,怪僻,迂腐,對他「陌生而又敬畏」,暗中以「一種嘲笑的心理」來看待老指揮的所謂「第十一根手指」——一根「太普通、太平常」的小小楓木條。以上寫「我」對老指揮的不良印象和對指揮棒的否定態度,是「抑」,是「壓」。

接著描寫演出的情景:「打從樂曲開始,老指揮手臂的第一記揮動,我便感到他手中的小木條驟然變成了魔杖。那木條輕輕一挑,竟然掀起了大海般波濤洶湧;那著力的一點,竟引發起電閃雷鳴;魔杖輪回了,倏然蕩起了暴風驟雨。接著魔杖變成了橄欖枝,於是陽光明媚,春風和煦,整個舞臺變得牧歌般幽靜……」「我」和觀衆一樣完全被老指揮的藝術魅力征服了,不禁從內心裡讚嘆:「哦,神奇的第十一根手指!」這一段寫「我」對老指揮的由衷敬佩之情。是「揚」,是「擡」。

一抑一揚,先抑後揚,給文章造成了轉折,掀起了波瀾,使老指揮的形象突出了:這是一位技藝精湛,作風嚴肅,一絲不苟的老藝術家,並不是一個嚴厲,怪僻,迂腐的老頭。「我」過去不能理解的東西現在全明白了:老指揮寧肯跑一百多里去找那根失落的指揮棒,而不肯湊合演出,正是他嚴肅地對待藝術,嚴肅地對待觀衆的集中反映。正是這種「執著」精神,使一根小小的楓木條變成了一根神奇的魔杖。於是,全篇文章都活脫起來,給讀者留下鮮明而深刻的印象。

15 擡高跌重法

擡高跌重，就是先揚後抑，爲抑揚法之一種。運用這種手法，就是要擡得高，跌得重。「擡」與「跌」，「擡」是手段，「跌」是目的。因而在行文中，看來多在「擡」上下功夫、做文章，實際上力量全是用在「跌」上。「擡」是爲了造成更大的陡勢和高度差，使後面能夠跌得沈重、有力，獲得强烈的效果。

「擡」與「跌」二者應當有對照性和襯托性。在這裡，所擡所跌，必須是同一人物事件，「擡」者必「跌」，「跌」者必是「擡」者，不可「擡」此「跌」彼。而且，不管如何「擡高」，擡得多高，也不管「擡」筆如何形象生動，獨具特色，關鍵還在一跌；如果沒有跌下，或跌得不重，文章都不算成功。擡高跌重法多用於批評貶斥。運用這種手法，前擡後跌，對照鮮明，很富有戲劇性，也帶有漫畫化的嘲諷韻味，對那些消極東西的否定顯得特別徹底、深刻，其鋒芒辛辣，促人警省；此外，這種手法也能使文勢起伏、情節曲折、結構變化有致，能對讀者發生較大的吸引力。

例文：遠大理想

陳遠奇

他和她於一年前分了手。他並非計較她是飯館的服務員，因他自己也不過是個小廠的普通工人而已；他以爲自己有遠大理想，而她卻胸無大志。那天夜裡的一席談話至今言猶在耳：

「你的遠大理想是什麼呢？」他問。

「我……」她驚惶失措了，臉紅得發紫。

「說呀，你的遠大理想是什麼？」

「我，我——我沒什麼遠……」她愈加不安。

「啊，太遺憾了，沒有理想的生活就如一潭死水，終究會要發臭。」

「不，我不是這個意思。」她稍稍平靜下來，「我是想努力把本職工作搞好——」

「目光短淺！目光短淺！」他不耐煩地打斷了她的話，「世界是如此廣闊，生活是這般豐富，而理想就是我們的希望，它將鼓舞著我們去遠航！」

「是嗎？」她驚異地閃著那對亮晶晶的眼睛，「你的遠大理想是什麼呢？」

「翻譯家！」他叉開五指，自豪地望著那燦爛的星空，「我至少要懂，不，要精通五國文字。我要翻譯世界上的名著，讓人們都知道我的名字。不像你，這樣俗氣。」

一年過去了，此刻他正坐在一家新開張的餐廳的一角。這裡幽雅、舒適，常有外賓光臨。我們的翻譯家從上到下穿著全部沒有翻譯過來的洋衣洋褲，一副大墨鏡遮住了他半個臉。他正得意洋洋地在等服務員的光臨，這樣他就可以省去了排隊。果然，服務員來了。由於背光，又戴著大墨鏡，她看不清他的面容。

「您要喝些什麼嗎？」她用日語客氣地問。

「見鬼！」他在心裡罵，「哇哩哇啦些什麼，撐飽啦！」

「您想吃什麼？」見他沒反應，她又改用了英語。

他深感遺憾，聽不懂，要是能對答如流那多夠味！翻譯家心裡掠過那個偉大的理想。

「您想吃哪個菜，牛排還是魚?」服務員仍不知趣地用英語問他。腹飢，口渴，心虛，羞愧使他惱羞成怒了，忽地站將起來，摘下墨鏡，吼道：「我是中國人，聽不懂!洋奴!」她?!竟然是她?!他緩緩地坐下去，很快恢復了平靜，嘴角抽動了兩下，算是一個笑。

「哦，原來是翻譯家。」她善意地笑著。

「不，我現在的理想是當個作家，作家，懂嗎?像托爾斯泰、雨果、巴爾扎克、魯迅、茅盾……」

〔簡析〕

這篇作品的主要人物是「他」——一個只尚空談的「空想家」。作者運用「擡高跌重」的手法，通過「他」與「她」的兩次談話，對那些自欺欺人的空想家，空談家作了辛辣的諷刺。

一年以前——「他」教訓「她」：「沒有理想的生活就如一潭死水，終究會要發臭」，「世界是如何廣闊，生活是這般豐富，而理想就是我們的希望，它將鼓舞著我們去遠航」，從表面看，此人志氣不小，理想遠大。「他」還叉開五指，自豪地望著那燦爛的星空，發誓：「我至少要懂，不，要精通五國文字。我要翻譯世界上的名著，讓人們都知道我的名字」。看那神情，彷彿就要展翅飛翔了。這樣，作者把「他」擡到了雲裏霧裏。

一年以後——「她」用日語、英語問「他」，可「翻譯家」一句也聽不懂，心理罵道：「哇哩哇拉些什麼，撑飽啦！」當「他」發現服務員就是一年前的「她」，又厚著臉皮聲稱：「我現在的理想是當個作家，作家，懂嗎?像托爾斯泰、雨果、巴爾扎克、魯迅、茅盾……」這些話又叫人從心裡笑出淚來，這樣，作者又把「他」從空中狠狠地摔到了地上。

這一「擡」一「摔」，使文勢陡轉、異峯突起，徹底暴露了這位「翻譯家」的原形，原來他是一個地地道道的空想家、空談家。他的所謂「遠大理想」不過是「想入非非」；他的「豪言壯語」不過是「誇誇其談」；他的「自豪神情」不過是自欺欺人而已。

當然，這篇作品還運用了其他一些表現手法，如描寫「她」運用了「先抑後揚」法，「她」與「他」之間又形成了對比關係，這些都加强了作品的表現力，更好地反襯了空想家的可悲，更有力地說明了「實現理想不是靠嘴巴，而是靠踏踏實實的努力」這個眞理。

集中

集中，是對文章命題謀篇和表達效果的一個基本要求。何謂集中呢？劉勰指出：「總文理，統首尾。定予奪，合涯際，彌綸一篇，使雜而不越者也。」又說：「附辭會意，務總綱領。驅萬途於同歸，貞百慮於一致。」這表明，集中包括主題思想的凝聚、篇章結構的嚴謹和語言文字的精煉等幾個方面。其中主題思想的集中是關鍵

文章最忌主題分散，頭緒雜亂、結構鬆散、語言支蔓。這樣，定然難以成篇，當然不成文章。因此，一篇文章不管「寫什麼」、「怎樣寫」，不管如何千變萬化，曲折周轉，都必須體現出集中的神髓。這就要求在寫作中抓住事物的主要矛盾，把事寫活，把理說透，主幹貫穿。首尾呼應，從而集中地表現主題。主題集中，文章的意蘊就能突出、明確、深刻，主題集中，文章的結構才能嚴謹、完整、和諧。

文章怎樣才能寫得集中呢？這是很值得探討的課題。下面所列種種寫法，主要作用就在於此。

16 點睛法

晉代畫家顧愷之說：「傳神寫照，正在阿堵中。」在這裡，「阿堵」就是指眼睛。可見，畫家畫人物，尤爲注重畫眼睛，因爲眼睛最能傳神寫眞。寫文章同樣如此，要重視點睛。這就是用最富有表現力的、最能體現文章思想精髓的關鍵性語句來表現全文的主題思想或人物的性格特徵。

點睛的位置當根據故事情節的推進、人物性格的發展、思想內容的開拓，可以在篇首、篇末或篇中。但點睛是「立片言以居要」，因而必須點在關涉全局的緊要之處。在篇首則重在「開篇點題」，在篇末則意欲「深化主題」，在篇中則藉以「因勢利導」。

點睛之筆必須文字精煉，含意深邃，富有概括力、表現力，具有啓發性。因而，在運用時，既要精心錘煉，反覆推敲，又不可故意雕琢；既要自然順勢，不露痕跡，又不可平淡無奇。這樣點睛，方能使形象生色，思情增輝，氣勢暢達，主題鮮明。

例文：老鞋匠

在一個牆角上有個鞋攤兒，一位老頭兒坐在「馬扎兒」上，在爲過往的行人和左近住戶們修補鞋子。

他的攤兒上，擺著一些不起眼的東西，小釘子、碎皮子、前掌、後掌、鞋油、膠水，還有廢舊的自行車，汽車的外帶和內胎……

他使用的家什，也是頂普通的工具，切刀、錐子、磨石、剪子、鐵錘和釘子……

老頭兒長年坐在十字路口的牆角邊，好使東南西北的行人都能看到他。他整天不閒地爲人修補鞋子。

他的背後，就是一家店鋪小貨倉的窗子，窗子向南，窗子上擺滿了花盆兒。花盆裡的花兒長得十分茂實，可說不上有什麼名貴的。天門冬、金絲荷葉、榨漿草，還有一盆玻璃翠……

因爲是小貨倉，兩扇玻璃窗子幾乎終年都不打開，所以這幾盆花都伸長脖子，夠著，夠著地爭取陽光。因此，無冬歷夏地開著……它就自然成了老補鞋匠的背景，因爲，老頭兒也是無冬歷夏地在補鞋……

攤子上沒有字號，也沒有人知道老鞋匠的名字。來修補鞋子的人只是順口地叫他一聲師傅罷了。牆上貼著一張紙條兒，上邊寫著：

「快修，當時可取。」

不停的來人，坐在小凳上，等他把鞋子修好，就好上路。有戰士，有工人，也有農民，還有學生們……

鞋有各式各樣的，更多的是塑料底的。有的人因爲鞋跟磨偏了，有的人鞋子開線了，有的鞋幫裂口子了，有的因爲鞋跟掉了，還有那些愛惜新鞋的，没穿就拿來打掌了。還有那矮個子姑娘拿著半高跟鞋來要求老鞋匠再把跟兒加上半寸……

人們把修好的鞋子，重新穿在腳上，站起身來，抖擻精神，覺得比以前輕快多了。

有的人，接過鞋匠手裡的鞋子穿上，在地上輕輕跺了兩下，既合腳，又稱心，付了錢，説聲謝謝，便踏步走在路上了。

這個老頭兒，曾經託人寫了「快修」字條兒，他是爲了人們的方便，因爲人都要走路的，穿著鞋的腳才能走得遠些快些。老頭兒，他大概爲了怕人等得心急，才告訴人們，他這鞋攤，能夠當時可以修得，馬上穿起，立即繼續走路。可是，他知道不知道，鞋子修得稱心，走路的人，加快速度，要節省多少時間、多做多少事呢！

我重新看了這補鞋匠一眼，又向玻璃窗子裡面不謝的花兒看了一眼，感到，他不只是個修補鞋子的人，他倒是一個爲人們修補了流去時間漏洞的人。

〔簡析〕

這篇文章是爲「老鞋匠」畫像。作者用樸素的筆墨勾畫了一位普通勞動者的光輝形象。文章選用的材料都是日常瑣事，卻寫得有聲有色，有情有理。這與作者善於運用「點睛之筆」是分不開的。

你看，地點：「一個牆角」。

人物：「一位老頭兒」。

工具：「一些不起眼的東西」，「頂普通的工具」。

工作：「整天不閒地爲人修補鞋子」。

背景：一家小貨倉的「窗子上擺滿了花盆兒」，「牆上貼著一張紙條兒，上邊寫著：『快修當時可取。』」

場面：來修鞋的有戰士、工人、農民、學生……「人們把修好的鞋子，重新穿在腳上，站起身來，抖擻精神」，便踏步走在路上了。

這些都是人們常見的現象。如果文章僅是這般照錄，到此爲止，當然沒有多大意思，也便不值得論析了。但作者並沒有停止在這些表面現象上，而是把筆深入到了事物的內部。文章最後寫道：

> 我重新看了這補鞋匠一眼，又向玻璃窗子裡面不謝的花兒看了一眼，感到，他不只是個修補鞋子的人，他倒是一個爲人們修補了流去時間漏洞的人。

這就是畫龍點睛。這一筆，揭示了老鞋匠平凡勞動的不平凡意義：他修補的不只是一般的鞋子，而是流去時間的「漏洞」。他對於社會的貢獻是無法估量的。讀到這裡，你對老鞋匠能不油然而生敬意麼？

畫龍點睛的一筆，使老鞋匠的形象高大了，全篇文章都活脫起來，眞是「一穴得氣，全絡貫通」。

當然，運用點睛之筆不單是個技巧問題，首先是個思想認識問題。只有作者「見人所未見」，有深刻的感受，獨到的見地，然後才能「立片言以居要」，從「尋常」中表現出「奇崛」來。

17 開拓法

開拓，主要是指題旨的開拓。這就是在敍述中心事件之後，筆鋒陡轉，深入開掘，昇華主題，將整個文章的思想境界提到一個嶄新的高度。這種方法，要求在寫作中致力於從一般的材料中「發人之所未發」，提煉出新的題旨；或從已有的題旨中別出一境，開掘出新的文意；或從主要內容與其他事物的聯繫中由此及彼，凝結出新的哲理。這種開拓，往往是作者的啓示和讀者的聯想中得以實現。它可以使文章獲得言外之意，題外之旨，更顯得厚實深邃，包孕豐富。

運用開拓法，首先要求作者「使自己的眼光，不局限在眼前的事物上，放開一步，從更大的範圍來看，看得更遠些，更深些。」然後，才能引導讀者從一個新的高度上思考問題，認識事物。可以說，這實際上是作者心胸和視野的開拓。這是開拓法的內在依據。

運用開拓法，可以使文章的情節發生曲折，文勢呈現變化，在峯迴路轉處生活畫面更見開闊，在拓展變化中時代氣息更加濃郁，從而更集中地體現主題。其次，由於開拓法多在文章結尾處集中體現，因而能使人讀後感到「言有盡而意無窮」，顯得言簡意賅，韻味悠遠。

例文：競賽

徐開壘

記憶有時真像一位不速之客，當我們不經意的時候，它就會來敲我們心靈之門。而且往往等不及我們笑意相迎，它就已突然在我們的面前出現了。因此，在我們偶然檢閱舊物的時候，我們會忽然想起童年時的小伴侶；在我們跳上電車，擠在乘客中間的時候，我們會忽然記起三年前的一個早晨，騎著自行車旅行去；而現在，正當我們工作得疲倦了，準備伏案小息之時，我們又忽然爲這個不速之客所打擾了。我看見一個影子在我的面前掠過：一個十五年前的同學，有著黝黑健康的臉，慣常帶著少女的羞怯的微笑。她曾給我們求學時代增添過不少快樂和煩惱。她永遠是我們考試成績的角逐者，而又暗暗地不讓我們知道。當每一次考試完畢後幾天，教師發回來考卷時，像出於一定的規律，她坐在旁邊總是這樣問我：

「你幾分？」

「八十二分，你呢？」

「八十三分。」

在這樣的問答中，我們總是在十分的歡愉中，帶著一分天真的妒忌，然後又讓這一分感情成爲下一次加倍用功的動力。……

時間沖去了我們寂寞的少年時代。現在，一切都過去了。我們都在和過去完全不同的環境中生活，我們早已不爲一張試卷，一次考分，一些微小的事情而喜怒哀樂。可是，爲什麼這個十五年前的同學，這個羞怯的，具有著十五年前少女特徵的女孩子，她又在我的面前出現了呢？

一個喧鬧的中午。當我遊歷過一些名城和鄉鎮，又回到這個朋友星聚的地方，我爲三、五良朋的歡談所沉醉了，然後又忽然從這沉醉中驚醒過來，從其中的一個老同學的口中，聽到了這樣的消息：我們那個十五年前的女同學，這個在我們的腦海裡早已湮沒了很久的人物，現在一家工農速成中學教書，而且被選爲優秀的教師。

這個消息與其說是使我驚奇，還不如說是使我不安，縱然我現在已從朋友星聚的地方回來，縱然我現在獨處一室，因疲倦而伏案小息，但我好像又看見她在我的旁邊，在工作的道路上，像過去一樣，一手掩蓋著老師發下來的考卷，狡猾地笑著問我：「我八十三分。你幾分？」

我幾分呢？這次我真被窘住了。也許是不及格。也許只有六十分，勉強及格罷了。我是尷尬而又難受。我覺得我又不幸而成爲一個失敗者。和十五年前一樣，面對著她的微笑，我在十分的歡愉中，不是也還帶著一分妒忌的心情嗎？

我希望能像過去一樣，收拾起這一份妒忌的心情，成爲下一次加倍用功的動力。

〔簡析〕

這篇文章，記敘的不過是偶然聽到求學時代的一位女同學成了優秀教師的消息，這類事物，我們誰沒有遇到過呢？但作者寫得很有意思。這是爲什麼？原因就在作者善於「開拓」，善於由此及彼地聯想，發掘出與中心事件有關的材料，善於從平常的材料中提煉出深刻、新穎的主題。

作者是怎樣「開拓」的呢？

這篇文章的主要內容是寫過去的一位女同學今天成了優秀教師的事，如果僅僅寫這件事，內容就太單薄了。所以作者沒有受這個材料的局限，而是把眼界放開一步，從人物的歷史情況中發掘材料，寫了求學時代這位女同學與「我」比分數的典型情節，然後才展開對主要事件的敘述——十五年前在學習成績上與「我」進行角逐的對手，十五年來「在工作的道路上」依然在與「我」進行競賽，這樣，「競賽」的題意就豁然開朗了。這是一層開拓。

但是，如果作者只寫到「我不幸而成爲一個失敗者」，因而「尷尬又難受」，甚至「還帶著一分妒忌的心情」爲止，思想境界就不高了。作者不是到此爲止，他在寫了這種慚愧心情之後，筆鋒陡然一揚，寫道：

我希望能像過去一樣，收拾起這一份妒忌的心情，成爲下一次加倍用功的動力。

境界突然升高了，一種積極進取、不斷向上的精神躍然紙上，使讀者爲之一振。這又是一層開拓。

可見，運用開拓法主要是增加文章的深度與廣度，使那些看來極平常、極普通的小事也能寫得很豐滿，很深刻，很新穎，給人以啓迪和鼓舞。

18 反覆法

反覆法，是指重要情節、景象或語句在行文中多次出現的表現手法。如小說《她，還是她》中，六次寫到與大海有關的回憶，這就是重要情節的反覆；再如魯迅的《故鄉》，首尾兩次描寫「海邊碧綠的沙地」和「深藍的天空中掛著一輪金黃的圓月」，這是重要景象的反覆。

運用反覆法，必須根據文章表達思想、抒發感情和章法結構的需要，切不可盲目牽强，故意反覆；必須在行文結構的關節處、緊要點反覆，切不可胡亂點綴，隨意穿插。否則，反覆就會變成累贅、囉嗦。反覆法運用得恰在好處，能使文章的形象鮮明、思想突出、感情强烈、結構嚴謹、層次分明，給人以深刻的印象；而且，還能使文章前後呼應，起伏迴盪，獲得鮮明强烈的節奏感和旋律美，讀者從中可以切實地感到作品思想的昇華、情緒的推進，從而受到有力的感染和啓迪。

例文：別了，我愛的中國

別了，我愛的中國，我全心愛著的中國！我倚在高高的船欄上，看著船漸漸地離岸了，船和岸之間的水面漸漸地寬了。我看著許多親友揮著帽子，揮著手，說著「再見，再見！」我聽著鞭炮劈劈啪啪地響著，我的眼眶潤濕了，我的眼淚已經滴在眼鏡面上，鏡面模糊了。我有一種說不出的感動。

船慢慢地向前駛著，沿途停著好幾隻灰色的白色的軍艦。不，那不是懸掛著我們的國旗的，那是帝國主義的軍艦。

兩岸是黃土和青草，再過去是地平線上幾座小島。海水滿盈盈的，照在夕陽之下，浪濤像頑皮的小孩似的跳躍不定，水面上一片金光。

別了，我愛的中國，我全心愛著的中國！

我不忍離了中國而去，更不忍在這個大時代中放棄自己應做的工作而去。許多親愛的勇士們正在用他們的血和汗建造著新的中國，正在以滿腔熱情工作著，戰鬥著。我這樣不負責任地離開中國，真是一個罪人！

然而我終將在這個大時代中工作的，我終將爲中國而努力，而貢獻我的身、我的心的。我離開中國，爲的是求得更好的經驗，求得更好的戰鬥的武器。暫別了，暫別了，在各方面戰鬥著的勇士們，我不久將以更勇猛的力量加入到你們當中來！

當我歸來的時候，我希望這些帝國主義的軍艦都不見了，代替它們的是懸掛著我們的國旗的偉大的中國艦隊。如果它們那時候還沒有退出中國海，還沒有被我們趕出去，那麼，來，勇士們，我將加入你們的隊伍，以更勇猛的力量，去驅逐它們，毀滅它們！

這是我的誓言！

別了！我愛的中國，我全心愛著的中國！

〔簡析〕

這是一篇抒情散文，寫的是一九二七年「四．一二」大屠殺之後，作者由於受迫害，離別祖國去歐洲的情景。作品抒發了作者的愛國主義激情，表達了爲建立新中國而戰鬥的決心。

反覆詠嘆，感人至深，是本文寫作上的一個重要特色。「別了，我愛的中國，我全心愛著的中國」，這一句是本文的「文眼」，感情的「聚光點」，它表達了作者不忍心離別祖國而又不得不離開祖國的難捨、痛苦之情。這一句在文中三次出現，反覆詠嘆，更加强了文章的抒情效果和感染力量，同時也使文章的主題更加鮮明，結構更加嚴謹。

第一句，作者脫口而出「別了，我愛的中國……」，是開篇點題，是作者感情的「爆發」，給全文定下了眞摯而深沉的感情基調。第二句「別了，我愛的中國……」呼應第一句，加强了抒情的分量，並顯示了文章的層次：這一句的前面一部分是寫惜別祖國和親人的情景以及憎恨帝國主義、熱愛祖國河山的感情，這一句的後面一部分是寫出國的目的和報效祖國的決心，這一句插在中間有承上啓下的作用。第三句「別了，我愛的中國……」是對全文的總結，也是與上面兩句相呼應，使文章反覆迴環，渾然一體，進一步增强感人的力量。這三句一線貫穿，統率全篇，缺一不可，缺少任何一句，其表達效果就要差得多。

19 彩線穿珠法

彩線穿珠，就是以某一事物爲線索，貫穿全文各個部分的方法。這個事物，是體現文章各個部分之間內在聯繫的關鍵，是據以組織材料、描寫人物、敍述事件的主線。如《紅軍鞋》一文就是以一雙鞋爲線索，把幾件感人的事件串在一起來突顯出主題。

抓住線索，是文章布局謀篇的重要方法。一篇文章，有各種人物、事件及其他材料，即使精彩動人，可以比之如「珠」，但散落雜亂，當然會黯然失色；若用一根彩線貫穿起來，聯爲一體，便可形成珠鍊，相映相輝。然而，這根線索必須與情節緊密相關，如果是外加一線，不僅不能使文章構成一個有機整體，反而會成疣贅。因此，要立足於表現題旨和開展情節來選定線索，「文中有此，雖千波百折，必能自成條理」。這可以說是牽一線而動全文，使文章材料多而不雜，頭緒繁而不亂，思路清楚，血脈貫通，題旨格外分明。

例文：一個蘋果

黃昏時候，五連派來的一個火線運輸員閃進了我們的防炮洞。他頂多不過二十歲，長得矮矮的，瘦瘦的。卸完了身上背著的彈藥，他隨手遞給我一個蘋果：「連長，給您！」

防炮洞只有三米長，兩米寬。藉著洞口的亮光，我看到他滿身塵土，褲子撕了好幾條口子，腳脖子上還劃破了好幾處，血跡斑斑。很顯然，一路上他是爬過來的，通過敵人的炮火封鎖可不是輕易的事。我看著他那流著汗水的臉，驚訝地問：「哪裡來的蘋果？」

「半路上撿到的。連長，您嗓子啞了，吃了潤潤喉嚨吧！」

說實在的，自從二十四號我連出擊開始，只有前天晚上，營長給了我一塊兩寸長的蘿蔔。整整七天，沒有喝過一口水。我的喉嚨早就乾得煙熏火燎似的。不用說，戰士們一定也渴得受不住了。但是我想，運輸員這些天來在火線上跑來跑去的，比我們還艱苦，就對他說：「你太辛苦了，還是你吃了吧。」

「不，我在路上可以喝涼水。」他非常固執，說什麼也不肯吃。其實誰都知道，通往後方的三里路之內，是一滴水也找不著的。

我望著這個擦得很乾淨的蘋果：它青裡透紅，發出誘人的香味。這會兒，不用說一個，就是十個二十個，我也能一口氣吃完。

「給誰吃呢？」我拿著蘋果翻來覆去地想。這時，我身旁的步話機員小李正用沙啞的聲音向上級報告戰鬥情況。這個愛說愛唱的小伙子這些天來白天黑夜都守在步話機旁邊，一直沒有休息。他的嘴唇乾得裂了好幾道血口子，臉上都是灰塵，深陷在黑色眼眶裡的兩隻眼睛，布滿了血絲。

「小李，這個蘋果你吃了吧，好潤潤喉嚨。」我把蘋果遞給他。

小李出神地看著我，回頭看了看另外幾個人，又看了看躺著的傷員小藍。他接過蘋果，轉手給了小藍。

小藍是通訊員，有一次執行任務被炮彈打斷了右腿。他安靜地躺著，很少聽到他呻吟。他的臉黑黃黑黃的，嘴唇乾得發紫。小藍拿起蘋果，張開嘴正要吃，突然向周圍望了望，立刻把嘴閉住了。他發現，原來只有一個蘋果。

「連長，您幾天沒喝水了。您吃吧，吃了好指揮我們打仗。」小藍把蘋果遞給了我。

等到發起衝鋒的時候，沒有號聲可不成呀！我把蘋果遞給了司號員。司號員說什麼也不肯吃，轉手遞給了身旁的衛生員，衛生員又把它遞給了自己日夜照顧的傷員小藍。蘋果轉了個圈兒，最後又回到我手裡。

再這樣傳下去是沒有用的。我知道：越是在艱苦的時候，戰士們越關心自己的領導。我不吃，他們絕不肯吃。於是我決定，防炮洞裡的八個人一起來分吃這個蘋果。

吃蘋果也要作一番動員。我說：「同志們，我們能夠趕走敵人，奪回陣地，難道我們就不能吃掉這個蘋果嗎？來，一人吃一口！」說完，我先咬了一口，把蘋果傳給步話機員小李。小李放到嘴邊，咬了一小口，交給了身旁的小胡。小胡咬了一口，傳給了小張。這樣一個挨一個傳下去，轉了一圈，蘋果還剩下大半個。

「誰沒有吃?」我問。可是誰也不回答。

我剛想命令大家認真地把蘋果吃了，忽然覺得防炮洞裡格外沉靜。我看見步話機員小李的面頰上閃動著晶瑩的淚珠，再看看周圍，別的同志也都在擦眼睛。一瞬間，我的喉嚨被心中激起的强烈感情堵住了。在這戰火紛飛的夜晚，我被這種出自階級友愛的戰友間的關懷激動著，迸出了幸福的驕傲的淚花。

〔簡析〕

這個故事以「一個蘋果」爲引線，塑造了前線戰士的英雄羣像，謳歌了偉大的戰鬥情誼。全部故事情節圍繞著「一個蘋果」展開：兄弟連隊的一個火線運輸員，通過敵人的炮火封鎖，送給正在堅守陣地的某連連長一個蘋果。連長雖然整整七天沒有喝過一口水了，但看到步話機員小李聲音沙啞，嘴唇乾得裂了好幾道血口子，就把蘋果遞給了他；小李又把蘋果交給負了重傷的通訊員小藍……轉了一大圈，蘋果最後又回到連長手裡。連長知道，越是艱苦的時候，戰士們越關心領導，自己不吃，戰士們絕不肯吃。於是連長決定八個人一起來分吃，他作了一番動員後，自己先咬了一口，再一個挨一個傳下去，誰知轉了一圈，蘋果還剩下大半個……

這個「蘋果」如同一根彩線，把許多動人的情節、畫面（珍珠）串連在一起，表現了戰爭年代戰友間的階級情誼和深切關懷，動人心弦，感人肺腑。這是典型的「彩線穿珍珠」的寫法。

20 伏應法

伏應，包括預伏與照應兩個方面。伏應法，是指作者在文章的前邊對將要出現的人物或事件，預先作出某種暗示，在文章的後邊再進行呼應、加深、說明。

如《武松打虎》，開始寫武松進出酒店都帶著一根「哨棒」，這一筆看似平常，實爲伏筆。武松在景陽崗打虎，兩次使用這根哨棒，就是應筆。

伏筆與應筆是結合在一起使用的，前有伏筆，則後面一定要有應筆。「伏」是爲了「應」。然而，伏筆妙在伏得不經意，伏得不顯露，圓通自然，如果著意點明，則無「伏」可言，了無意味，也便無須再「應」了。運用伏應法，「於篇首預伏一二句以爲張本，則中後文章皆有脈路。」（唐彪）這樣，文章有「伏」有「應」，首尾貫通，結構周嚴，而且「伏」「應」相連，曲折變化，情節動人。

例文：同事

李靜楊

媽老說我像直炮筒子沒準星，走到哪兒「炮」就放到哪兒，也不分張三李四，沒個閨女模樣。一點不假，前幾天我就朝那位靦腆得像個姑娘的趙弓箭放了一「炮」，至今想起來還後悔呢！

春節前夕，顧師傅從公司回來，一進商店門就大聲說：「帶來個好手，姑娘們來看看！」老顧那神氣呀，活像是半路撿了塊寶石，樂得嘴都合不攏了，八字鬍一抖一抖地怪得意。「你們瞧，人家是先進生產者，他聽說咱美味果店爲方便羣衆過好春節要求加班，就主動來支援我們……」顧師傅含笑介紹個沒完。我那個仔細勁聽老顧說完，就朝那位新來的師傅打量開了。他是個青年，一身工作服乾乾淨淨，兩手不自在地互相扭搓著，低著頭不吭聲。我心想：「瞧那勁頭，活像個剛嫁出門的媳婦，哪裡像個男子漢！而顧師傅還一個勁地替他吹呢！」

這時輪到客人自我介紹了。他那嗓門也同大閨女差不了多少：

「我叫趙弓箭。」

「嗬嗬嗬，造弓箭？」我忍不住笑，問他道：「你會造弓箭？還是造機器吧！把咱們這秤盤改造成自動的，那才叫好呢！」其他幾位姑娘都笑了。

只見他的臉刷地紅到耳根。顧師傅可不樂意了，衝著我眨眼。我一伸舌頭，心想這話又講快了一點，於是胡亂找了個藉口辯解說：「這名字叫起來可真不順口！」

「不順口？那就叫我同事吧。」他臉上露出了和善的笑容。

「對，叫『同事』最好！咱店這七個人都是同事。」顧師傅連忙樂哈哈地打圓場，一場小鬧就這樣過去了。

春節期間，顧客多，店裡有家小的同事都輪流休息，剩下當班的就更忙了。那位趙弓箭雖說接待顧客是滿面笑容，秤蘋果也還算麻利，可就是老惦記著牆角那張桌子，稍有空就到那兒寫寫畫畫的。我幾次要喊他到櫃臺上來，一轉念：人家初來乍到，又是幫忙的，讓他混混算了。

今天下午又輪到我和他站櫃臺。忙乎了一陣，我一扭頭，喲，他眉頭結在一塊兒，兩眼盯著秤盤發呆。我心想，你這是何苦來呢！咱們店不順你的心就甭來「幫忙」，想回去咱也不會留你，瞧你那模樣，叫顧客看了還不知是怎麼一回事呢！想著想著，我可就又「開炮」了：

「哎，我說趙同事，你在看啥子哩？幹我們這一行可苦啦，你還是回去歇著吧！」他的臉又紅了，抿了抿嘴唇，像是想說什麼。正巧有顧客說：「小姐，幫我秤兩斤蘋果吧！」他望了我一眼，就秤蘋果去了。

下班時間到了，我們把店內外打掃乾淨後，他對我說：「小張，我給你看一樣東西。」說著，展開了一張圖紙，那密密麻麻的數碼我看不懂，可一眼就看見了右下角的一行小字：「自動秤果機」。這下可把我樂壞了，我問他：「這是從哪兒來的？」「我畫的。」他肯定地點了點頭，對我說：「走吧，咱們邊走邊談。」

下雪了，地上鋪了薄薄的一層雪。我臉上發燒，想著自己放的兩次「炮」。我說：「同事，我是直炮筒，說話不注意，你可別見怪噢！」

「没什麼，那天要不是你叫我『造機器』，我還没這麼大決心畫圖紙呢。」也許他看出了我的心思，便接著說：「自從來到副食品商店，見大家一天到晚站著工作，來回奔忙，我想要是有一種自動秤就好了。可我文化水平低，初中畢業後下農村，没機會再進校學習。去年，中央機關發出了向現代化進軍的號召，我很受鼓舞，從那時起，我就堅持自學數理化。但我還從没畫過圖紙呢！你的『激將法』把我的幹勁『激』出來了！」

「下午你盯著秤盤幹啥？」「有兩個數字不太準確，我在那兒琢磨著。」我没話可說了。憋了半天，才對他說：「同事，你收我做徒弟行嗎？」「你也學這個？」他驚喜地揚了揚圖紙。「嗯」，我說，「來得及嗎？」「來得及，來得及，只要有志氣，什麼都能學會。」他高興地笑了。

我又問他：「你今天晚上還畫圖嗎？」

「嗯，還有幾個地方要改一改。」

這時，天空飄飄灑灑落下大片大片的白雪，有幾片還順風刮進我的頸脖，但我的心裡卻是熱乎乎的。

分手的時候，他從書包裡拿出一本青年自學叢書對我說：「你先看看，明天下班後，我教你！」我接過書，朝回家的路上跑去。

老遠就看見家門打開了，媽媽站在門檻邊朝我這邊望著。我快步跑上前去，一把摟住媽媽。媽媽疼愛地說道：「瞧你，都二十五歲的人啦，還是那麼没遮没攔的。」說著張羅我吃飯。

「爸爸呢？」我問。

「上廠裡值班去了！你快吃吧！吃完飯給你一樣東西看。」「啥東西，我現在就要看。」「你呀，真是個傻丫頭！」

媽媽不緊不慢，喜滋滋地說：「隔壁劉嬸給你說了婆家！」「媽，你真是！」我羞得要命，把耳朵用手堵上。媽媽走到收音機旁，拿起一張照片說：「瞧，多俊的小伙子，聽說還是個革新迷呢！」我拿過來一瞧，忍不住將一口飯噴了滿桌，哈哈地笑起來了。「怎麼，你認識？」媽媽忙問。

我笑著說：「認識認識，同事嘛，還能不認識？趙弓箭，就是那位同事！」

媽媽見我那高興勁，也忍不住笑了，佯嗔地說：「嗬嗬……，瞧你這傻丫頭樂的！」

〔簡析〕

本文以「伏應」法構思故事情節，刻畫了兩個人物，兩種性格：直炮筒子的大姑娘和「靦腆得像個姑娘」的小伙子，反映了青年一代的新的風貌。

全文可分爲四個部分：一場小鬧，再次「開炮」，弄淸眞相和結尾。在「一場小鬧」裡作者埋下了兩根伏線：一根是「我」和趙弓箭初次見面，就向趙開了一炮：「你會造弓箭？還是造機器吧！把咱們這秤盤改造成自動的，那才叫好呢！」另一根是，顧師傅打圓場說：「對，叫『同事』最好！咱店這七個人都是同事。」

這兩根伏線都是在「小鬧」中，在不經意間，爲稱呼問題而埋下的，因而並不怎麼引人注目。待讀到第三部分，趙弓箭說：「那天要不是你叫我『造機器』，我還沒這麼大決心畫圖紙呢……你的『激將法』把我的幹勁『激』出來了！」才明白這裡是「應筆」，照應了開頭「造機器」之說，原來整個故事情節都是圍繞著第一根伏線（「造機器」）展開的。這一巧妙布局使文章生起一層波瀾。待讀到結尾，「我」笑著說：「認識認識，同事嘛，還能不認識？趙弓箭，就是那位同事！」才明白文章開頭提到的「同事」也是一「伏筆」，這裡是一「應筆」。「直炮筒子」與「革新迷」由「咱店這七個人都是同事」一下子變成同心相結的「同事」，出人意料，又生起一層波瀾。

兩根伏線互相聯繫貫穿全文，前伏後應，環環相扣，使文章既脈胳清晰，結構緊湊，渾然一體，又生動有趣，跌宕起伏，引人入勝，眞可謂精思傅會，匠心獨運。

21 對比法

對比法，是把兩種不同的事物或同一事物的兩個不同方面擺在一起，進行對照、比較的方法。對比，是通過對比雙方的差異來說明問題。它有縱比與橫比兩種：縱比是現在和過去比較，通過事物的發展變化來說明問題；橫比是兩種事物的比較，通過它們不同的特點來說明問題。

辯證唯物主義告訴我們，事物的特質總是在比較中得以顯現的。這如同俗話所說：「不見高山，不知平地。」對比，實際上是事物內在矛盾的具體表現。要運用好對比法，就必須對客觀事物進行深入細緻的觀察、分析，挖掘出它的內在矛盾，並將矛盾的雙方放在一起，進行具體的對照比較，從而揭示出它們絕不相容的對立。這樣，不僅可以表現出事物的鮮明特徵，給人以深刻的印象和啓示；還可以表現出作者愛憎分明的感情和傾向性。

例文：小街

吳靜文

小街的雨天，到處都是濃黑的、滾著圓圓油珠子的泥濘，每當這時，我便想起鄉間常見的釘鞋來。

孩提時候，我家鄉小鎮的雨天，也是這般的泥濘；我常愛佇立在齊膝的高門限內，看那些大人們，穿著釘有大圓釘的半頭木屐，「嗑、嗑、嗑」地響著，多麼神氣！到了誰家門前，將釘鞋一褪，便見一雙皂面粉底的布鞋，潔淨極了。——總之，我在懷念著木屐、釘鞋。

「鬼路！……」這時，不知誰個或幾個，也在泥濘中抱怨著。而那另一個或幾個的怨艾之聲，卻是希望的又一種暗示。總之，人們盼望這條小小支脈，能儘快沖刷淨舊日的陳跡。

出差幾個月，今年春時的一個早晨，我一如既往地走在這條小街上。一縷含著春之信息的薄霞，透過粼粼的白楊樹葉，閃閃地、柔柔地撒到我的臉上、身上，有如輕輕的《夢幻曲》旋律的呼喚，小街亮堂極了，純淨極了——小街變了！

我順著小街仔細打量過去：承著霞光的白楊，挺立在一個圓型的水泥花壇中央，壇的直徑約莫三尺，玲瓏精緻；一束束含丹泛彩的花，一叢叢飛翠流液的綠，繚繞縈迴於白楊的四伏；如是的樹，如是的壇，如是的花，一處、兩處、三處……沿著平整、光滑的水泥道，它們均勻地綿延於街的兩側，直到盡頭。

我不禁從那紫薇伸出的一圍土牆的窄門裡望了過去。我依稀地看見，這裡是兩戶人家：一戶是紅牆石階，一戶是茅檐草舍，它的灰黯的脊背上，正長著一兩叢嫩綠的新草呢。

磚樓、草舍，這兩個迥然不同的建築物，竟奇妙地圈在一圍之內，網結於全個小街之中。也許是百十年前吧，歷史的車輪輾平了這塊滿是孤墳荒塚的黃土坡地，往後三家五戶、十家八戶地在這狹長的地段上築起了茅屋板舍；隨著時日的代序，生活的行進，風雨的剝蝕，小街尚餘下這樣的茅屋三五間，被作爲舊時代的明證和點綴，而板樓也早已褪去它早日的色澤與光彩，僅依藉舊力的拉扯保持住平衡；而今，滾滾的車輪，又擁著新的潮流猛烈地沖擊過來了，以致沖破了這道小街的禁錮的門檻。那積水般拉扯的板屋，忽地某日，誰家改爲紅磚牆面了，另一家又改成青磚牆面了，白磚牆面了；又不幾日，一座粉色樓層轟然而立了，再幾日，一座乳黃色的又拔地升起了……。熱情的耕耘者們，有如不知疲乏的雕塑家，不斷地在這條小街上塑出新的、更新的花紋和圖飾。於是，在那斑斕駁雜之中，在那陸離奇妙之中，便顯示出一種絢麗的色彩美來，一種矛盾而統一的和諧美來，一種新舊交迭中的精神美來。——呵，小街，你是個何等美麗、奇幻而又莊嚴的世界，從你的身上，不也可以看出時代前進的腳印麼？

〔簡析〕

本文運用對比手法，描寫了小街的變化，反映了時代前進的氣勢，讚揚了社會發生的巨大變革。

文中兩處進行了對比。一個是街道的對比：幾月前，雨中的小街，到處是泥濘，行走艱難，人們不時發出「怨艾之聲」；幾月後，小街變得「亮堂極了，純淨極了」，水泥路面，平整光滑，挺拔的白楊，圓型的花檀，美麗的花朵，「均勻地綿延於街的兩側，直至盡頭」。一個是建築物的對比：往日，在狹長的黃土坡上構築的是「灰黯」的茅屋板舍，雜亂無章，毫無光彩；如今，新的潮流猛烈地沖擊過來了，一座座「粉色樓層矗然而立」，一座座「乳黃色的又拔地升起」，顯示出一種「絢麗的色彩美」。在一片新樓之下，雖然還殘存著那麼三、五間茅舍板房，但這正好反襯出「一種新舊交替中的精神美」，顯示出「時代前進的腳印」。從這裡，我們彷彿聽到了歷史車輪滾滾向前的巨響……

本文由於對比鮮明，情景交融，不僅主題表現得鮮明、集中，而且發人遐想，給人以美感享受。

22 精警法

精警法，就是在文章中恰當地安排警句，以使文章增色生輝，主題鮮明深刻的方法。

警句是用最精煉的語言表達最深刻的思想感情的句子或句羣。它的特點是語簡言奇，含義豐富，發人深思。這就需要對生活中的事理進行高度概括，或者對既有的語言成果進行精心錘煉。這種概括和錘煉，固然是要追求字句新穎，但更要達到情理深切。這就是李漁說的「欲望句之警人，先求之服衆」。字句平庸則不精，情理揆違則無警。因此，運用這種方法，須立足於全篇的題旨和結構，在字句和情理上苦下功夫，才能得以精警。同時，還要將警句放在關鍵的位置上。一篇文章(或一部作品)中如果有了這種閃閃發光的警句，「立片言以居要」，不僅能起統率全文的作用，使文章主旨突出、中心明確，而且能給人以無窮的回味和啓示，使人經久不忘，以爲鑑戒。

例文：生命的意義(節選)

奧斯特洛夫斯基

保爾不知不覺地走到松林跟前了，他在岔路口站了一會兒。在他的右面是陰森森的老監獄，監獄用高高的尖頭木板柵欄和松林隔開，監獄後面是醫院的白色房子。

娃蓮和她的同志們就是在這地方，在這空曠的廣場上的絞架下被絞死的。他在從前豎絞架的那個地方默默地站了一會，隨後就走下陡坡，到了同志們的公墓那裡。

不知道是哪個關心的人，用樅樹枝編成的花圈把那一列墳墓裝飾了起來，又給這小小的墓地圍上了一圈綠色的柵欄。筆直的松樹在陡坡上面高聳著。綠茵似的嫩草鋪遍了峽谷的斜坡。

這兒是小鎮的近郊，又幽靜，又沈寂，只有松樹林輕輕的低語和春天的大地上散發的土味。他的同志們就在這地方英勇地犧牲了，他們是爲了使那些生於貧賤的、一出生就開始作奴隸的人們能有美好的生活而獻出了自己的生命。

保爾緩緩地摘下了帽子。悲憤，極度的悲憤充滿了他的心。

人最寶貴的東西是生命。這生命，人只能得到一次。人的一生應當這樣渡過：當回憶往事的時候，他不致於因爲虛度年華而痛悔，也不致於因爲過去的碌碌無爲而羞愧；在臨死的時候，他能夠說：「我的整個生命和全部精力，都已經獻給世界上最壯麗的事業——爲人類的幸福而奮鬥。」所以應當趕緊地生活，因爲不幸的疾病或是什麼悲慘的意外隨時都可以讓生命突然結束的。

保爾懷著這樣的思想離開了他的同志們的公墓。

〔簡析〕

保爾戰勝了疾病，準備重返工作崗位，臨行前去看望家鄉小鎮上犧牲了的同志們的墓地。這兒又幽靜，又沉寂，只有松樹林輕輕的低語和春天的大地散發的泥土味。這時，保爾極度悲憤，思緒萬千。於是一束思想火花閃耀在他的心中：

人最寶貴的東西是生命。這生命，人只能得到一次。人的一生應當這樣渡過：當回憶往事的時候，他不致於因爲虛度年華而痛悔，也不至於因爲過去的碌碌無爲而羞愧；在臨死的時候，他能夠說：「我的整個生命和全部精力，都已獻給世界上最壯麗的事業——爲人類的幸福而奮鬥」。

這段話言簡意賅，含義精切動人，哲理深邃雋永。它既是對英勇獻身的烈士們的悼念，又是對生命意義的闡述，既是保爾重返崗位前的自勵，又是作者奉獻給讀者的箴言，情深理至，極爲感人。這警句一經問世，就傳遍了許多國家，燃燒著千千萬萬青年人的心，成爲人們前進的路標。這無疑給《鋼鐵是怎樣煉成的》這部名著增添了更多的光輝，擴大了它的影響。

23 概述細敍法

概述細敍，就是先概括寫，後具體寫，先簡筆勾勒出一個人或一個事物的全貌，然後再具體地敍述典型事實，使讀者對描寫對象既有全面深刻的認識，又有具體細緻的感受。如《人民的勤務員》就採用了這種寫法。作者先概述了雷鋒「尋找一切機會爲人民服務，把生命的每一分鐘都獻給了國家，獻給了人民」的精神，然後詳細敍述了五個典型事例，從不同方面表現了雷鋒全心全意爲人民服務的精神。這種寫法，概與細相間，敍與述相望，能取得周轉變化而又凝練集中的效果。

運用這一方法，要注意以下幾點：一，概述要高屋建瓴，周全精當。高屋建瓴，就是要站得高，看得遠，從更廣闊的範圍內概括出事件的典型意義，不能囿於事實，就事論事，一葉遮目，不見泰山；周全精當，就是要從具體事實出發進行概括，不能失之片面或喪失分寸。唯有如此，才能收到精警出衆，先聲奪人的效果。二，細敍要材料典型，具體生動。運用的材料要有表現力、說服力，能以一當十、以少勝多，「藉一斑而窺全豹」；敍述應細緻生動，豁人耳目。三，概括與敍述要緊密勾連，互相照應。「提領而頓，百毛皆順」，概述要能統領全篇，細敍要能處處照應，不能「各唱各的調」，概述是一回事，細敍又是一回事。

例文：專心的瑪麗亞

瑪麗亞有個特點：能夠專心致志地讀書，從來不因爲人多而受干擾。

每到晚上，她就拿著一本書，坐在大桌子前，兩肘支在桌上，兩手放在額上，兩個拇指掩著耳朵。這就是她對那些嘈雜的聲音所作的「防禦工事」。但過了一會兒，這種「防禦工事」就用不著了。因爲只要讀書專心，她就完全不理會屋裡發生的事了。

她的姐姐們和朋友們，覺得瑪麗亞的這個特點很有趣，就想方設法來打擾她。她們故意在瑪麗亞的周圍作出了令人受不了的喧嘩，作了一二十次，也不能引得她看她們一眼。

有一天，瑪麗亞的表姐來了。這些表姐們想了一個新花樣。她們悄悄地在坐著不動的瑪麗亞身後堆了一個椅子架：兩邊放兩張椅子，稍後一點放一張，在這三張椅子上面，再放兩張，頂上再放一張。然後再悄悄地坐在一邊等著看瑪麗亞的笑話。然而瑪麗亞卻完全沒有注意，她沒有注意姐姐們的低語，沒有注意她們勉強壓低的笑聲，也沒有注意頭頂上的椅子影。她仍是那樣坐著，不知道自己受到一個不穩定的三角塔的威脅。過了半小時，她讀完了一章書，合上書本，剛擡起頭來……嘩的一聲，三角塔塌了，椅子在地板上跳著，她的姐姐們有的高興得大叫，有的準備防禦她的反攻。

她們吵起來嗎？沒有。瑪麗亞既沒有發怒，也沒有覺得有趣，只是摸摸被打痛的左肩，拾起書來，拿到隔壁屋裡去。走過那些「大女孩」面前的時候，她只平靜地說了三個字：「真無聊！」

這句話當然使那些「大女孩」們大爲不滿，但不爲無聊的東西分心，卻是瑪麗亞的成功祕訣。

憑著這種專心致志的精神，瑪麗亞的算術、歷史、文學、法文各們功課總是得到第一，中學畢業時得到了金質獎章。

（註：瑪麗亞是居里夫人小時候的名字）

〔簡析〕

本文首先簡明扼要地概述了瑪麗亞的特點：「能夠專心致志地讀書，從來不因爲人多而受干擾」

這個特點表現在哪裡呢？文章接著敘述了兩個具體事實：一個是她的姐姐們和朋友們「故意在瑪麗亞的周圍作出了令人受不了的喧嘩，作了一二十次，也不能引得她看她們一眼。」再一個是，有一次瑪麗亞的表姐們悄悄地在瑪麗亞身後堆了一個椅子架，然而瑪麗亞完全沒有注意，當她讀完一章節擡起頭時，椅子架倒了，瑪麗亞的左肩被打痛，但她「既沒有發怒，也沒有覺得有趣」，到隔壁屋裡繼續讀書去了。前一個事實說明瑪麗亞讀書時不因喧嘩而受影響，後一個事實說明她不因惡作劇而受干擾，一層進一層地表現了瑪麗亞「專心致志」的特點。

對兩個事實的敘述也不是平均使用力量的，第一個事實是略寫，第二個事實是詳寫，有詳有略，有疏有密，結構勻稱而有變化，敘事簡明而有蘊含，文章生動有趣，題旨突出。

24 夾敘夾議法

夾敘夾議，是敘議結合的一種形式。它的特點是一邊敘述，一邊議論；在敘述的過程中，作者有感而發，插入議論。一般說來，敘述偏重於對客觀事物的反映，讓人感知；議論偏重於對客觀事物的評價，讓人理解。在敍述中，由於所敍事件的觸動，產生出相應的感想，於是借題發揮，發爲議論。這種寫法，不僅能使文章顯得氣勢縱橫，大大加强感染力；而且，敍議結合，議論可以點明和深化所敍事件的思想意義，也加强了敍述的表現力。同時，這種有敍有議的表現方法，使得敍述體現出哲理，議論聯繫著形象，讓讀者既可以看到畫面上看不到的本質含義，也可以加深對議論內蘊的感受和理解。

運用夾敍夾議法，首先要抓好敍事環節。要選擇那些最能反映生活本質和社會面貌的事件。事件選得典型，則可論隨事生，議由感發，使文章收到敍事見理，議論含情的效果。其次，議論要有的放矢，精闢深刻。在敍中夾議，往往是畫龍點睛，或者闡述事件所包含的人生哲理，或者點明所敍事件的思想意義，或者揭示事件結局的根本原因，等等，能使文章蘊含開擴，題旨昇華。再次，敍議的結合要自然貼切。敍事要前後相達，脈胳相續，不可因插入議論而支離破碎，紊亂錯雜；議論要隨意生發，自然和諧，不可爲故作深奧而空發議論，敍議游離。只有敍到關節處，情不可禁，不得不發議論時，才是一種夾敍夾議、敍議熔合的境界。

例文・蜘蛛

申立

人們喜歡蜜蜂，都說蜜蜂辛勤勞動能夠釀蜜來爲人類服務；人們喜歡竹筍，都說竹筍堅强不屈衝破層層土，頂開千斤石，然後成林造福於人類。我喜歡蜜蜂也喜歡竹筍，但還有一種不怎麼招人喜歡的節肢動物，我也喜歡牠。牠就是蜘蛛。

有人會感到奇怪，你怎麼會喜歡蜘蛛呢。說來也可笑，那是前幾天，我坐在窗前的桌旁看一本《世界體育與娛樂》的刊物，偶爾一擡頭，看見牆角落裡有一個蜘蛛，不知什麼時候已經在那裡織好網了，那網有碗口大，網絲整齊地交織著就像雷達的天線一樣。我拾起桌上的一個粉筆頭扔過去，粉筆頭落在蜘蛛網上，網承受不了粉筆的重量破了。過了一會再看那網，真巧！剛才破了的網竟完整無缺了。我走近一看，原來小蜘蛛已將破處織好了。我伸手又將網弄破，小精靈又忙開了，不一會破的地方又織好了。我再將網弄破……就這樣小蜘蛛連續織網十幾次。啊！真是了不起，這小小的蟲子經歷了這麼多磨難都不肯屈服。我被小蜘蛛這種百折不撓的堅强毅力感動了。

我想起古代的一個故事：從前，四川有兩位和尚，一窮一富，他們想到南海去取經，但是沒有船，窮和尚千里跋涉，步行繞道而去，富和尚等著船。三年以後窮和尚回來了，取回了經，而富和尚等船等了三年卻一無所有。這兩個和尚都有到南海取經的願望，但窮和尚堅韌不拔的毅力和不怕困難的精神，所以窮和尚成功了。朋友，窮和尚這種精神可貴麼，這種精神不跟蜘蛛織網的精神一樣嗎？

「有志者事竟成」這句成語有深刻的含義，我手上這本《世界體育與娛樂》的書裡就有這麼一個真實的寫照：一九七六年七月，蒙特利爾奧運會的四百米自由泳比賽正在進行，當冠軍到達終點時，整個大廳發出如雷的掌聲和歡呼聲。歡呼聲稍落，只聽得觀衆席上又發出幾聲「噓噓」聲，原來：十五歲的加拿大運動員皮特爾·斯米德被冠軍拉下差不多一百米。面對這種不公平的嘲笑，皮特爾並不洩氣，反而激起了發憤的決心。他說：「我蔑視這種嘲笑，但我也不能原諒自己，總有一天，我將打破這項世界紀錄！」事隔四年，一九八〇年夏天，在加拿大舉行的奧運會選拔賽上，他的誓言實現了，以三分五十秒四九的成績打破了四百米自由泳世界紀錄，洗刷自己前幾年的恥辱。在這幾年中，皮特爾曾遭到一次又一次挫折，但他的意志没有絲毫動搖。皮特爾的這種精神不也跟蜘蛛的織網精神一樣嗎？

朋友，現在你對我喜歡蜘蛛還感到奇怪嗎？你不覺得蜘蛛的精神可貴麼！是的，蜘蛛的外形並不好看，但牠的內在埋藏著一種值得讚揚的東西。牠使我聯想到在人生的道路上有許多坎坷，有許多磨難，但只要有了百折不撓，堅韌不拔的精神，就不會虛度一生，就會在人生的道路上越走越寬。我讚美蜘蛛精神。

〔簡析〕

本文運用夾敍夾議的手法，高度讚揚了蜘蛛百折不撓、堅韌不拔的精神。作者感受深刻，敍事形象，議論精當，寫得親切自然，生動活潑，頗爲感人。

文章敍述了三件事，即「蜘蛛結網」、「兩個和尚取經」、「皮特爾發憤圖强。」每件事的後面都恰到好處地插入了一段精采的議論，即：

「啊，真是了不起，這小小的蟲子經歷了這麼多磨難卻不肯屈服。我被小蜘蛛這種百折不撓的堅强毅力感動了。」

「朋友，窮和尚這種精神可貴麼，這種精神不跟蜘蛛結網的精神一樣嗎？」

「皮特爾的這種精神不也跟蜘蛛的結網精神一樣嗎？」

文章的結尾也是一段蘊含哲理的議論：

朋友，現在你對我喜歡蜘蛛還感到奇怪嗎？你不覺得蜘蛛的精神可貴嗎？是的，蜘蛛的外形並不好看，但牠的內在埋藏著一種值得讚揚的東西。牠使我聯想到在人生的道路上有許多坎坷，有許多磨難，但只要有了百折不撓、堅韌不拔的精神，就不會虛度一生，就會在人生的道路上越走越寬。

這幾段議論在文中起了什麼作用呢？

第一，總結了上文(後一段總結了全文)。幾段議論深刻地闡發了所敍事件的意義，使事件內涵的思想光輝閃耀了出來。第二，點明了主題。幾段議論都是畫龍點睛之筆，加之多次反覆、照應，使題旨格外顯豁、鮮明、集中。第三，嚴密了結構。幾段議論像一根紅線貫穿全文，把幾顆閃閃發光的珍珠(事例)緊緊地串連在一起，給人一種完美無缺之感。第四，增添了文彩。幾段議論都寫得精煉、簡潔、內涵豐富，情緣事而生，議由感而發，富有抒情色彩和哲理意義，大大加强了文章的感染力。

25 先敘後議法

先敘後議法，就是先敘述具體事實，最後引出結論、提示題旨的方法。先敘後議，不同於夾敘夾議，兩者固然都是有敘有議，但前者是敘畢再議，後者是敘議相間。它也不同於託事寓理，兩者固然都要講「理」，但前者是依事講理，理在事後，後者是事理相融，渾然一體。

先敘後議，要敘議相聯，敘議相生。因而，一要議從敘出，有感而發，即物以明理，不可離開所敘事件空發議論，「牛頭不對馬嘴」；二要議論精當，發人深省，「闡前人所已發，擴前人所未發」，不可就事論事，只講一些一般化的道理；三要議論風生，情理並茂，「議論須帶情韻以行」，不可敘得生動，議而呆板，油水相異，而應當順著敘述的文勢奔瀉而下，使議論暢達動人。先敘後議，敘事是文章主體，但議論卻是點睛之筆，是文章的「結穴」，至關緊要。這類文章，議論往往構成結尾，「尾聲以結束一篇之曲，須是愈著精神」。作者應當全力從所敘事件中提煉出深刻的哲理，如前人所說的「發異光」。這樣的先敘後議，便可以進一步突出文章主題，擴延文章內涵，增强文章的說服力和感染力，使人讀後餘味無窮。

例文：蘿卜花

「蘿卜花」這個名詞，我還是有生以來第一次聽到。

那是下午在「新長征突擊手報告會」上的事。某飯店的廚師介紹完經驗後，他說：「同學們，我現在已會做一百五十多樣菜；會刻四十多種『蘿卜花』；會……」

剛說到這兒，臺下立刻響起了一陣奇怪的議論聲。

青年廚師接著解釋道：「同學們大概不知道『蘿卜花』是什麼玩藝兒吧？下面給你們表演一下刻『蘿卜花』！」

同學們從驚奇變成了興奮，用熱烈的掌聲作了回答。

只有青年廚師從書包裡掏出兩個紅心蘿卜，又拿出一把小刀兒，就坐在桌前刻上了。他邊刻邊說：「我先刻一朵『月季花』！」

同學們都覺得很新奇，大家目不轉睛地望著臺上。

青年廚師幾下就把蘿卜皮拉掉了，然後他又熟練地這兒切一下，那兒刻一刀，不到一分鐘的工夫，一朵十分逼真的「月季花」就在他手裡「誕生」了！

大會主席舉著這朵「月季花」繞場一周。同學們都讚嘆不已：

「嘿，真像啊！」

「根本就看不出是什麼做的！」

「哎，就像用玉石雕出來似的！」

……

這時，青年廚師又拿起一個稍大的蘿卜，說：「再刻一隻仙鶴。它的眼睛是花椒粒兒，腿和翅膀是紫蘿卜！」說罷，他又一刀接著一刀地刻開了。他邊說邊刻，告訴我們他精心製作過一束「蘿卜花」敬獻給我們的國家領導人；還講到外國友好人士對「蘿卜花」的熱情讚揚。剛說了不大工夫，一隻玲瓏剔透的仙鶴就活靈活現地展現在人們的眼前了。啊，真是運刀如神，蘿卜開花呀！

我聽了廚師的講述，看著這隻美麗的「仙鶴」，心裡想了許多許多：一位年輕的廚師，能夠創作出如此新穎而奇異的「藝術品」來，是多麼感人！看來，真是行行出狀元啊！我們現在努力學習，掌握本領，將來踏踏實實幹，一定會爲祖國做出貢獻的。

「蘿卜花」！我將永遠記住它。

〔簡析〕

本文先記敍一位青年廚師雕刻「蘿卜花」的高超技術，然後發議論，談感想。文章由淺入深，由表及裡，層次清楚，主題突出。

作者在敍事部分主要寫了兩個內容。一是寫青年廚師技術嫻熟，精湛，他先用兩個紅心蘿卜不到一分鐘就雕刻了「一朵十分逼眞的『月季花』」，「就像用玉石雕出來似的」，觀者讚嘆不已；接著又用紫蘿卜一會兒工夫就雕刻出「一隻玲瓏剔透的仙鶴」，運刀如神，奇妙無比。二是通過廚師——新長征突擊手的談話介紹了廚師這一平凡工作的不平凡的意義：「蘿卜花」曾敬獻給國家領導人，還受到外國友好人士的熱情讚揚。

針對這兩件事，作者發表了如下感想：

一位年輕的廚師，能夠創作出如此新穎而奇異的「藝術品」來，是多麼感人！（與第一個事實相扣）看來，眞是行行出狀元啊！（與第二個事實相扣）我們現在努力學習，掌握本領，將來踏踏實實地幹，一定會爲祖國做出貢獻的（從上面兩個前提中推導出的結論）。

這就做到了議從敍出，敍議結合，環環相扣，天衣無縫。

文章的最後一句：「『蘿卜花』，我將永遠記住它。」這一點睛之筆，融事、物、情、理於一爐，更加深了讀者對「蘿卜花」及其深厚蘊含的印象和感受。

形象

這裡所說的形象，並非指文學作品中的藝術形象，而是指文章寫得生動感人的形象性特色和效果。任何文章，不管是記敘文、議論文，還是說明文，在寫人、敘事、析理、抒情時，都應運用具體的形象和生動的語言，將人、事、景、物、情、理等等，寫得有聲有色，如見如聞，使讀者能獲得真切的感受和深刻的理解。因此，可以說，形象性是文章的表現力、概括力和吸引力的重要條件和基礎。

劉勰說：「寫氣圖貌，既隨物以婉轉；屬采附聲，亦與心而徘徊。」即，文章描繪物象要逼真有神，運用語言要生動有情。這實際上就是形象性問題。文章的形象性，主要包括人物鮮明、景象逼真、事理具體、語言生動等幾個方面。加強文章的形象性，往往需要採用襯托、渲染、烘托、比擬、特寫、造型、虛實結合等手段，藉以喚起讀者的聯想和想像，激發讀者的意趣和感情，啓迪讀者思考和理解，從而加强文章的感染力和說服力。

形象性，是我們寫作中應有的追求。捨此，則事不能動人，情不能感人，理不能服人。這樣，寫文章的目的也便落空了。

26 正襯法

正襯（襯托的一種），是根據事物類似的條件，用賓體事物從正面襯托主體事物的一種表現手法。俗話說：「紅花雖好，還要綠葉扶持。」用綠葉襯紅花，是用美的事物（次要事物）來襯托更美的事物（主要事物），屬正襯。

正襯有種種類型，可以「以景襯景，以物襯物」，如《桂林山水》，用大海之波，西湖之水來襯漓江之美是「以景襯景」；綠葉襯紅花是「以物襯物」。可以「以景襯人，以景襯情」，《念奴嬌赤壁懷古》，用「江山如畫」襯英雄豪傑是「以景襯人」；用「大江東去」的奔騰氣勢襯壯志未酬的失意之情是「以景襯情」。還可以「以人襯人，以物襯人」，《三國演義》中寫周瑜的乖巧來襯諸葛亮的加倍乖巧，是「以人襯人」；寫「赤心如赤面」的關羽死後，他的赤兔馬忠於主人，竟「數日不食草料而死」，是「以物襯人」。總之，世界上的各種事物是相比較而存在的，我們在反映這些事物的時候，也不應孤立地去表現，應利用事物之間的各種映照關係來加强表達效果。

正襯法有主、次兩個方面。著墨寫「次」，在於襯「主」。爲了將「主」襯托得維妙維肖，神形兼備，先應將「次」描寫得繪聲繪色，血肉豐滿，它們是一種水漲船高的關係。因而，既不可喧枝弱幹，抑「次」托「主」，也不能鋪雲蔽月，以「次」代「主」。這樣，才能做到主次分明，相得益彰。

例文：荷心茶

王祥夫

遊湖歸來，坐在湖東留春樹歇著，服務員端來茶，渴極了，拿來便飲，頓覺異香異味，大不尋常。仔細品品，竟是荷花的清香！看那茶色，琥珀也似的，再看茶葉，卻並無特別，令人不解。於是我向一位沏茶的服務員請教。這是個娉婷的姑娘，她笑盈盈地走過來，細齒晶亮得像上了釉子一般，閃著黑黑的眸子說：「您喝的是荷心茶。」「什麼？荷心茶？」我被這新鮮的茶名吸引了。我喝過的茶不少，怎沒聽說過荷心茶？怪啊……

那姑娘見我詫異的神情，就在桌旁坐下了。外面下著淅瀝輕灑的小陣雨，客人不多，茶室裡顯得更加幽雅。她先不說什麼，卻一指外面藍漠漠的湖光山色：「多美呀！」她眼睛一閃，又把手指往下一挪，指那盛開的荷花。那些凌波仙子真美，披著綠裳，在搖，在舞，在笑，那沙沙的雨聲打在荷葉上也著實動聽。「您看那荷花，祕密就在那兒。那香氣兒美不美？白讓它霧似地清散了，多可惜！人們能把太陽的光熱拿來用，就不能把它取來派用場嗎？」我被姑娘的話逗樂了：「用盆子收？還是用袋子裝？」「有辦法……？」她朝茶室門口的簾子瞅瞅，「當初，我們待業青年開這個茶室，因爲火候水候，都掌握不好，茶客不太上門。後來，技術提高了，買賣也不過跟別的茶館打個平。競爭嘛，全靠心勤手勤，就琢磨出這荷心茶。」我心裡癢癢地，想儘快揭開荷心茶的祕密，便請她把話說得簡短些，她笑了：「荷花不是白天開麼？到了晚上，就一瓣一瓣地閉攏了。趁它沒閉攏時，把茶葉用小紗袋兒裝好，一包一包擱到花心上去，等荷花閉攏後，讓香氣嚴嚴實實地窨著它。第二天荷花開了再取出來，香氣便得了，濃著呢！一泡茶啊，香著呢！人們都這麼說：『到留春榭喝荷香去咧。』有遠道來這兒專爲喝茶的，有寫信要買茶的，也有起哄的，說我們的茶兌了香精，不過，這更說明咱這茶香！前不久，一位日本朋友喝了咱這茶，說好得不得了！說比日本茶道更香清而遠，妙在難言而意味無窮！還說地方也好得不能再好，天下像這樣碧翡翠似的大湖，這樣一大片霞似的荷花哪兒去找！在這兒品茶，像神仙！自從開始有了荷心茶，我們的營業利潤一下子上去了，光上個月上繳國家就近萬元，也算爲國家經濟滴個小汗珠兒！你看這荷花怕不有三四頃，資源豐富著哩，喝不完的茶香」！說完，簾子響，她忙站起身去招呼客人。

小雨歇了。太陽從雲縫裡照出來，照得滿湖生輝。那荷花啊，荷葉啊，顯得更精神了。那無數的雨珠兒凝在碧荷葉上，像珍珠，還顫，一顫一顫的，雨珠兒越變越大，葉子一斜，就掉進碧漾漾的湖水裡去了。往遠處看，遠處的荷花像傾在湖裡的胭脂，又像是落在湖上的霞。那香氣啊，一陣陣地衝來，把一切都染香了。立在風景幽美的小榭子裡，舉手投足處處生香。這些年輕人，有多美的心靈！把花香沖到茶裡去，沁到人們的心裡，沁到人們的生活裡。這個點子想得多絕，幹得多美！我再品品荷心茶，忽然悟到：在咱們這個時代裡，美的事物，到處都有，只要你仔細地去發現，細心地去琢磨，便會找到，創造出奇蹟。

再看那荷花，也像懂情兒似的，一朵挨著一朵在風裡婀婀娜娜地輕輕搖動，美得令人心醉，美得令人不想離開。它們是否也爲自己能夠爲人們做貢獻而高興呢？我想一定是的。

下樓的時候，正趾上那位姑娘托著紫砂的壺、杯上樓，她笑著說：「您慢走，再來呀。」一邊朝客座飄去了。那白白的衣裳在我眼前一閃一閃，驀地，一朵乍放的荷花的形象映入我的腦海。這些年輕人，不正是開得正美的荷花嗎？有著醉人的情思，有著極美好的理想，有著花兒也似的前程！

走出了茶室，還是滿口荷花香。我留戀地回頭一望，只見三個怪精神的隸書大金字——留春榭。這招牌也是多麼美的名字啊！千秋萬代的人們不就憧憬這麼個題兒嗎？把春天天長地久地留住，留在人間，留在心裡。今天，一壺荷心茶，果真叫我眼前胸間，都春意盎然了。

〔簡析〕

《荷心茶》寫的事情本來很簡單：一羣待業青年開了個茶室，開始茶客並不多，但在「競爭」中，青年們發揮了積極性、創造性，利用荷花的香氣薰出了「荷心茶」，於是遐邇聞名，生意興隆，爲美化人們的生活、爲國家作出了貢獻。如果孤立地寫這件事，只能寫成一篇普通的報導。但是，作者卻把它寫成了一篇很優美的抒情散文，並且小巧玲瓏，饒有意境，像一朵時代的浪花，閃耀著奪目的光輝。奧妙在那裡呢？如果認眞分析一下不難發現：作者善於運用襯托（正襯）手法，是本文取得成功的重要原因之一。

文章一開始，作者就把茶香、荷香、花美、人美聯繫在一起，互相映襯，創造了一種詩情畫意，給全文籠上了一層迷人的藝術的氛圍。接著，姑娘介紹「荷心茶」的創製過程，雖然談話較長，但並不顯得乏味。聽完姑娘的談話，作者被年輕人的創造才能和美好心靈所感動，心潮起伏，不能自己。但作者沒有直接發表議論，而是揮動彩筆，對湖光山色、水上荷花作了一段出色的描寫：

小雨歇了。太陽從雲縫裡照出來，照得滿湖生輝。那荷花啊，荷葉啊，顯得更精神了。那無數的雨珠兒凝在碧荷葉上，像珍珠，還顫，一顫一顫的，雨珠兒越變越大，葉子一斜，就掉進碧漾漾的湖水裡去了。往遠處看，遠處的荷花像傾在湖裡的胭脂，又像是落在湖上的霞。那香氣啊，一陣陣地衝來，把一切都染香了……

這一段描寫情景交融，優美動人，既襯托了美化人們生活的年輕人的美好心靈，又襯托了品嘗到生活美的作者的歡愉心情，使文章大爲增色生輝。

臨走，作者對姑娘又有一段精采的描寫：

下樓的時候，正踫上那位姑娘托著紫砂的壺、杯上樓……那白白的衣裳在我眼前一閃一閃，驀地，一朵乍放荷花的形象映入我的腦海。這些年輕人，不正是開得正美的荷花嗎？有著醉人的情思，有著極美好的理想，有著花兒也似的前程！

這裡既有映襯，也有比喻，進一步渲染了姑娘的美麗形象，美好心靈。如果這裡不提到姑娘，姑娘只在文章的開始露了一面，以後就渺無蹤影了，姑娘的形象就不突出，文章的結構也不完整；如果這裡只孤立地提到姑娘，不把人與花聯繫在一起描寫，以美麗的花襯托美麗的人，姑娘的形象也會大爲失色。

最後，文章以「留春樹」三個驚精神的隸書大金字點明題旨，襯托和象徵國家的滿園春色，意境又「更上一層樓」了。總之，由於作者處處使用襯托手法，全文自始至終都籠罩在一種「美」的氛圍裡，因而讀起來如飲醇醪，不覺自醉。

27 反襯法

反襯法，就是根據主要事物與陪襯事物相反或不同的特點，用陪襯事物從反面襯托主要事物的方法。「蟬噪林逾靜，鳥鳴山更幽」，王維的這兩句詩，是對反襯法的一個生動解說。魯迅在《祝福》中寫祥林嫂的死，就是用魯鎮除夕熱鬧舒適的氣氛來反襯她死的淒慘孤寂，使祥林嫂的悲劇更加震撼人心。

反襯的兩個部分，其特點不管是相反還是不同，都必須鮮明突出，必須具有一定的聯繫（更多的是一種矛盾對立的關係）。這樣，才能形成尖銳的對襯。王夫之說：「以樂景寫哀，以哀景寫樂，一倍增其哀樂。」可見，運用反襯法可以極大地增強主要事物的藝術力量，使之更加鮮明，更加感人，可以使讀者由此而引起的感情更加强烈，印象也更加深刻。

例文：雪

王魯彥

美麗的雪花飛舞起來了，我已經有三年不曾見著它。

去年在福建，彷彿比現在更遲一點，也曾見過雪。但那是遠處山頂的積雪，可不是飛舞著的雪花。在平原上，它只是偶然的隨著雨點灑下來幾顆。没有落到地面的時候，它的顏色是灰色的，不是白色的；它的重量像是雨點，並不會飛舞。一到地面，它立刻融成了水，没有痕跡，也未嘗跳躍，也未嘗發出窸窣的聲音，像江浙一帶下雪子時的模樣。這樣的雪，在四十年來第一次看見它的老年的福建人，誠然能感到特別的意味，談得津津有味，但在我，卻總覺得索然。「福建下過雪」，我可没有這樣想過。

我喜歡眼前飛舞著的上海的雪花，它才是「雪白」的白色，也才是花一樣的美麗。它好像比空氣還輕，並不從半空裡落下來，而是被空氣從地面捲起來的。然而它又像是活的生物，像夏天黃昏時候的成羣的蚊蚋，像春天釀蜜時期的蜜蜂，它的忙碌的飛翔，或上或下，或快或慢，或黏著人身，或擁入窗隙，彷彿自有它自己的意志和目的。它靜默無聲，但在它飛舞的時候，我們似乎聽見了千百萬人馬的呼號和腳步聲，大海洶湧的濤聲，森林的狂吼聲，有時又似乎聽見了情人的切切密語聲，禮拜堂的平靜的晚禱聲，花園裡的歡樂的鳥歌聲……它所帶來的是陰沉與嚴寒；但在它的飛舞的姿態中，我們似乎看見了慈祥的母親，活潑的孩子，微笑的花，和暖的太陽，靜默的晚霞……它沒有氣息；但當它撲到我們面上的時候，我們似乎聞到了曠野間鮮潔的空氣的氣息，山谷中幽雅的蘭花的氣息，花園裡濃郁的玫瑰的氣息，清淡的茉莉花的氣息……在白天，它做出千百種婀娜的姿態；夜間，它發出銀色的光輝，照耀著我們行路的人，又在我們的玻璃窗上扎扎地繪就了各式各樣的花卉和樹木，斜的，直的，彎的，倒的。還有那河流，那天山的雲……

〔簡析〕

這篇散文對飛雪的美麗多姿作了十分細膩的刻畫，想像豐富，感受獨特，語言優美。

作者是以上海的飛雪作爲主要描寫對象的。但在盛讚上海的飛雪之前，先描寫了福建的雪。福建的雪怎樣呢？它「只是偶然的隨著雨點灑下來幾顆」，「是灰色的」，「重量像是雨點」，「也未嘗跳躍，未嘗發出悉卒的聲音」，使人「覺得索然」。

然後，筆鋒一轉，著力描寫上海飛雪的美麗：「『雪白』的白色」，「花一樣的美麗」，「比空氣還輕」，「像是活的生物」，那聲音使人想到「千百萬人馬的呼號和腳步聲」，那姿態使人想起「慈祥的母親，活潑的孩子，微笑的花，和暖的太陽」，那氣息使人似乎聞到了「曠野間鮮潔的空氣」，山谷中蘭花的幽香……作者帶領我們盡情地品味，盡情地遐想，盡情地領略雪花的美麗、婀娜、情致，使讀者對飛雪產生了十分美好的印象。

這種寫法就是反襯法，以福建的雪的「不美」，反襯上海的雪花的「美麗」，以福建的雪使人「覺得索然」，反襯上海的雪惹人喜愛，引人遐想，給人以美的享受。這樣寫也更鮮明地表達了作者對自由、美好生活的熱愛與追求。

28 烘托法

烘托，原是中國的一種傳統畫法，如畫月亮，往往用雲彩加以映襯，使之鮮明突出，謂之「烘雲托月」。在寫作中，不正面刻畫主要對象，而是通過描寫主要對象周圍的人物和環境，來突現主要對象。這就是一種烘托的表現手法。如《明湖居聽書》中對王小玉眼睛的描寫就使用了烘托手法。作者首先從正面描寫那雙眼睛的美麗：「如秋水，如寒星，如寶珠，如白水銀裡頭養著兩丸黑水銀」，接著又從側面烘托王小玉眼睛的動人：「……就這一眼，滿園子裡便鴉雀無聲，比皇帝出來還要靜悄得多呢，連一根針掉在地上都聽得見響。」這是通過描寫聽眾的反映、周圍的環境來表現王小玉眼睛的魅力。正面描寫如同畫月，側面烘托如同繪雲，烘雲托月，才把個王小玉寫得如此楚楚動人，吸魂攝魄。

「烘雲托月」，要注意處理好「月」與「雲」的關係。運用這種方法寫作，儘管筆墨多在「烘雲」，但目的在於「托月」，因爲「月」是主，「雲」是次。故此，鋪陳寫「雲」，須有明月在胸，雖然筆筆繪「雲」，實爲字字畫「月」，不可喧賓奪主。但是，爲了將「月」畫得皎潔如玉，清輝宜人，必須先著力於將「雲」繪得絢麗多彩，光華奪目，「雲」寫得越是美麗，「月」則愈加動人。這樣，才能主次對照，相映成趣。這種側面烘托較之於正面描寫，更能增强作品的藝術魅力，使之形象蘊藉，韻味深長。

例文：綠阿姨

我記得自己很小的時候，就喜歡站在家門口替爸爸、媽媽領取郵遞員送來的信和報紙。那時，一起玩的孩子曾經給郵遞員阿姨起了一個很好的名字：綠阿姨！因爲她穿了一身綠色的制服，騎了一輛綠色的自行車，背著一個總是塞滿了信和報紙的綠色挎包。

真没想到，現在自己也幹上了小時候大家説過的「綠阿姨」的工作了！每天總會碰上很多小朋友第一個在他們的家門口迎接我，好像我給他們帶來心愛的玩具一樣。

寒冬臘月的一天，北風呼嘯，天上飄著鵝毛大雪。天氣雖然很冷，我仍然像往常一樣早早地起來上班。

一出家門，啊！真美，街心好像鋪滿了白糖；樹上似乎開滿了梨花……但是，因積雪太厚，騎不了自行車，我只好冒著風雪，一步一滑來到郵局領取當天的報紙和信件。

想不到今天的信件和報紙特別多，我就把裝得滿滿的挎包緊緊地抱在胸前，一次送不完，又送第二次，第三次。因爲我知道，這些信件和報紙能給千家萬戶帶來希望、幸福、歡樂和溫暖，可以說是「雪中送炭」。

很快地，我的頭髮上，眉毛上，肩膀上都披上了一層雪，但綠色的工作服卻分外引人注目。在街上堆雪人和打雪仗的孩子們，很遠就認出了我，高興地跑過來問：「綠阿姨，有我家的信嗎？」拿到信和報紙的，就蹦著跳著跑回家去。

老人們對我最關心，感激地拉著我的手說：「辛苦啦！快進屋歇會兒，暖和暖和。」這時候從隔壁門縫裡又鑽出了一個小孩的腦袋，頑皮地問道：「我爺爺奶奶從上海給我寄好吃的來了嗎？」當我給他一張領取包裹的通知單時，他笑著說：「謝謝綠阿姨！」

傍晚，雪停了。當送完最後一封信，回頭看到地上一串串自己的腳印時，我幸福地笑了。

〔簡析〕

《綠阿姨》描寫了一位郵遞員一天的工作，讚美了平凡勞動的不平凡意義，讀後令人深思、感奮。表現這種主題的文章很多，但寫得如此有情味、有生氣的並不多見。原因何在呢？一個重要原因是表現的角度新穎，作者不僅從正面著墨，而且從側面進行了烘托。

請看作者是怎樣進行描寫的：

文章首先從正面描寫「我」的工作：寒冬臘月，北風呼嘯，天上飄著鵝毛大雪，「我」冒著風雪把報紙、信件、包裹，一次、二次、三次地送到「千家萬戶」。作者用反襯的筆法初步勾勒了一個勤勤懇懇爲人民服務的郵遞員的形象。接著，大筆鋪陳，對這個形象進行烘托：孩子們見了「我」，高興地叫「綠阿姨」，「拿到信和報紙的，就蹦著跳著跑回家去」；老人們見了「我」，感激地拉「我」進屋，「暖和暖和」；連調皮的小孩接到領取包裹的通知單時，也要笑著說：「謝謝綠阿姨！」綠阿姨用火一般的熱情溫暖著「千家萬戶」，「千家萬戶」把綠阿姨看作帶來「希望、幸福、歡樂」的使者，所以，當綠阿姨傍晚送完最後一封信，回頭看到雪地上一串串自己的腳印時，不禁「幸福地笑了」。

劉熙載說：「春之精神寫不出，以草樹寫之，山之精神寫不出，以煙霞寫之。」本文的寫法與此類似。作者通過「千家萬戶」對綠阿姨的眞誠歡迎、由衷熱愛，烘托出了一個十分鮮明的主題：爲人們服務就是人生最大的幸福。

29 渲染法

渲染，原是中國畫一種技法的名稱，指用水墨或淡色潤刷烘染畫面物象，以加强藝術效果。作爲一種寫作上的表現手法，即是對環境、景物、事件或人物的行爲、心理等，作重彩濃墨的揮灑鋪陳，進行突出的描寫、形容和烘托，以突出事物或人物的形象。渲染法的特點，是對形象以及與形象有關的氣氛、環境、效果等，以强烈的形式給予集中的描繪、著意的形容和盡力的烘托，以使形象鮮明突出，生動傳神。

在寫作中，大都從兩個方面進行渲染。一是正面的直接的描繪摹寫，一是側面的間接的烘托映襯，而且，往往是雙管齊下，齊頭並進，自相映發，互爲襯托。這樣，能有力地加强藝術效果。但是，運用渲染法加强藝術效果，並非爲了嘩衆取寵，炫耀文采，而是爲了更好地寫活形象，表達題旨。因而，應當注意下述兩點：第一，在進行鋪陳渲染時，要圍繞一個中心，即最能表現主題思想的某一個人物或某一件事物，切不可恣意潑墨，任情塗抹，致使中心形象消逝於鏤金錯采之中；這樣，文章便失去了「支撐點」，渲染也將適得其反，不是突出而是淹沒了形象和主題。第二，在進行鋪陳渲染時，要恰如其分，注意分寸，切不可盲目地追求濃烈的氣氛、絢爛的色彩、華麗的詞藻，這樣，必然趨於漫畫化，失去眞實感。渲染法運用得恰在好處，不僅可使文章的形象格外鮮明突出，而且還可以使文章文采斐然，情趣盎然，情文並茂，富有魅力。

例文：迷人的秋色

峻青

時序剛剛過了秋分，就覺得突然增加了一些涼意。早晨到海邊去散步，彷彿那蔚藍的大海，比以前更加藍了一些；天，也比以前更加高遠了一些。回頭向嶺上望去，哦，秋色更濃了。

多麼可愛的秋色啊！

我真不明白，爲什麼歐陽修作《秋聲賦》時，把秋天描寫得那麼肅殺淒涼？在我看來，花木燦爛的春光固然可愛，然而，瓜果遍地的秋色卻更加使人欣喜。

秋天，比春天更富有欣欣向榮的景象。

秋天，比春天更富有燦爛絢麗的色彩。

你瞧，西面山窪裡那一片柿樹，紅得多麼好看，簡直像一片火似的。古今多少詩人畫家都稱道楓葉的顏色，然而，比起柿樹來，那楓葉卻不知要遜色多少呢。

還有蘋果，那馳名中外的紅香蕉蘋果，也是那麼紅，那麼鮮艷，那麼逗人喜愛。大金帥蘋果則金光閃閃，呈現出一片黃橙橙的顏色。山楂樹上綴滿了一顆顆紅瑪瑙似的果子。葡萄呢，就更加絢麗多彩，那種叫「水晶」的，長得長長的，綠綠的，晶瑩透明，真像是用水晶和玉石雕刻出來似的；而那種叫紅玫瑰的，則紫中帶亮，圓潤可愛，活像一串串紫色的珍珠。……

啊！好一派迷人的秋色！

〔簡析〕

《迷人的秋色》是從峻青的《秋色賦》中節選下來的。《秋色賦》描寫了欣欣向榮的大好秋色，揭示了「不行春風、難得秋雨」的生活哲理。全文共有四部分，這裡節選的是第一部分，這部分描繪了膠東半島的美麗秋色。

文章首先從整體上著筆，寫出秋色的可愛。接著，以歐陽修的《秋聲賦》反襯秋色的欣欣向榮，以花木燦爛的春光從正面襯托秋色的絢麗色彩，再加上作者濃烈的抒情，就創造出一種美的意境，爲全文定下「勝似春光」的高昂基調。然後，作者運用比喻，襯托摹狀等修辭手段，對山窪裡的柿樹、蘋果、山楂、葡萄進行了濃墨重彩的描繪，如：柿樹「紅得多麼可愛，簡直像一片火似的……比起柿樹來，那楓葉卻不知要遜色多少呢」；紅香蕉蘋果「也是那麼紅，那麼鮮艷」；山楂樹上的果子「像一顆顆紅瑪瑙似的」；葡萄「活像一串串紫色的珍珠……」這些描寫把秋色渲染得十分美麗，可愛，迷人。

渲染是爲了使物象鮮明，達到一定的表達效果。作者自己說：「無論《秋色賦》，《海濱仲夏夜》，還是《瑞雪圖》，都有大段的景色描寫……但絕不是爲寫景而寫景，總是希望把景色描寫與文章的內容有機地結合起來。」這裡對「秋色」的反覆鋪陳，詳細描寫，是爲了充分表達作者的喜悅之情。這裡如果對景物不加渲染，寫成「柿樹一片火紅，蘋果樹、山楂樹、葡萄樹上都綴滿了果子」，就絕不能取得上面的表達效果，不能烘托主題。

30 擬人法

擬人，是藉助想像力，把物（動物、植物、事物）乃至抽象概念寫成人，賦以人的動作、言語、思想、感情、性格的一種藝術表現手法。運用擬人法描寫事物，便於用形象思惟進行藝術構思，把客觀事物寫得生動活潑，栩栩如生，便於馳騁作者豐富的聯想和想像，抒發强烈的感情。童話、寓言、詩歌、科學小品中常常採用擬人的表現手法。

擬人和比喻不同，比喻重在「喻」，就是用喻體說明本體，擬人重在「擬」，就是把物當作人來寫。如「海燕像勇士」，把海燕比作人，是比喻，「勇敢的海燕」，用寫人的詞來形容海燕，是擬人。

運用擬人手法，要注意準確把握客觀事物的特徵，進行恰當的比擬。同時，人格化後的事物，既應體現出人的特點，也不能失去物的本色。具有人的特點，物則顯得形象生動，逗人情思，可以鮮明地表現出作者的思想感情；保存物的本色，物則顯得眞實自然，逗人喜愛，可以深刻地表現出作品的思想意義。

例文：哈哈鏡

曲一日

狐狸霍克到商店裡買回一面鏡子。由於走錯了櫃臺，他沒有買到一面普通的鏡子，而買到的是一面能夠放大形象的哈哈鏡。

霍克回到家裡，在哈哈鏡前興致勃勃地打量自己。

「哈哈，我多偉大呀！不照鏡子不知道，一照鏡子，我才發現自己無比偉大！」鏡子裡的狐狸確實偉大：腿如象的腿一般粗，胳膊看上去比猩猩的胳膊還要有力……

霍克按捺不住滿心喜悅，他決定立刻去找狗熊報仇，因爲狗熊前兩天還欺負過他。

在小湖邊，兩個仇人狹路相逢了。

「你給我站住！」霍克喝道。狗熊嚇了一跳，心裡直納悶：「這傢伙是瘋了吧，他哪來的這股邪勇氣？」

霍克二話不說，跳上去便動手。狗熊也老實不客氣，掄圓胳膊，一巴掌打了過去！霍克挨了熊掌有力的一擊，一個跟頭接一個跟頭，一直滾到湖裡。

狗熊走遠了，霍克才爬上岸。他抖乾身上的水，俯身洗了臉，在恢復了平靜的湖面上，他看清了自己的尊容：除了臉上腫起一塊外，霍克還是往常的霍克：尖嘴巴、小腦袋、四肢乾瘦如柴，根本無「偉大」可言。

誰成天生活在哈哈鏡式的朋友當中，就一定會演出一場「狐狸的悲劇」。

〔簡析〕

這是一篇寓言。作者通過狐狸上當受騙的故事，說明一個人不能「成天生活在哈哈鏡式的朋友當中」，否則，就要演出一場「狐狸的悲劇」。

在我們的生活中，有的人喜歡吹吹拍拍，阿諛奉迎，而有的人卻特別喜歡聽奉承話，喜歡別人吹他、捧他、擡他，對逆耳忠言一句也聽不進。作者要諷喻的正是這種生活現象。

但是，作者不直接地對此加以抨擊，而是運用擬人手法，把人類中這種落後的生活現象「移植」到「物」的身上去，讓狐狸霍克扮演只愛聽奉承話的人，賦予牠以人的動作、情態、心理、語言，用哈哈鏡象徵專愛吹吹拍拍的人，並「設計」了一個狐狸頭腦發昏，向狗熊挑戰，結果被狗熊狠揍了一頓的情節，從而使讀者從中受到教育，受到啓發。這種寫法生動有趣，淺顯易懂，耐人尋味。

作者對客觀事物的特點是把握得很準的，一點也不顯得牽强。狐狸在人們的心目中一向沒有一個好名聲，本領不大，虛名不小，讓牠扮演一個悲劇角色是頗有意思的。從更深的意義上講，狡猾的狐狸尚且被「哈哈鏡」所欺騙，其他「智力」不及狐狸者，就尤其要警惕了。哈哈鏡沒有人格化，因爲它本身的特性就是歪曲事實，歪曲形象，讓它保持著「物性」，既能順利展開情節，又顯得自然眞實。狗熊力大無窮，但憨頭憨腦，把狗熊人格化，讓牠成爲教訓狐狸的對手是恰如其分的，因爲不管狐狸怎樣頭腦發熱，也不敢找老虎、獅子的岔的。狐狸的機靈，狗熊的笨拙，狐狸的精瘦，狗熊的憨胖，對比鮮明，互相映襯，更增添了故事的趣味性，成功地達到了「寓教於樂」的目的。

31 想像法

這裡說的「想像」，是指一種寫作方法，即作者憑藉想像的翅膀，擺脫實際生活的束縛，根據已有的生活經驗和知識，虛構出奇特的生活情景。高爾基說：「想像是創造形象的文學技巧的最重要的方法之一。」在寫作中，「精騖八極，心遊萬仞」，大膽地展開想像的翅膀，可以使作品放出奪目的光輝。

運用想像的表現手法，主要有下面幾種形式：

一、寫理想。如臧克家的《毛主席向著黃河笑》，描寫了黃河的美麗遠景：巍然屹立的三門峽水電站，規模宏偉的攔河壩，「一個又一個人造湖」，樹木成林，綠草如茵，高粱火紅……在當時這裡所描述的還只是一個美好理想。

二、寫幻想。如郭沫若的《天上的街市》就是以寫幻想來表達對當時黑暗社會的不滿和對美好社會的追求。科學幻想小說、神話、童話更常常藉助幻想表達人們的理想和願望。

三、寫幻覺。如安徒生的《賣火柴的小女孩》，寫小女孩每擦燃一根火柴，眼前就出現一種幻覺：暖和的火爐，噴香的烤鴨，美麗的聖誕樹，慈愛的奶奶……藉幻覺表達作者對資本主義社會的深沉控訴。

四、寫夢境。如李白的《夢遊天姥吟留別》，就是藉用「夢」來展開大膽的想像，描繪神奇的境界，表達不事權貴的叛逆精神和對自由、理想生活的嚮往。

五、寫推測。如科學小品《黃河象》，根據一頭大象化石「斜斜地插在沙土裡，腳踩著礫石」的姿式，想像出這頭大象在二百萬年以前失足落水的具體情景，有視通萬里、思接千載之妙。

運用想像法，不是憑空懸揣，驀然得之，而是作者以生活經驗爲依據，在平時觀察體驗的基礎上「寂然凝慮」，然後才能下筆有神；運用想像法，應當於「難處用功」，著力求新，精心構造，然後才能「新奇迭出」。

例文：喬遷之喜

傅潔

我是個特別愛吃螃蟹的姑娘，碰巧我搬遷的城市也叫螃蟹城。

可是，在地圖上，你找不到這個城市。

武漢人多，東京人多，紐約人多，你瞧，逢年過節，武漢街上那可真叫人擠人，車挨車，幾乎沒有立腳之地。不，準確點說，沒有立錐之地。世界人口多，房子自然有點緊張，家裡來了客人，外婆就會開玩笑地對我說：「今晚把你『掛』起來，『貼』在牆上睡。」唉，房子太小，搬家吧！搬到哪呢？哪都一樣，人多。咦，到天上去，那兒多大呀，到了那，我就可以不「掛」起來睡覺啦！

嘿，我的願望還真實現了！我們家搬了。這可是沾我爸爸的光。我爸爸調到一個陌生而特大的「螃蟹城」去工作，我也就成了螃蟹城人了。螃蟹城在哪呀？在火星附近，怎麼到那兒去呀？坐航天飛機上去的。這城怎麼有這麼個怪名字呀？我……我也說不清楚，不過，這可不能全怪我呀，我剛來還沒幾天呢！我還得去探究一番。

星期天，我就約了剛認識的好朋友安娜和琦琦一起坐外空車美美地兜了一次風，我終於明白了這螃蟹城的由來。

原來螃蟹城就像個螃蟹——有八條腿，還有兩個大夾子。當中一個圓殼殼，這個圓殼殼是城市的中心控制室，什麼太陽能發電站啦，空中醫院啦，都由它控制。本領可大哩！那毛乎乎的大夾夾，一個是中心研究室，好多叔叔阿姨都在那兒工作。另一個大夾夾呢，是航空港——螃蟹城的進出口。噢，我想起來了，來時我乘的航天飛機就在這降落。八條腿呢，就是八條街道，住著各國朋友，藍眼睛、灰眼睛、黑眼睛，在這裡都能看到。可有意思啦。別看我們住的城叫螃蟹城，可我們並不像螃蟹那樣橫行霸道，大家和睦相處，親如一家。

街道裡的房子都是長形的，黃紅相間——我最喜歡的顏色。紅的像太陽，黃的像土地，漂亮極了。想要造座房子，可不像地球上那麼難，一分鐘便可。造我們那樣的房子連我都會呢！不吹牛，只要一充氣就成了，又寬敞，又舒適。

哎，我還忘了說，我認識了好多朋友呢！湯姆、芳芳、舒拉、艾哈邁德、瑪麗亞、美惠子。安娜是美國小朋友，對我學英語可有好處啦。琦琦呢，是螃蟹都的老住戶，用過去的講法就是「天外客」，現在呢，當然不能再這樣叫了，要不，我也成了「天外客」了。現在喊他「天內鄰」——我天上的鄰居。我剛來，好多事都不知道，他就爭著帶我玩，給我講天上的事。他還救過我的命呢！記得頭天來，我脫下上天時穿的那件色彩豔麗、樣式新穎的新衣，想換件我原來的睡衣睡覺。剛一脫，呀，怎麼像嫦娥吃了升天藥似地往上飄？我的心快要蹦出嗓子眼了，我急得喊都喊不出，閉著眼。要是像嫦娥一樣飄進月宮，離開爸爸媽媽，還有那麼多好朋友，怎麼辦？哎呀，完了，完了，我永遠不能回到他們身邊了。我很害怕，咦，怎麼剛飛起來身子又往下墜？我悄悄往下看，琦琦正朝笑我哩！腳一著地，他就拿著那件新衣叫我趕快穿上。剛一穿上，好奇怪，身子不往上飄了。琦琦大笑著說：「想當嫦娥啦！」「這是怎麼回事呀？」我奇怪地問。琦琦得意地告訴我：「失重，你懂嗎？這衣服就是幫助你站立的，脫了，不就失重了？」他眉飛色舞地接著說「幸虧你沒脫鞋，我把控制上升的按鍵按了一下，你才下來的，要不，真成了嫦娥了。你看，這衣服又漂亮又輕。」真的，很輕。可我遺憾地自言自語道：「這麼漂亮的衣服到冬天就不能穿！」「冬天能穿啊，它是用特殊原料製成的，穿上它，不怕冷，不怕熱，而且永遠這麼漂亮。」琦琦說。

生活在螃蟹城該多有趣啊！琦琦還告訴我一個好消息呢，中心研究室的叔叔阿姨打算建造許許多多的有各種用途的太空城。我真打心眼裡高興，空間技術使人類解決了許多問題，人們不再爲房子發愁了。現在，我想貼在牆上睡還睡不成囉，這次搬家真可謂「喬遷之喜」啊！

我成了螃蟹城的姑娘！嘿，真有意思……。

〔簡析〕

這是一篇科學幻想故事，曾榮獲聯合國《空間活動將如何改變我國和世界》徵文比賽亞洲第一名。

這個故事運用想像的手法，描繪了一個人們從來沒有看見到過的太空城——螃蟹城，螃蟹城解決了地球上人滿爲患的問題，而且來自世界各地的居民在這裡「和睦相處，親如一家」，沒有人「橫行霸道」，這反映了人類和平利用外層空間的理想和願望，也完全符合「空間活動將如何改變我國和世界」的徵文要求。

作者是怎樣「展開想像的翅膀」，進行藝術構思的呢？首先是假設地球上的人太多，於是產生了到天上去住的願望：「咦，到天上去，那兒多大呀，到了那，我就可以不『掛』起來睡覺啦！」這說明，到天上去建造太空城，是爲了解決人類生活的實際需要，不是想入非非，更不是謀求別的目的，這一正確的出發點激發了作者的想像活動，並給全文奠定一個立足於現實的基礎。

怎麼到螃蟹城去的？「爸爸調到一個陌生而特大的螃蟹城去工作，我也就成了螃蟹城人了。」螃蟹城在火星附近，「坐航天飛機上去的」。跟著爸爸一塊去，富有生活情趣；坐航天飛機去，是利用已有的科研成果寫科幻故事，增強了故事的科學性。

螃蟹城是什麼樣的？螃蟹城就像個螃蟹──「有八條腿，還有兩個大夾夾，當中一個圓殼殼。」圓殼殼是「城市的中心控制室」，兩個大夾夾，一個是「中心研究室」，一個是「航空港」，八條腿就是「八條街道，住著各國朋友」。布局是多麼合理，想像是多麼奇特，願望是多麼美好，充分反映了小作者大膽而獨特的創造才能，同時也說明這種創造才能是以一定的生活經驗和科學知識爲基礎的。

太空城的生活有什麼特點？作者描述了一次失重飄飛的事件：「記得頭天來，我脫下上天時穿的那件色彩豔麗、樣式新穎的新衣，想換件我原來的睡衣睡覺。剛一脫，呀，怎麼像嫦娥吃了升天藥似地往上飄？」這就是「失重」，這是生活在地球上所沒有的現象。怎麼解決這個問題呢？作者設想用「又漂亮又輕」，「不怕冷，不怕熱」，「特殊原料製成」的衣服控制失重，並在鞋子上安上電鈕，控制上升飄飛，想像得多麼精細呀！這一段描述把科學與神話聯繫在一起，富於浪漫色彩，情節生動，引人入勝。

從上面這個構思中，我們可以看到，《喬遷之喜》是作者根據已有的生活經驗和科學知識，憑藉大膽的想像、幻想創作出來的，文章立意高遠，構思精巧，富有創見，同時又眞實可信，毫不荒誕，充滿情趣，確是一篇難得的佳作。

「積學以儲寶，酌理以富才。」有了豐富的積累，才有豐富的想像，有了美好的心靈，才有美好的想像，這是我們從這篇文章的寫作中應總結的主要經驗。

32 聯想法

聯想，作爲一種寫作方法，是指在寫某個事物時又想到了與此有關的其他事物，於是把想到的這些或按自然的順序，或以穿插的方式寫出來。聯想在寫作中有重要意義，「文之思也，其神遠矣」，只有上下數千年，縱橫幾萬里，廣泛聯想，任意馳騁才能，「籠天地於形內，挫萬物於筆端」，才能寫出內容豐富、背景開闊、人物豐滿、情文並茂的好文章來。

聯想的方式主要有以下幾種：

一，相似聯想。如《珍珠賦》，由珍珠聯想到稻穀像「金黃的珍珠」，棉花像「雪白的珍珠」，蓮蓬像「碧綠的珍珠」，是取其「形似」；《松樹的風格》從松樹的風格，聯想到具有相似風格的人，是取其「神似」。

二，相關聯想。如巴金的《秋夜》，睹物思人，由寫字擡上的《野草》聯想到它的作者的奮鬥精神。

三，對比聯想。如魯迅的《故鄉》，在寫中年時代的閏土前先聯想到少年時代的閏土，以少年時的聰慧、勇敢、熱情與中年時的淒苦、呆滯、痲木相對照，突出閏土的悲劇性。

四，類比聯想。《驚人相似的一幕》，由蘇聯入侵捷克斯洛伐克的兵力、時間、戰術，聯想到希特勒對捷的入侵，從而推論出二者有「驚人的相似之處」。

此外還有因果聯想、接近聯想等等，這裡不一一舉例。

培養聯想能力，一要向生活和書本學習，儲備淵博的知識和豐富的閱歷；二要精思勤想，狂搜險覓，長期訓練。這樣，才能思路開闊，左右逢源，觸類旁通，「吟詠之間吐納珠玉之聲，眉捷之前捲舒風雲之色」。

例文：醜菊

這真是件有趣的事。我去年種了株「醜菊」，天天盼著它快開花，因爲我倒要看看享有如此惡名的花兒究竟怎樣。可是，事與願違，它偏偏跟我過不去，懶洋洋地睡大覺，連花的影子都沒有，我氣得真想把它拔了，但没捨得。

今年「五一」節，沉睡了一年的花兒忽然打了苞，我高興極了，真慶幸没把它扔掉。起初，底狹頭寬的綠葉芯中夾了一個綠色小球，非常小，只有小綠豆那麼大。長了幾天，花苞就透出了一點黃色，這時，已有黃豆大小，再耐心等候些天，花兒終於開了，顏色金黃金黃的，幾十個花瓣擺了三、四層，雖只有銅錢大小，但這就更顯出它的嬌小，美麗了。

我最欣賞的是，到了夜晚，幾層花瓣兒便像收傘似地自動收攏；白天，花瓣兒又像撐傘似地張開，而且花面一直迎著太陽，跟著太陽轉，顯得非常恭敬。難怪它還有土名叫「狀元傘」、「假葵花」呢！

是誰給它起名叫「醜菊」的？這我不知道，但我覺得那人太不公平了。醜菊非但不醜，而且非常美麗、可愛。由此我想：人間事物中，有不少東西往往名實並不完全相符，我們在實際工作中，處理問題不但要知其名，更要究其實。

〔簡析〕

「山不在高，有仙則名，水不在深，有龍則靈。」本文篇幅雖短，但說理透闢，微言精義，引人深思。

文章在構思上有兩個聯想過程。一是由實到名、因實正名地聯想，即因果聯想，在行文中表現於認識「醜菊」的過程。去年，作者對「醜菊」沒個好印象，一則享有「如此惡名」，二則遲遲不開花，「我氣得想把它拔了」。今年「五一」節，花開了：先是一個綠色小花苞；長了幾天，透出一點黃色；再等幾天，「花兒終於開了，顏色金黃金黃的，幾十個花瓣擺了三、四層。」夜晚，「花瓣兒像收傘似地自動收攏」；白天，「花瓣兒又像撐傘似地張開，而且花面一直迎著太陽，跟著太陽轉，顯得非常恭敬。」由此，作著聯想到給它起名叫「醜菊」，名不符實，「太不公平了」，這是第一層意思。

再一層是由此及彼、由點到面地聯想，即類比聯想。作者由「醜菊非但不醜、而且非常美麗、可愛」，聯想到「人間事物中，有不少東西往往名實並不完全相符，我們在實際工作中，處理問題不但要知其名，更要究其實。」最後一句畫龍點睛，言近旨遠。

這篇文章如果不運用聯想，由實到名、由此及彼地拓展題旨，是絲毫沒有意義的。在生活中遇到「醜菊」這類事，如果不展開聯想之翼，縱橫馳騁，只把眼光局限在眼前的事物上，是寫不出激動人心的作品的。因此，要想文思不竭，必須大膽聯想，心遊萬仞，如巴爾扎克所說的那樣，讓「心靈始終飛翔在高空，他的雙腳在大地上行進，他的腦袋卻在騰雲駕霧」。

33 特寫法

「特寫」是電影藝術中的一個術語，原指用極近的距離拍攝人或物的某一部分，放映時將這一部分特別放大，使觀衆更淸楚地了解這部分的特點。這個術語借用到寫作上，是指對人物，事物某一部分的特徵，或對某一典型情節進行展開的細緻的描寫，以把這一特徵或典型情節特別突出。運用特寫手法，可以加强作品的表現力，感染力，給讀者留下鮮明而深刻的印象。如《林彪反革命政變記》中，作者爲了突出當時情況的緊張，對有的典型情節就採用了特寫手法，請看下面的描述：

這時已是九月十一日晚上十點多鐘。主席的專車早已駛過蘇州車站，安然地跨過碩放鐵橋。

「主席，前面是蚌埠，停不停?」

「不停。」

「濟南快到了，停不停?」

「不停。」

「快到天津了，停不停?」

「不停。」

這一看似平常的情節寫得非常具體細緻，每一次請示，每一個指示都是一幅戰鬥的生活畫面，這些畫面的不停轉換，充分顯示了列車前進的速度之快，表現了當時鬥爭的緊張，情況的複雜，處境的危險性和主席的英明果斷。這一典型情節如果一筆帶過，說「主席經過蚌埠、濟南、天津都沒有停車，一直開到北京」，緊張氣氛就蕩然無存了，給人的印象必然十分淡薄。

特寫，是一種富有表現力的描寫手法。在具體運用時，一不可寫得太平，而應該用在最能表現人物性格和揭示主題的關鍵部分；二不可用得太濫，使用過多，防止文章因此顯得臃腫蕪雜，結構鬆散。

例文：　揮手之間（節選）

方紀

不一會兒，人們又聽到汽車的馬達聲，一輛人們都熟悉的帶篷子的中型汽車轉過山嘴，朝飛機場馳來。立刻，人羣像平靜的水面上捲過一陣風，成爲一個整體朝前湧去。汽車停住，車門打開，機場上響起了一陣雷鳴般的掌聲。主席走下車來。和平日不同，新的布制服，深灰色的盔式帽，整個裝束像出門作客一樣，引起人們一種離別的依戀之情。

……

機場上人羣靜靜地立著，千百雙眼睛隨著他的高大身形移動，望著他一步一步走近飛機，一步一步踏上飛機的梯子。他走到飛機艙口，停住，回過身來，向著送行的人羣，人們又一次像疾風捲過水面，向飛機湧去。他摘下帽子，注視著送行的人羣，像是安慰，又像是鼓勵。人們不知道怎樣表達自己的心情，只是拚命地揮手。

他也舉起手來，舉起他那頂深灰色的盔式帽。舉得很慢很慢，像是在舉一件十分沈重的東西，一點一點的，一點一點的，等到舉過頭頂，忽然用力一揮，便停在空中，一動不動了。他這個動作給全體在場的人以極其深刻的印象。這像是表明了一種思索的過程，作出了斷然的決定。他完全明白當時人們的心情，而用自己的動作把這種心情表達出來。這是一個特定的歷史性的動作，概括了歷史轉折時期領袖、戰友和廣大羣衆之間的無間的親密，他們的無比的決心和無上的英勇。

……

他的面容出現在飛機窗口，人們又一次湧上去，拼命地揮手。他把手放在機窗的玻璃上。直到飛機轉了彎，奔上跑道，升到空中，在頭頂上盤旋，向南飛去，人們還是仰著頭，目光越過寶塔山上的塔頂，望著南方的天空，久久不肯離去。

〔簡析〕

這篇作品寫得酣暢淋漓，生動形象，情文並茂，一向爲人們所稱道。其中最爲精采的是對揮手告別的那一幕的描寫，寫得很有特色，爲人們留下了一個永久性的形象。請看作者是怎樣描述的：

> 他也舉起手來，舉起他那頂深灰色的盔式帽。舉得很慢很慢，像是在舉一件十分沉重的東西，一點一點的，一點一點的，——等到舉過頭頂，忽然用力一揮，——便停在空中，一動不動。

在這裡作者把揮手告別的動作展開、放大了，並分解爲三幅畫面。第一幅畫面是「舉帽」——「舉得很慢很慢，像是在舉一件十分沈重的東西」，表現了依依惜別的深情，反映出在那個「歷史轉折時期領袖、戰友和廣大羣衆之間的無間的親密」；第二幅畫面是「揮帽」——「等舉過頭頂，忽然用力一揮」，這是一個告別的動作，同時也表明了「一定會勝利歸來的」堅定信念；第三幅畫面是「靜態」——「便停在空中，一動不動了」。這幅畫面是延續了時間，充分傳達了毅然奔赴的決心和意志。三幅畫面，有動有靜，動靜相濟，形神兼備，給讀者留下了十分鮮明、深刻的印象。

對於這個鏡頭，如果不展開來寫，放大來寫，只是概括地說「他也舉起手，向送行的人們揮手告別」，就不能給讀者留下鮮明深刻的印象，不能傳達出主角當時的思想感情。因此，抓住關鍵時刻，讓鏡頭對準一點著力描寫，是使作品「立」起來，獲得藝術生命力的一種重要技巧。

34 人物造型法

人物造型，是描繪人物形象的一種方式。它是指選擇人物在一個短暫的停頓中所呈現出來的動作姿勢，進行雕像式描寫的方法。這與戲曲中的「亮相」和美術中的「剪影」有某種相似之處。人物造型不同於一般的刻畫人物形象，它的特點，一是描寫人物的特定姿勢，而不是表現其全部舉止動作；二是雕塑式地描寫人物的固定姿勢，而不是摹寫活動中的人物形象；三是描寫人物特定姿勢的輪廓，而不是對這一姿勢進行精雕細刻。這種方法的長處就是筆墨簡練，形象突出，能給讀者留下深刻的印象。

人物造型具有高度的藝術表現能力。它能使人物形象獲得某種視覺形象的特徵，給人以主體感；而且，它表現的又是一個富有特色的姿勢動作，能集中而突出地顯示人物的性格特徵、思想狀態和精神面貌，以及人物所處的環境和時代氣氛，從而使人物在平面上如同雕塑，在靜態中更顯動勢，給人以鮮明強烈的印象。

在寫作中運用人物造型有兩個問題不容忽視，一是要選擇人物的典型動作姿勢造型。這就是選擇最能表現人物性格特點和文章主題的動作姿勢，而不可一味追求姿勢的優美或別致。二是在一篇文章中最好只要一、兩個人物造型，不可多用，而且要用在關鍵地方。造型過多，則不突出，不能給人什麼印象；用得隨便，則不能帶動全篇，削弱其刻畫人物和表現主題的獨特作用。

例文：風景談（節選）

最後一段回憶是五月的北國。清晨，窗紙微微透白，萬籟俱靜，嘹亮的喇叭聲，破空而來。我忽然想起了白天在一本貼照簿上所見的第一張，銀白色的背景前一個淡黑的側影，一個號兵舉起了喇叭在吹，嚴肅，堅決，勇敢和高度的警覺，都表現在小號兵的挺直的胸膛和高高的眉棱上邊。我讚美這攝影家的藝術，我回味著，我從當前的喇叭聲中也聽出了嚴肅、堅決、勇敢和高度的警覺來，於是我披衣出去，打算看一看。空氣非常清洌，朝霞籠住了左面的山，我看見山峯上的小號兵了。霞光射住他，只覺得他的額角異常發亮，然而，使我驚嘆叫出聲來的，是離他不遠有一位荷槍的戰士，面向著東方，嚴肅地站在那裡，猶和雕像一般。晨風吹著喇叭的紅綢子，只這是動的，戰士槍尖的刺刀閃著寒光，在粉紅的霞色中，只這是剛性的。我看得呆了，我彷彿看見了民族的精神化身而爲他們兩個。

如果你也當它是「風景」，那便是真的風景，是偉大中之最偉大者！

〔簡析〕

《風景談》是偉大的文學家茅盾寫的一篇著名的抒情散文。全文描繪了五幅圖畫，從一個嶄新的角度，讚頌了革命人民，讚頌了他們創造新生活、新社會、新世紀的崇高精神。這裡節選的是最後一部分。在這一部分裡，作者捕捉了北國晨光中頗具神采的一瞬，飽蘊深情、集中筆力、運用多種藝術手段，對兩位戰士進行了整體的、藝術的、浪漫主義的描寫，塑造了兩個異常鮮明、十分典型的人物形象。

請看作者是怎樣給「小號兵」造型的：

我讚美這攝影家的藝術，我回味著，我從當前的喇叭聲中也聽出了嚴肅、堅決、勇敢和高度的警覺來，於是我披衣出去，打算看一看。空氣非常清洌，朝霞籠住了左面的山，我看見山峯上的小號兵了。霞光射住他，只覺得他的額角異常發亮。

這一段描寫，先用軍號聲進行烘托，使讀者未見其人，先聞其聲，聯繫貼照簿上號兵的側影，我們已想像出一個充滿朝氣、充滿活力的小號兵的形象。從他的號聲中，彷彿聽出了「嚴肅、堅決、勇敢和高度的警覺」；再用背景襯托，以清洌的空氣、燦爛的朝霞、秀麗的山峯映襯小號兵的勃勃英姿；然後對小號兵進行正面描寫，既有整體描寫（「看見山峯上的小號兵了」），又有局部特寫（「霞光射住他，只覺得他的額角異常發亮」）。於是，一個英姿勃勃、堅定勇敢的小號兵的形象呼之欲出了。

再看對「荷槍戰士」的造型：

然而，使我驚嘆叫出聲來的，是離他不遠有一位荷槍的戰士，面向著東方，嚴肅地站在那裡，猶如雕像一般。

這一幅圖畫本身就是一尊雕像，戰士面向東方，嚴肅、堅決、神聖，喚起讀者無盡的想像，給人一種難言的美感。

最後是對兩位戰士的動態造型：

晨風吹著喇叭的紅綢子，只這是動的，戰士槍尖的刺刀閃著寒光，在粉紅的霞色中，只這是剛性的。我看得呆了，我彷彿看見了民族的精神化身而爲他們兩個。

「動中取靜，變中凝神」，作者以喇叭上飄動的紅綢子，襯托小號兵「挺直的胸膛」和「異常發亮」的額角，以槍尖上刺刀的寒光、剛性，襯托「雕像一般」的荷槍戰士，多麼莊嚴，多麼英武，結尾一句畫龍點睛：「我彷彿看見了民族的精神化身而爲他們兩個」。兩位戰士的形象昇華了：他們是中華民族威武不屈、堅持抗日的戰鬥精神的象徵，是中國人民光明未來的象徵。

這篇作品中的「人物造型」，眞可以叫讀者也「驚嘆叫出聲來了」。

35 畫面展示法

畫面展示就是「文中有畫」，是一種正面描寫的常用手法。它是運用生動形象的語言，把人物和景物的形態描繪勾畫出來，形成一個個具有圖畫的構圖布局和空間營構等特點的具體畫面。這類似電影中的鏡頭描寫。畫面，由於取景的部位不同，可以分爲特寫畫面、近景畫面、全景畫面、遠景畫面等；由於描繪的手法不同，可以分爲速寫畫面、白描畫面、工筆畫面、油彩畫面等；由於反映的內容不同，可以分爲人物畫面、場面畫面、景物畫面（包括自然景色和生活環境）等。這種種不同類型的畫面，都有一個共同的特點，即是：憑藉語言材料，生動逼眞地再現描寫對象的形貌狀態，形成具體鮮明的畫面，給讀者造成一種空間感，使讀者產生身臨其境，如見如聞、可感可觸的深切感受。顯然，這種描寫方法，具有很强的概括力、表現力和感染力。

高爾基指出：「作家的作品要能夠相當强烈地打動讀者的心胸，只有作家所描寫的一切——情景、形象、狀貌、性格等等能歷歷地浮現在讀者的眼前」。這說的就是畫面。敍事性作品的故事情節，總是由一個一個的生活畫面聯接而成的。這些具體畫面，或是直接描寫人物的形體外貌，以表現其性格特徵和心理活動；或是交待人物活動的環境（時間、地點、背景、人物關係等），並表現一定的社會面貌和時代特色；或是渲染氣氛，烘托主要形象，都能增强作品的眞實性，對於刻畫人物、深化主題，具有積極的作用。

運用畫面展示法，要注意兩點：一點是要明確目的。描繪畫面，必須服從於刻畫人物和表現題旨，不可隨興之所至。另一點是要突出特點。如果只是對那些一般化的對象進行描寫或對形象進行一般化的描寫，必然平淡空泛，不能給讀者留下印象。

例文：海上日出　　巴金

爲了看日出，我常常早起。那時天還沒有大亮，周圍很靜，只聽見船裡機器的聲音。

天空還是一片淺藍，很淺很淺的。轉眼間，天水相接的地方出現了一道紅霞。紅霞的範圍慢慢擴大，越來越亮。我知道太陽就要從天邊升起來了，便目不轉睛地望著那裡。

果然，過了一會兒，那裡出現了太陽的小半邊臉，紅是紅得很，卻沒有亮光。太陽像負著什麼重擔似的，慢慢兒，一縱一縱地，使勁兒向上升。到了最後，它終於衝破了雲霞，完全跳出了海面，顏色真紅得可愛。一刹那間，這深紅的圓東西發出奪目的亮光，射得人眼睛發痛。它旁邊的雲也突然有了光彩。

有時候太陽躲進雲裡。陽光透過雲縫直射到水面上，很難分辨出哪裡是水，哪裡是天，只看見一片燦爛的亮光。

有時候天邊有黑雲，而且雲片很厚，太陽升起來，人就不能夠看見。然而太陽在黑雲背後放射它的光芒，給黑雲鑲了一道光亮的金邊。後來，太陽慢慢透出重圍，出現在天空，把一片片雲染成了紫色或者紅色。這時候，不僅是太陽、雲和海水，連我自己也成了光亮的了。

這不是偉大的奇觀麼？

〔簡析〕

本文運用畫面展示法描繪了「海上日出」的奇觀，景象鮮明，色彩瑰麗，畫意濃烈，表現了作者嚮往光明和奮發向上的精神。

文章的第一節，作者以簡潔的筆觸點明了「常常早起」觀日出的時間和環境，然後分別勾畫出在三種不同的情況下所看到的三種不同的日出景象。

第一種是在天空晴朗時所看到的（包括一、三小節），作者工筆描摹了日出的全過程，按時間順序分爲「日出前」和「日出時」兩部分。日出前的景象由三個畫面鏡頭組成：一個是「天空」(「天空還是一片淺藍，很淺很淺的」)，一個是「紅霞」(「轉眼間水天相接的地方出現了一道紅霞。紅霞的範圍慢慢擴大，越來越亮」)，再一個是「主觀鏡頭」(「我知道太陽就要從天邊升起來了，便目不轉睛地望著那裡」)。這三幅畫面色彩鮮明，互相映襯，透露出日出前莊嚴、肅穆、靜謐的氣氛，把讀者帶到了海上觀日出的特定境域中。「日出時」的景象由五個畫面鏡頭組成：一是「朝陽初露」(「出現了太陽的小半邊臉，紅是紅得很，卻沒有亮光」)，二是「徐徐上升」(「太陽像負著什麼重擔似的，慢慢兒，一縱一縱地，使勁兒向上升」)，三是「躍出海面」(「它終於衝破了雲霞，完全跳出了海面，顏色眞紅得可愛」)，四是「噴吐光焰」(「一刹那間，這深紅的圓東西發出奪目的亮光，射得人眼睛發痛」)，五是「雲放異彩」(「它旁邊的雲也突然有了光彩」)。五幅畫面層次分明，互相聯繫，有動有靜，寫照傳神，組接起來就形成一幅氣勢磅礡、氣象萬千、瑰麗無比的「海上日出」的畫卷。

第二種和第三種日出景象都是天空有雲時所看到的，旨在反映「海上日出」在不同條件下的不同特點。第二種(第四小節)寫得簡略，只用一幅畫面反映「陽光透過雲縫直射到水面」，使水天融爲一體的燦爛景色。第三種(包括五、六小節)寫得詳細，展示了三幅畫面：一幅是「黑雲蔽日」(「太陽在黑雲背後放射它的光芒，給黑雲鑲上一道光亮的金邊」)，一幅是「突破重圍」(「太陽慢慢透出重圍，出現在天空，把一片片雲染成了紫色或者紅色」)，最後是一個

「主觀鏡頭」(「這時候，不僅是太陽、雲和海水，連我自己也成了光亮的了。這不是偉大的奇觀麼?」)。三幅畫面，寫出了太陽噴薄而出的氣勢，瑰麗璀燦的光華，儀態萬千的奇觀，表達了作者欣喜、感奮、向上的心境。

綜觀全文，三種日出景象各具特色，各有側重，第一種極為「莊嚴」，第二種頗為「燦爛」，第三種最為「壯觀」;三種奇景互相映襯，互相補充，從不同角度反映出紅海日出的特點，使日出的景象顯得特別「豐厚、强烈、新鮮」，給讀者留下了難忘的印象。

36 以小見大法

以小見大，就是以小題材表現大主題的方法。生活中有些材料看來似乎很平常，但卻包含著深刻的意義，只要善於透過現象發現本質，把小題材放在廣闊的社會及歷史背景前面展開，並深入開拓，就能收到「一滴水反映出太陽的光輝」的藝術效果。

「大」和「小」是對立統一的。「小」是「大」的一個部分，「大」正是通過無數的「小」來體現其本質特徵。當然，寫作選材時，也並非隨意檢來一件小事便可以表明一個大道理。這裡還有一個深入開掘和精心加工的問題，即要從本質上把握住「小事」與整個時代、社會和生活的內在聯繫。這就要求在寫作中大處著眼，小處著手。雖然處處描寫「小」，卻要時時表現「大」。這樣，才能以一斑而窺豹，見一葉而知秋，使文章所要表現的深刻道理顯得特別具體、親切、感人，易於爲人們所理解和接受。

例文：雨中

傍晚，天邊飄來一朵暗紅色的雲。天還沒落黑，就淅瀝淅瀝下起雨來。

熱鬧了一天的城市，在雨中漸漸安靜下來。洶湧的人潮流進了千家萬戶，水淋淋的馬路，像一條閃閃發光的綢帶，在初夏的綠蔭中輕輕地飄。一羣剛剛放學的孩子撐著雨傘，彷彿是浮動的點點花瓣，偶爾過往的車輛，就像水波裡穿梭的小船……

一個年輕的姑娘拉著一輛小運貨車，在雨中急匆匆地走來。車上，裝著兩大筐蘋果，紅噴噴的，黃澄澄的，堆得冒出了籮筐。許是心急，許是路滑，在馬路拐彎處，只見小車一歪，一只籮筐翻倒在馬路上，又圓又紅的大蘋果，滴溜溜地在濕漉漉的路面上蹦跳著，蹦到了馬路中間，跳到了馬路對邊，一時滾得滿地都是。姑娘趕緊放下車把，慌裡慌張拾了起來。幾百個蘋果散了一地，哪裡來得及撿呢！姑娘撿起了這個，滾走了那個，眼看，汽車嘟嘟叫著從遠處駛來……

正好，有一羣放學回家的孩子們走過這裡，沒等姑娘招呼，他們就奔過去，七手八腳地撿了起來。姑娘直起身子，不由皺起了眉頭，哦，假使遇上一幫淘氣的孩子，每人撿幾個蘋果一哄而散，擋也沒法兒擋呀！彷彿看出了她的焦慮，一個胖呼呼的小男孩走到她身邊，說：「不要著急，大姐姐，一個蘋果也不會少！」說罷他解下脖子上的領巾，大聲叫到：「剛剛、彬彬、小軍，來，跟我封鎖交通！」然後，又不停地擺動領巾，向駛近的汽車大聲叫著：「停一停！停一停！」

一輛大卡車停下來了。司機是個小伙子，他把頭伸出車窗一瞧，笑了，然後呼地一聲打開車門，跳下車和孩子們一塊兒撿起蘋果。一輛小轎車停下來了，一位滿頭白髮的老人也走下車來。路邊，過往的行人也來了。大大小小的人們混在一起，追逐著滿地亂滾的蘋果，寧靜的馬路頓時熱鬧起來……

這一切，發生得這樣突然，又結束得這樣迅速。我們的那位運蘋果的姑娘，還沒來得及說聲謝謝，幫助拾蘋果的人們已經消散在雨簾裡。孩子們嘻笑著撐開傘，唱著歌兒走了，卡車和轎車也開走了。只有那一筐散而復聚的大蘋果，經過這一趟小小的旅行，變得水淋淋的，在姑娘身邊閃著亮晶晶的光芒。

兩筐蘋果，幾個孩子，一場爲夏天的悶熱帶來了一股清涼的雨……這些本來毫不相干的事物，在一個偶然的機會裡，卻相互關連著，組成了一個並不宏大，卻也十分動人的場面——留下了很多的深思，隨著這綿綿長長的雨點，隨著這拂拂而來的夜風，流進了一條條大街小弄，或許，也流進了人們的心裡……

在夏天，這樣的雨是很多的。

我盼望著……

雨，還在飄飄灑灑。恢復了寧靜的馬路，依然像條閃光的綢帶，在雨簾裡輕輕地飄。運蘋果的姑娘目送著孩子們彩色的雨傘，突然感到，這初夏的雨點，是那麼清涼，這雨中的世界，是那麼清新……。

〔簡析〕

這篇散文是運用「以小見大」手法的佳作。作者通過一個普通的場面，一個細小的事件，歌頌了我們社會人際關係的理想藍圖，表現了人們期望的道德風貌。它猶如一顆晶瑩透亮的水珠，雖然小，卻反映出了太陽般的光輝。

運用「以小見大」的手法反映生活，關鍵是作者要有「發現」和「開掘」的才能。據本文作者介紹，他自己曾經歷過《雨中》所描寫的那種場面；一個傍晚，正是人們下班的時候，大概是乘車的人不小心，碰翻了車站邊的一個水果攤，蘋果從人行道滾到馬路上，遍地都是。賣水果的老人急得手足無措，哇哇大叫，唯恐人們在混亂中踩爛或者拿走他的蘋果，然而情況並不如老人所料，趕車的人們紛紛停下來撿蘋果，轉眼間，一地的蘋果又回到了老人的攤子上，一切又恢復了常態。作者目睹了這一場面，感到事情雖小，但很有一些閃光的東西可以挖掘。於是，作者在原有生活的基礎上稍作加工，很快就寫成了《雨中》。

從這個過程可以看出，生活中到處都有美的事物，關鍵是要善於發現，善於捕捉。只有處處留意，用心追求，才能採擷到閃光的珍珠，從各個不同的側面表現我們這個時代的多面性。

當然，「玉不琢不成器」。把生活中的原始素材加工成藝術珍品還需要有個改製的過程，作者在寫《雨中》時，對人物，環境都作了一些改動，如把擺水果攤的老人改成拉小貨車的姑娘，把幫著撿蘋果的乘客改成小學生，年輕的小伙子，滿頭白髮的老人，把背景由「車站邊」移到「馬路上」，還加上了一場清涼而富有詩意的雨，讓人物的活動，思想和感情，都在這場飄飄灑灑的雨中詩一般的展開。這些改動都更集中、更鮮明地表現了主題，同時又增添了文章的詩情畫意，給人以美的享受。作者的這些寫作經驗都是值得學習的。

37 虛實結合法

虛，是抽象地寫；實，是具體地寫。虛實結合，是將抽象的描寫和具體的描寫結合起來使用的表現方法。實寫，重在刻畫事物的形象，或正面描繪，或直接記敍，它總是按照客觀事物的實際面貌進行具體的描寫；虛寫，重在調動讀者的想像，或側面烘托，或間接墊襯，多爲抽象的表現，而爲讀者留下廣闊的想像空間。

虛寫與實寫，是相反相成、相輔相生的。在這種辯證關係中，虛因實而更見其抽象，能使讀者因想像的馳騁而獲得更高的藝術美的感受；同時，實因虛更見其具體，能使直接的描寫更顯得氣氛濃烈，背景開闊，包孕豐富。虛實結合，適合於表現廣闊的生活畫面，複雜或衆多的事件。濃烈的氣氛，從而有效地展現人物的精神風貌，深化文章的主題思想。同時，虛實結合，和諧統一，能使文章結構更加緊湊，並具有較大的思想容量。

運用虛實結合法應當注意，虛寫要以實寫爲基礎，如果只是孤立地虛寫，而對事物絕無實在的描繪，則必然流爲空虛飄渺，使文章空泛貧乏，失去表現力；實寫要與虛寫相結合，如果只是一味求實，而事事皆作直接記敍，則必然造成文勢平板單調，缺乏變化。只有虛實相生，文章才能多采多姿，變化生色，富於魅力。

例文：閃光的窗口

夜裡，伏案之餘，我愛到涼臺上看看夜景。夜景是美好的，擡頭一看，若是晴天，那麼，或繁星滿天，或月明星稀；環顧四週，什麼時候景色都是一樣：座座樓房，萬家燈火，閃光的窗口，一排排，一行行。

夜空是迷人的。望著那萬里星空，記起聽到的種種神話傳説，禁不住遐思悠悠……但是最能牽動我的情思的，還是那一排排、一行行閃光的窗口。

那無數閃光的窗口裡的無數的人們，正在做什麼呢？——我常常這樣想。——就說那個六樓最西邊的窗口吧，要不那個一樓的第二個窗口，或者那三樓中間的窗口……他們在夜讀？在完成作業？在收聽動人的音樂？在與家人閒談？……我不知道；但是，我記起幾次夜訪的情形來了。

一夜，我去拜訪我讀書時的校長。她正在燈下寫著什麼。我一看，是演算數學題呢！旁邊還放著一大疊學生的作業本。我有些驚異：「您不做校長，改教數學了？」

「校長也做，數學也教。——怎麼？做校長就不與講課哪？」她還是那麼風趣。

我說：「那您就更忙了。您年紀這麼大了，該注意身體才是。是數學教師缺少嗎？」

「不是教師缺少。領導人員應該和大家一起工作，這樣才實在。這道理，農村、工廠、企業單位和學校都一樣。」

我明白了。順手翻翻那一疊作業本，見本本都寫得工整、講究，似乎這不是收改的作業，而是一疊準備送去展覽的展品。老師的批改也仔細，連對勾的樣式、位置都一點不亂。再看看老校長本人的業務學習演算本子，啊，遠看近看，都會使人想到那精美的工藝品。

隔壁傳來兩三個人的說話，聲音越來越高。見我面有疑色，老校長說了：「一個廠長，一個黨委書記，一個工程師，又在研究一項施工計劃。」

老校長的先生是工程師，這我是知道的。這可能是研究施工計劃時意見有了分歧。看樣子，兩三個小時解決不了。

「這是第二個晚上了。」老校長說，「你別看這麼激烈，各不相讓，分手時也臉紅脖子粗的，但第二天準好。晚上又到這裡來爭論。幾乎每一次重大施工之前都得有這麼一回。但是每次施工過程總是順利圓滿的。這『三位一體』很有意思」

我不便多打擾老校長，便告辭出來。經過隔壁窗下，擡頭一看，裡面坐著一圈人，一位老工人正在給他們講什麼。一聽，是講他過去的生活和奮鬥。我望著屋裡的人們，心裡說：多麼可敬的老一輩，多麼可愛的新一代呵！……

另一次夜訪，是一個朋友的弟弟參加服務行業的工作不久，我想探問一下那青年人走向生活後的情況，便去他家。一進門，見朋友正在鼓搗他的無線電。我正要寒暄幾句，朋友用手勢制止了我，朝屋裡呶呶嘴，然後壓低聲音說：「老二正練技術呢。」我輕輕撩起窗簾，見那青年正在燈下練習紮商品。一回、兩回，包好了又拆，拆開又包，動作是那麼利落，神情是那麼專注，以至我們走過去，他也未曾發覺……

頂有意思的，是有一夜去一個新婚不久的朋友家串門。走到房門前，我正要敲門，聽得裡邊正在談著什麼。男的說：「……瞧，這一頁畫報上的房間設計多有意思！——咱們的房間也添幾樣東西，布置布置，怎麼樣？」

女的說：「你呀，得隴望蜀！該有的東西全都有了。我看，你腦子裡少轉點吃穿用吧！」

男的說：「嘿！見辮子就抓。你的意見對……」

我聽著，不好敲門進去，便走開了。……

記起這幾次夜訪的情形，我又望著周圍那一排排、一行行的閃光的窗口。人們正在燈下做著什麼？這問題的答案，看來是不難知的了。於是，望著那無數個閃光的窗口，我感到那閃射著光輝的，不僅是電燈光，還有人們生活的光，心靈的光，思想的光。

呵，那一個又一個閃光的窗口，是多麼動人！在我們這裡，夜是多麼美好，多麼充實！

〔簡析〕

本文運用虛實結合的手法，描寫了千家萬戶在「閃光的窗口」下工作、學習、生活的情景反映了我國人民在新形勢下的嶄新的精神面貌。

文章一開始對「閃光的窗口」進行了描繪：「座座樓房，萬家燈火，閃光的窗口，一排排，一行行」（實寫），「那無數閃光的窗口裡的無數的人們，正在做什麼呢？……他們在夜讀？在完成作業？在收聽動人的音樂？在與家人閒談……」（虛寫）。

這一段描寫有虛有實，虛實結合，很能牽動讀者的情思，啓發人的想像，把讀者帶到了一個美麗而寧靜的世界裡，並引起了讀者對「閃光的窗口」探究一番的興趣。

文章接著記敍了三次夜訪的經過。第一次夜訪著重反映老一代的情況，有實寫，也有虛寫。其中對老校長的描寫是實寫（眼見爲實）：夜深人靜，老校長還在燈下演算數學題，批改作業，以取得領導教學的主動權；對廠長、黨委書記、工程師的描寫是虛寫（耳聽爲虛）：三個人爲一項施工計劃爭得面紅脖子粗，「但第二天準好」，「幾乎每一次重大施工之前都得有這麼一回」，「施工過程總是順利圓滿的」。對老工人的描寫是實寫：一位老工人在屋裡給一羣少年隊員講「工人過去的生活和奮鬥」。這次夜訪的所見所聞，反映了領導幹部工作作風有了好轉，知識份子的積極性得到發揮，老工人在爲「國家建設」貢獻「餘熱」。

第二次和第三次夜訪主要反映青年一代的新思想，新風貌。第二次夜訪是實寫：「我」看見一位剛參加服務性工作的青年人在燈下苦練紮商品的基本功，「一回，兩回，包好了又拆，拆開又包，動作是那麼利落，神情是那麼專注……」第三次夜訪是虛寫：「我」在門外聽見一對新婚夫妻的談話，女的批評男的腦子裏盡想「吃穿用」，男的心悅誠服地接受了意見。

本文記寫的事情多，人物多，不是寫一人一事或一人幾事，也不是寫幾人一事，而是寫幾人幾事，生活畫面較寬廣，屬於複雜的記敍文。但由於作者以「閃光的窗口」爲線索，採用虛實結合的手法，文章仍然寫得層次清楚，條理分明，起伏跌宕，變化多姿。透過「閃光的窗口」，我們看到了那閃射著光輝的不僅是電燈光，還有人們「生活的光，心靈的光，思想的光」。

含蓄

語貴含蓄，文重蘊藉。含蓄蘊藉，是我國傳統美學的第一要義。我國古代詩人和理論家們素來崇尚言外之意、韻外之致，而將「詞意淺露，略無餘蘊」譏爲嚼蠟。那末，什麼叫含蓄呢？「含蓄者，意不淺露，語不窮盡，句中有餘味，篇中有餘意，其妙不外寄言而已」。（沈祥龍《論詞隨筆》）即文章所要表達的思想感情，不簡單地用語句直接説出，而是或寄託於具體形象，或藉助於比喻、象徵等手法，「使人思而得之」。

含蓄，主要有如下幾種類型：一、「言有盡而意無窮」，即意在言外；二、「片言而洪纖靡漏」，即語簡情豐；三、「語近情遙，含吐不露」，即寄深於淺；「言在此而意在彼」，即另有所指；四、「不著一字，盡得風流」，即託物寓情；五、「思深遠而有餘意」，即文有「複意」（劉勰語，就是意思中還有更深一層意思）。顯然，含蓄既非與曉暢對立，也不等同於晦澀。在寫作中，這是一種「意在筆先，神餘言外」的意境，也是一種「若隱若現，欲露不露」的效果，讀後令人感到蘊含豐厚，寄意深遠，如嚼橄欖，回味無窮。這無疑增強了文章的表現力和感染力，給人一種美感享受。

38 象徵法

象徵，是借用某種特定的具體形象暗示特定的事物或情理的藝術手法。它可以用於構思全篇文章，如《白楊禮讚》中的白楊，象徵中華民族的質樸、堅强和力求上進的精神；也可以只用於局部，如魯迅的《藥》的結尾，以墳上的花環象徵革命的前景與希望。

象徵包括本體與徵體兩個方面。二者之間的聯繫不是必然的，而是一種傳統習慣和心理感覺上的特殊聯繫。運用象徵手法，必須緊扣這種聯繫，將自己的思想、感情、傾向等寓於對徵體的具體描寫之中。這樣，可以構成一種詩的意境，使形象生動，思想蘊藉，感情眞摯，整個作品富於哲理的深刻性和藝術的感染力，顯現出一種含蓄美，從而有力地啓發讀者的思考和想像。

例文：海燕

高爾基

在蒼茫的大海上，狂風捲集著烏雲。在烏雲和大海之間，海燕像黑色的閃電，在高傲地飛翔。

一會兒翅膀碰著波浪，一會兒箭一般地直衝向烏雲，牠叫喊著，——就在這鳥兒勇敢的叫喊聲裡，烏雲聽出了歡樂。

在這叫喊聲裡——充滿著對暴風雨的渴望！在這叫喊聲裡，烏雲聽出了憤怒的力量、熱情的火焰和勝利的信心。

海鷗在暴風雨來臨之前呻吟著，——呻吟著，牠們在大海上飛竄，想把自己對暴風雨的恐懼，掩藏到大海深處。

海鴨也在呻吟著，——牠們這些海鴨啊，享受不了生活的戰鬥的歡樂：轟隆隆的雷聲就把牠們嚇壞了。

蠢笨的企鵝，膽怯地把肥胖的身體躲藏在懸崖底下……只有那高傲的海燕，勇敢地，自由自在地，在泛起白沫的大海上飛翔！

烏雲越來越暗，越來越低，向海面直壓下來，而波浪一邊歌唱，一邊衝向高空，去迎接那雷聲。

雷聲轟響。波浪在憤怒的飛沫中呼叫，跟狂風爭鳴。看吧，狂風緊緊抱起一層層巨浪，惡狠狠地將它們甩到懸崖上，把這些大塊的翡翠摔成塵霧和碎末。

海燕叫喊著，飛翔著，像黑色的閃電，箭一般地穿過烏雲，翅膀掠起波浪的飛沫。

看吧，牠飛舞著，像個精靈，——高傲的、黑色的暴風雨的精靈，——牠在大笑，牠又在號叫……牠笑那些烏雲，牠因爲歡樂而號叫！

這個敏感的精靈，——牠從雷聲的震怒裡，早就聽出了困乏，牠深信，烏雲遮不住太陽，——是的，遮不住的！

狂風吼叫……雷聲轟響……

一堆堆烏雲，像青色的火焰，在無底的大海上燃燒。大海抓住閃電的箭光，把它們熄滅在自己的深淵裡。這些閃電的影子，活像一條條火蛇，在大海裡蜿蜒游動，一晃就消失了。

——暴風雨！暴風雨就要來啦！

這是勇敢的海燕，在怒吼的大海上，在閃電中間，高傲地飛翔；這是勝利的預言家在叫喊：

——讓暴風雨來得更猛烈些吧！

〔簡析〕

《海燕》是高爾基運用象徵手法抒發革命情懷的名篇。在這篇散文詩中，作者展示了俄國一九〇五年革命前夕的鬥爭形勢，批判了資產階級的軟弱，歌頌了革命者的大無畏精神，發出了迎接革命「暴風雨」的號召。但是，作者並沒有直接去表達這些內容，而是把自己的思想和感情寄寓在一系列的具體形象的描寫之中：以海上風暴象徵俄國第一次大革命前夕的鬥爭形勢，以海燕象徵勇敢的革命先驅者，以海鷗、海鴨、企鵝象徵形形色色的社會階層代表人物，以大海象徵人民革命力量，以烏雲、雷電象徵反動勢力，以暴風雨象徵席捲全俄的革命浪潮。這些徵體（自然界的具體形象）與本體（當時俄國的各種社會力量）之間雖然並無內在的必然聯繫或外在的相同特徵，但它們所表現出來的氣勢或格調在人們的感覺上造成了某種相似之處。所以，透過作者描繪的狂風怒吼、波濤洶湧、雷電交加、海燕穿飛、暴風雨即將來臨的海上場面，我們看到了一幅俄國第一次大革命前夕的充滿著刀光劍影的歷史畫面。這樣，歷史性的主題與典型性的形象高度和諧地統一在一起，使這篇作品獲得了震憾人心的力量和經久不衰的藝術魅力。試想，如果作者不是採用象徵手法，而是以直接的方式來表現其思想觀念，固然同樣可以表達得明確、清晰，但卻失去了藝術感染力，作品的生命力也便不能如此「青春永駐」了。

39 引發法

引發，就是盤馬彎弓，引而不發，即作者不直截了當地說出文章的結論，而是引導讀者自己去思想，從中得出應有的結論；或者不寫出故事的結局，而是由讀者根據生活的邏輯或自己的希望去構思結果。這種寫法的特點是：「作者不回答，讓欣賞者回答；作品不回答，讓生活去回答。」這樣寫可以啓發讀者的思考，給讀者留下充分想像的餘地，收到含蓄雋永、「言有盡而意無窮」的效果。

如契訶夫的《渴睡》，寫一個小女佣瓦爾卡白天幹了一天，晚上還得照看孩子，不能入睡。她誤以爲那搖籃裡的娃娃是「不容她活下去」的敵人。於是她悄悄地掐死了娃娃，然後，「趕快往地板上一躺，高興地笑起來，因爲她能睡了；不出一分鐘她已經酣睡得跟死人一樣了……」

作品就這樣結束了，第二天的情景是怎樣的，瓦爾卡的命運是怎樣的，作者沒有寫，留給讀者自己去思考，這樣結束作品（留下一個想像的空白）比由作者直接寫出結局來得意蘊更深，效果更好。

例文：由此可見……

孟偉哉

這是中國女子排球隊在日本東京奪得世界杯賽冠軍之後那一天早晨，一位市委書記的兩份電話紀錄——

與公安局長通話紀錄：

「請問，過去的二十四小時，我市治安情況如何？」

「書記同志，過去的二十四小時，我市治安狀況格外良好，可以說幾乎沒有發案。」

「什麼『幾乎』，我要確切的報告。」

「是這樣，除了一個派出所報告某公民丟了十塊錢以外，再沒有別的情況。而且，這位公民的十塊錢，究竟是自己不慎遺失，還是被小偷扒竊，尚待調查。」

「爲什麼這一晝夜狀況這樣好呢？」

「東京的女子排球賽打得激烈呀！我們的女排得了冠軍呀！」

與衛生局長通話紀錄：

「請問，這一晝夜間，你們那些醫院裡有什麼事故沒有？」

「沒有責任性和技術性醫療事故。但是死了三個人。」

「你這是什麼話？」

「我是說這三個人死得並不痛苦。他們是在高度興奮中停止呼吸的，因而也可以說是幸福的死亡。」

「談問題應該嚴肅！」

「是的！我是很嚴肅的。這是三個心臟病人。有關醫院的有關人員，要他們好好躺著，可他們不聽，非要看東京排球比賽的電視實況，結果，在我隊十六比十四拿下最後一局的時候，他們就高興得跳起來了。這一跳——」

「噢，我懂了。」

兩小時以後，市委幾名常委開碰頭會。第一書記把這兩份電話紀錄交大家傳閱。大家閱過，不約而同地發表感想，又異口同聲地都用這樣一句話開頭：

「由此可見——」

由於幾個人同時使用了這個詞，幾個人便都沒有說下去，哈哈大笑起來。

那末，他們都想說什麼呢？

〔簡析〕

這篇作品角度新穎，構思精巧，語言洗煉。作者通過市委書記與公安局長、衛生局長的通話紀錄，高度集中，生動形象地反映了中國女子排球隊奪得世界冠軍的那一晝夜舉國振奮，羣情激昂的盛況，表現了我國人民空前高漲的愛國主義熱情和振興中華的民族自信心，讀後令人耳目一新，精神一振。

文章的結尾採用了「引而不發」的表現手法，十分耐人尋味。請看下面的結尾：

兩小時以後，市委幾名常委開碰頭會，第一書記把這兩份電話紀錄交大家傳閱。大家閱過，不約而同地發表感想，又異口同聲地都用這樣一句話開頭：

「由此可見——」

由於幾個人同時使用了這個詞，幾個人便都沒有說下去，哈哈大笑起來。

這兩份電話紀錄說明了什麼呢？大家「不約而同地發表感想」，似乎馬上要說出來，可是，作者又不讓人物說出來，大家欲言又止，代之以會心的「哈哈大笑」，這就是「盤馬彎弓射不發」，「引而不發，躍如也」。接著，筆鋒一轉，反而向讀者提出問題：

「那末，他們都想說什麼呢？」

這一問幾乎是「逼」讀者去思考，去回味，去回答。這一「逼」，你還非想一番不可呢。反之，如果作者讓常委們發表各自的感想，那眞是畫蛇添足，多此一舉，作品的藝術美就被破壞了。

40 比興法

「興者，先言他物以引起所詠之辭也。」這就是在文章中不直接揭示題旨，而是從別的事物起筆，以引出主要事物，藉以激發讀者的想像與思考，從而逐步領會全文的主題。這種「借景以引事」、「觸物以起情」的表現方法，叫做比興法。它的特點是具有託喻性，即託事於物，託物喻情，「興發於此而義歸於彼」。

比興，往往兼有發端和寓託兩種作用。對此，清人李重華在《貞一齋詩說》中有一段精采的論述：「興之爲義，是詩家大半得力處。無端說一件鳥獸草木，不明指天時而天時恍在其中；不顯言地境而地境宛在其中；且不實說人事而人事已隱約流露其中。故有興而詩之神理全具也。」這說明，比興之用，在於借一物發端引進，幾經曲折，然後在情豐意密之處，主題燦然而出。這樣，文章不僅顯得包孕豐厚，意蘊高遠，增添了思想深度，收到意在筆先、神餘言外的效果；同時，由於比興的若遠若近，似斷似續，使文章顯得波瀾起伏，富於變化，避免了一瀉無餘，增强了表現力、吸引力，收到引人入勝的效果。

運用這種表現手法，不可隨手拈來一物便用於比興，而必須注意比興之物與引出之物的特定關係（如形體、功用、特性、意義等方面的相同、相似、相通）。這樣，才能使讀者的想像和思考沿著這一線索前行，從而達於題旨文意；否則，兩物判然無關，當然無法以物引物、以物喻情。此外，也不可無視行文的需要，强作比興，故意爲之。古人說：「興在有意無意之間」，說的就是要講究自然貼切。這樣，比興之物與引出之物才能明斷暗續、形遠意近，使文章顯得起伏中有諧和，變化中有統一。

例文：槍口

徐光興

官復原職的N省建材局楊局長和李祕書，走在蒿草叢生、蘆荻疏落的湖邊。

「煙中列岫青無數，雁背夕陽紅欲暮。」西風，秋水，雁陣，銜著落日的遠山，交融在一起，更增添打獵者的無限興致。

「嘎——」傳來一聲水禽被驚動的鳴叫。楊局長從李祕書手裡接過一隻嶄新的獵槍，愛撫地摸了一下。它是雙筒槍管，槍身瓦藍錚亮，槍口黑黝黝的，有一股子逼人的寒氣。三十多年前他打游擊時，也沒拿到過這麼好的槍。

「吱嘎——嘎呷」從附近湖面的荷梗殘葦中，竄出幾隻白頸黃蹼、羽毛灰麻麻的水鴨子，在空中撲騰亂飛，驚悸聲聲。趕著獵狗的捕獵社員，也悄悄地摸到這兒。好幾隻獵槍的槍口，同時瞄準了這些空中獵物。

「砰——」老楊開槍了。一縷白煙消散，一隻水鴨子像斷了線的風等，從半空裡墜下。

「打中嘍，打中嘍！楊局長，你真不愧是當年游擊隊裡的神槍手。」李祕書像個孩子似的跳著嚷著，奔過去撿獵獲物。

老楊只是「嘿嘿」笑了幾聲，拍著槍，連聲說：「好槍！好槍！」

他倆朝熄了引擎的黑色小轎車走去。老楊說：「老王這傢伙，介紹的地點還蠻不錯呢。」

李祕書試探地凑上前去說：「他是您的老部下嘛。這次他請您批五十噸建材物資給他……」

「你不要爲他做說客。不批，半個字也不批；針尖大的洞，也會刮進斗大的風。咱黨員幹部，那歪門邪道不要搞。」他停了一下，朝煙波迷茫，水天一色的湖面瞧去，「好景緻，可惜婷兒没有同來。」

「她今天有更高興的事兒。」李祕書故作神祕地笑笑，說，「王主任託了文化局的老馬，同意把您的女兒調到省實驗話劇團工作」。

「嗯？」老楊的眉毛擰了個結。李祕書只當没察覺，坐進轎車，手扶在車門上，彷彿自言自語地說：「就拿這輛車來說吧，也是王主任出力調撥給您的。那回大姐犯病進院，還多虧這輛車接送。」

「該死，早把我當獵物給瞄上了。」他下意識地攥緊槍把想。李祕書一眼溜到槍上，像又想起什麼，說：「王主任知道您喜歡打獵，這枝獵槍，就是他特意託人專程送到您家的……」

車發動了。老楊陡然一驚，不覺倒抽一口冷氣；黑黝黝的雙筒槍口，冒著寒氣，就像兩隻黑洞洞的眼睛，死死地瞄準了他……

〔簡析〕

這篇作品主要運用比興手法寫老幹部楊局長抵制不正之風的故事。

從全篇看，作者沒有直接揭示題旨，而是先「言」打獵，引而不發；然後，通過李祕書的話，幾番推進，再筆鋒一轉，方才正式引出反不正之風的主題。在表現題旨時，以獵槍的「槍口」比喻象徵不正之風的「槍口」，形象深刻，發人深省。

從主要事件的敍述看，作者也沒有正面展開腐蝕與反腐蝕的矛盾衝突，而是運用「比興」手法託事寓意，通過打獵的情節進展，一步步展示「腐蝕」的進逼，終於引起楊局長的警覺。

李祕書藉楊局長誇王主任之機，請楊局長批五十噸建材物資，楊斷然拒絕：「不批，半個字也不批，針尖大的洞也會刮進斗大的風。」這表明楊局長是奉公守紀、有黨性的。但他對自己早已落入王主任等人的「槍口」之中的處境起初並無察覺。繼而，李祕書極力獻媚取寵，迂迴包抄，替王主任表白對楊局長的一片好心：王主任通過走後門把楊局長的女兒調到省話劇團工作；楊局長的小轎車是王主任出力調撥的；楊局長手上的心愛的獵槍也是王主任送的……。這些花言巧語不僅沒有「軟化」楊局長，反而使他猛然省悟：自己早已被「當獵物給瞄上了」。

最後，老楊想著這一切「不覺倒抽了一口冷氣」。他彷彿看到王主任、李祕書等人一雙雙黑洞洞的眼睛幻化成了冒著寒氣的雙筒槍口……，這不僅給楊局長也給廣大讀者敲響了警鐘：謹防被「毒彈」射中！

文章先寫打獵，最後落腳到反腐蝕抗爭；筆墨多在敍述打獵，旨意卻在表現抗爭的尖銳和深刻。這樣，文章不僅顯得含蓄雋永，耐人尋味，而且變化曲折，起伏有致，很能吸引讀者。

41 借諷法

借諷，即借古諷今，以古喻今，談古論今。借諷法，就是假借評價古人古事，用以說明或闡發今天現實生活中的人物、事件或某種道理的表現手法。同雙關、反言一樣，這是一種曲筆，也包含著兩個方面：雙關是彼、此，反言是正、反，借諷是古、今；而且，這兩方面也不是對等均衡的，而是一爲手段，一爲目的。借諷法的「談古」，不管是以古爲楷模，還是以古爲鑑戒，都是爲「論今」，即爲了褒揚、貶斥或提倡某些今人今事。這就是我們通常說的「古爲今用」。在這裡，「古」對於「今」，有時包含有一定的比喻意義。

歷史是一面鏡子。借古諷今或以古喻今，就是要用「古」這面鏡子來照「今」。因而運用借諷法，關鍵在於選準「古」，切忌「摘拾小事無關係處」。選「古」要注意兩點：第一，要選「通今」之「古」，即選擇和「今」有密切關係、有益於「今」的古人古事。如果「古」「今」絕無相通之處，牽強附會，則「諷喻」就落空。這樣，在文章中「古」便不必假借，「今」也難以說清了。第二，要典型之「古」，即要選擇有代表性、權威性、哲理性的「古」。這種古人古事古道理，大都經過了歷史和實踐的檢驗，有可靠性。如果只是「摘拾小事」，便往往難以令人信服。做到了這兩點，運用借諷法就可以「喻今」深切，「諷今」中肯，「論今」透闢，而且使文章生動活潑，蘊含豐厚，耐人咀嚼，具有更大的說服力和感染力。

例文：黃鍾與瓦釜

郭沫若

「黃鍾毀棄，瓦釜雷鳴。」

讒人高張，賢士無名。

吁嗟默默兮，誰知吾之廉貞？」

這是相傳爲屈原作品《卜居》中的幾句話，在前是膾炙人口的。近人大多相信《卜居》不是屈原所作，我也這樣相信。單就這幾句話看來，它和屈原思想便大有徑庭。屈原是九死不悔，體解（五牛奪屍）不變的人，何曾是受了誹謗而沈默了下來呢？相反，他倒是因爲受了誹謗而更加把他的直道高揚起來了。他的《離騷》、《九章》（其中的若干章）、《天問》，都是激越宏亮的絕唱，至今猶虎虎有生氣。那些都是他被讒後的作品，他何曾「默默」了？

屈原的可貴處就在他守正不阿，乃至捨生取之。他以生命來保證了他的憂民憂國的直道，因而使他的存在兩千多年來依然光耀著史冊。

屈原雖然死了，他的作品卻愈來愈顯示出富有生命力。方今世界各國人民，差不多都知道中國古代有屈原這麼一個偉大的詩人和他的偉大的作品。而和他同時代的那些專門造謠誹謗的「瓦釜」們，有多少人知道呢？他們的「雷鳴」，還有絲毫的聲息流傳嗎？

當然，我們也知道，每個時代總有那麼一些不同形式的瓦釜和那麼一些不同音調的瓦釜雷。然而，瓦釜儘管雷鳴了一時，而結果只顯示了自己是瓦釜而已。

黃鍾也有不同時代的黃鍾。它是只有發展，不會毀棄的。人們總是需要它。黃鍾之與瓦釜，就是善與惡、是與非、美與醜、正與邪、真理與詭辯，永遠是對立一時而前者總是獲得決定的勝利。

没有比較，不見優劣。没有鬥爭，不知進展。在這一點上，瓦釜雖然不自覺，可能它自以爲是黃鍾或者超黃鍾，其實它只是在爲黃鍾作義務宣傳。在瓦釜聒得震耳之後，人們一聽到黃鍾，是會更加歡欣鼓舞的。

瓦釜喲，雷鳴吧！瓦釜師們喲，拚命地把你們的破罎破罐敲得粉碎吧！有一個適當的下處在等待著，那就是垃圾堆。

黃鍾鳴而八音克諧，這宏偉的交響樂要響徹天地，響徹八垓，響徹今日，響徹未來。宇宙要充滿著真理與正義的和諧。

〔簡析〕

這是一篇借古諷今的短文。它通過讒謗之徒飛灰煙滅和屈原被讒而千古流傳的事實，有力地抨擊了我們現實生活中的「瓦釜」們，表達了作者對於謠言必然破產、眞理必然勝利的堅定信念。文章以「瓦釜」比喻造謠誹謗之徒及其可恥行徑，以「黃鍾」比喻守正不阿的志士及其正義聲音，形象生動，諷喻貼切，發人深省。

文章大體分作兩個部分。第一部分（三段）談「古」，第二部分（五段）論「今」。

談「古」，是由《卜居》中關於「黃鍾」與「瓦釜」的幾句話引發，點題切意；而後，從《卜居》與屈原的關係入手，轉入對屈原的評介。文章讚揚了屈原在讒謗和壓迫下，九死不悔、體解不變的精神，高揚直道、守正不阿的品格，進而揭示了儘管「黃鍾毀棄」，屈原卻「兩千多年來依然光耀史册」，而「瓦釜」們雖然「雷鳴聒噪」卻依然煙消雲散，沒有「多少人知道」、沒有「絲毫的聲息流傳」的歷史事實。

談「古」是爲了論「今」，是針對現實，有感而發。因此，在文章的第二部分，作者有針對性地論述了在不同時代，「總有那麼一些不同形式的瓦釜和那麼一些不同音調的瓦釜雷」，然而「黃鍾」卻「只有發展，不會毀棄」。至此，作者水到渠成地點明了「諷今」的含義，即「黃鍾之與瓦釜，就是善與惡、是與非、美與醜、正與邪、眞理與詭辯，永遠是對立一時而前者總是獲得決定的勝利。」最後，作者滿懷激情地指出，不管「瓦釜」怎樣自鳴得意、「聒得震耳」，也只不過是「黃鍾」的反射，最後必然被掃進歷史的「垃圾堆」，而象徵著「眞理與正義」的「黃鍾」的和諧音響，卻「要響徹天地，響徹八垓，響徹今日，響徹未來」。

作者選擇屈原這個典型的古人古事，諷喻今人今事，縱橫聯類，比譬自如，生動而深刻地闡明了邪惡必滅、正義永存的眞理。文章寫得蘊含深邃，情理並茂，恰如黃鍾鏗鏘，和諧嘹亮，韻味悠遠，動人心弦。

42 曲徑通幽法

曲徑通幽，就是不直截了當，而是曲曲折折地表達文章主題的方法。這種寫法「就像玲瓏剔透的園林布局，它引導人們繞過假山，渡過溪水，穿廊過橋，沿著蜿蜒曲折的小徑向深處探尋，最後把人們帶到一個峯迴路轉，柳暗花明的新境界。」

袁枚說：「作人貴直，作詩文貴曲。」文章之曲，在於文情曲折，周轉多變。若文章只是一味徑直來去，就會一覽而竟，了無餘意。但是，運用這一方法，應注意兩點：一是寫曲徑固然要寫出無限勝景，但妙境更在幽深之處，文章在這裡最要用力；二是寫曲徑固然要曲盡其妙，但必須曲有法度，不可雜亂晦澀，令人不知徑通何處。如果通幽曲徑寫得生動，則如上述漫遊園林一般，使人感到一景未了，一景又來，就能吸引讀者逐步進入作者所創造的藝術境界，不僅得到美感享受，還能被潛移默化，受到感染和薰陶。

例文：心願

巴黎有許多街道公園。離我們的公寓不遠就有一座。

一個假日，我夾著一本書來到這個小公園，坐在幾堆花叢中間的長椅上。這是我最愛坐的長椅，因爲我喜歡那幾叢花，在春天的北京，這樣的花是經常見到的。

我翻了幾頁書，忽然聽到一個孩子的聲音：「先生，你是中國人？是嗎？」

我擡頭一看，一個四五歲的小姑娘，雙手抱著個大布娃娃站在我面前。她目不轉睛地盯著我，歪著腦袋等待我回答。

「你猜猜，小朋友。」

「我說是！」她挺自信。

「爲什麼?」

「因爲我家有好多中國人，你像他們。」她那水晶般的藍眼睛多像清澈的泉水，閃耀著歡樂的光。

小姑娘的話使我迷惑不解。我問她:「你家有多少中國人?他們和你一塊兒吃飯嗎?」

「不!他們不吃飯，也不說話。」

「爲什麼?」我更奇怪了。

這時候走過來一男一女，都有三十七八歲年紀。那位夫人邊走邊喊:「維勒尼克，你在那兒幹什麼?」

小姑娘扭頭看了一下，没回答大人的問話。

「媽媽叫你呢，你怎麼不說話?」男的走到跟前對她說。

「我在和這位先生說話。」小姑娘指著我。

「是的，我們在進行十分有趣的談話。她說家裡有許多中國人，既不吃飯，也不說話……」

我的話還沒說完，小姑娘的父母就哈哈大笑起來。媽媽把女兒摟到懷裡親了一下，說:「這是我們的孩子，剛四歲半，同她爸爸一樣，是個中國迷，現在連我也快變成中國迷了。」

原來小女孩的爸爸曾兩次隨貿易代表團去中國，回來後，他們家就成了中國物品展覽館，什麼廣東涼席、福建紙傘、蘇州刺繡、景德鎮瓷器，還有他們不會用的毛筆和中國古代的計算機——算盤，有的藝術品他們連名字都叫不出來。維勒尼克說的不吃飯不說話的中國人，指的是陳列在櫃子裡的二十多個不同模樣兒的泥人。

我完全理解小姑娘的語言和感情了。是那些不說話的中國人，把真誠的友誼帶進了一個普通的法國人的家庭，而且生根發芽，開出了美麗的花朵。小姑娘的天真的心靈，不正像一朵含苞欲放的花蕾嗎？

維勒尼克的爸爸興奮地講了許多中國見聞，繪聲繪色地描述了北京的故宮、桂林的山水、洛陽的龍門，彷彿我倒是從没到過中國的旅客，而他是個熱情的嚮導。他滔滔不絕地講，使我相信他既了解中國的現在，也了解中國的過去。他說：「中國是一個偉大的國家，有永遠值得引以爲榮的歷史和文化，但是現在確實需要發展。你們的國家有巨大的潛力，這一點没有誰比得上。」

小姑娘插不上嘴，很著急，一連叫了幾聲爸爸。我指著她的布娃娃說：「你看，娃娃都閉上眼睛了，她要睡覺了。」

「不，她總是和我一同睡。」她想了想，問我，「你喜歡娃娃嗎？睡覺也抱著娃娃嗎？」

她問得這樣天真，把大人都逗樂了。我笑著說：「我也喜歡布娃娃，但是不抱她。只有我的小女兒才像你一樣整天抱著她呢！」

「你的小女兒？她叫什麼名字？我能和她玩嗎？」

「能，不過她不在巴黎，在北京。等你爸爸再去北京，帶著你到我家，她一定會歡迎你的。她有好多娃娃，連法國的會眨眼睛的娃娃都有。」

「她會講法語嗎？」

「會，可是不多。你可以當她的老師嘛！」

「太好了！」小姑娘高興地跳起來。她抱著爸爸的腿，用會說話的眼睛乞求著，好像在說：我要去北京！我還要當老師呢！

她爸爸認真地對我說：「我希望她學中文，以後到中國留學，做友誼橋樑的工程師！」

一個普通的法國家庭——一對中年夫婦和一個天真的孩子，他們的心願多麼美好，多麼純真！人民的感情是樸素的，樸素的東西是最美的。修一座友誼的長橋，這是我們共同的心願！

〔簡析〕

本文寫的故事發生在巴黎一座美麗的街道公園裡。而文章本身也像一座布局精巧的小園林：曲徑蜿蜒，綠樹掩映，勝景重重……作者一路引導著人們向深處「探幽」。

文章從「我」與一個法國小姑娘的談話起筆。當「我」坐在公園的長椅上看書時，一個法國小姑娘認出「我」是中國人，並且說她家裡有許多「不吃飯，也不說話」的中國人。這一天眞的談話，引起「我」深究的興趣，由此引出這個孩子的父母。原來孩子的父親是一個「中國迷」。他熱愛中國，兩次到過中國，從中國帶回許多藝術品和特產。所謂「不吃飯，也不說話」的中國人就是指二十多個中國泥人。他的美好感情也影響了妻子和孩子。「那些不說話的中國人，把眞誠的友誼帶進了一個法國的普通家庭，而且生根發芽，開出了美麗的花朵。」文章寫到這裡並沒有就此結束。作者筆鋒一轉，通過布娃娃把話題又引到小姑娘的身上。從她的談話中，我們進一步了解了她的內心：她有一個美好的願望，就是希望到中國去，與中國的小朋友交朋友，長大了「做友誼橋樑的工程師」。至此，文章幾經曲折，展示了法國一個普通家庭從大人到小孩的美好心願，然後作者才水到渠成地點明主題：「修一座友誼的長橋，這是我們共同的心願！」

這一筆，燭照全篇，把人們帶到了一個豁然開朗的新境界。

如果文章不採取這種一步一步向深處探幽的寫法，而是「巷子裡扛木頭——直來直去」，這樣一場對話是很難寫得如此引人入勝、逗人情思的；這個主題便不能表現得如此生動深刻，感人肺腑！

43 託事寓理法

託事寓理，就是作者把文章主旨和濃厚的感情寓於客觀事件的敘述描寫之中，而不是明顯地、生硬地直接說出。這種方法在寫作動機上，是作者從具體事件中悟出了某種道理，產生了某種情感，從而形諸文字；在表現手法上，作者則是將道理和情感融匯在整個事件的情節發展之中，而不是在某處特意點出，或專門用幾句話予以表現。

運用託事寓理法，要求敘事不忘理，寫景不離情。固然字字寫人寫事，卻又處處有理有情；情理與人物事件水乳交融，不露痕跡而又可以理會。這種文章的特點是「言在此而意在彼」，可謂「分明情理事中論」。因而讀起來感到含蓄、生動，富於哲理，耐人尋味。

例文：挑山工

在泰山上，隨處都可以碰到挑山工。他們肩上搭一根光溜溜的扁擔，兩頭垂下幾根繩子，掛著沈甸甸的物品。登山的時候，他們一隻胳膊搭在扁擔上，另一隻胳膊垂著，伴隨著步子有節奏地一甩一甩，保持身體平衡。他們的路線是折尺形的——先從臺階的左側起步，斜行向上，登上七八級臺階，就到了臺階的右側；便轉過身子，反方向斜行，到了左側再轉回來，每次轉身，扁擔換一次肩。他們這樣曲折向上登，才能使掛在扁擔前頭的東西不碰在臺階上，還可以省些力氣。擔了重物，如果照一般登山的人那樣直上直下，膝頭是受不住的。但是路線曲折，就會使路程加長。挑山工登一次山，走的路程大約比遊人多一倍！

奇怪的是挑山工的速度並不比遊人慢。你輕快地從他們身邊越過，以爲把他們甩在後邊很遠了。你在什麼地方飽覽壯麗的山色，或者在道邊誦讀鑿在石壁上的古人的題句，或者在喧鬧的溪流邊洗臉洗腳，他們就會不聲不響地在你身旁慢吞吞走過，悄悄地走到你的前頭去了。等你發現，你會大吃一驚，以爲他們是像仙人那樣騰雲駕霧趕上來的。

有一次，我同幾個畫友去泰山寫生，就遇到過這種情況。我們在山下買登山用的青竹杖，遇到一個挑山工，矮個子，臉兒黑生生的，眉毛很濃，大約四十來歲，敞開的白土布褂子中間露出鮮紅的背心。他扁擔一頭拴著幾張木凳子，另一頭捆著五六個青皮西瓜。我們很快就越過了他。到了回馬嶺那條陡直的山道前，我們累了，舒開身子躺在一塊被山風吹得乾乾淨淨的大石頭上歇歇腳。我們發現那個挑山工就坐在對面的草茵上抽煙。隨後，我們跟他差不多同時起程，很快就把他甩在後邊了，直到看不見他。我們爬上半山的五松亭，看見在那株姿態奇特的古松下整理挑兒的正是他，褂子脫掉了，光穿著紅背心，現出健美的黑黝黝的肌肉。我很驚異，走過去跟他攀談起來。這個山民倒不拘束，挺愛說話。他告訴我，他家住在山腳下，天天挑貨上山，幹了近二十年，一年四季，一天一個來回。他說：「你看我個子小嗎？幹挑山工的，給扁擔壓得長不高，都是又矮又粗的。像您這樣的高個兒幹不了這種活兒，走起路來晃悠！」他濃眉一撻，咧開嘴笑了，露出潔白的牙齒。山民們喝泉水，牙齒都很白。

談話更隨便些了，我把心中那個不解之謎說了出來：「我看你們走得很慢，怎麼反而常常跑到我們前頭去了呢？你們有什麼近道嗎？」

他聽了，黑生生的臉上顯出一絲得意的神色。他想了想說：「我們哪裡有近道，還不和你們是一條道？你們是走得快，可是你們在路上東看西看，玩玩鬧鬧，總停下來唄！我們跟你們不一樣。不像你們那麼隨便，高興怎麼就怎麼。一步踩不實不行，停停住住更不行。那樣，兩天也到不了山頂。就得一個勁兒往前走。別看我們慢，走長了就跑到你們前邊去了。你看，是不是這個理兒？」

我心悅誠服地點著頭，感到這山民的幾句樸素的話，似乎包蘊著意味深長的哲理。我還沒來得及細細體味，他就擔起挑兒起程了。在前邊的山道上，我們又幾次超過了他；但是總在我們流連山色的時候，他又悄悄地超過了我們。在極頂的小賣部門前，我們又碰見了他，他已經在那裡交貨了。他憨厚地對我們點頭一笑，好像在說：

「瞧，我可又跑到你們前頭來了！」

從泰山回來，我畫了一幅畫——在陡直的似乎沒有盡頭的山道上，一個穿紅背心的挑山工給肩頭的重物壓彎了腰，他一步一步地向上登攀。這幅畫一直掛在我的書桌前，多年來不曾換掉，因爲我需要它。

〔簡析〕

這篇文章運用託事寓理的手法，說明了一個帶普遍意義的道理：幹任何事都要堅持不懈，步步踩實，一個勁兒往前走。

作者首先描述了在登泰山時的一種奇怪現象：挑山工走得比遊人慢，路程大約比遊人多一倍，但登山速度並不比遊人慢，甚至常常跑到遊人的前頭去了。

接著，文章通過一個挑山工的談話解開了這個謎：遊人雖然走得快，但「在路上東看西看，玩玩鬧鬧，總停下來」，挑山工可不一樣，他們「一個勁兒往前走」，所以「走長了就跑到遊人前邊去了」。這席談話蘊含著一個意味深長的哲理：幹任何事都要堅持不懈，不能中途停頓。但作者沒有直接發表議論，把這個意思明白地點出，而是讓讀者自己從挑山工的說話中，去領悟這個意思。

文章最後寫「我」從泰山回來，畫了一幅挑山工負重登山的畫，掛在書桌前，「多年來不曾換掉，因爲我需要它」。

這段描寫含蓄、生動、感人，其中寄託了「我」要用挑山工不斷登攀的精神，永遠激勵自己前進的決心，感情眞摯，含意深刻，耐人尋味。我們讀後，也覺得受到了鼓舞和鞭策。

幽默

劉勰在論述「諧隱」時指出：「辭雖傾回，意歸義正」，「義欲婉而正，辭欲隱而顯」。就是說，語言雖然滑稽有趣，內容卻要嚴正深刻。這就揭示了幽默的性質和特點。質言之，幽默就是詼諧風趣而意味深長。它的特點是：

第一「遁辭」，「譎譬」。即在形式上，可以採取比喻、委婉、雙關、反話、誇張、諷刺等表現手法，取得詼諧風趣的效果。

第二「義正」，「適時」。即在內容上，要有感而發。含意深長，有諷有喻，態度嚴肅。一句話，就是詼諧而有諷喻，風趣卻又辛辣。它是人們智慧的結晶。幽默，是一種含笑的諷刺，絕不是庸俗的插科打諢，無聊的戲謔逗趣，或惡意的嘲弄譏笑，而是在輕鬆有趣的笑聲後面寓有鮮明而嚴正的褒貶然否。幽默，固然常常體現在運用諷刺手法的文章中，但它並非只有諷刺一用。更重要的，它是文章的一種表現力和感染力，也是文章能給人以美感享受的重要因素。

44 逗引法

逗引法是記敍文中一種獨特的表現方法。它是以作品中的人物抓住主要矛盾，一方挑逗另一方或雙方互相挑逗的方式結構情節的方法。這種方法的特點是詼諧有趣，婉有諷喻，但逗引並非僅爲博得讀者一笑，而是爲了更好地敍述故事、刻畫人物和表現題旨。因而，不可一味追求趣味，故作奇巧，墮入虛假，使作品失去眞實性。

逗引法富有喜劇效果。挑逗的一方或雙方往往故意掩蓋矛盾的眞相，巧設疑團，製造假象，左盤右旋，引發和駕馭對方的感情，使對方的思想感情充分表現出來後，再自然地亮出「底牌」，表明眞相，使得滿天的疑慮和糾紛突然一掃而光，雙方的思想感情也隨之昇華到一個新的高度。運用這種方法，因爲往往是雙方的思想和感情在直接碰撞，所以能深入地充分地展現人物的內心活動，使人物形象性格鮮明，栩栩如生。同時，由於「疑陣」「假象」的盤旋錯雜，使得作品的故事情節變化莫測，能對讀者產生强大的吸引力，使之同作品中人物一道喜怒哀樂，既能得到藝術上的享受，又能得到思想上的薰陶。

例文：照片

張爾和

他們結婚已有兩年了。

他愛好文學，經常寫文章去投稿，可是從來没給登過。

他也會木工，手藝很好，他們結婚家具就是他自已打的。

他很愛她。

她也是。

她脾氣很强，經常「欺負」他，是「小國霸權主義」。

他脾氣很好，經常讓她，是「不抵抗主義」。

現在，她又「挑戰」了。

他硬著頭皮準備「應戰」。

「戰鬥」之前，先要談判。

她：「你爲什麼不肯替我的朋友小蘭打家具？她答應工錢照付。」

他：「我没時間。」

她：「哼！」

他：「嗯？」

她：「什麼没時間？你少寫幾篇發表不出的小説，不就行了？」

他：「我……總有一天，能，發表。」

她：「哼！不管怎樣，你一定要替小蘭打。」

他：「不行。」

她：「就一次。」

他：「一次也不行。」

談判失敗了。於是，她下了最後通牒：

「三天之內，必須答應，否則——」

第一天。

她「封鎖」了爐灶、水龍頭、米缸、「金庫」……只有雙人床沒「封鎖」，以示「寬大」。當然，她自己也要睡。

他不在乎，因為他口袋裡還有點零錢。

第二天。

她突然襲擊，搜去他口袋裡的一切，並警告：「膽敢向『外國』求援，一切後果自己負責。」

他慌了。

晚上。

床上。

他求饒，希望她結束這種「非常狀態」。

她不睬他。絕不心「軟」，不能被他的花言巧語「迷惑」。除非答應條件。

第三天。

晚上。

床上。

他靠在床上，頭朝東。

她躺在床上，臉朝南。

他：「我們好好談談。」

她：「不答應條件，不談。」

他：「我談的很重要。」

她不吭聲。

他：「我們離婚吧。」

她頭皮一炸，摸摸耳朵。

他：「別人替我介紹了一個姑娘。」

她氣極了，想爬起來與他打一場「核戰爭」。但她又忍住了，要讓他把話說完，不能沒有「度量」，不過，她覺得眼睛有點濕。

他從胸口摸出一張照片。

她猜出他是從貼身襯衫口袋裡掏出來的，因爲前天只有這件襯衫沒有搜索過，是個「漏網份子」。

他：「這個姑娘模樣兒還不錯。」

她淚水出來了。

他：「看樣子性格也挺好。」

她很傷心，因爲他把這姑娘的照片放在「貼心」的口袋裡。

他：「她說和我結婚後全力支持我寫作，什麼活也不讓我幹。」

她很嫉妒，因爲當初她也對他說過這話。

他：「這個姑娘是真心愛我的。」

她想爬起來朝他吼：「我不也是？」

他：「因此，我想她是不會逼我幹我不願意幹的事的。」

她在考慮，但她氣難消。

他：「你肯替我參謀一下嗎？」

她：「……」

他把那張照片湊到她眼前。
她火氣很大，一掌打開他的手。
他嘆了口氣。
她出了口氣。
他把照片放進口袋。
她把手縮進被裡。
他把燈熄了，睡了。
她把燈開了，起來。
他睡著了。
她睡不著。
她後悔了，不該對他這樣。
她又哭了，想了很多。
她要把他喊醒，要和他親親熱熱地談談。
她絕不再逼他了。
她盯住他的胸口。
她要看看那個姑娘究竟是什麼樣子。

她摸出照片。

她又好氣又好笑，又想哭又想笑。

那是她自己的「標準照」。

她俯下身來，在他的臉上親了一下。

他笑了。原來他也沒有睡著。

〔簡析〕

這篇作品是運用逗引法來結構故事情節的，喜劇色彩濃厚，富有生活情趣。「她」叫「他」幫小蘭打家具，「他」不幹，於是，「她」下了最後通牒：「三天之內，必須答應，否則——」這是矛盾的產生。第一天，「她」對「他」實行「封鎖」，他不在乎；第二天，「她」對「他」搞「突然襲擊」，「他」慌了；這是矛盾的發展。接著，作者運用逗引法把故事情節推向高潮。第三天，「他」糧盡彈絕，山窮水盡，走投無路，眼看非「投降」不可，但作者突然筆鋒一轉，異峯突起，讓情節來了一個大轉折：「他」向「她」展開反攻，提出「離婚」。這一逆轉，出乎「她」的意料之外，也出乎讀者的意料之外，使文章掀起一層波瀾。接著，形勢急轉直下，情節直線發展。「他」一會兒哄「她」：「別人替我介紹了一個姑娘」；一會兒逗「她」：「他從胸口摸出一張照片，湊到她眼前」；一會兒氣「她」：「這個姑娘模樣兒還不錯」；一會兒刺「她」：「看樣子性格挺好」。在「他」的迷惑、襲擊下，「她」節節敗退，潰不成軍：傷心、落淚、嫉妒、後悔，睡不著。但是故事並沒有到此爲止，在「她」準備接受「無條件投降」的時候，作者再一次運用逗引法揭開「謎底」。「她」假裝睡覺，暗中觀察動靜，引「她」上鈎，「她」終於按捺不住，從「他」的胸口摸出照片。原來，這正是「她」自己的「標準照」，故事情節掀起一個軒然大波，滿天的迷霧頓時消散，讀者與作品中的人物一起感到「好笑」。

這種寫法類似舞獅子，一隻繡球可以逗引著獅子如此滾，如彼滾，使出渾身解數，顯出百般本領，這張「照片」也如同一隻繡球，逗引著「她」傷心、落淚、氣憤、嫉妒、後悔、投降，直到「她」的思想性格得到充分的展示，才突然亮出「底牌」，化悲爲喜，破涕爲笑，使作品獲得最大的喜劇效果。

45 誇張法

誇張，是指在描寫人或事物時，爲了突出本質特徵，在現實的基礎上，對形象作必要的擴大或縮小，加强表達效果的一種藝術手法。

這裡所說的誇張與修辭學上的誇張不完全一樣。作爲修辭格的誇張，主要用於描寫局部形象或事實；作爲寫作方法的誇張，主要用於作品的整體，用於形象的塑造和情節的構思。如『毛主席紀念堂』一文中對人民英雄紀念碑的描寫：「人民英雄紀念碑聳入藍天。」用「聳入藍天」形容人民英雄紀念碑之高，是誇張的描述，但這是用於局部的情形，是一種修辭格。而『西遊記』裡寫孫悟空，力大無窮，神通廣大，無法無天，一個跟頭十萬八千里，會七十二變，上敢鬧天宮，下敢搗龍宮，千軍萬馬也擋不住他一根金箍棒，這是將誇張用於形象塑造和情節構思的例子，是寫作學上的誇張。運用誇張手法可以突出描寫對象的形象特徵，增强情節的曲折性和驚險性，便於更深刻地表現主題，或表達强烈的愛憎感情，引起讀者的共鳴。

運用誇張手法要注意以客觀事實爲基礎，不能信口開河，誇飾無稽。魯迅說：「漫畫雖然有誇張，卻還是要誠實。『燕山雪花大如席』是誇張，但燕山究竟有雪花，就含著一點誠實在裡面，使我們立刻知道燕山原來有這麼冷。如果說『廣州雪花大如席』，那可就變成笑話了。」這段話透闢地說明了誇張和客觀實際的關係。另外，運用誇張還必須嚴肅，不可濫用，一般文藝性作品中運用較多，新聞報導、科學論文、調查報告、經驗總結等文體，應嚴守眞實性的原則，不應使用誇張的表現手法。

例文：雄辯症

王蒙

一位醫生向我介紹，他們在門診中接觸了一位雄辯症病人。醫生說：「請坐」。

病人說：「爲什麼要坐呢？難道你要剝奪我的不坐權嗎？」

醫生無可奈何，倒了一杯水，說：「請喝水吧。」

病人說：「這樣談問題是片面的，因而是荒謬的，並不是所有的水都能喝。例如你如果在水裡摻上氰化鉀，就絕對不能喝。」

醫生說：「我這裡並沒有放毒藥嘛。你放心！」

病人說：「誰說你放了毒藥呢？難道我誣告你放了毒藥？難道檢察院起訴書上說你放了毒藥？我沒說你放毒藥，而你說我說你放了毒藥，你這才是放了比毒藥還毒的毒藥！」

醫生毫無辦法，便嘆了一口氣，換一個話題說：「今天天氣不錯。」

病人說：「純粹胡說八道！你這裡天氣不錯，並不等於全世界在今天都是好天氣。例如北極，今天天氣就很壞，刮著大風，漫漫長夜，冰山正在撞擊，……」

醫生忍不住反駁說：「我們這裡並不是北極嘛。」

病人說：「但你不應該否認北極的存在。你否認北極的存在，就是歪曲事實真相，就是別有用心。」

醫生說：「你走吧。」

病人說：「你無權命令我走。你是醫院，不是公安機關，你不可能逮捕我，你不可能槍斃我。」

……經過多方調查，才知道病人當年參加過「梁效」的寫作班子，估計可能是一種後遺症。

〔簡析〕

這篇作品寫了一個雄辯症病人與醫生扯橫皮、搞詭辯的故事。醫生請他坐，他不僅不坐，還要誣人剝奪他的「不坐權」；醫生請他喝水，他不僅不喝，還要侈談「並不是所有的水都能喝」；醫生解釋，「這裡並沒有放毒」，他立即揪人家的辮子：「我沒說你放毒，而你說我說你放了毒藥，你這才是放了比毒藥還毒的毒藥。」醫生無可奈何，轉移話題說「今天天氣不錯」，他偏要打人家的棍子：「純粹胡說八道！你這裡天氣不錯，並不等於全世界在今天都是好天氣。」醫生想反駁，他卻給醫生戴上一頂「歪曲事實，別有用心」的帽子……顯然世界上不會有這樣蠻不講理的「病人」，這個故事不過是一種誇張，一種藝術的虛構。作者是以擴大的方法，把「梁效」式的人物，形形色色的詭辯論者的醜惡嘴臉暴露於世人的面前，給他們以迎頭痛擊。

明明作者誇大其詞，虛構故事，但讀起來卻並不覺得荒唐，反而覺得眞實深刻，感到痛快淋漓。原因就在於這位「雄辯症」病人不是作者無中生有的臆造，而是有生活基礎的。「雄辯症」病人固然是沒有的，但具備他這種特徵的人並不少見。無論在文學界、藝術界、理論界、教育界以及其他部門，都不乏其人。這種人喜歡搞詭辯，講歪理，扯橫皮；喜歡抓辮子，打棍子，戴帽子；你談正面，他就講反面，你談這一面，他就扯那一面，你談這個問題，他偏講那個問題，你談具體問題，他卻扯抽象問題。總之，他總是有理，你休想和他談清任何一個問題，他不以詭辯爲恥，反以詭辯爲榮，不以「求眞」爲目的，而以「反對別人」爲大業。這種人似乎「瘋顚」，但瘋顚者沒有這般「雄辯」，這種人似乎正常，但正常者沒有這般「瘋顚」。他們是「似顚非顚」，蓄意爲之，對人類的進步事業危害極大。作者把這一類人的特點集中在一起，並加以擴大——即把隱蔽的、不明顯的，打著某種旗號的，裝腔作勢、道貌岸然的詭辯變成違反常情常理的，公然的，可笑的詭辯——塑造了一個活生生的

「似顛非顛」的「雄辯症」病人的形象。這個形象是有典型意義的，在他的身上遊蕩著一切詭辯論者的幽靈。所以讀起來一點也不感到失眞，反而覺得妙筆傳神，深刻有力。

高爾基說：「藝術的目的在於誇大好的東西，使它顯得更好；誇大有害於人類的東西，使人望而生厭。」這篇作品在「誇大有害於人類的東西」方面做到了使人望而生厭，望而生恨，爲我們提供了一個範例。

46 反言法

反言法，通常稱之爲「說反話」。這就是在表達某種意思或說明某個問題時，不從正面寫出，而在反處著筆，用同本意相反的詞語或事物來表達本意。如要肯定什麼，卻用否定的形式來表達；而否定什麼，又用肯定的方式來表達。反言法表現的對象，總是包括正、反兩個方面，這兩個方面，是相反相生、相輔相成的。運用反言法就是根據這二者固有的內在聯繫，將其聯結在一起，並誇張地突出它有關的某一點，而將眞正的內涵藏在反面，以此來加强表達效果。

反言法不同於修辭學的「反語格」。它不是一種語言手段，而是一種表現手法，既可用於抒情達意，又可用於敍事造型。反言法用於抒情，可以使人感覺到感情的複雜和强烈，用於達意，可以使文章的思想顯得深刻、雋永；用於敍事，可以使情節顯得委婉曲緻；用於寫人，可以體現人物性格、社會內涵的深度，使人物顯得血肉豐滿。總之，運用反言法，可以使文字含蓄幽默，跌宕多姿。

反言有肯定與否定兩種。肯定反言，是高度的讚揚，熱愛之情特別眞摯，使文字獲得無窮的韻味；否定反言，是强化的鞭撻，憎惡之情極爲强烈，使文章體現出辛辣的諷刺。因而，運用反言法，也有一個分寸問題；並且，還要注意恰當、貼切，不可一味「唱反調」，否則，只能適得其反。

例文：愛才

嚴紅纓

A廠組織科的孫科長，素來以愛才著稱，遠的不說，就說去年大學生畢業分配時，全靠孫科長使出渾身解數，才爲廠裡爭得七個大學生名額。提倡知識化嘛，沒有大學生能行？然而如果沒有孫科長，哪裡去找這七個名額呢？孫科長因此得意了好些日子。

誰知不出半年，七個大學生中有五人要求調走。孫科長大爲不快。現在的年輕人真不像話，這山望著那山高，個人主義嘛。當然，孫科長也沒有把這個放在眼裡。既然進了這個廟，沒有我這尊菩薩點頭，甭想跳出去！

這一天，分到基建科工作的兩個小伙子闖進了孫科長的辦公室。孫科長早有提防，不等二人開口，他便以平易近人的親切口吻，詢問他們的家庭情況及個人生活情況，又一一列舉廠裡關心知識份子生活的事實。當然，在這番動人的談話裡，準確無誤地暗示了這樣一種意思：想走嗎，沒門兒！

孫科長估計已經收到了效果，就把話鋒一轉，單刀直入：「聽說你們不想在我們廠幹？」

「學的專業用不上。」兩個大學生都很靦腆，但還是鼓足了勇氣說。

「你學的什麼專業？」孫科長盯著其中一個問。

「建築。」

「分在基建科不正對口嗎？」

「科裡有兩個六四年畢業的建築系學生，至今只設計過兩間值班室，兩道圍牆。」

「啊哈，我說同志哪，要有發展的眼光嘛，你們這麼年輕，眼光應該比我們這些人看得更遠。基建科絕對不會只是修修圍牆。據我所知，廠裡正準備蓋一溜平房，做集體宿舍，已經有了規劃。到時候，我們可要看看大學畢業生的真本事囉？哈哈哈……」孫科長表情生動地大笑了幾聲，表示問題已經圓滿解決。

「你呢？也是學建築？」孫科長把目標轉向另一個。

「不，我學的是城市建築的給水排水專業。」

「給水排水？太好了！你怎麼也跟著起哄呢？我們正需你這個專業人才，眼下就很急迫！廠食堂後面那段排水溝，常常堵塞，尤其是夏天，臭氣薰人哪。當然，活兒是髒了點……」

〔簡析〕

這篇作品抓住孫科長「名」與「實」、「表」與「裡」的矛盾，運用反言法，對那些浪費人才的官僚主義者作了辛辣的諷刺和無情的鞭撻，寫得含蓄幽默，深刻雋永。

「反言」在這篇作品中，主要體現在對人物形象與情節的描寫上。作品開始寫孫科長「素以愛才著稱」，「使出渾身解數，才爲廠裡爭得七個大學生名額」，「孫科長因此得意了好些日子」，似乎頗具伯樂遺風。再寫孫科長如何對待人才。當他得知七個大學生中有五個要求調走時，大爲不滿，認爲這是「個人主義」，儼然一個正人君子。最後寫他如何使用人才，他認爲把學建築的分到基建科修圍牆、平房，就是「正對口」，把學給水排水專業的送到食堂捅臭水溝就是「人盡其才」。這樣，孫科長以自己的言行徹底撕去了所謂「愛才」的假面具，暴露了他「壓」才、「坑」才的實質。

這個正面形象，作者是從正面入手塑造的，是以正面的話表達反面的意思，這比從反面塑造反面形象，意蘊更豐富，感情更深沈。它更深刻地揭示了反面人物精神世界的複雜性與虛僞性，更加强了對反面人物的鞭撻與嘲諷。

47 雙關法

在一定的語言環境或具體的篇章布局裡，利用一語多義、多詞同音或形象相似等有關條件，著意使文章或文章的某些部分獲得雙重意義。這種表現手法，就叫做雙關法。雙關法的特點是言在此而意在彼、因而，它包括著彼、此兩個部分：明寫此，而暗在彼；寫此是手段，指彼是目的。作者的本意實在彼方。

文章學上的雙關法與修辭學上的雙關格既有聯繫，又有區別。兩者都要憑藉一定的語言材料，來實現其表達對象所包括的兩個方面的聯繫，這是大體相同的。但是，相關格是用詞的一種修飾方法，而雙關法卻是作文的一種表現手法，更著重於形象和意義方面，這是有區別的。

雙關法運用得自然貼切，可以使文勢迴轉變化，語氣深切動人，感情厚實峭拔，整個文章顯得含蓄幽默，富有魅力，給人以深刻的印象。在運用雙關法時，必須注意「彼」、「此」雙關的關係，並非任何兩個絕不相干的事物可以隨意拿來「雙關」，而是要抓住兩個事物之間在形式、內容或其他方面的聯繫（相似、相同、相近等），並形象地將這種關係表現出來，從而達到言此意彼、另有所指的表達效果，造成一種耐人尋味的意蘊。

例文：蟲子吃了稿子

曹治淮

某縣出產大棗，肉厚核小糖分高，暢銷海外，國內市場素來少見。不過該縣新聞幹事「馬靠棗」（這是外號）每年都有辦法按外貿收購價買下千八百斤，專門應酬省地報社約稿又約棗的編輯。每逢農曆八月十五棗下樹，到次年農曆五月端午節，編輯向「馬靠棗」約稿約棗的長途電話，此起彼伏，接二連三，忙得他撂下筆桿子抄起秤桿子。掌握著好棗也就不怕出次稿，馬馬虎虎，道聽途說來一篇，連同約棗送給編輯，起碼也得登一條簡訊，編輯哪怕替他重寫，也得叫稿子見報。「馬靠棗」就這樣靠棗登稿，每年見報稿子不少，還得過模範通訊員獎呢！

今年又過去快六個月了，「馬靠棗」連一次約稿的電話也沒有接到，自投幾篇稿，因質量太差，也被編輯給「槍斃」了。有個朋友問他：「怎麼今年在報上見不到你寫的稿子了？」「馬靠棗」咬著朋友的耳朵，悄聲細語的說：「去年咱縣的棗樹普遍發生蟲災，大棗絕產，是蟲子吃了我的稿子了。」

〔簡析〕

這篇小品主要是諷刺某些報社編輯的不正之風。文章中所寫的事例並非奇聞，類似的現象司空見慣，作者也沒有作多少誇張渲染，只是如實寫來，但文章卻顯得特別含蓄幽默，深刻有力。原因在於作者善於巧妙地展示生活，俏皮地運用「雙關」。

文章開始寫往年省、地報社編輯向「馬靠棗」約稿約棗的長途電話，此起彼伏，接二連三，即使稿件質量很差，只要連同約棗送給編輯，一定見報不誤。然而今年卻一反慣例，「馬靠棗」連一次約稿電話也沒有接到，自投幾篇，也被編輯給「槍斃」了。原因何在呢？「馬靠棗」咬著朋友的耳朵，悄聲細氣地說：「去年咱縣的棗樹普遍發生蟲災，大棗絕產，是蟲子吃了我的稿子了。」讀了這句話大概沒有人不發笑的，因爲他表面上說「蟲子吃了棗子」，實際上說「編輯沒吃到棗子，所以登不了稿子」，言在此，而意在彼，一句話就揭示了棗子與稿子的內在聯繫，「馬靠棗」與某些編輯的交易關係，含蓄而深刻，幽默而動人，確是一根有力的「刺」。

「蟲子吃了稿子」，是全文的「文眼」，是「結穴之處」，作者是經過苦心經營的。前文所敍「馬靠棗」靠棗子登稿子，以及今年無一篇稿子見報，都是爲最後一句畫龍點睛作準備的，「眼睛」一點，全文活脫，神采飛動，餘韻無窮。如果作者不是如此運用，縱有「雙關」妙語，也不能充分發揮它應有的效用。只有善於從生活中找到「刺」，又能恰到好處地運用它，才能使文章取得「婉而多諷」的濃厚的藝術效果。

48 諷刺法

諷刺法，就是通常說的諷刺或嘲笑的筆法。這就是運用誇張的手法集中表現客觀事物的各種矛盾(如形式與內容、言與行等)，突出可笑、可鄙及可惡之處，並予以嘲笑諷刺，以達到針砭或否定的效果。諷刺法包含有三個要素：即漫畫式的藝術變形、嚴肅的生活邏輯和深刻的思想認識，三者缺一不可。沒有漫畫化的藝術誇張，則缺乏辛辣的幽默感；沒有嚴肅的生活邏輯，極度誇張的藝術變形則必然墮爲虛假；沒有深刻的思想認識，諷刺便成逗笑，而缺乏發人深省的內蘊。諷刺法，實際上就是將三者巧妙地結合起來的一種表現手法。

運用諷刺法，必須注意眞實感和分寸感。諷刺的生命在於眞實，「非寫實絕不能成爲所謂『諷刺』」(魯迅)。寫實，是諷刺與造謠汚蔑的根本區別。從事實出發，極度誇張的諷刺和嘲諷才能體現出令人信賴的邏輯力量。同時，諷刺法切忌亂用、濫用，必須講究分寸，要區別不同的對象，採取不同的態度。對腐朽反動的東西，可以無情地嘲笑、抨擊，諷刺中應當燃燒著怒火；對人民內部的缺點，則「在希望他們改善」(魯迅)，諷刺中必須洋溢著熱情。只有這樣，運用諷刺法才能刺得準確，刺得有理，切中要害，使作品發揮有力的戰鬥作用。

例文：維護團結的人

王蒙

艾團結悄沒聲息地走進了老王的家，他壓低了聲音，對老王說：「老王，不要理他。宰相肚子裡撐大船，不跟他一般見識。」

老王莫名其妙，眨了眨眼睛，由於他正忙著打家具，顧不上回答老艾的話。

「其實你也早知道了，你不會計較的，你的水平不一樣嘛。」

老王低下頭，拾掇刨子。

艾團結彎下腰，湊過身去說：「你知道，老周說你的鼻子是假的。」

老王鼻子哼一下，沒言語。

艾團結把臉湊得更近一些，哈出來的熱氣衝到老王的耳朵上，「老周說，你的鼻子是從他家的垃圾堆裡找出來，用豬皮膠粘在臉上的。」

老王擡起了頭。

「老周還說，你把你原來的鼻子賣給走私商了，沒有繳納賦稅。」

老王皺起了眉。

艾團結說：「不必生氣，不必生氣，我們都知道嘛，你的鼻子是一等品，是珍品，是原作，他那樣說，只能證明他的無知。你是不會計較的，你是不會計較的……」

老王又低下了頭，同時開始捉摸：「老周背後講我的壞話究竟是什麼意思呢？」

艾團結臨走的時候強調說：「一定要以團結爲重。一定要以團結爲重。」

艾團結離開了老王，又去找老周「維護團結」去了。

〔簡析〕

這篇作品用漫畫化的手法，辛辣地諷刺了那些愛搬弄是非、挑撥離間、破壞團結的人。讀後令人感到痛快淋漓，忍俊不禁。

在我們的生活中，這類人雖然爲數不多，但也並不罕見。這種人往往裝出一副關心人的樣子，在張三的面前說李四，在李四的面前說張三，明明是挑事撥非，煽風點火，破壞團結，卻偏要大唸一通「團結」經，以掩蓋其眞面，金蟬脫殼，溜之大吉。作者抓住這種人言與行的矛盾，給予繪形、繪聲、繪色的描寫，活畫出他們的醜態，「使麒麟皮下露出馬脚」，因而產生了强烈的諷刺效果。

巧妙地運用漫畫式的誇張，也是這篇作品的一個重要特色。例如，艾團結對老王說的那些話：「老周說，你的鼻子是從他家的垃圾堆裡找出來，用豬皮膠粘在臉上的。」「還說你把原來的鼻子賣給走私商了，沒有繳納賦稅。」這些話從表面看來離奇古怪，不近人情，似乎過分誇張，但仔細一想卻覺得恰到好處，因爲挑事撥非者的特點正是無中生有，胡編亂謅，或者移花接木，添油加醋。作者把他們的這些特點經過「變形處理」，寫出艾團結那些半似瘋顚、半似離間的話來。這正是不求形似、但求神似的「活像」，更突出了挑事撥非者的本質特徵和可笑之處，更加重了諷刺、挖苦的力量。

作品的最後一句話「艾團結離開了老王，又去找老周『維護團結』去了」，是畫龍點睛之筆，進一步揭示了艾團結之流以破壞團結爲能事的本質特徵，特別耐人尋味，也令人警覺。

敘述

「體貌本原，取其事實」；「陳列事情，昭然可見」。劉勰的話，基本上概括了敘述的含義。敘述，就是把人物的經歷、言行和事物發展變化的過程交待表達出來。這是一種最常用的表達方法。不僅各類記敍文都以敘述爲主，議論文和説明文，也往往離不開敘述。從某種意義上講，敘述是寫各種文章的基礎。

敘述，包括人物、事件、時間、地點和爲什麼（原因與結果）五個要素。這決定了敘述的作用是：刻畫人物形象（敘述人物的外形概貌和經歷言行）；交待故事情節（敘述事件的時間、背景及發展過程）；聯貫文章線索（敘述交待，貫串事件與事件、場面與場面之間的聯繫）；提供事實論據（敘述具體實例，用以證明論點）。

敘述的方式多種多樣。常見的如順序、倒敘、插敘、補敘、分敘等；近幾年，又有人引入了「意識流」和「蒙太奇」等表現手法，更加增強了敘述的表現力。這些敘述方式的靈活運用，可以使文章寫得形象生動，起伏跌宕，不僅能真實地反映社會生活，表現主題思想，還能體現出藝術魅力和感染力，從而更好地發揮其教育作用、認識作用和美感作用。

49　順敍法

順敍，就是按照事情發生、發展的過程進行敍述。這是一種最基本、最常見的敍述方法。順敍包括以下幾種情況：按時間的推移來敍述，如劉白羽的《長江三峽》就是按時間的推移依次描寫過瞿塘峽、巫峽、西陵峽的情景和壯美的景色，抒發了熱愛祖國、熱愛生活的激情；按事情的發展來敍述，如《我的戰友邱少雲》先寫我軍的隱蔽情況，繼寫邱少雲爲了整個作戰計畫的實施在烈火中壯烈犧牲，最後寫我軍發起總攻，迅速取得勝利，就是按事情的發展順序寫的；按認識發展的過程來敍述，如楊朔的《荔枝蜜》先寫「我」兒時不喜歡蜜蜂，繼寫喝蜜而動情，再寫蜜蜂的精神使自己受到感動，最後寫「夢見自己變成了一隻小蜜蜂」，這一變化過程表達了作者要像蜜蜂一樣辛勤勞動，和廣大農民一起去建設社會主義新生活的强烈願望；按作者的行踪來敍述，如《香山紅葉》就是以作者的遊踪爲順序，由山下到山上，寫出了香山美麗的景象，最後以景喻人，歸結題意。這些寫法儘管各有特點，但都是按事情發生、發展的過程來寫的，都屬於「順敍」。

順敍可以使文章的層次同事件發展的進程取得一致，讀起來條理分明，有頭有尾。但要注意材料的取捨，敍述的詳細，不能面面俱到，平均使用力量，記流水帳；還應注意敍述的變化，以形成文章的波瀾，不可「照本宣科」，平鋪直敍。否則，文章就會顯得呆板單調，使讀者感到枯燥乏味。

例文：傘的故事

我們住在一個山區小城裡，平時很少到省城去。儘管這樣，我每次去，卻並不願意去遛那裡的馬路，逛那裡的商店。林彪、「四人幫」橫行時，把許多地方搞得亂糟糟的，有些事情看了使人掃興、寒心。最近不少去過省城的人回來都說，省城情況大大變了。變成什樣子了？趁這一次來開會，我想親自看看。

一天晚飯後，我走出招待所，來到大街上。慢車道上是自行車的洪流，那大概是上夜班或者下白班的工人隊伍；人行道上不時走過排著整齊隊伍的小學生，那大概是去看兒童電影專場的。偶爾還碰到幾對互相提問著英語單詞的青年人……走著，走著，迎面出現了一家小商店。門面不太大，門上懸掛著「青年商店」的招牌。我信步走了進去。四個營業員全是小伙子。我剛站在櫃臺前，就有一個和氣的聲音飄進耳朵：「先生，您來了？」我定睛一看，面前是一張可愛的笑臉。

不知是因爲親切的招呼，還是因爲笑臉相迎，我不由自主地把身子往櫃臺上靠了一靠，也咧開嘴點點頭。

又是和氣的聲音：「先生，您買點什麼？」我本沒有準備買東西，但不知爲什麼，眼光往貨架上一溜，竟順口說：「請把那傘拿來瞧瞧。」

那小伙子輕捷地轉過身去，取下一把傘，拍了幾下，其實上邊並沒有灰塵。

我接過來，撐開打量著。耳邊又是和氣的聲音在介紹：「這是某地產品。顏色呢，樸素，耐髒；式樣呢，輕巧，方便。」

我邊聽邊點頭，那青年「嘿」地一笑，又說：「晴天遮遮太陽，雨天擋擋雨水，出門很用得著呢！」

我連聲應著「是」。那青年又接著說，「不貴」。便主動向我介紹了價格。

不知爲什麼，我竟決定買這把傘了。當我把錢付給那位青年營業員的時候，不禁稱讚說：「先生，你的服務態度真是不賴！」

那青年腼腆地一笑：「不行，不行，我們都是新分配到這個單位的，剛幹這一行，請您多提意見！」

我帶著意外的滿足，離開了這家小商店，好像自己不只是買了把傘，而是找到了多年不見的什麼珍貴的東西。對這把傘彷彿也有了特殊的感情，竟像抱孩子似的緊緊把它抱在懷裡。

過幾天，散會了。我乘坐夜車回家。途中，我一直伏在小茶桌上打瞌睡。不知過了多長時間，我朦朧中聽到列車員報的站名，便猛地站起，取下了皮包、挎包、帽子，恍恍惚惚下了車，出了站，直到回到自己的宿舍，拉著電燈的時候，才猛然想起放在坐位底下的東西。

「哎呀，我的傘！」

丟一把傘算什麼大不了的事？再說哪兒去找呢？車站裡的人能管這種閒事？誰知那把傘的影子老在我眼前晃來蕩去，伴隨著它的還有那青年營業員的可愛的臉，和氣的聲音，以及依稀覺得在那小商店裡找到的多年不見的東西。啊，我怎麼能把它丟了呢！我決計到車站去試試。

大約天剛亮的時候，我又回到了車站。

這是一個小火車站，候車室裡沒有幾位客人。一個小伙子正拿一把大掃帚，「呼拉呼拉」掃站臺。那身藍制服，鈕扣上的路徽，胸前佩戴的胸章，催我快步走到他跟前，叫了一聲「先生」。

他擡起頭，朝我忽閃著大眼睛。

「我想問個事。」我躊躇地把傘的情況敍說了一遍，盯著他的臉，尋找著面上的反應和變化。

「好吧，隨我來。」他很乾脆，態度也溫和，我才放心地跟著他，進了一間門口釘著「值班室」牌子的房子。他已經拿起了電話聽筒：

「喂，請掛個長途到某次車終點站。」

「私事還是公事？私事的話，不掛！」是一個女孩子的稚氣的聲音。我緊靠在電話旁邊，聽得很清楚。

「別開玩笑，」小伙子眼珠朝我一轉，「是一位乘客丟了東西在某次車上，讓他們幫忙查一查。」

「好的，好的，請等一下，馬上就來。」

小伙子放下聽筒，朝我一笑說：「別急，先坐一下吧。」說著，用手指一指旁邊的凳子。

我坐下來，端詳著那小伙子，心裡感到熱乎乎的，不禁和他搭起話來。

「你好像原來不在這裡工作？」我問。

「我是才分配來的。」小伙子回答。

「這兒你樂意嗎？」

「有什麼不樂意的，幹什麼不是爲人民服務啊！」

我張口還想問點什麼，電話鈴「叮零」響了，那青年揚揚眉毛，又拿起話筒。

「喂，你是某站嗎？對，我是。有一位乘客丢了一把雨傘，在某次車上。啊，幾號車廂？」小伙子朝我一望，既是重複對方的話，又是問我。

「九號。」我連忙說。

「九號車廂。請你們幫助查一查。好，好！」小伙子放下話筒，轉過臉對我說：

「他們說，查到的話，這趟列車返回的時候，給你帶來。」

「好，太好了！」

「返回的時間是晚上八點四十九分，到時你再來一下吧，你自己來，好認領。」

吃過晚飯，我又來到車站。「嗚——」我等的那趟車開過來了，開過來了，我滿懷希望地迎了上去。我所珍愛的東西，終於失而復得！

〔簡析〕

這個故事寫了兩件事，一件是買傘：本來不打算買傘，因爲青年售貨員和藹、熱情、主動，情意感人，竟買了一把傘；一件是丟傘：幾天後，不小心把傘丟在火車上，原以爲找不回了，沒料到在車站青年服務員的熱情幫助下，竟然「失而復得」。兩件事以傘爲線索，按時間順序寫，層次清楚，條理分明，中心突出，集中地反映了粉碎「四人幫」以後整個社會風尙，特別是青年一代的精神面貌發生了深刻的變化。

本文在運用順敍手法方面有以下幾點值得學習：

一、注意了文章的波瀾，避免了行文的單調。文章一開始就提出據說省城變了，變成了什麼樣子，想親自去看看。這個問題一下子集中了讀者的注意力，再敍述買傘的事，讀者就感興趣了。買傘沒幾天就丟了傘，這是出人意料的，是文章的一個波瀾；傘丟在火車上，就像針掉進大海裡，但沒有料到第二天竟然「失而復得」，這又是一個波瀾。讀者在這波瀾起伏之中不知不覺地感受到了青年一代的精神面貌的變化。

二、注意了主次詳略，避免了現象羅列。文章主要寫兩個人，一個商店售貨員，一個車站服務員，此外作者還精心選擇了一些次要材料，如工人上下班的自行車的洪流，排著整齊隊伍的小學生，學習外語的青年人，不爲私事掛電話的女孩子，某車站的工作人員等等。寫主要的人和事，作者不惜筆墨，詳細記寫；寫次要的人和事，則惜墨如金，一筆帶過。這樣，文章顯得主幹分明，枝葉茂盛，既突出了主要人物，又反映了較爲廣闊的生活畫面，開拓和深化了主題。

三、注意了畫龍點睛，突出了事件的意義。作者一面記寫所見所聞，一面描寫「我」的心理活動，買到傘後說，「好像自己不只是買了把傘，而是找到了多年不見的什麼珍貴的東西」；找到傘後說，「我所珍愛的東西，終於失而復得」。這些話畫龍點睛地說明了「失而復得」的不僅僅是一把傘，而是多年不見的人際關係和助人爲樂的精神。

50 倒敍法

倒敍，就是把事件的結局，或某個突出的精彩的片斷提到前邊寫，然後再按事件發生、發展的順序敍述。倒敍的運用有四種類型：一種是把事件的結局提前，造成懸念，然後再按時間順序敍述事情的發生與發展；一種是把事件中最精彩的或最緊張的片斷截取下來，寫在前面，震動和吸引讀者，然後按時間順序敍述事件的起因、發展與結局，有人把這種倒敍稱爲「小倒敍」；一種是先寫眼前的事物，由此及彼，引起回憶，再追敍往事，形成倒敍；還有一種是先寫當前的情況，再回憶過去的情況，以形成鮮明的對比，給讀者留下深刻印象。這各種不同的倒敍，有一個共同特點，就是可以形成懸念，激起讀者追根溯源的興趣，使文章產生出强大的吸引力。

清人王源在《左傳評》中指出，倒敍之法「如靈蛇騰霧，首尾都無定處，然後方能活潑也。」這就是說，運用倒敍法，可以使行文生動活潑，引人入勝。確實，由於倒敍的文章首尾變化，前後易位，使其情節能夠先聲奪人，結構得以開合自如，增强了文章的藝術魅力；而且，將結局提到前面，便於啓發讀者思索，有利於揭示事物的本質，深化作品的主題。

運用倒敍要注意兩點：一要從內容表達的需要出發，不能爲倒敍而倒敍。二倒敍時要交待清楚倒敍部分的起止點，從「倒」到「順」的界限要分明，過渡銜接要自然巧妙，否則，文章就會氣脈不連貫，線索不清晰。

例文：　邊境小站

對越自衛還擊戰勝利結束已經四年了，我卻一直沒有忘記雲南邊境那個小火車站。

……那是一個細雨濛濛的早晨，我在小站上車。車廂裡大都是躺著的重傷號，我是車上唯一的輕傷。我把頭伸出窗外，毫無目的地用手接著外面飄灑的雨。就在這時，我發現月臺的柵欄外，孤零零地站著一個小孩，正在向我招手。

我趁跟車的軍醫不注意，趕忙溜下車去。原來這是個苗族小姑娘。有八、九歲光景穿著單薄，赤著腳丫，一件大人的蓑衣披在肩上。見我到了跟前，她用手抹了一把臉上的雨水，仰起臉問道：「你是傷員嗎？」我指一指自己頭上纏的繃帶，點點頭說道：「是呀，你有事？」她沒有回答，卻低下頭，迅速地從身上取出件小塑料包，放在我手上。打開小包，想不到裡面竟是十塊珍貴的治傷的天麻。

我吃驚地望著她。

她笑了，臉上露出兩個動人的小酒窩，用手比劃著說：「一次只用一塊天麻，先碾成粉末，然後合著雞炖，最好要炖烏骨鷄，那樣更補人。」

我問道：「你家住哪兒？」她看著我，說：「雲嶺寨。」我問：「雲嶺寨離這兒遠嗎？」她用手指著車站後面的山說：「不遠，翻過這座山，再過兩道樑就到了。」我順著她手指的方向看去，那霧濛濛的山腳下果然有條曲曲彎彎的小路。

這時，火車要開了，車上軍醫在大聲地喊我上車，我轉過身來，把天麻遞過去，非常感激地對她說：「小妹妹，謝謝你！但這天麻你還是拿回家吧。」不料她像觸電似的，一下推開我的手，用那樣驚愕的目光看著我。我對她說：「我不能收，軍隊是有紀律的呀！」她急了，說：「不、不、不，這天麻你一定要收下！要不，就是看不起我們山寨人。」說著，眼圈兒紅了。不知爲什麼，我的眼睛禁不住也潮濕了。我又極溫和地對她說道：「這天麻我不能收下，山寨人的心意我領了。」最後，我還是把天麻還給了她。她失望了，只見兩滴晶瑩的淚珠從她臉上流下來。汽笛鳴了，我親了親她的小臉蛋，轉身向車門跑去。

車啓動了。但她仍站在柵欄外的雨中，不住地向我搖著手裡的天麻……

一晃四年了，但那小姑娘的影子總在我腦海裡閃現，閉上眼睛還清晰地看見她掛著淚珠的臉龐。我的心裡有種說不出的後悔，我不知道她現在還會不會原諒我。

〔簡析〕

本文運用倒敍手法，反映了邊境各族人民對保家衛國的軍人的無比熱愛之情。

全文分爲三部分。首先從現在寫起：「對越自衛還擊戰勝利結束已經四年了，我卻一直沒有忘記雲南邊境那個小火車站」。這一句有引出故事、引出人物之妙，並把讀者帶到了一個特定的環境中。第二部分敍述四年前在「邊境小站」上所發生的一件動人肺腑的事：一個苗族小姑娘，冒著雨，等候在小站上，當知道了「我」是傷員後，執意要把十塊珍貴的治傷天麻送給「我」，「我」感激地謝絕了，而她竟然哭了，這部分深刻地反映了軍民魚水之情。最後一部分又回到現在：「一晃四年了，但那小姑娘的影子總在我腦海裡閃現」，使「我」心裡有一種說不出的後悔與負疚，這部分進一步加强了讀者對那位可愛的小姑娘的印象。

這種寫法的特點是：一以寫往事爲中心，但卻以現在爲開端，最後又回到當前，把過去的一段經歷放在目下的時間裡加以敍述。這樣寫增强了文章的眞實性與具體可感性，使往事如在讀者眼前；二文章開頭說往事「一直沒有忘記」，結尾又說「那小姑娘的影子總在我腦海裡閃現」，這樣回環反覆，既加强了文章的抒情性，讀後令人爲之動容，又强調了往事的深刻含義，更好地突出了主題；三這樣寫銜接自然，文氣連貫，前後呼應，結構緊湊，給人以完整而深刻的印象。

51 插敍法

插敍，是在敍述的過程中，暫時中斷敍述的線索，插入一些與中心事件有關的內容，然後，繼續進行原來的敍述。插敍的具體內容和形式有種種不同，有的是對過去事件片斷的回憶，有人稱之爲「追敍」；有的是對有關人和事作必要的補充、解釋，有人稱之爲「補敍」；有的是對有關內容由近及遠、由今及古地回溯，有人稱之爲「逆敍」。但是，因爲都是行文當中「插入的敍述」，所以統稱爲「插敍」。

插敍靈活多樣，表現力强，可以使主題開掘得更深刻，情節展開得更充分，內容表現得更充實，人物形象刻畫得更豐滿；而且，在結構上可以避免平鋪直敍，一泄無餘，而使行文緩急相濟，起伏有致，富於變化。

運用插敍應注意以下幾個問題：一要切合需要。即運用插敍要根據刻畫人物、開展情節和表現主題的需要，自然貼切地插在關鍵之處，不能單純追求形式的變化而到處亂插。二要與內容有關。插敍的內容應與主要情節或中心思想有關。這樣，才能插而不斷。否則，會使文章線索紊亂，中心模糊。三要交待清楚。插敍起止要交待清楚，承轉要自然縝密，使讀者既能分清插敍的內容與情節的主幹，又不感到敍述的混亂和情節的支蔓。四要主次分明。插敍不管如何精采，畢竟不是主要情節，切不可任意鋪飾，盡力渲染，以致喧賓奪主，淹沒主題。

例文·釀

白翎

吱呀一聲，門輕輕地開了。他不聲不響地走進屋裡，放下書包，坐在椅子上，手拄著腦袋，没精打采。

奶奶挽著袖子，從廚房裡走出來，一看他蔫頭巴腦的，有點吃驚。平時他放學回來，總是歡歡樂樂的，不是拿著腔調兒朗誦「床前明月光，疑是地上霜」，就是喊「奶奶我餓了」，從來没有這樣的老實勁兒。今天大概病了。奶奶擔心地撫摸一下他的額頭，涼絲絲的，一點也不熱。他是怎麼了？

「東東，告訴奶奶，出了什麼事？」

「奶奶，語文老師讀課文，我給她挑了一個錯兒，她會不會生氣？」他仰起臉問。

奶奶一聽是這麼一件小事，毫不在意地笑了。不過，照例又開導了他幾句：「你這個孩子，總好多嘴多舌，大家尊敬老師，你給老師挑毛病，老師會不生氣？」

他輕輕地「啊」了一聲，心裡還有些想不通。說他不尊敬老師，實在委屈，尤其對這位年輕的語文老師。她剛從師範畢業，給同學的印象一直很好。她個子不高，身體單薄，臉色有些蒼白，紮著刷把辮，像個高中生，一點老師的架子也沒有。下課時把教案放在窗臺上，不是跟男生擲飛碟，就是同女生跳橡皮筋。她的課講得也好，清楚明白。她特別善於朗讀課文，那柔和悅耳的聲音，凝聚著感情，繪聲繪色，那麼富有感染力，彷彿把人帶入詩的境界。東東喜愛聽她朗讀，時常模仿她的腔調和姿態，練習朗讀。

今天語文課學習朱自清的《春》。老師朗誦課文時，教室裡靜靜的，一點雜音也沒有，只有她那充滿青春氣息的聲音在迴盪。東東摒心靜氣地傾聽著，他的心深深地被打動了，陶醉在一種不可名狀的對春天的嚮往中……

老師讀得越來越起勁，臉上煥發著怡然自得的神情。當她讀到「風裡帶來些新翻的泥土的氣息，混著青草味兒，還有各種花的香，都在微微潤濕的空氣裡醞釀」時，他忽然聽出她把釀（ㄋㄧㄤˋ）字念成ㄧㄤˋ，不覺感到有些惋惜。要是別的老師讀錯一個字，他也許不以爲然，不會這麼注意。這個老師卻是他敬佩的有水平的老師。他感到應當立即向老師提出來，禁不住大聲說：「老師，你把『釀』字讀錯了！」霎時，教室裡肅穆的氣氛被破壞了。老師吃了一驚，停止了朗讀，臉色變得煞白，皺一下眉，黑亮的小眼睛閃著冰冷的光，氣憤地注視著他。同學們也扭回頭，投來抱怨的目光——好像劇場裡的觀衆發現了一個搗亂份子。他意識到自己太冒失，想申辯，但缺乏勇氣，懊悔地低下頭，滿臉通紅。

老師遲疑片刻，並沒有糾正讀錯的字，什麼也沒說，又接著朗讀下去。然而，她讀得不那麼流暢了，聲調呆板，又念錯幾個字。顯然她受到了影響，注意力不集中。下課的鈴聲一響，她就收起教案走了，顯得很傷心。

這時，班級裡就像開了鍋，七嘴八舌地議論起來。有的說，老師根本沒念錯，他瞎挑刺；有的說，老師即使念錯了，也不奇怪，不應當當場就提，不尊重老師，影響了課堂教學。他被說得蒙頭轉向，擔心老師記他的仇。

「奶奶，老師會記我的仇嗎？」他走到廚房，又問。

「吃一塹，長一智，明天上學向老師認個錯吧！」

怎麼向老師認個錯呢？他感到很苦惱，晚飯吃得也不香。

第二天上語文課時，老師一進教室他就有些緊張，難爲情地低下了頭，生怕老師看他。老師站在講臺上，坦然地環視一下大家，清澈的目光停留在他身上。他嚇得心突突亂跳，一動不敢動，擔心老師找他的毛病……

「同學們，打開書，翻到六十八頁。」等大家翻開書之後，老師鄭重地說：「昨天，我把醞釀（ㄋㄧㄤˋ）的釀字念錯了。當時劉東東給我指出來了，我還不相信，因爲我讀書時老師也教我讀ㄧㄤˋ。我回去向幾位老教師一請教，才知道念ㄧㄤˋ是吉林地方音，標準音要讀ㄋㄧ

ㄤˋ，請大家注意。多虧劉東東及時給我糾正了，不然我又要將錯就錯了。」

他一聽老師不僅沒有生他的氣，而且表揚了他，激動得站起來說：「老師，我昨天沒舉手就在下面說話，影響了課堂教學，請您原諒。」

老師俊秀的眼睛裡閃爍著親切的微笑，點了點頭。

他高興地坐下了，心中流淌著一股熱流。他想，倘若有一架無線電通話機該多好，可以立刻告訴奶奶：咱們的老師，是一個多麼好的老師啊！

〔簡析〕

這個故事寫的是一個年輕的語文教師在朗讀課文時把「釀」字的音讀錯了，一向尊敬這位老師的東東情不自禁地大聲地指出了錯誤。老師吃了一驚，肅穆的課堂氣氛被破壞了。下課後同學們紛紛指責東東。東東回到家裡愁眉不展，沒精打彩，擔心老師記他的仇。但是第二天上課，老師卻當著全班同學的面糾正了自己讀錯的字音，還表揚了東東。這個故事如果平鋪直敍，可以說是沒有什麼味道的。作者爲了避免單調乏味，引起讀者的閱讀興趣，採用了插敍的手法。他不從上語文課寫起，而從東東回到家裡悶悶不樂寫起。東東爲什麼悶悶不樂？課堂上究竟發生了什麼事？一下子就造成了懸念，引起了讀者的關注。然後再插敍上語文課的情景，使讀者了解事情的來龍去脈。讀者了解了事情的原委後，很自然要關心事情的發展，最後再寫第二天下課老師表揚東東的情形，讀者也就和東東一起感到由衷的高興了。

作者運用插敍達到了兩個目的：一，造成了文章的波瀾，使文章有起有伏，曲折變化，引人入勝，激起了讀者閱讀的興趣；二，使老師念錯字音的插敍與老師自己糾正讀音的主幹情節形成鮮明對比，更好地突出了主題，表現了青年教師虛心學習，實事求是的精神。

52　補敍法

補敍，是指在順敍或倒敍結束之後，對讀者感到困惑的一些問題，再作一番補充交待。這個補充交待常常是某一事件的原因或某一事物的來歷。採用補敍手法，有時是取決於情節本身的發展邏輯。如一些以偵破爲題材的小說、電影、電視劇等，遵照現實生活事件演進的自然順序，在描寫偵破過程時，對罪犯的某些作案情節或細節，不作十分清楚的介紹，到罪犯落網之後，再回過頭去補充敍述罪犯作案的經過或細節，以使讀者知其原委。另一種情況是爲了增强表達效果，作者在前面的敍述中有意省略某些情節或細節，待到最後再露底，補充交待，這樣可以造成懸念。

運用補敍法，不僅可以在記敍事件或人物時有頭有尾，脈絡清楚，從而使情節更加完整、充實；而且，由於在前面的敍述中故設疑團，從而加强了情節的曲折性，使作品體現出扣人心弦的魅力。同時，補敍同倒敍、插敍、交敍等記敍方式一樣，可以使文章跌宕多姿，曲折變化，富有表現力。

在寫作或鑑賞文章時，有人將補敍與插敍混爲一談。其實，兩者是有區別的。它們的區別主要在於敍述方式有所不同。插敍是插在行文之中，補敍則放在文章結尾。運用補敍法，首先應當緊扣前面的記敍，只補充其有待補充者，切不可節外生枝；其次，要注意文字簡潔，敍事精練，不能拖泥帶水；第三，補敍應當順其文勢，合乎情節發展的邏輯，補得自然緊湊。

例文：小英雄雨來

一

晉察冀邊區的北部有一條還鄉河，河裡長著很多蘆葦。河邊有個小村莊。蘆花開的時候，遠遠望去，黃綠的蘆葦上好像蓋了一層厚厚的白雪。風一吹，鵝毛般的葦絮就飄飄悠悠地飛起來，把這幾十家小房屋都罩在柔軟的蘆花裡。因此，這村就叫蘆花村。十二歲的雨來就是這村的。

雨來最喜歡這條緊靠著村邊的還鄉河。每到夏天，雨來和鐵頭、三鑽兒，還有很多小朋友，好像一羣魚，在河裡鑽上鑽下，藏貓貓，狗刨，立浮，仰浮。雨來仰浮的本領最高，能夠臉朝天在水裡躺著，不但不沉底，還要把小肚皮露在水面上。

媽媽不讓雨來耍水，怕出危險。有一天，媽媽見雨來從外面進來，光著身子，渾身被太陽曬得黝黑發亮。媽媽知道他又去耍水了，把臉一沉，叫他過來，扭身就到炕上抓掃帚。雨來一看要挨打了，撒腿就往外跑。

媽媽緊跟著追出來。雨來一邊跑一邊回頭看。糟了！眼看要追上了。往哪兒跑呢？鐵頭正趕著牛從河沿回來，遠遠地向雨來喊：「往河沿跑！往河沿跑！」雨來聽出了話裡的意思，轉身就朝河沿跑。媽媽還是死命追著不放，到底追上了，可是雨來渾身光溜溜的像條小泥鰍，怎麼也抓不住。只聽見撲通一聲，雨來扎進河裡不見了。媽媽立在河沿上，望著漸漸擴大的水圈直發楞。

忽然，遠遠的水面上露出個小腦袋來。雨來像小鴨子一樣抖著頭上的水，用手抹一下眼睛和鼻子，嘴裡吹著氣，望著媽媽笑。

二

秋天。

爸爸從集上賣葦席回來，同媽媽商量：「看見了區上的工作同事，說是孩子們不上學念書不行，起碼要上夜校。叫雨來上夜校吧。要不，將來鬧個睜眼瞎。」

夜校就在三鑽兒家的豆腐房裡。房子很破。教夜課的是東莊學堂裡的女老師，穿著青布褲褂，胖胖的，剪著短髮。女老師走到黑板前面，嗡嗡嗡說話的聲音就立刻停止了，只聽見嘩啦嘩啦翻課本的聲音。雨來從口袋裡掏出課本，這是用土紙油印的，軟鼓囊囊的。雨來怕揉壞了，向媽媽要了一塊紅布，包了個書皮，上面用鉛筆歪歪斜斜地寫了「雨來」兩個字。雨來把書放在腿上，翻開書。

女老師斜著身子，用手指點著黑板上的字，念著：

「我們是中國人，

我們愛自己的祖國。」

大家就隨著女老師的手指，齊聲輕輕地念起來：

「我們——是——中國人，

我們——愛——自己的——祖國。」

三

有一天，雨來從夜校回到家，躺在炕上，背誦當天晚上學會的課文。可是背不到一半，他就睡著了。

不知什麼時候，門吱扭響了一聲。雨來睜開眼，看見閃進一個黑影。媽媽劃了根火柴，點著燈，一看，原來是爸爸出外賣席子回來了。他肩上披著子彈袋，腰裡插著手榴彈，背上還背著一根長長的步槍。爸爸怎麼忽然這樣打扮起來了呢？

爸爸對媽媽說：「鬼子又『掃蕩』，民兵都到區上集合，要一兩個月才能回來。」雨來問爸爸說：「爸爸，遠不遠？」爸爸把手伸進被裡，摸著雨來光溜溜的脊背，說：「這哪有準兒呢？說遠就遠，說近就近。」爸爸又轉過臉對媽媽說：「明天你到東莊他姥姥家去一趟，告訴他舅舅，就說區上說的，叫他趕快把村里民兵帶到區上去集合。」媽媽問：「區上在哪兒？」爸爸裝了一袋煙，吧嗒吧嗒抽著，說：「叫他們在河北一帶村里打聽。」

雨來還想說什麼，可是門哐啷響了一下，就聽見爸爸走出去的腳步聲。不大一會兒，什麼也聽不見了，只從街上傳來一兩聲狗叫。

第二天，吃過早飯，媽媽就到東莊去，臨走說晚上才能回來。過了晌午，雨來吃了點剩飯，因爲看家，不能到外面去，就趴在炕上念他那紅布包著的識字課本。

忽然聽見街上咕咚咕咚有人跑，把屋子震得好像要搖晃起來，窗戶紙嘩啦嘩啦響。

雨來一骨碌下了炕，把書塞在懷裡就往外跑，剛要邁門檻，進來一個人，雨來正撞在這個人的懷裡。他擡頭一看，是李大叔。李大叔是區上的交通員，常在雨來家落腳。

隨後聽見日本鬼子唔哩哇啦地叫。李大叔忙把牆角那盛著一半糠皮的缸搬開。雨來兩眼愣住了，「咦！這是什麼時候挖的洞呢？」李大叔跳進洞裡，說：「把缸搬回原地方。你就快到別的院裡去，對誰也不許說。」

十二歲的雨來使盡氣力，才把缸搬回到原地。

雨來剛到堂屋，見十幾把雪亮的刺刀從前門進來。他撒腿就往後院跑，背後喀啦一聲槍栓響，大聲叫道「站住！」雨來沒理他，腳下像踩著風，一直朝後院跑去。只聽見子彈向他頭上嗖嗖地飛來。可是後院沒有門，把雨來急出一身冷汗。靠牆有一棵桃樹，雨來抱著樹就往上爬。鬼子已經追到樹底下，伸手抓住雨來的腳，往下一拉，雨來就摔在地下。鬼子把他兩隻胳膊向背後一擰，捆綁起來，推推搡搡回到屋裡。

四

鬼子把前後院都翻遍了。

屋子裡也遭了劫難，連枕頭都給刺刀挑破了。炕沿上坐著個鬼子軍官，兩眼紅紅的，用中國話問雨來說：「小孩，問你話，不許撒謊！」他突然望著雨來的胸脯，張著嘴，眼睛瞪得圓圓的。

雨來低頭一看，原來剛才一陣子掙扎，識字課本從懷裡露出來了。鬼子一把抓在手裡，翻著看了看，問他：「誰給你的？」雨來說：「撿來的！」

鬼子露出滿口金牙，做了個鬼臉，溫和地對雨來說：「不要害怕！小孩，皇軍是愛護的！」說著，就叫人給他鬆綁。

雨來把手放下來，覺得胳膊發麻發痛。扁鼻子軍官用手摸著雨來的腦袋，說：「這本書誰給你的，沒有關係，我不問了。別的話要統統告訴我！剛才有個人跑進來，看見沒有？」雨來用手背抹了一下鼻子，嘟嘟噥噥地說：「我在屋裡，什麼也沒看見。」

扁鼻子軍官把書扔在地上，伸手往皮包裡掏。雨來心裡想：「掏什麼呢？找刀子？鬼子生了氣要挖小孩眼睛的！」只見他掏出來的卻是一把雪白的糖塊。

扁鼻子軍官把糖往雨來手裡一塞，說：「吃！你吃！你得說出來，他在什麼地方？」他又伸出那個帶金戒指的手指，說：「這個，金的，也給你！」

雨來没有接他的糖，也没有回答他。

旁邊一個鬼子颼地抽出刀來，瞪著眼睛要向雨來頭上劈。扁鼻子軍官搖搖頭。兩個人唧唧咕咕說了一陣。那鬼子向雨來橫著脖子翻白眼，使勁把刀放回鞘裡。

扁鼻子軍官壓住肚裡的火氣，用手輕輕地拍著雨來的肩膀，說：「我最喜歡小孩。那個人，你看見没有？說呀！」

雨來搖搖頭，說：「我在屋裡，什麼也没看見。」

扁鼻子軍官的眼光立刻變得凶惡可怕，他向前弓著身子，伸出兩隻大手。啊！那雙手就像鷹的爪子，扭著雨來的兩個耳朵，向兩邊拉。雨來疼得咧著嘴叫。鬼子又抽出一隻手來，在雨來的臉上打了兩巴掌，又把他臉上的肉揪起一塊，咬著牙擰。雨來的臉立時變成白一塊，青一塊，紫一塊。鬼子又向他胸脯上打了一拳。雨來打個趔趄，後退幾步，後腦勺正碰在櫃板上，但立刻又被抓過來，肚子撞在炕沿上。

雨來半天才喘過氣來，腦袋裡像有一窩蜂，嗡嗡地叫。他兩眼直冒金花，鼻子流著血。一滴一滴的血滴下來，濺在課本那幾行字上：

「我們是中國人，

我們愛自己的祖國。」

鬼子打得累了，雨來還是咬著牙說：「没看見！」

扁鼻子軍官氣得暴跳起來，嗷嗷地叫：「槍斃，槍斃！拉出去！拉出去！」

五

太陽已經落下去。藍色的天上飄著的浮雲像一塊一塊紅綢子，照在還鄉河上，像開了一大朵一大朵雞冠花。葦塘的蘆花被風吹起來，在上面飄飄悠悠地飛著。

蘆花村裡的人聽到河沿上響了幾槍。老人們含著淚說：

「雨來是個好孩子！死得可惜！」

「有志不在年高。」

蘆花村的孩子們，雨來的小朋友鐵頭和三鑽兒幾個人，聽到槍聲都嗚嗚地哭了。

六

交通員李大叔在地洞裡等了好久，不見雨來搬缸，就往另一個出口走，他試探著推開洞口的石板，扒開葦葉，院子裡空空的，一個人影也沒有，四處也不見動靜。忽然聽見街上有人吆喝：「豆腐啦！賣豆腐啦！」這是蘆花村的暗號，李大叔知道敵人已經走遠了。

可是雨來怎麼還不見呢？他跑到街上，看見許多人往河沿跑，一打聽，才知道雨來被鬼子打死在河裡了！

李大叔腦袋轟的一聲，眼淚就流下來了。他一股勁地跟著人們向河沿跑。

到了河沿，別說屍首，連一滴血也沒看見。

大家呆呆地在河沿上立著。還鄉河靜靜的，河水打著漩渦嘩嘩地向下流去。蟲子在草窩裡叫著。不知誰說：「也許鬼子把雨來扔在河裡，沖走了！」大家就順著河岸向下找。突然鐵頭叫起來：「啊！雨來！雨來！」

在蘆葦裡，水面上露出個小腦袋來。雨來還是像小鴨子一樣抖著頭上的水，用手抹一下眼睛和鼻子，扒著蘆葦，向岸上的人問道：「鬼子走了？」

「啊！」大家都高興得叫起來，「雨來沒有死！雨來沒有死！」

原來槍響以前，雨來就趁鬼子不防備，一頭扎到河裡去。鬼子慌忙向水裡打槍，可是我們的小英雄雨來已經從水底游到遠處去了。

〔簡析〕

本文的最後一段是補敘。雨來被鬼子拉去槍斃，人們聽到河沿上響了幾槍，都以為雨來被打死了。大家跑到河沿上找屍首，卻突然發現雨來沒有死。雨來為什麼沒有死？他是怎樣擺脫鬼子的？這是讀者很關心並且感到困惑的問題。於是，作者在文章結尾處作了一個補充敘述：

原來槍響以前，雨來就趁鬼子不防備，一頭扎到河裡去。鬼子慌忙向水裡打槍，可是我們的小英雄雨來已經從水底游到遠處去了。

補敍結束，文章也結束了。這一補敍運用得非常成功，其一，收到了出人意料，出奇制勝的藝術效果。如果在寫鬼子槍斃雨來時，就交代雨來跳到水裡逃跑了，後面的情節就會顯得平淡無奇，不能吸引讀者。其二，補敍的情節合情合理，令人信服。小說一開始就交代了雨來游泳的本領很高，媽媽怕他出危險，不讓他游。有一次媽媽見他又耍水了，要打他，他撒腿就跑，媽媽追到河沿上伸手一抓，雨來「撲通」一聲扎進河裡不見了。過了一會，雨來從遠遠的水面上露出小腦袋來，望著媽媽笑。這一情節爲後文埋下了伏筆，補敍則呼應了這一情節，使全文一脈相承，渾然一體，不僅合乎邏輯地解釋了雨來沒有死的原因，消除了讀者心中的疑團，而且很好地表現了小英雄雨來的勇敢和機智。

53 散敍法

散敍，就是把若干有一定聯繫的事件組織在一起敍述，從各個不同側面去展現主題的方法。如寫人物，通過對他不同經歷、不同活動的敍述，表現其思想性格和精神特徵；寫事件，通過對它不同過程、不同場面的敍述，揭示其社會意義和時代風貌。

運用散敍手法，並不意味著文章可以支蔓駁雜，信筆所之。散敍是「形散而神不散」。所敍事件，固然可以各自相對獨立，但撒散而有主幹，萬變不離其宗，都要圍繞一個中心線索，表現一個共同主題。這樣，文章可以寫得如同摯友促膝，向你介紹他熟悉的一人一事，娓娓而敍，漫漫而述，親切而又動人；或如同一組電影片段，從不同角度展示一個人或一件事的整體面貌和思想蘊含，從而構成一種多層的立體的感受。其藝術效果，較之集中寫一事一景者，別有一番韻味。

例文：普通的人　偉大的心

李鳳章

我的家住在西郊一座幽靜的叫掛甲屯的小村子裡。離我的住宅不遠有一座荒廢了多年的吳家花園，一九五九年下半年，這裡搬來了一個新住戶。不久，人們就常常看到一位矮矮的小老頭反剪著雙手在村街的土路上沈思漫步。後來，也不知誰走露了「風聲」，小村子裡的人們都知道了這位新住戶就是被罷了官的彭老總。從此，村裡的老年人都親切地喊他老頭子，孩子們則尊敬地稱他彭爺爺。

一天黃昏，我和母親在院子裡乘涼，彭老總精神爽逸地來到我家。他穿一身染成了黑色的舊軍服，腳上是一雙舊布軍鞋。「布衣草履」的打扮，是再普通不過了。他藹然可親地詢問我母親的年齡，母親告訴了他，他爽朗地笑著說：「你比我大兩歲，你是我的老姐姐。」從此，他便一直喊我母親老姐姐，我的母親也樂意地認下了這個找上門來的弟弟。後來，他便常常到村裡一些人家去串門，他詢問人們的生活，隊裡的生產；拉家常，問疾苦，親親熱熱，無間無隔。誰也不相信終日生活在他們身邊的這位如此平易的老人，竟是當年威震敵膽，「橫掃千軍如捲席」的領兵元帥。

又有一回，他在街上碰見了我。他當頭問我讀過沒讀過《×××傳》這本書，並告訴我這是一本好書，要我認真讀一讀。末了，他說：「一個人活在世上，如果老想著自己，爲自己活著，那他活的就是沒有意義的！」他說這話時，從他那自言自語的神態中，我感到他並不是專門講給我聽的，倒像是他內心的嚴格的自勵。

最使我不能忘懷的是我結婚那天，彭老總來我家串門，一進門就嗔怪起我的母親，說這樣的大事爲什麼不告訴他，看他那認真的樣子，倒真像是我家的一位至親。他坐了坐，說了些祝福我們的話就走了。不一會，就派人給我們送來了禮物：一套玻璃酒杯和一幅仿製明代唐寅畫的《聽濤圖》織錦畫。那酒杯一共六隻，裝在一個精緻的小盒子裡，六隻杯子，六種顏色，六種花紋，透過那不同的色澤，看到裡邊彷彿永遠裝滿了美酒。那畫畫的是一個老人孤獨地坐在松林峽谷中，無限神往地聽那松濤的鳴響，聽那山溪的流淌。畫上的情景常常引起我對眼前這位老人當時境況的聯想，特別是唐伯虎的那首自題詩，更讓我體察到了彭老總內心那高潔的情愫。「參天松色千年志，坐聽濤聲到黃昏。」每當我讀著這詩句，我都感到這正是彭總一生的寫照，他那身軀正像青松一樣偉岸，革命意志正像青松一樣萬年葱翠！正是他，終生置自己於人民之中，他的心音永遠交響著人民羣衆的心濤聲。

每逢佳節，我們全家拿出我冒著很大風險珍藏下來的酒杯，斟滿芬芳的美酒，一起深情地懷念著：

一個普通的人，一顆偉大的心！

〔簡析〕

這篇文章記敍了彭德懷在罷官後仍然關心羣衆，深入羣衆的事迹。

全文寫了三件事：訪問羣衆，教導青年，贈送禮物。「訪問羣衆」著重反映彭德懷平易近人、關心羣衆疾苦和重視調查研究的精神；「教導青年」著重反映彭德懷堅定的革命意志；「贈送禮物」著重反映彭德懷把自己置於人民羣衆之中，與人民羣衆親密無間的魚水關係，以及他富有生活情趣的內心世界。三件事相對獨立，但又相互聯繫，從不同側面多層次地表現了彭德懷的性情、革命情懷和廣闊胸襟，深刻揭示了一個中心主題：彭德懷，是一個普通的人，有一顆偉大的心。這篇文章，事件敍述得生動，題旨揭示得明確，做到了「形散神聚」。

54 分敍法

分敍，也叫平敍，是指在敍述同一時間、不同地點發生的兩件或幾件事情時，採取「花開兩朵，各表一枝」，即先說一件，再說另一件的方法。一般來說，分敍不是貫穿全文的結構手段，而大都是用於某個局部，用於順敍或倒敍之中的一種手段。分敍之前或之後往往有合敍，或「合」到順敍上去，或「合」到倒敍上去，所以也有人把這種敍述方法稱爲「分敍與合敍」。運用這一方法，可以把發生在同一時間、不同地點的種種事情表達淸楚，使文章縱橫交錯，變而不亂。

通訊《爲了六十一個階級弟兄》，從全文來看是倒敍，其中有幾處使用了分敍。如二月二日晚上所發生的事情，作者先寫在平陸縣委組織領導下，縣醫院最好的醫生到張家溝工地搶救食物中毒的民工的情形，再寫在同一時間內縣委第一書記焦急地守在縣委電話機旁，等候搶救結果報告的情景和派人向平陸附近各縣找藥的過程，這就是「花開兩朵，各表一枝」。分敍之後就是合敍：張村公社醫院來電話告急，赴各地找藥的人不斷打來「沒這種藥」的電話，縣委決定向首都求援，於是一場緊張的搶救戰在二千里外的首都開始了。這就是分敍之後又回到了倒敍之上，脈絡分明，有條不紊。這樣敍述，突出了事情的緊迫，反映了人們心情的焦急，有力地渲染了故事的氣氛，增强了文章的表達效果。

例文：退休之前

小李今天特別忙，一會兒把鑼呀、鼓呀從學校禮堂的後邊搬到前面靠舞臺的地方，一會兒把放在臺上的桌子、椅子揩一揩，把雪白的臺布拉拉平，一會兒又看看電燈的線路是不是很正常。一切都没有問題了，又雙手捧起放在桌子上的鏡框，用手絹輕輕地擦著，望著鏡框上四個絨繡的大字——「光榮退休」，她想咧嘴歡笑，可淚水又在眼眶裡打轉。是啊，小李今天的心情，真是又高興，又難過，她就要送別自己敬愛的朝夕與共的鍾老師了。

學校裡的老師和小李班級裡的同學，已經來得差不多了。小李越來越焦急，她問黨支部書記：「時間快要到了，鍾老師怎麼還不來？」支部書記也有些奇怪，對小李說：「你去找找看吧。」

小李縱身一躍，從一米高的臺上輕盈落下，兩根小辮一甩，眨眼間便跑出了禮堂。

小李急匆匆跑到辦公室門前，正好和從裡邊出來的一個同學撞了個滿懷，便問道，「鍾老師在裡面嗎？」

「鍾老師不是在大禮堂嗎？」

「嗨，正因爲不在，我才跑來找她的。」

「哪，要麼還在美術組？」那個同學驚異地說：「先前，鍾老師找我和其他兩個同學談了一會兒，囑咐我們注意體育鍛煉，學習要踏實，不要貪多求快，要把基礎打好。談完後，她又說，美術組在出黑板報，她要去看看。

「那好，我到美術組去找她。」小李知道鍾老師的去向，便急忙掉頭跑去。

小李一陣急跑，來到了美術組，可是哪裡有鍾老師的人影？小李剛想問，眼珠一轉，黑板報上「努力學習科學文化知識」幾個熟悉的大字，闖入眼廉。「這不是鍾老師的筆跡嗎？她一定在美術組的辦公室裡。」小李高興地猜想著，一下推開了美術組的房門。

「你找誰？」房間裡空無一人，問話的聲音從背後傳來。

「找鍾老師。」

「噢，早走了。」

「早走了，嗨！」小李的眉毛結成了一個大疙瘩，眼看開歡送會的時間要到了，她真是急壞了。

那麼，鍾老師究竟在哪兒呢？

在語文教研組辦公室，兩位女老師已經談得很久了。她倆靠得這麼近：年老的撫摸著年輕的背，年經的拉著年老的手；那白頭髮，戴眼鏡，額頭眼角上刻著深深皺紋的老教師，正是小李到處尋找的鍾老師。

鍾老師扶了扶眼鏡，繼續說道：「你接我的班，開始一定有不少困難，不能急躁，有問題要多問問其他的任課教師，也要多找同學談談，這樣，你會很快熟悉情況，搞好工作的。」她邊說邊從提包裡掏出幾個本子，遞給年輕的女老師，「這是我對幾篇課文教學的一些看法；這是同學們平時測驗成績的紀錄；這是我了解到的同學們的思想動態。另外，語文試卷最後一道題，還需講一講，雖然大家回答得不錯，但條理還不夠清楚。嗯，還有一件事，你最好早些解決。」鍾老師說著，從本子中抽出一張班級學生的座位表，指著說：「這兩個，還有這兩個，座位要調前幾排，他們的視力差，坐在後面看不清；這兩個同學，要調後幾排，這學期他倆個子長得快，坐在第一排影響後面同學的視線……」

那位年輕的女老師，心情十分激動。此刻，她對「忠誠於教育事業」又有了進一步的認識。

「砰」的一聲，門打開了，小李和支書衝了進來。

「哈哈，果然在這裡。」支書高興地叫道。

「鍾老師，嗨，都幾點了，還在這兒！」小李一見鍾老師，生怕鍾老師再跑掉似地撲上去，拉住她的手臂。

鍾老師一看手錶，離開歡送會的時間只差兩分鐘了，便笑著說：「啊呀，談著談著，竟連時間都忘了。」她邊說邊用手絹擦去小李額上的汗珠：「讓你找得汗也出來了。」

歡送會開始了，支部書記大著嗓門說：「老師們，同學們，歡送會開始，先由學生代表給鍾老師戴光榮花。」

在一片雷鳴般的掌聲中，小李捧著那朵鮮紅鮮紅的大紅花，走到鍾老師面前，恭恭敬敬地給鍾老師戴上，又把鏡框遞給鍾老師。鍾老師雙手捧著鏡框，淚水在眼鏡片後面打轉，她望著無數張歡笑的臉，一個字一個字地說道：「我愛這崇高的稱號——老師。」

大紅花，映紅了鍾老師的臉。

〔簡析〕

本文運用分敍手法，記敍了一位老教師在退休前的幾十分鐘內還在抓緊時間教育學生，幫助年輕教師，「站好最後一班崗」的感人事迹，塑造了一個「忠誠於教育事業」的老教師的形象。

文章有兩條線，一條線寫小李四處找鍾老師。歡送鍾老師退休的會議快要開始，但不見鍾老師的人影，於是小李急如星火地去找。先到辦公室找，不在，據一個同學介紹，剛才鍾老師找幾個同學談了話，然後就去美術組了；小李又找到美術組，也不在，只見鍾老師爲美術組寫的「努力學好科學文化知識」幾個大字閃閃發光。一條線寫鍾老師，當小李四處尋找鍾老師的時候，鍾老師正在語文教研組辦公室向年輕的女老師交班，介紹班上同學的學習、思想、健康狀況，爲幫助新老師搞好教學而忘記了開會的時間。分敍之後是合敍，小李和支書終於找到了鍾老師，鍾老師在雷鳴般的掌聲中戴上光榮花。

作者這樣寫，分合有致，流暢自然，旣從正面、又從側面讚揚了鍾老師對工作極端負責的精神，將人物形象描繪得血肉豐滿；同時，又使文章顯得層次分明，情節生動，引人入勝。如果不用分敍的寫法，去掉小李找鍾老師這條線，一切從正面著墨，依次寫鍾老師在退休前的幾十分鍾還在找學生談話，爲美術組寫字，幫助青年教師等等，文章的主要內容雖然沒有變，但這樣一則呆板，不生動，二則冗長，不緊湊，必然削弱文章的表達效果。

55 環敍法

環敍，是以一個敍述點爲中心，採用多次穿插，把若干事件或場面的片斷連接起來，使之環環相扣，渾然一體的敍述方法。如《在獄中》，寫的是黨員鄭瑾在獄中對林道靜、俞淑秀進行教育、鼓勵的故事。鄭瑾回憶、講述了自己一生中所經歷的許多生活片斷：四年前在蘇州監獄與其他難友一道堅持獄中學習的情景，辦刊物、快報與敵人進行抗爭的生活，大革命前在蘇聯與李偉的相識與結婚，大革命後與李偉回上海從事地下革命抗爭的情況，李偉被捕後寧死不屈、英勇犧牲的事迹，等等。這些生活片斷時間跨度大，不宜直接聯繫在一起，作者就以在牢房講故事爲中心，採用多次穿插，把它們連接成一個有機的整體，這種方法就是環敍。

在環敍法中，用以敍述的各種片斷之間，以及這些片斷與敍述點之間必須有內在的聯繫。或是同一人物的種種活動，或是同一事件的種種場面，或是同一場合的種種景象，都要能夠聯繫一起共同回環同一敍述點，從而多側面、多角度、多層次地刻畫人物，表現主題。而且，運用這種方式敍事，撒得開，收得攏，開合自如，主次有序，敍述面廣泛，聚光點集中，因而，情節錯綜而線索單純，層次交疊而結構嚴謹。

例文：神奇的腳
——記雜技後起之秀王虹

她出場了，穿著玫瑰紅的衣衫姍姍而來。秀美的圓臉，苗條的身段，高高的個頭，眸子裡閃著灼熱的光。

咦！她是誰？

「《蹬技》表演者：中國，王虹。」法國雜技協會主席莫克萊爾先生，向觀衆介紹著。

中國，多麼自豪的字眼呵！

這位十八歲的中國姑娘，雜技後起之秀，帶著祖國的囑託，帶著媽媽的希冀，帶著老師的焦盼……萬里迢迢來到法國，參加在巴黎舉行的「第六屆國際明日雜技節」。

此刻，在奎斯馬戲團的馬戲大棚後臺，她輕輕地扭轉著腰肢，緩緩地甩動著臂腕，黑亮黑亮的眼睛，凝視著遠方。姑娘的心呵，展開了翅膀，飛過莽莽高山、重重大洋，飛到媽媽身邊……

出國前夕，她冒著風寒，踏著冰雪，匆忙地趕回家。

「媽，我要出國演出了。」她興奮得都有些變腔了。

「真的嗎？」媽媽半信半疑地問。

「真的，老師告訴我的。」她回答著。

「小虹……」媽媽不知說啥好，眼角濕潤了，淚花滴落下來……這淚花蘊含著媽媽的摯愛，媽媽的喜悅。

媽媽端詳著她那稚氣的笑臉，許久，許久，自言自語地說：「我的小虹要飛起來了……」

她真的飛起來了！

一九八一年，黑龍江雜技團去北京匯報演出，她表演的《單蹬傘》，轟動了北京的觀衆。如今，她又載譽飛向巴黎，飛上了寬敞的世界舞臺。

她像一朵含露的小花，怒放在表演場地上，那樣鮮紅，那樣艷麗，吸引著一千八百多名觀衆的視線——

花傘，在腳尖上旋轉，旋轉……忽而，翻身探海；忽而，騰躍倒立；面帶微笑，青春煥發……

全場鴉雀無聲。那漂亮的舞姿，優美的造型，嫻熟的技藝，輕鬆的表演，展現了新中國雜技藝術的一代新姿……法國觀衆醉了，沉醉在具有魅力的雜技藝術之中。

哦！比酒還醇，比畫還美，比詩更抒情的藝術，給人無窮的回味，多少美的享受，它也曾陶醉過這位雜技姑娘的幼小心靈。

那是上幼兒園的時候，她個高、腿長，被老師選進小籃球隊。可是，傳球投籃，輕飄飄，像跳舞蹈，老師說：「小虹，你還是去學跳舞吧！」從此，她迷上了舞蹈，上小學後，她有空就練著跳，藝術給她多大的感染呵！

一天，她聽同學說，雜技團要招學員，跑回家跟媽商量，媽媽懂得學雜技的艱辛，不讓她考。後來，她又央求大姨，大姨只好用自行車馱著她去試試。一次、兩次、三次……她體質太弱，四肢又長，不適合演雜技，沒有錄取。這位倔强好勝的小姑娘，竟坐在練功房外不走，哭鼻子了。老師們心軟了，和領導商量，決定錄取她。

旋轉。旋轉。急速旋轉……她腳尖上的花傘，忽上忽下，變換著不同花樣，一個個高難技巧，組成一幅幅優美畫面，把人們帶到像夢境一般、像詩一樣美的藝術世界裡：花傘微微顫動，像風擺荷葉；花傘徐徐張開，像孔雀開屏；花傘蹬到空中，如鷹擊蒼天；花傘落到腳尖，似魚翔淺底……

旋轉。旋轉。急速旋轉……她彷佛在高大的練功房裡，在汗水浸透的特製木座上，雙腳蹬著花傘……

「左腳用力！右腳快搖！」噢！好熟悉的聲音，這麼早，顧雅玉老師又來到練功房。

記得，剛進雜技團時，她聽過這熟悉而又溫柔的聲音：「胸要挺起！」「腿要伸直！」於是，劈腿，彎腰，拿大頂，折跟頭，一遍又一遍，反反覆覆，整天練個没完。一個「倒立」，要練上百次、上千次。

由於訓練量大，顧老師不管是節假日，還是星期天，和她朝夕相處，陪她練功，有時練功超過了食堂開飯時間，就領她到家裡做飯吃。

「雜技没訣竅，全靠汗水泡。」她銘記著顧老師的話，心臟像安了小馬達，有使不完的勁。

六年，兩千個日日夜夜，她在艱辛的藝術實踐道路上不停地奔跑。冬天的清晨，她第一個走進練功房，躺在冰冷的木座上，雙腳練起蹬技；夏日的月夜，勞累一天的同伴，回宿舍熟睡了，她忘記了時間，忘記了一切，在美的空間中馳騁，向著藝術王國飛，飛，飛……

飛，飛，飛……玫瑰色的紅毯，在靈巧的腳尖指揮下，飛旋，跳躍，雛燕探海單搖毯，繼而，捲頂倒立雙搖毯，瞬間，紅毯在手上翩翩起舞，四毯交錯，互拋互接，猶如鮮艷的玫瑰，盛開在舞臺上……

是汗？是力？是美？凝聚在腳尖。呵，觀衆激動了。他們站了起來，高聲地呼喊：「中國，神奇的腳！」

她輕盈地走向臺前，臉帶笑容，頻頻招手，向觀衆謝幕。

沸騰了。掌聲，如雷掌聲，如潮掌聲，經久不息。

在歡騰聲裡，她拉著雜技老前輩夏菊花，又一次出現在觀衆面前，贏得一片讚嘆聲。

夜幕降臨，燈火輝煌。莫克萊爾先生走上馬戲大棚舞臺，激動地宣布：「中國的《轉碟》獲得『法蘭西共和國總統獎』，中國的《蹬技》獲得『法蘭西共和國文化部長獎』，中國的《高車踢碗》獲得『巴黎市長獎』。」話音剛落，全場掌聲雷動，人們揮舞著花束，向他們歡呼、祝賀……

她——為祖國爭得榮譽的中國姑娘，又出場了。

在這寬敞的舞臺上，雙手接過「第六屆國際明日雜技節」授予的金質獎。她懂得，生活和藝術的道路，很長很長。她將用「神奇的腳」，一步，一步，攀上更理想的高峯……

〔簡析〕

本文從雜技新秀王虹出場表演敍起，到表演結束獲獎為止，敍述點一直在巴黎奎斯馬戲團的舞臺上。作者一面描述王虹在舞臺上的傑出表演，一面多次穿插，敍述她六年來苦練過硬本領、不斷攀登藝術高峯的動人事迹，使臺上的表演與臺下的苦練，成功的歡樂與辛勤的汗水交織在一起，互相輝映，渾然一體，從而塑造了一個像鮮花一般美麗的雜技新秀的形象，揭示了「勝利之花是用汗水澆灌出來的」這個平凡而又深刻的眞理。

請看作者巧妙的構思、精彩的敍述：

首先描寫王虹的出場，她像一朵紅色的玫瑰怒放在巴黎的舞臺上。

——拉開時間與空間，插敍出國前夕小虹與媽媽的道別，媽媽的希望。

回到舞臺，描寫蹬傘，花傘旋轉、旋轉，觀衆沉醉了。

──拉開時、空，插敍小虹報考雜技團的經過：哭鼻子、錄取。

回到舞臺，繼續描寫蹬傘，急速旋轉、高難技巧，夢境一般的世界。

……拉開時、空，插敍小虹在老師的培育下，堅忍不拔地攀登藝術高峯的艱苦歷程，兩千個日日夜夜，向著藝術的王國飛、飛、飛……

回到舞臺，描寫蹬毯的絕技，汗、力、美，凝集在腳尖。觀衆歡呼，高喊，如雷、如潮的掌聲。榮獲金質獎。

從這一結構中可以看到，作者的敍述點始終在舞臺上，全部材料都圍繞著這一中心展開。媽媽的希望，老師的培養，小虹的苦練、成長，這些生活片斷一環扣一環，緊緊聯繫在一起，形成爲一個整體。這樣寫，結構緊湊、省儉、內容豐富多彩，既可以看到舞臺上的精彩表演，又可以看到練功房裡揮汗如雨；既可以看到個人的努力奮鬥、艱辛實踐，又可看到祖國的精心哺育，園丁的辛勤栽培，給人的感受是立體的，多方面的，有廣度，也有深度。

56　交敍法

交敍，是指在敍述有兩條線索或幾條線索的較爲複雜的事件時，採取交叉進行、齊頭並進的表現方法。如《孫悟空三打白骨精》中有孫悟空與白骨精、白骨精與唐僧、唐僧與孫悟空等幾條線索。這些線索同時展開，推動整個故事情節的發展。使用交敍，幾條線索交叉進行，紛呈其妙而又相輔相成，渾然一體而又各有特色。而且，由於這些線索的交叉敍述，也可以相互補充生發，相互對比映射，使故事情節更加曲折生動、變化多姿，人物形象更加血肉豐滿、性格鮮明，整個作品也會顯得離合有致，氣勢流轉。這就極大地增强了作品的表現力和感染力。

交敍中的幾條線索固然是齊頭並進，但卻不可等量齊觀，因爲這幾條線索中往往有一條主線，餘者皆爲副線。所以，它們在交叉展開時，應當有主有次；在齊頭並進中，應當有先有後。同時，幾條線索的交叉變換之處，既要脈絡淸楚，各守界域，又要一脈相承，綿續相繼，使其交叉而不錯亂，轉換而不中斷。這樣，作品才可能層次井然，條理有序，多方面地展示事件的複雜和變化，從而反映更爲廣闊的生活畫面。

例文：特別尋人啟事

向陽院內，貼著一張很特別的「尋人啓事」：「星期一早晨，不知誰雪中送炭，給我送了三個沙田柚配藥治病，如誰知道，請把他的名字寫在下面。陳征。」

「啓事」下面空了一大截，等著別人寫上名字。

親愛的少年朋友，你一定很想知道這「尋人啓事」的來歷吧，不瞞你，這是一個老軍人寫的。

事情是這樣的：陳爺爺在戰爭年代，得了氣喘病，每年到了一定的季節，總要發作。後來，人家告訴他一個民間祕方：把一隻小雞塞進挖空了心的柚子皮裡，再用黃泥封好煨熟。他吃了果然靈驗。但這時候柚子大都未熟，上市很少，難以買到，陳爺爺正爲此事犯了愁。

一天，陳爺爺剛起床，忽然看見門口掛著三個大柚子，走近一看，上面繫著一張紙條，寫著：「送給陳爺爺治病。」署名是「一個小學生」。陳爺爺笑了。是誰做的好事，得好好感謝感謝人家，特別是要照價付錢哩！

陳爺爺問小胖，小胖搖頭；問小紅，小紅擺手；問小明，小明說：「小學生這麼多，你到哪兒去找啊？」……沒辦法，他只好貼出了這張「尋人啓事」。

果然，大家都關心這件事了，個個讚揚送柚子的小學生。「尋人啓事」成了一張表揚通告啦！

第二天一早，陳爺爺看見「尋人啓事」下面寫著「小胖家裡有柚子」。

「哦，這是一個很好的線索。」陳爺爺笑著，自言自語地就往小胖家走去。小胖正在吃柚子哩！

・陳爺爺一把抓住他圓滾滾的胳膊問：「你是不是那個小學生？」

「天哪，我的好爺爺，你找錯人了。」說著他把柚子翻過來指著底說：

「你看，我的是酸卜碌，光光的，你的是金錢君，麻粒粒的。蜜糖和酸醋，能說到一塊嗎？」

陳爺爺一看，果然不是沙田柚，不禁笑著說：「小胖，你可還是個水果專家哪！」

「小明告訴我的。他還說要到外婆家去拿兩個送給我呢！」小胖得意地把頭一歪，甜滋滋地說。

「他外婆家有柚子樹？」

「嗯……」

正說著，陳奶奶喘吁吁地跑來：「快去看，又有新線索！」「喔……」陳爺爺跟著老伴快步跑去。

老倆口來到「尋人啓事」跟前，展現在眼前的是幾排問句，「水池髒了是誰洗？洗澡房的門扣壞了是誰修？天天落葉是誰掃？陰溝髒了是誰沖？」

陳爺爺反覆看了幾遍，思考著：這些「好事」是誰做的呢？突然一個孩子的形象閃現在他眼前：蘋果似的臉蛋，掛著謙遜的笑容。他就是小明。

陳爺爺越想越肯定，決定來個「智取」。

太陽露出了笑臉，微風吹得樹葉沙沙作響，天邊彩霞輝映著大地。又是一個晴朗的星期天！

一早，小明、小胖和小紅正在打掃院裡的落葉，這時，陳爺爺大聲對陳奶奶說：「唉！我說你老糊塗了是不是，孫子吵也不應該把柚子切開吃呀，現在到哪裡再去找一個？我明天就要用了！」

晚上九點鐘，陳爺爺家的門關了，燈滅了。這時，一個孩子跑了過來。他在陳爺爺門口瞧了瞧，趕快掏出一個東西往窗口一掛，轉身就想走。突然，電燈霎時亮了。原來陳爺爺早已在等「貨」上門了。他推門一看，果然是個柚子。「唔，這回你跑不掉了！」他一下抱住那孩子，仔細一看，哦，是小胖！

「小胖，這不是酸卜碌了吧！」

小胖爭辯著說：「不調查怎麼就說是我！」

「嗬，今晚不就是調查了嗎？」

「那不是我的，是小明……他……」

原來，小明聽陳爺爺說柚子給孫子剝來吃了，下午連忙又到外婆家去要柚子，回來時天色已晚，路上看見一個老爺爺挑著一擔東西走得很急，小明問明情況，立即接過他肩上的擔子送他去火車站。剛到電影院門口，看見小胖看電影出來，就叫他把柚子送到陳爺爺家裡去，並說要「保密」，他們還勾了手指哩！

小明十點多鐘才回來，陳爺爺馬上把他叫到屋裡，開門見山地問：「小明，你總該讓爺爺結束這場尋人遊戲嘛！」說完拿柚子在小明面前晃了晃，小明恍然大悟，臉一下紅到耳根，腼腆地說：「陳爺爺，這是我應該做的事。」

我的故事就講到這裡結束了，至於那張「尋人啓示」呢，仍貼在那裡，只是下面添上了三個大字：「趙小明」。

〔簡析〕

本文寫了兩條線，一條線是陳征「尋人」，一條線是小明暗送沙田柚，兩條線交叉敍述，最後相交，生動地反映了文章主題。

文章首先寫陳征定計。患有氣喘病的老軍人陳征需要柚子治病，一個小學生偸偸地送給陳爺爺三個柚子，沒有留下姓名，陳爺爺貼出一張特別「尋人啓示」，決心找到這位善心人士。根據「尋人啓示」上提供的線索，陳爺爺先找家有柚子的小胖，經調查不是；後來又懷疑到一向助人爲樂的小明身上，但沒有眞憑實據。於是，陳爺爺心生一計，決定「智取」。

再寫小明「上勾」。小明、小胖、小紅來給陳爺爺打掃院子，陳爺爺在屋裡故意大聲對陳奶奶說：「孫子吵也不應該把柚子切開吃呀，現在到哪裡再去找一個？我明天就要用了？」這些話被小明記到心裡了。

再寫陳征施計。當晚九點，陳爺爺把門關了，燈滅了，佯裝睡覺，實際上在等「貨」上門。

再寫小胖被「擒」。與此同時，小胖趁天黑，把一個沙田柚往窗口一掛，轉身就想走。突然，電燈亮了，小胖被陳爺爺一把抱住。據小胖「交待」，沙田柚是小明託他送來的。

最後寫兩線相交。陳爺爺終於找到小明，結束了這場「尋人的遊戲」。

從上面這個情節結構中可以看到，作者以「陳征尋人」爲明線，以「小明送柚」爲暗線，一會兒寫明線，一會兒寫暗線，交叉敍述，齊頭並進，最後會合，使問題得到揭曉。這樣敍述使人既看到了老一輩的精神面貌，又看到了下一代的美好心靈，文章的容量較大，但篇幅並不太長，情節曲折多變，但結構嚴密緊湊，收到了很好的藝術效果。

57 「一石數鳥」法

一石數鳥，原意是扔一塊石頭，同時打下幾隻鳥來，比喻一舉幾得。在寫作上，是指通過一件事或一個場面的記敍，寫出幾個或許多人不同的思想、性格和態度，以反映較爲豐富的生活內容，表現較爲深刻的主題的方法。如魯迅的小說《藥》的第三部分，通過茶館的一席談話，達到了好幾個目的：表現了夏瑜英勇無畏和堅貞不屈的精神，揭露了康大叔、夏三爺、紅眼睛阿義等反動幫凶的凶殘、貪婪和卑鄙無恥，反映了一般羣衆愚昧無知的精神狀態，從而暗示了「革命必須喚起民衆」的眞理，眞是一石數鳥，一舉數得，意蘊無窮。

運用這一方法，關鍵是要選好觀察的「窗口」，即選好具有典型意義的能把許多人聯繫在一起的事件或場面，以便透過這一「窗口」看到各種不同人物的面貌、形象；另外，在構思上要有一個通盤的考慮，主要應達到什麼目的，其次還要取得什麼效果，都要有明確、具體的安排，沒有這種自覺的追求，則「一石」難以投準，「數鳥」也無法擊中。

「一石數鳥」，由於往往是通過同一場合中不同人物的活動或同一事件中人物的不同言行來展示有關人物的性格特徵和精神面貌，所以具有一舉數得、以一當十的功用。因而，該法運用得當，可以收到筆墨經濟而蘊含豐富的表達效果，使人讀來覺得應接不暇，意趣深長。同時，由於「一石數鳥」總是同時刻畫許多不同的人物形象，因而這些人物形象之間便往往構成一種對比、烘托的關係，使其思想性格能展示得更加充分，顯現得更加鮮明，給人以强烈而深刻的印象。這些，都是一筆寫一人一事的「單打一」所無法比擬的。

例文：渡船

年輕的媽媽坐在船舷上，愁眉不展，眼睛裡還噙著淚水。船一搖晃，淚珠便直滾下來。

在她的懷裡，孩子沉沉地睡著。孩子全身都裹在被子裡，看不出什麼樣子。儘管這樣，媽媽還是把他貼在胸口，生怕被江風吹著，被水花濺著。

旁邊還有一位老太太，大約是奶奶吧。她不像孩子的媽媽那麼愁眉緊鎖，一上船就同別人嘮叨起來。一會兒工夫，即便是最後上船的人也已經弄清孩子是生了一種急病，抱到城裡，城裡的大夫說一下子診斷不出什麼毛病，看來比較厲害，還是趕緊乘長途汽車到杭州的兒童醫院去瞧瞧吧。媽媽不願意去，奶奶不敢做主，只好搭渡船回村再說。

渡船上的人於是紛紛議論起來，有的說小孩沒大病，大約不礙事；有的說還是趁早到杭州請大夫診斷一下才能放心；有的說多給他喝點水，也許能好點；有的說要是再過兩三個鐘頭還不醒，那就麻煩了……年輕的媽媽一會兒看看這個人，一會兒看看那個人，這些不相識的熱心人的建議使她更加焦急、更加發愁了。

這時候，一位中年婦女突然嚷起來：「哎！我怎麼忽然糊塗起來，把她都忘了。你們上岸朝南拐，走五六里路到朱家橋，那兒有位老大夫，姓陳，給小孩治病最拿手！」

這一提，好幾個人幾乎同時叫起來：「對對對，找她！找她！」

有一位像個大隊幹部的青年人說：「上個月，我們大隊有個兩周歲的孩子得了急病，差點兒斷氣，虧得這位老大夫，三服藥就好了。」

年輕的媽媽的眼色裡開始流露出希望的喜悅。奶奶心更急，已經在打聽路怎麼走了。

「路倒好走，進村一問就知道。」中年婦女又想起一件事：「只是這位老大夫常在各村跑，誰知她今天在家不在家呢？」

剛剛散去的愁雲，又在年輕媽媽的額上聚攏來。她茫然若失地望著那位大嬸，望著船上的人，好像等待別人給她保證，保證那位老大夫專在家等著醫治她的心肝寶貝。

船上的人只好沉默了。那位好心的大嬸仍然安慰著年輕的媽媽，勸她去碰碰看，一面輕輕地幫她拍拍裹得緊緊的孩子，好像那孩子快要從沉睡中被驚醒了。

這時候，人們才聽到船夫一篙一篙下水的聲音。渡船已經過了河心。

大隊幹部模樣的青年人坐在船頭，眺望著對岸。猛地，他高興得叫起來：「你們看，你們看，那不是陳大夫麼？」

對岸渡口，有幾個人正從堤上走下河灘來，一位胖胖的老太太，提著一根手杖，健步走在前頭。夕陽灑在她滿頭銀髮上，顯得神采奕奕。

渡船上的人幾乎同聲歡呼起來，比自己幹完了一件難以完成的任務還要高興。年輕的媽媽拍著自已的孩子，嘴輕輕地動著，好像在對孩子說些什麼。奶奶忍不住喊了聲「謝天謝地」。

渡船還沒停妥，那個青年人就一個箭步跳上河灘，趕緊扶住那位鶴髮童顏的老大夫，把她攙上船來，還沒等過河的人全下船，渡船已經成了臨時的門診部。

每一個過河的人都歡歡喜喜地踏上跳板，上了河灘，還不時回過頭來看看。在渡船上，那位慈祥而又精神的老大夫正在給孩子搭脈，正在向孩子的媽媽和奶奶詢問什麼……直到人們在河堤上快轉彎了，最後再回頭望一望，還能看到渡船仍然停在河邊。年輕的媽媽的臉上已經露出笑容。

〔簡析〕

這篇作品運用「一石數鳥」的寫法，反映了人與人之間的關係，反映了人們的美好心靈。

作者選擇的觀察窗口是「渡船」。渡船上的乘客來自四面八方，互不相識，他們圍繞著如何給一個小孩看病的問題，發表了許多議論，提出了許多建議。作者通過這件事寫出了各種不同人物的性格：

中年婦女——是個「好心的大嬸」，她最先提議找「給小孩看病最拿手」的陳大夫，並指出找陳大夫所要走的路線；她還安慰著年輕的媽媽，幫她輕輕地拍著孩子。

青年人——也是個熱心的人，他一直坐在船頭，眺望著對岸，終於最先發現了陳大夫；他還跳上河灘，扶老大夫上船給小孩看病。

陳大夫——從「中年婦女」、「青年人」以及「好幾個人」的介紹中，從她給小孩看病的態度與神情中，可以看出她是位醫術高明，全心全意爲人治病的好醫師。

船上其他的人對孩子的病都很關切，當大家知道孩子病了，個個提出建議，議論紛紛；當他們發現了陳大夫，「幾乎同聲歡呼起來，比自己幹完了一件難以完成的任務還要高興」。

船夫的態度怎樣呢？作者也沒有忘記捎帶一筆，當「人們在河堤上快轉彎，最後回頭望一望，還能看到渡船仍然停在河邊。年輕的媽媽的臉上已經露出笑容。」從這一描寫中可以看出，船夫爲了給孩子看病，在耐心等待，並不急於開船。這些素不相識、萍水相逢的人，雖然年齡不同，性格各異，但有一點是共同的，這就是都關心著生病的小孩、年輕的媽媽和老奶奶，反映出在我們的社會和國家裡，人與人之間互相關心，互相愛護的新風尚。由於作者自覺地追求一舉數得的藝術效果、選擇的題材雖然很小，但反映出了廣闊的社會生活，表現了深刻的主題。

58 蒙太奇法

蒙太奇，是一個法語詞的音譯，原爲建築學上關於構成、裝配的術語，用在電影上就是剪輯、組合的意思。即把不同的鏡頭、畫面有機地組合連接起來，構成一部前後連貫、首尾完整的藝術品。蒙太奇利用到寫作上，是指把不同時間、不同地點的生活片斷巧妙地聯結起來，以體現作品主題的方法。

蒙太奇的連接方式有許多種，如對話連接、動作連接、音響連接、細節連接、物件連接、人物連接等等。運用蒙太奇方法組織生活畫面，切不可隨心所欲，亂接一氣，而應當遵循一定的生活邏輯和美學原則，按照情節的發展和讀者心理活動的順序，節奏和諧地將不同的生活畫面組接成一個結構嚴謹、條理暢達的藝術整體。這種手法，可以使作品的情節發展曲折多變，場景轉換明快自如，不同場景和人物之間形成鮮明對比，從而更加生動地反映出廣闊的生活畫面，多側面地展示人物的內心世界，具有較高的美學價值。

例文：在考場裡我所想的

鈴聲響過了。考卷發到我手中，我思索著這個題目，把視線轉向窗外——一片濛濛雨霧，這淅淅瀝瀝的小雨啊，牽動著我多少情思……

也是這樣一個下雨天，我病了。望著窗外的雨絲，我心頭升起一絲惆悵：她會來嗎？「咚咚咚」傳來敲門聲，我剛打開門，一個濕漉漉的身影撞進門來，「啊，是你？」我驚叫著。「今天放學晚了點，天下雨了。來，我們開始吧！」

「這是今天複習的代數題……」水珠順著她的髮辮滴下，多麼好的同學啊！一連幾天，她風雨不誤，可這半個多月，天天下雨，她從無怨言，每次都是先給我補課，後回家。

啊，這淅淅瀝瀝的小雨，牽動著我的心……

夜深了，我屋中的燈還亮著，這道該死的幾何題啊。我煩躁地站起身，不料帶動著椅子也發出一串響聲，我忙扶住，生怕驚動已熟睡的母親。「啪」外屋燈亮了，有人從外屋進廚房去了，我掀開窗帘，馬路亮閃閃的，一條條珠簾自天而降，什麼時候又下雨了？「吱呀」有人進了這屋。我回頭一看，只見媽媽端著一碗熱氣騰騰的牛奶走到桌邊，說：「不要熬的太晚了，你身子太弱。來，喝了吧。」我接過碗，望著媽媽，她正用慈愛的目光望著我，我喝了一口，暖暖的，甜甜的，一直湧到我心裡。「快喝呀！」我端起碗一飲而盡，望著媽媽滿是皺紋的臉和斑白的鬢髮，多少個日日夜夜，母親伴著我到深夜。暑天，爲我扇扇子，驅趕蚊蟲；冬天，爲我生火取暖，爲我洗衣鋪被。凡她能做的，全盡力去做。當我因不順心，衝她發火時，她總是原諒了我，用溫暖的話語、無限的愛來撫慰我；當我病了時，她去學校請假，爲我煎湯熬藥，守到天明……「誰言寸草心，報得三春暉」，母親，我不會讓你失望的。

我睡著了，夢見自己成爲一名作家，帶著送給媽媽的禮物回家了，媽媽臉上綻出甜美的笑容……淅淅瀝瀝的小雨不停地下著。

還記得，有一天，天陰得像鍋底，坐在教室望著窗外飄起的小雨，我想：老師怎麼還不來？漸漸的，雨越來越大，天上落下一條條雨鞭，無情地抽打著一切。「這個星期天，老師不會來補課了吧？扔下兩個孩子在家，還下著大雨。」我這樣想著，許多往事一齊湧上心頭……

天熱得要命，我們一邊擦汗，一邊做題。這時，老師用自己的錢買來了冰果，讓大家解暑；傍晚，老師用下班時間給我們補課，而無暇去照顧一雙女兒！多少天，老師兜裡裝著病休假條爲我們上課……

雨幕中，出現老師的身影，我一下子衝了出去……

我的思緒又回到考場，我深知這考卷的分量，放心吧，親人們，我一定答出最好成績，向辛勤培育我們的老師匯報！

窗外的雨，不知何時已停了。

〔簡析〕

這篇文章的作者是一位高考考生，主要寫她在考場上所想到的一些事，共有四個生活片斷：一、在考場上；二、「我」生病時，同學冒雨來給「我」補課；三、「我」溫課時，媽媽深夜為「我」煮牛奶；四、老師帶病為同學們上課。這四個生活片斷在內容上沒有直接聯繫，也不發生在同一時間、同一地點，那麼，是什麼東西把這些分散的材料「組合」在一起呢？一是靠了一根思想感情的線索，即媽媽、老師、同學對她的愛，對她的關心、愛護、培養、幫助，這是一根內在的線索；二是靠了蒙太奇連接法，即用「淅淅瀝瀝的小雨」把四個分散的生活片斷緊密、自然地縫合在一起，使之渾然一體，這是一根外部的線索。

我們來看作者是如何具體連接的。文章一開始，寫「我」在考場上看見窗外一片濛濛雨霧，於是引起許多與雨有關的聯想；接著以「這淅淅瀝瀝的小雨啊，牽動我多少情思」過渡，引出同學冒雨幫「我」補課的事；再接著又以「啊，這淅淅瀝瀝的小雨，牽動著我的心」搭橋，回憶起媽媽雨夜陪伴著「我」溫課；然後，又以「淅淅瀝瀝的小雨不停地下著」展開聯想，寫老師冒雨為同學們補課；最後，「思緒又回到考場」。可見，全文各部分都是以「淅淅瀝瀝的小雨」的聲音作為貫穿線索連接在一起的，這就是蒙太奇連接手法之一——音響連接。

「淅淅瀝瀝的小雨」與內在的思想線索結合在一起，把本來沒有直接聯繫的幾個生活片斷緊緊地「組合」在一起，形成一個統一的整體，有力地多側面地表現著一個共同的主題：親人們都在關心著「我」，這考卷有著不平常的分量，「一定要答出最好成績，向辛勤培育我們的老師匯報」。文章寫得簡潔明快，內涵豐富，思路開闊，深沉感人。

59 意識流法

「意識流」這個名稱源於西方心理學，意思是意識像河流一樣，處於自然流動的狀態。它作爲一種藝術表現手法，主要運用於小說、電影和電視等文藝形式。這是指一種新的心理描寫手法，即從作家或作品中人物的主觀出發，按意識流動的順序安排結構層次，以立體地多層次地眞切地揭示人物的內心世界。

傳統的心理描寫主要是邏輯的心理描寫。即按照某種要求，先把思想條理化，然後再表述出來。而意識流主要是非理性的心理描寫，即按照下意識的流動，把歷史和現實、過去和未來、天上和人間、幻覺和實景、回憶和想像等等，交叉顯現，相融相匯，打破一般的時空順序和邏輯聯繫，盡情聯想，無邊無際，隨意跳躍，錯雜閃接。這種寫法，看起來突兀多變，但萬變不離其宗，所有意念都集中於一個「交匯點」——人物的心靈。運用意識流手法，好比在一條大河上點航標燈，這兒一盞，那裡一盞，把大河的流向描畫出來。這種寫法，能以精煉的筆墨展示人物精神世界的複雜和變化，揭示生活的本質，使作品的容量增大，內涵更加豐富。

但是，運用意識流手法不可走向極端，像西方某些現代派作家那樣，排斥對現實生活的具體眞實的描寫，而一味採用無邏輯的混亂閃接，莫名其妙的流動，表現怪誕幻想和錯亂意識。這是我們應當擯棄的。

例文：春之聲（節選）

王蒙

哐地一聲，黑夜就到來了。一個昏黃的、方方的大月亮出現在對面牆上。岳之峯的心緊縮了一下，又舒張開了，車身在輕輕地顫抖。人們在輕輕地搖擺。多麼甜蜜的童年的搖籃啊！夏天的時候，把衣服放在大柳樹下，脫光了屁股的小伙伴們一躍跳進故鄉的清涼的小河裡，一個猛子扎出十幾米，誰知道在哪裡露出頭來呢？誰知道被他慌亂中吞下的一口水裡，包含著多少條蛤蟆蝌蚪呢？閉上眼睛，熟睡在閃耀著陽光和樹影的漣漪上，不也是這樣輕輕地、輕輕地搖晃著的嗎？失去了的和沒有失去的童年和故鄉，責備我麼？歡迎我麼？母親的墳墓和正在走向墳墓的父親！

方方的月亮在移動，消失，又重新誕生。唯一的小方窗裡透進了光束，是落日的餘輝還是站臺的燈？爲什麼連另外三個方窗也遮嚴了呢？黑咕隆冬，好像緊接著下午便是深夜。門哐的一關，就和外界隔開了。那愈來愈響的聲音是下起了冰雹嗎？是鐵錘砸在鐵砧上？在黃土高原的鄉下，到處還靠人打鐵，我們祖國的胳膊有多麼發達的肌肉！啊，當然，那只是車輪撞擊鐵軌的噪音，來自這一節鐵軌與那一節鐵軌之間的縫隙。目前不是正在流行一支輕柔的歌曲嗎，叫著什麼來著——《泉水叮咚響》。如果火車也叮咚叮咚地響起來了呢？廣州人可真會生活，不像這西北高原上，人的臉上和房屋的窗玻璃上到處都蒙著一層厚厚的黃土。廣州人的涼棚下面，垂掛著許許多多三角形的瓷板，它們隨著清風，發出叮叮咚咚的清音。愉悅著心靈。美國的抽象派音樂卻叫人發狂。真不知道基辛格聽了我們的楊子榮詠嘆調時有什麼樣的感受。京劇鑼鼓裡有噪音，所有的噪音都是令人不快的嗎？反正火車開動以後的鐵輪聲給人以鼓舞和希望。下一站，或者下一站的下二站，或者許多許多的下一站以後的下一站，你所尋找的生活就在那裡，母親或者孩子，友人或者妻子，溫熱的澡盆或者豐盛的飲食正在那等待著你。都是回家過年的。過春節，我們古老的民族最美好的節日。謝天謝地，現在全國人民都可以快快樂樂地過年了。再不會用「革命化」的名義取消春節了。

這真有趣。在出國考察三個月回來之后，在北京的高級賓館裡住了一陣——總結啦，匯報啦，接見啦，報告啦……之后，岳之峯接到了八十多歲的剛剛摘掉地主帽子的父親的信。他決定回一趟闊別二十多年的家鄉。這是不是個錯誤呢？他怎麼也沒有想到要坐兩個小時零四十七分鐘的悶罐子車呀。三個小時以前，他還坐著從北京開往X城的三叉戟客機的寬敞舒適的座位上。兩個月以前，他還坐在駛向漢堡的易北河客輪上。現在呢？他和那些風塵僕僕的，在黑暗中看不清面容的旅客們擠在一起，就像沙丁魚擠在罐頭盒子裡。甚至辨別不出火車到底是在向哪個方向行走。眼前只有那月亮似的光斑在飛速移動，火車的行駛究竟是和光斑方向相同抑或相反呢？他這個工程物理學家竟爲這個連小學生都答得上來，根本算不上是幾何光學的問題傷了半天腦筋。

他已經有二十多年沒有回過家鄉了。誰讓他投錯了胎！地主，地主！一九五六年他回過一次家，一次就夠用了——回家待了四天，卻檢討了二十二年！而偉人的一句話，也夠人們學習貫徹一百年。使他惶惑的是，難道人生一世就是爲了作檢討？難道他生在中華，就是爲了作一輩子檢討麼？好在這一切都過去了。斯圖加特的奔馳汽車工廠的裝配線在不停地轉動，車間潔淨敞亮，沒有多少噪音。西門子公司規模巨大，具有一百三十年的歷史。我們才剛剛起步。趕上，趕上！不管有多麼艱難。哞，哞，哞，快點開，快開，快開，快，快，快，車輪的聲音從低沉的三拍一小節變成兩拍一小節，最後變成高亢的呼號了。悶罐子車也罷，正在快開。何況天上還有三叉戟？

塵土和紙煙的霧氣中出現了旱煙葉發出的辣味，像是在給氣管和肺作針灸。梅花針大概扎在肺葉上了。汗味就柔和得多了。方言的濃度在旱煙與汗味之間，既刺激，又親切。還有南瓜的香味哩！誰在吃南瓜！X城火車站前的廣場上，沒有看見賣熟南瓜的呀。別的小吃和土特產倒是都有。花生、核桃、葵花籽、柿餅、醉棗、綠豆糕、山葯、蕨麻……全有賣的。就像變戲法，舉起一塊紅布，向左指上兩指，這些東西就全沒有了，連火柴，電池、肥皂都跟著短缺。現在呢？一下子都變出來了，也許伸手再抓兩抓，還能抓出更多的財富。柿餅和棗樸質無華，卻叫人甜到心裡。岳之峯咬了一口上火車前買的柿餅，細細地咀嚼著兒時的甜香。辣味總是一下子就能嘗到，甜味卻埋得很深很深。要有耐心，要有善意，要有經驗，要知覺靈敏。透過辛辣的煙草和熱烘烘的汗味兒，岳之峯聞到了鄉親們攜帶的綠豆香。綠豆苗是可愛的，灰兔子也是可愛的，但是灰色的野兔常常要毀壞綠豆。爲了追趕野兔，他和小柱子一口氣跑了三里，跑得連樹木帶田壟都搖來擺去。在中秋的月夜，他親眼看見過一隻銀灰色的狐狸，走路悄無聲息，像仙人，像夢。

〔簡析〕

《春之聲》（節選）是運用意識流手法描寫工程物理學家岳之峯在從X城開往N地的「悶罐子車」上的見聞及其聯想。小說通過岳之峯的所見、所聞、所想告訴我們：若干年之後，人民的生活有了轉機，我們的國家是有希望的。

在這篇小說中，意識流手法運用得較爲成功。它沒有連貫的情節，而是以主人公的聯想來組織素材，突破時間和空間的限制，把筆觸伸向過去和現在、外國和中國、城市和鄉村，縱橫聯想，漫無邊際；並且，將回憶和想像、感覺和實景融匯一起，交叉呈現，從而反映了較爲廣闊的生活畫面。

小說開頭就寫岳之峯上「悶罐子車」的感覺：「咣地一聲，黑夜就到來了。」接著，由車身的輕輕顫抖而聯想到「童年的搖籃」，於是回憶起兒時同小伙伴們在河裡游泳的往事；從躺在漣漪上的感覺又回到車廂，想到父母。這感覺、聯想、回想等心理活動的交匯翻騰，生動地表現了岳之峯對故鄉和親人的思念之情。

第二段，更是盡情聯想，錯雜閃接。從車輪聲聯想到打鐵，又聯想到肌肉發達的胳膊，進而聯想到祖國的堅强有力。更奇特的是，主人公從「噪音」中產生了對輕柔歌曲的感受，於是廣州人涼棚下三角瓷板的響聲、美國的抽象派音樂、基辛格聽京戲、京戲的鑼鼓聲等等，同車輪聲相互混雜，把岳之峯「少小離家老大回」的複雜情緒刻畫得維妙維肖。

第三、四段，主人公的聯想又沿著「北京高級賓館——悶罐子車——中國的三叉戟——德國的客輪——悶罐子車——斯圖加特汽車工廠——西門子公司——飛奔的悶罐子車」的奇特路線，曲折往返，馳想無羈，以緊張的節奏，表現了中國要趕上世界先進科學技術水平的急迫感和自信心。

第五段，是各種心理活動交錯閃現，互相穿插，如對旱煙葉辣味的感覺，由南瓜香味到X城火車站市場的聯想，從各種商品的出沒產生了關於十年浩劫時經濟蕭條的感觸，聞到車上的綠豆香而誘發的關於故鄉的回憶，等等。車上的見聞引起意識的流動，意識的流動又聯想到以往的見聞。眞是情景交融，敍議滲透，變化莫測，令人應接不暇，多側面地表現了中國大地上出現的新氣象。

顯然，這篇小說是著重寫人的感覺和聯想，描摹人物的心理活動，從而細緻入微地展示人物的內心世界。而且，作者在刻畫人物心理時，把周圍的事物、歷史的狀貌和時代的脈膊融合一起，深刻地揭示了社會生活的本質，收到了以精煉的筆墨表現豐富內涵的良好效果。這表明，意識流手法運用得當，能夠有效地增强作品的概括力和表現力。

描寫

人們常說「詩中有畫」、「行文如繪」，說的就是描寫。它是指用生動形象的語言，對人物、事件或環境進行具體的逼真的摹寫描繪。這與古人所謂「體物寫志」「擬諸形容」的描狀是一脈相承的。描寫的長處在於，能「狀難寫之景如在目前」，使讀者如睹其物，如見其人，如臨其境，得到特別真切的感受。

描寫是記敘文寫作的最基本的表現方法。它有種種類別。以描寫手法論，主要有白描、細描等等。以描寫角度論，主要有定點描寫、動點描寫等等。以描寫對象論，主要有人物描寫、景物描寫等等。人物描寫又包括外形描寫(即肖像描寫)、語言描寫、行動描寫、心理描寫、細節描寫等等。景物描寫又包括自然風景、社會環境和場面等。描寫，就是要通過多種多樣的手法，把人物、景物和場面刻畫得繪聲繪色，有形有神，可感可觸，躍然紙上。

描寫，是一種使用極爲普遍的寫作方法。在運用中，往往難以拘於成規。這裡撮要列舉幾法，僅供寫作者參照發揮。

60 細描法

細描，又稱工筆，是指抓住人物或事物的特徵進行精雕細刻的描寫。它不是描繪大致的輪廓，而是細緻入微、一筆不苟地進行刻畫，以把描寫對象栩栩如生地再現出來，使讀者如聞其聲，如見其人，如臨其境。如峻青在《瑞雪圖》中對雪景的描寫就是這樣：

推開門一看，嗬！好大的雪啊！那山川、河流、樹木、房屋，都籠罩上一層白茫茫的厚雪。極目遠眺，萬里江山變成了一個粉妝玉砌的世界。看近處，那些落光了葉子的樹木上，掛滿了毛茸茸亮晶晶的銀條兒，那些冬夏常青的松樹和柏樹上，掛滿了蓬鬆鬆沉甸甸的雪球兒。一陣風吹來，樹木輕輕地搖晃著，那美麗的銀條兒和雪球兒就簌簌落落地抖落下來。玉屑也似的雪末兒隨風飄揚，在清晨的陽光下，幻映出一道道五光十色的彩虹。

在這一段裡，作者從遠景與近景、靜態與動態，顏色、形狀和聲音等方面對雪後美景作了多角度的細緻入微的刻畫，彷彿把人帶到了一個萬籟俱寂、玉潔冰清的童話世界裡，領略了北國風光的「非常之觀」和銀條兒、雪球兒「簌簌落落地抖落下來」的優美旋律。

運用細描手法要注意抓住特徵，突出重點，以形傳神，不能不分主次，一一細描，流於臃腫。如上面這段描寫，概貌與遠景都一筆帶過，近景則使用比喻、摹狀等修辭手段進行繪聲、繪形、繪色的描寫；近景也不是什麼都寫，只著力刻畫「銀條兒」、「雪球兒」和「雪末兒」的神韻，其他景物則一律隱去，這樣才達到了「狀難寫之景如在目前」，使讀者感到特別眞切，具體，並產生一種「瑞雪兆豐年」的喜悅之情。

例文：荷塘月色

朱自清

這幾天心裡頗不寧靜。今晚在院子裡坐著乘涼，忽然想起日日走過的荷塘，在這滿月的光裡，總該另有一番樣子吧。月亮漸漸地升高了，牆外馬路上孩子們的歡笑，已經聽不見了；妻在屋裡拍著閏兒，迷迷糊糊地哼著眠歌。我悄悄地披了大衫，帶上門出去。

沿著荷塘，是一條曲折的小煤屑路。這是一條幽僻的路；白天也少人走，夜晚更加寂寞。荷塘四面，長著許多樹，蓊蓊鬱鬱的。路的一旁，是些楊柳，和一些不知道名字的樹。沒有月光的晚上，這路上陰森森的，有些怕人。今晚卻很好，雖然月光也還是淡淡的。

路上只我一個人，背著手踱著。這一片天地好像是我的；我也像超出了平常的自己，到了另一世界裡。今晚上，一個人在這蒼茫的月下，什麼都可以想，什麼都可以不想，便覺是個自由的人。白天裡一定要做的事，一定要說的話，現在都可不理。我且受用這無邊的荷香月色好了。

曲曲折折的荷塘上面，彌望的是田田的葉子。葉子出水很高，像亭亭的舞女的裙。層層的葉子中間，零星地點綴著些白花，有裊娜地開著的，有羞澀地打著朵兒的；正如一粒粒的明珠，又如碧天裡的星星。微風過處，送來縷縷清香，彷彿遠處高樓上渺茫的歌聲似的。這時候葉子與花也有一絲的顫動，像閃電般，霎時傳過荷塘的那邊去了。葉子本是肩並肩密密地挨著，這便宛然有了一道凝碧的波痕。葉子底下是脈脈的流水，遮住了，不能見一些顏色；而葉子卻更見風致了。

月光如流水一般，靜靜地洩在這一片葉子和花上。薄薄的青霧浮起在荷塘裡。葉子和花彷彿在牛乳中洗過一樣；又像籠著輕紗的夢。

雖然是滿月，天上卻有一層淡淡的雲，所以不能朗照；但我以爲這恰是到了好處。月光是隔了樹照過來的，高處叢生的灌木，落下參差的斑駁的黑影；彎彎的楊柳的稀疏的倩影，卻又像是畫在荷葉上。塘中的月色並不均勻；但光與影有著和諧的旋律，如梵婀玲上奏著的名曲。

荷塘的四面，遠遠近近，高高低低都是樹，而楊柳最多。這些樹將一片荷塘重重圍住；只在小路一旁，漏著幾段空隙，像是特爲月光留下的。樹色一例是陰陰的，乍看像一團煙霧；但楊柳的丰姿，便在煙霧裡也辨得出。樹梢上隱隱約約的是一帶遠山，只有些大意罷了。樹縫裡也漏著一兩點路燈光，没精打彩的，是渴睡人的眼。這時候最熱鬧的，要數樹上的蟬聲與水裡的蛙聲；但熱鬧是他們的，我什麼也没有。

忽然想起採蓮的事情來了。採蓮是江南的舊俗，似乎很早就有，而六朝時爲盛；從詩歌裡可以約略知道。

於是又記起《西洲曲》裡句子：

采蓮南塘秋，蓮花過人頭；低頭弄蓮子，蓮子清如水。

今晚若有採蓮人，這兒的蓮花也算得「過人頭」了；只不見一些流水的影子，是不行的。這令我到底惦著江南了。——這樣想著，猛一擡頭，不覺已是自己的門前；輕輕地推門進去，什麼聲息也沒有，妻已睡熟好久了。

〔簡析〕

本文對月下的荷塘和荷塘的月色進行了十分細膩的描寫，逼眞傳神，情景交融，可謂「狀難寫之景如在目前」。

寫月下的荷塘，無論寫「花」寫「葉」，寫「動」寫「靜」，都刻畫得十分精細。如把荷葉比喻成「亭亭的舞女的裙」；把荷花比喻成「一粒粒的明珠」，「碧天裡的星星」；把荷花的「縷縷清香」，比喻成「遠處高樓上渺茫的歌聲似的」，把葉子與花的「一絲的顫動」，比喻成「閃電般，霎時傳過荷塘的那邊去了」，「這便宛然有了一道凝碧的波痕」，這些比喻和通感藝術手段的運用，不僅再現了荷葉、荷花的色、香、形，而且創造了一種詩情畫意的境界，喚起了讀者的想像，把讀者帶到了一個「靜美」的世界裡。

寫荷塘的月色，無論寫「光」、寫「影」，都是工筆描摹，精雕細刻。如寫月光，「月光如流水一般，靜靜地瀉在這一片葉子和花上」，「葉子和花彷彿在牛乳中洗過一樣」，活畫出了月色的皎潔、淡雅。寫樹影，「月光是隔了樹照過來的，高處叢生的灌木，落下參差的斑駁的黑影；彎彎的楊柳的稀疏的倩影，都又像是畫在荷葉上」，一個「畫」字把大大小小、斑斑駁駁、忽明忽暗，離合不定的樹影靜態化了，就像一幅水墨畫。特別是把「光」與「影」比喻成「梵婀玲上奏著的名曲」，意境尤其深遠，你可以盡情地想像，你能把它想像得有多美，它就有多美，沒有時空限制，眞是「含不盡之意，見於言外」。

細描（工筆）與粗描（粗筆）是相對而言的。同樣寫荷塘，如果只是說：「荷花已經開了不少。荷葉挨挨擠擠的，像一個個大圓盤。荷花從這些大圓盤之間冒出來。有的才展開兩三片花瓣兒，有的花辨兒全都展開了，有的還是花骨朵兒。一朵有一朵的姿態，眞是美極了。」這只是描寫了一個大概的輪廓，沒有從形、色、香幾個方面作多角度的描寫，就只能算「粗描」了。

61 白描法

「白描」是一個繪畫術語，指在繪畫中只用線條勾勒，不著顏色的畫法。這種技法常用於人物畫和花卉畫。在寫作上，白描是指抓住事物的主要特徵，用簡煉的文字，樸實地進行描寫的方法。魯迅先生把這種方法歸納爲：「有眞意，去粉飾，少做作，勿賣弄。」劉心武認爲：「白描，就是敍述本身也成爲一種高級描寫了，這是文章的一種高級境界。」(《小說語言問題之淺見》)。

白描的特點可以概括爲兩點：一是「文字樸實」，不施濃墨重彩，不加烘托渲染，以敍述的語言進行描寫，或者說是「敍述和描寫的高度結合，融而爲一」。二是「簡煉傳神」，不用很多筆墨，不搞很多描寫，只寥寥幾筆就勾勒出鮮明生動的形象來。

魯迅先生是進行白描的巨匠。他在《孔乙己》中對孔乙己肖像的刻畫就是一例：「孔乙己是站著喝酒而穿長衫的唯一的人。他身材很高大，青白臉色，皺紋間時常夾些傷痕；一部亂蓬蓬的花白鬍子。穿的雖然是長衫，可是又髒又破，似乎十多年沒有補，也沒有洗。他對人說話，總是滿口之乎者也，教人半懂不懂的。」

在這段描寫中，沒有用多少形容詞，更沒有藉助比喻進行細緻的刻畫，只是把孔乙己與衆不同的地方(如「站著喝酒而穿長衫」，「皺紋間時常夾些傷痕」，長衫「又髒又破」，「滿口之乎者也」)作了如實的交代，一個自命清高而又窮愁潦倒、迂腐而又懶惰的老書生形象就活現在讀者的眼前。這就是白描的功力。

例文：背影

朱自清

我與父親不相見已二年餘了，我最不能忘記的是他的背影。

那年冬天，祖母死了，父親的差使也交卸了，正是禍不單行的日子。我從北京到徐州打算跟著父親奔喪回家。到徐州見著父親，看見滿院狼藉的東西，又想起祖母，不禁簌簌地流下眼淚。父親說，「事已如此，不必難過，好在天無絕人之路！」

回家變賣典質，父親還了虧空；又借錢辦了喪事。這些日子，家中光景很是慘淡，一半爲了喪事，一半爲了父親賦閑。喪事完畢，父親要到南京謀事，我也要回北京念書，我們便同行。

到南京時，有朋友約去遊逛，勾留了一日；第二日上午便須渡江到浦口，下午上東北去。父親因爲事忙，本已說定不送我，叫旅館裡一個熟識的茶房陪我同去。他再三囑咐茶房，甚是仔細。但他終於不放心，怕茶房不妥貼；頗躊躇了一會。其實我那年已二十歲，北京已來往過兩三次，是沒有什麼要緊的了。他躊躇了一會，終於決定還是自己送我去。我再三勸他不必去；他只說，「不要緊，他們去不好！」

我們過了江，進了車站。我買票，他忙著照看行李。行李太多了，得向腳夫行些小費才可過去。他便又忙著和他們講價錢。我那時真是聰明過分，總覺他說話不大漂亮，非自己插嘴不可，但他終於講定了價錢；就送我上車。他給我揀定了靠車門的一張椅子；我將他給我做的紫毛大衣鋪好坐位。他囑我路上小心，夜裡要警醒些，不要受涼。又囑託茶房好好照應我。我心裡暗笑他的迂；他們只認得錢，託他們只是白託！而且我這樣大年紀的人，難道還不能料理自己麼？唉，我現在想想，那時真是太聰明了！

我說道，「爸爸，你走吧。」他望車外看了看說：「我買幾個橘子去。你就在此地，不要走動。」我看那邊月臺的柵欄外有幾個賣東西的等著顧客。走到那邊月臺，須穿過鐵道，須跳下去又爬上去。父親是一個胖子，走過去自然要費事些。我本來要去的，他不肯，只好讓他去。我看見他戴著黑布小帽，穿著黑布大馬褂，深青布棉袍，蹣跚地走到鐵道邊，慢慢探身下去，尚不大難。可是他穿過鐵道，要爬上那邊月臺，就不容易了。他用兩手攀著上面，兩腳再向上縮；他肥胖的身子向左微傾，顯出努力的樣子，這時我看見他的背影，我的淚很快地流下來了。我趕緊拭乾了淚。怕他看見，也怕別人看見。我再向外看時，他已抱了朱紅的橘子望回走了。過鐵道時。他先將橘子散放在地上，自己慢慢爬上，再抱起橘子走。到這邊時，我趕緊去攙他。他和我走到車上，將橘子一股腦兒放在我的皮大衣上。於是撲撲衣上的泥土，心裡很輕鬆似的。過一會說：「我走了，到那邊來信！」我望著他走出去。他走了幾步，回頭看見我，說：「進去吧，裡邊沒人。」等他的背影混入來來往往的人裡，再找不著了，我便進來坐下，我的眼淚又來了。

近幾年來，父親和我都是東奔西走，家中光景是一日不如一日。他少年出外謀生，獨立支持，做了許多大事。那知老境卻如此頹唐！他觸目傷懷，自然情不能自已。情鬱於中，自然要發之於外；家庭瑣屑便往往觸他之怒。他待我漸漸不同往日。但最近兩年的不見，他終於忘卻我的不好，只是惦記著我，惦記著我的兒子。我北來後，他寫了一信給我，信中說道，「我身體平安，惟膀子疼痛厲害，舉箸提筆，諸多不便，大約大去之期不遠矣。」我讀到此處，在晶瑩的淚光中，又看見那肥胖的、青布棉袍黑布馬褂的背影。唉！我不知何時再能與他相見！

〔簡析〕

《背影》與《荷塘月色》相比，筆法截然不同。《荷塘月色》是精雕細刻的傑作，《背影》則是淡筆勾勒的佳構。

《背影》的第一大特點是不尚修飾，不加渲染，幾乎全以敍述的語言進行描寫。請看車站送別的動人場面：雖然「那年我已經二十歲了」，但父親執意要親自送「我」，他忙著照看行李，找脚夫，「送我上車」，給「我」找靠車門的座位，「囑我路上小心，不要受涼」，眞是關懷備至，體貼入微！接著父親又穿過鐵路，攀爬月臺，給「我」買橘子，直到「將橘子一股腦兒放在我的皮大衣上」，才「撲撲身上的泥土，心裡很輕鬆似的」，告別時回頭矚望，依依不捨，最後「背影」才消逝在來來往往的人羣裡……讀著讀著，一個慈父的形象活現在我們的眼前，他那一片愛子之心感人至深，催人淚下，應當注意的是，這個慈父的形象是在敍事中完成的，既沒有花俏的言詞，也沒有色彩的映襯，但卻表達了一片深摯的情感，謳歌了人世間父子的至情。

第二個特點是刻畫人物極爲省儉，寥寥幾筆就勾畫出一個栩栩如生的形象來。《背影》沒有正面描寫父親的形象，只有對「背影」的簡練素描：

我看見他戴著黑布小帽，穿著黑布大馬褂，深青布棉袍，蹣跚地走到鐵道邊，慢慢探身下去，尚不大難。可是他穿過鐵道，要爬上那邊月臺，就不容易了。他用兩手攀著上面，兩腳再向上縮；他肥胖的身子向左微傾，顯出努力的樣子。這時我看見他的背影，我的淚很快地流下來了。

短短百來個字，勾畫了一個「愛子如天」的慈父形象。作者的父親本來老境淒涼，「離大去之期不遠」，且身體臃腫，行動艱難，但爲了兒子旅途平安愉快，竟不辭辛勞，爬上爬下，努力掙扎，給兒子買幾個橘子，這是何等感人的愛子之情！從作者父親的身上，我們還可以看到舊社會千百萬知識份子困頓的身影，看到那個黑暗社會在他身上的巨大投影。可見，描繪「背影」的文字雖短，但寥寥幾筆，形神兼備，意境全出，留給讀者自由想像的天地，經得起反覆鑑賞，反覆回味。

白描是一種高級的描寫，不是輕易可以取得成功的，只有情深思切，「有不得已者而後言」，才可以達到「辭愈樸而文愈高」、「返樸歸眞」的境界。

62 定點描寫法

我們觀察事物時，所站的位置叫立足點。定點描寫，就是固定立足點，將所看到的景物按一定的順序描寫出來。所謂「一定順序」，指由近及遠、由遠及近，或由高到低、由低到高，或從左至右，從右至左等等。但不管按什麼順序寫，作者的立足點始終不能發生變化，必須固定在一個基點上。這種方法運用得好，可以把景物寫得層次清楚，鮮明逼眞，給人如臨其境、如在目前的感受。

運用定點描寫法，首先要注意選擇好立足點。攝影師拍照，畫家作畫，都很注重立足點的選擇。一個立足點選擇的好壞，往往關係到一張照片，一幅畫圖的成敗；寫文章也一樣，「橫看成嶺側成峯，遠近高低各不同」，表現同一事物，立足點不同，觀察的「方位」、「角度」不同，呈現的面貌也各不相同，表達效果大不一樣。其次，要注意在文章中把立足點交代清楚，即使不用文字作專門的交代，說站在哪裡，坐在哪裡，也應讓讀者能從描寫中領會到作者觀察的角度、方位，這樣才能給人清晰的「圖像」。如果作者的立足點交代不明，甚至紊亂，就會給讀者模糊不清、混亂一團的感覺。

例文：清潭水

我對於園林裡的一切，似乎都不那麼感興趣，唯有那靜靜的清潭水——喔，允許我這樣稱呼她吧，誰叫我這麼愛她呢——像是我所喜愛的樂曲那樣牢牢地吸住了我。呀，那時我該是怎樣的一番深情啊！

我獨自立在偏僻的小花園裡，那靜靜的清潭水邊，多麼幽靜呀，尤其是那淡淡的帶著青色影子的波，猶如古代珍貴的織錦，那麼的輕盈，那麼的柔和。

水清清的，亮亮的，也是那麼的拂著些兒綠的影子，好似一個可愛的小姑娘晶瑩、閃亮而又嫻靜的大眼睛，似乎還在一眨一眨的。

淺淺的水下面，有著許多雪白的鵝卵石，有的是鴨蛋形兒，潔白潔白的，真好看呢。我俯下身去，伸出手去撈那我意中的鵝卵石，似乎頓時小了十歲，又成了個四、五歲的頑皮小姑娘。噢，我忘記了是在園林中，也似乎記不起自己的年歲了；當我從清清的水中見到自己在微波中晃動的倒影時，醒悟了，自覺得好笑。我縮回手——嗨，手臂濕漉漉的，挽得不高的袖口也被浸濕了許多。

我索性坐到潭邊的石塊上。這還是夏季，我自想，讓雙腳浸在清涼的水裡，那有多舒服啊。但我没有這麼做，只是把雙腳盤在冰涼的青石上，我愛這可愛的清潭水，誰願意讓自己所愛的反受到自己的損害呢？

太陽從雲層後露出了臉，用美麗的光艷裝扮這靜靜的清潭水。清清的潭水披上了金，抹上了銀，周身閃耀著媚麗而動人的光彩：那倒映在水中的樹、水中的葉，還有那水中裊娜的花朵兒，顯得更爲嬌柔可愛了——雖然那倒影此時暗淡了些。

一會兒，太陽收起了她那艷麗、動人的光彩，戲弄似的，躲到了白雲後面，卻又灑下了大片的、薄薄的、柔和的、嫣紅的紗。

一陣微微的風帶著那嫣紅的紗掠過靜靜的水面，清潭水盪漾著。好似那美麗的紗在飄浮，仍是悄無聲息的，但我覺得她在笑，而且笑得甜，呀，那麼的甜，雖然你還是靜靜的；有幾瓣花葉兒輕輕地落下了，落在可愛的清潭水裡，美麗的花葉兒輕輕地依偎在水面上，她是那麼的愛這潭水，啊——至少我這麼認爲——就跟我一般的愛……

又一陣清風吹過，夾雜著一絲絲的清香，我深深地呼吸著，覺得再也沒有比此時更甜美了。

〔簡析〕

本文使用定點描寫的方法，生動細膩地描寫了清潭水的「清」與「美」，表達了作者對美好事物的喜愛之情。

立足點交代得清清楚楚，是本文的特點之一。作者在具體描寫清潭水之前，首先交代了「立足點」：「我獨自立在偏僻的小花園裡，那靜靜的清潭水邊」，以後作者雖然「坐到潭邊的石塊上」，但立足點仍然沒有變，始終在「潭邊」，只是由「立」到「坐」罷了。

寫景有序，層次分明，是本文的特點之二。作者首先描寫潭水的「清」，然後描寫潭水的「美」。描寫「清」，由表及裡，先寫「淡淡的帶著青色影子的波」，再寫「清清的，亮亮的」，「拂著些兒綠的影子」的水，最後寫水下面的「雪白的鵝卵石」，以襯托水之清之亮；描寫「美」，由靜到動，先寫陽光下的清潭水，「披上了金，抹上了銀，周身閃耀著媚麗而動人的光彩」，並以倒映在水中的樹、水中的葉、水中的花襯托清潭水的美麗可愛，再寫太陽躲進雲層後，清潭水披上一層「薄薄的，柔和的、嫣紅的紗」，最後寫微風吹拂下的清潭水盪漾著，「好似那美麗的紗在飄」，「在笑，而且笑得甜」，活畫出清潭水的美麗可愛，使之有模有樣，可感可觸，給人一種十分眞實的感覺。

63 動點描寫法

動點描寫法，是指從高低、遠近、前後、左右等不同角度去觀察和描寫同一對象的表現手法。它像電影鏡頭一樣，表現的對象不變，但攝影機（亦即觀察者的立足點）卻不斷變換位置、角度和焦距。於是，便有了遠景、近景，仰鏡頭、俯鏡頭等等。

運用這種手法，可以多側面、多層次地去反映事物的形貌動勢，給人以主體感，從而更好地揭示事物的本質特徵。但是，這裡的角度和立足點，並非可以隨心所欲地變換移動，而是應當根據事物本身的特點、時間空間的制約和作者情緒的起伏，或由遠而近、或由左至右、或由上到下等等，有次序有規律地調整變化。這樣，不僅作者所描寫的事物能形神畢肖，躍然紙上，而且整個文章也會顯得多姿多彩，富有魅力。

例文：梅雨潭（節錄）

朱自清

梅雨潭是一個瀑布潭。仙岩有三個瀑布，梅雨瀑最低。走到山邊便聽見嘩嘩嘩的聲音；擡起頭，鑲在兩條濕濕的黑邊兒裡的，一帶白而發亮的水便呈現於眼前了。

我們先到梅雨亭。梅雨亭正對著那條瀑布，坐在亭邊不必仰頭，便可見它的全體了。亭下深深的便是梅雨潭。這個亭踞在突出的一角的岩石上，上下都空空的，彷彿一隻蒼鷹展著翼翅浮在天宇中一般。三面都是山，像半個環兒擁著，人如在井底了。

這是一個秋季的薄陰的天氣。微微的雲在我們頂上流著。岩面與草叢都從潤濕中透出幾分油油的綠意，而瀑布也似乎分外地響了。那瀑布從上面沖下，彷彿已被扯成大小的幾綹兒，不再是一幅整齊而平滑的布。岩上有許多稜角，瀑流經過時作急劇的撞擊，便飛花碎玉般亂濺開了。那濺著的水花，晶瑩而多芒，遠望去，像一朵朵小小的白梅，微雨似的紛紛落著。據說，這就是梅雨潭之所以得名了。但是我覺得像楊花格外確切些。輕風起來時，點點隨風飄散，那更是楊花了。——這時偶然有幾點送入我溫暖的懷裡，便倏地鑽了進去，再也尋不著它。

〔簡析〕

本文摘自朱自清的《綠》。《綠》以熱情的筆調對梅雨潭的景物作了細緻的刻畫，表達了作者陶醉於大自然美的歡愉心情。

梅雨潭是一個瀑布潭，上面是飛濺的瀑布，下面是深深的潭水，本文採用動點描寫的方法著重描繪了梅雨瀑雄奇壯麗的景象。作者首先描寫在「山邊」所看到的瀑布遠景：「走到山邊，便聽見嘩嘩嘩的聲音，擡起頭，鑲在兩條濕濕的黑邊裡的，一帶白而發亮的水便呈現於眼前了。」這裡對瀑布的聲音和概貌進行了描寫，使讀者對梅雨瀑有一個總體印象。接著，描寫在「亭邊」所看到的瀑布近景：「那瀑布從上面沖下，彷彿已被扯成大小的幾綹兒，不再是一幅整齊而平滑的布。岩山有許多稜角，瀑流經過時作急劇的撞擊，便飛花碎玉般亂濺開了。那濺著的水花，晶瑩而多芒，遠望去，像一朵朵小小的白梅，微雨似的紛紛落著……」這裡對瀑布的形狀、奔流的氣勢、濺起的水花和水花給予人們的奇趣作了生動細緻，維妙維肖的描寫，使人如聞其聲，如臨其境，對瀑布有了非常具體的感受。把遠景和近景合在一起，就形成了一幅「飛流直下三千尺」的山水畫，令人陶醉，逗人遐思。本文如果不作多角度的描寫，缺少遠景或近景，梅雨瀑給讀者的印象就不可能像現在這樣鮮明，這樣壯美。

64 移步換形法

移步換形（屬於動點描寫的一種），就是不固定立足點和觀察點，一邊走一邊看，把看到的不同景物依次描寫下來。有的景物從一個角度寫，就可以反映出它的特徵，這用「定點描寫」就夠了；有的景物要從幾個角度寫，才能反映它的面貌，這用「動點描寫」就行了；還有的景物不僅要寫外觀，還要寫內部，不僅要寫表面，還要寫深處，才能反映出它的全貌。這就需要運用「移步換形」的方法了，即不斷變換立足點和觀察點，進行多方面的觀察了解，然後再描繪出一幅畫卷，逐步展現它的全貌。遊記、參觀記一般都採用這種寫法。

運用這種方法，一要注意把立足點的變換交代清楚，如交代不清，就會使讀者如墮霧中；二要注意抓住景物的特徵進行描寫，不能寫成「流水帳」，一方面，從不同立足點看到的局部景物應各具特色，另一方面，各局部景物合起來又要能反映出描寫對象的總面貌，總特徵。這樣的描寫才是成功的。

例文：香雪海探梅

陸泰

姑蘇城南的鄧尉山，梅花盛開，獨具風韻，正好填補了蘇州冬景之不足。「桃未芳菲杏未紅，沖寒先喜笑東風。」在殘冬將盡的時候，我們興致勃勃地作了一次探梅之遊。

出城約一小時，即進入山區。彎彎曲曲，盤旋上下；一個急轉彎後，就聞到陣陣幽香。有人高興得小孩似地叫起來：「香，香，真香！」而我們的汽車也輕盈地滑入了花的海洋。車還未停穩，大家競相推門而出。但見漫山遍野白皚皚的一片，在香麗中流溢出寧靜、幽雅、溫柔的氣氛，「香雪十里」，好看極了。

我們漫步上坡，好像墜入了雲海，分不清哪是雲哪是花，閃閃的銀波，在山崗裡流光溢彩，顯得奇麗無比。這裡有紅梅、白梅、綠梅、墨梅，形形色色，濃濃淡淡，深深淺淺，真是千姿百態，一樹一枝皆有特色。我凝視著清香袞袞、花瓣顫動的墨梅，它好像是晶瑩的寶石雕成的，那寒嬌冷豔的神采，令人嘆爲觀止。我不禁想起一位作家的話來，他說：「每一樹梅花都是一首詩。」此話確有見地。我們看了又看，聞了又聞，誰都捨不得離去。難怪明代詩人高啓寫下了「入山無處不花株，近遠高低路不知。貪愛下風花氣息，離花三尺立多時」的詩句。

在萬樹梅花掩映的山腰，有座聞梅館。我們步上石臺，進館小憩。一邊品茶，一邊動問，才知道這裡遠在漢朝就已栽植梅花。《光福志》上說：「鄧尉山裡植梅爲業者，十中有七」；探梅詩中也有「望衡千餘家，種梅如種穀」之句，可見植梅之多了。但在十年動亂之中，愛花有罪，種花有禍，這裡成了放牧牛羊的場所。直到近兩年才得以恢復，而趨繁茂盛放。

出了聞梅館，登上梅花亭。它建在一塊巨大的岩石上，石柱、石檻、瓦片均呈梅花瓣狀，造形精緻，與景色融爲一體。亭前斷崖上刻有「香雪海」三個蒼勁大字，據說是清康熙的墨跡。我們從亭後奮力攀上高峯，翹首一看，豈是十里香雪，簡直是無邊無際的梅花海洋！原來山一直伸入水中，連著浩渺的太湖；雪浪飛濺，雲氣蒸騰，與香雪海渾同一色，很難分清是湖浪泛白，還是梅海揚波，真是好一幅神奇的畫卷呀。

下得山來，重入一株株梅花組成的畫廊，曲徑生幽，清香留步。陽光透過花傘似的枝丫，投散在地上，斑斑駁駁，像泛著明亮的水波。這裡的梅花更爲茂盛，一陣風過，花瓣像白蝴蝶般漫天飛舞，落了我們一身，可誰也沒有去撲撣，只顧觀賞。看著看著，不知怎的，我眼前出現了幻景，但見滿天風雪，朔風怒號，梅花屹立在崖上，益發顯得冰清玉潔。同時又隱隱傳來吟詠聲：「隆冬來到時，百花跡已絕，紅梅不屈服，樹樹立風雪。」啊，這不是陳毅的《紅梅》詩嗎？誰說暗香疏影的梅花是孤傲之物？她明明頂風鬥雪，充滿著堅定不移的精神！別看她淡妝素裡，心裡卻是如火如荼。這是一種奇特的火，能給人以振奮，以美感。此時，我已沈浸在一幅意境更深、內涵更遠的畫圖中了。

汽車開動了，司機似乎知道我的心意，把車開得很慢很慢。我頻頻回首，香雪海騰起的浪花，在太陽照耀下，閃射著五光十色。繽紛交錯，既使人的目眩，也使人眷戀。

〔簡析〕

這是一篇遊記。作者運用「移步換形」的手法，描繪了「香雪海」一幅湖浪泛白，梅海揚波的神奇畫卷，令人精神振奮，心曠神怡。

本章的二、三、五、六段描寫四幅畫面，各段都用一、二句話交代「立足點」的變換，然後再寫在這「立足點」上所看到的景物。如第二段，「出城約一小時，即進入山區。彎彎曲曲，盤旋上下；一個急轉彎後，就聞到陣陣幽香」，這是交代立足點的變換，以後各句寫在這個立足點上看到的景色：「但見漫山遍野白皚皚的一片」「香雪十里，好看極了」，突出一個「香」字。第三段，「漫步上坡」是交待立足點的變換，看到的景色是：「好像墜入了雲海，分不清哪是雲哪是花，閃閃的銀波，在山崗裡流光溢彩，顯得奇麗無比」，突出一個「海」字。第五段，「出了聞梅館，登上梅花亭」，是交代立足點的變化，看到的景色是：「亭前斷崖上刻有『香雪海』三個蒼勁大字」；「從亭後奮力攀上高峯，翹首一看」，是交代立足點的變換，看到的景色是：「無邊無際的梅花海洋」，「一直伸入水中，連著浩渺的太湖；雪浪飛濺，雲氣蒸騰，與香雪海渾同一色」，著力描寫「香雪海」的磅礴氣勢，奇妙景象，並點明題意。第六段，「下得山來，重入一株株梅花組成的畫廊」，是交代立足點的變換，景色是：「一陣風過，花瓣像白蝴蝶般漫天飛舞，落了我們一身」，突出一個「雪」字。

從以上各段的寫法，我們可以看出：一，作者把立足點的變換交待得很清楚，沒有一點疏忽的地方。二，立足點的變換是有規律的，即由下而上，由上而下，沒有一點紊亂的地方。三，四幅畫面寫得各具特色，又合情合理，進山首先聞到「香」，這是很合情理的；上坡「好像墜入雲海」，感受是眞切的，下山進入梅樹下，「花瓣像白蝴蝶般漫天飛舞」，於是聯想到「雪」，這也是很自然的；在高山之巔翹首遠望，只見湖浪泛白，梅海揚波，萬千氣象，渾然一體，在此點明「香雪海」三字的由來，更是恰到好處，妙筆傳神。四幅畫既有對梅花的具體描寫，又有對梅海的大筆勾勒，組接起來就形成了一幅鄧尉山「香雪海」的奇麗畫卷，使我們也和作者一道飽覽了「雪浪飛濺、雲氣蒸騰」的奇觀，體驗了「花瓣飛舞落一身」的奇趣，品味了「百花跡已絕」，「紅梅立風雪」的詩意。

65 分類描形法

分類描形，是指在描寫景物時既不按時間順序寫(如隨時推移法)，也不按空間順序寫(如定點描寫、動點描寫、移步換形)，而是按描寫對象的不同類別(如按天地、山川、草木、蟲魚、鳥獸的順序)，或按不同的方面(如按形狀、顏色、聲音的順序)來寫。

按時間的推移寫，著重反映景物在不同時間的特點；按空間的轉換寫，著重反映景物不同局部、不同側面的特點；按類別寫，則著重反映景物的不同構成因素的特點。如朱自清的《春》，分別描寫了春景的幾種構成因素的特徵：春草的綠，春花的香，春風的暖，春雨的細，從而展現了一幅明媚的春光圖。

分類描形的關鍵，是要把握事物的總特徵和各構成因素之間的關係。如老舍的《濟南的冬天》，作者抓的總特徵是「溫晴」，構成「溫晴」的具體因素是什麼呢？一個是「山」，一個是「水」。「小山整把濟南圍了個圈兒，好像把濟南放在一個小搖籃裡」，這是形成「溫晴」的地理因素，濟南的水「不但不結冰，倒反在綠藻上冒著點熱氣」，這也是「溫晴」的具體表現，所以作者抓住「山」和「水」的特點來描寫濟南冬天的「溫晴」、「慈善」。由此可見，分類不是隨便分的，是根據表現總特徵的需要來分的，只有抓住了事物的總特徵和各構成因素的關係，才能正確地「分類」，準確地「描形」。

例文：桂林山水

人們都說：「桂林山水甲天下。」我們乘著木船，盪舟灕江，來觀賞桂林的山水。

我看見過波瀾壯闊的大海，欣賞過水平如鏡的西湖，卻從沒看見過灕江這樣的水。灕江的水真靜啊，靜得讓你感覺不到它在流動；灕江的水真清啊，清得可以看見江底的沙石；灕江的水真綠啊，綠得彷彿那是一塊無瑕的翡翠。船槳激起的微波，擴散出一道道水紋，才讓你感覺到船在前進，岸在後移。

我攀登過峯巒雄偉的泰山，遊覽過紅葉似火的香山，卻從沒看見過桂林這一帶的山。桂林的山真奇啊，一座座拔地而起，各不相連，像老人，像巨象，像駱駝，奇峯羅列，形態萬千；桂林的山真秀啊，像翠綠的屏障，像新生的竹筍，色彩明麗，倒映水中；桂林的山真險啊，危峯兀立，怪石嶙峋，好像一不小心就會栽倒下來。

這樣的山圍繞著這樣的水，這樣的水倒映著這樣的山，再加上空中雲霧迷蒙，山間綠樹紅花，江上竹筏小舟，讓你感到像是走進了連綿不斷的畫卷，真是「舟行碧波上，人在畫中遊。」

〔簡析〕

本文運用分類描形的手法，描寫了桂林山水的秀麗與奇特。

從全篇看是按類別寫，先寫水，後寫山；從局部看是按不同的特點（從不同方面）寫。寫水，抓住灕江的靜（靜得感覺不到它在流動）、清（清得可以看見江底的沙石）、綠（綠得像一塊無瑕的翡翠）三個特點，從狀態、水質、水色三個方面描繪出了水的秀麗。寫山，抓住奇（像老人，像巨象，像駱駝）、秀（像翠綠的屏障，新生的竹筍）、險（好像一不小心就會栽倒下來）三個特點，從狀貌、色彩、態勢三個方面描繪出了山的奇特。

文章層次清楚，條理分明，描寫細膩，形象鮮明，讀著它彷彿走進了連綿不斷的畫卷，眞有「舟行碧波上、人在畫中遊」之感。

66 縮放法

縮放，就是立腳點和觀察點都基本不變，通過畫面的轉換，逐步縮小或擴大畫面的景物範圍。例如電影中的推進鏡頭，先是遠景，然後，鏡頭逐步推近，景物範圍逐漸縮小，畫面也逐漸清晰起來，最後是一個特寫鏡頭，點出「主要對象」，這就是縮放法。縮放法的特點是：畫面按一定的順序由遠而近或由近而遠，由大而小或由小而大，不斷轉換，變化相續，給讀者以目不暇接、新鮮動人的感覺，使作品閃射出引人注目的光彩。

縮放法中總有一系列畫面。其中，最後一個畫面往往是作者描寫的主要對象。這一系列畫面的轉換變化，既可以顯示主要對象所處的社會背景和自然環境，從而加深主要對象的社會蘊含和生活實感；也可以渲染氣氛、襯托鋪墊，更加突出整體背景中的主要對象。這樣，使主要對象不僅具有形象的主體感，而且具有思想的縱深感。

運用縮放法，應當注意畫面的順序：或縮或放，都必須遵循自然的或觀察的順序，符合現實生活的邏輯。這樣，才能給人以眞實感。此外，還應注意畫面的聯繫：這一系列畫面都不是互不相干、隨意排列的，而是服務於作者總的描寫目的，或是爲了開展情節，或是爲了描繪形象。這樣，才能給人以整體感。

例文：　街邊一朵小花

黃廷杰

透過細雨的幃幔，街對面似乎開著一朵「花」——一把尼龍花傘，撐出一個小小服務攤：簡易折合小桌上，透明的塑膠薄膜護蓋著潔白晶瑩的味素，有一兩、半兩原袋包裝，也有五分錢便可購得的拆零小包，小得只拇指那麼大，包得那麼精巧，擺得那麼整齊。

看小攤的女孩，手中捧著打開的書。當她從書本上擡起了頭，一張稚氣的臉，一身清爽的打扮，聰穎的模樣兒，叫人感到：在校園裡，她準是個「紅花少年」。

她姓甚名誰？家住何方？爲誰看小攤？……

我不知道；也不必知道。

一靜對百鬧。細雨之中，我彷彿聽到，那花傘下捧讀的看攤女孩，聲細細，語絲絲。她讀的是什麼書？小學課本？還是安徒生童話？……

我不知道；也不必知道。反正我看到的，這把花傘和傘下的小女孩，彷彿就是開在鬧街上的一朵花……

〔簡析〕

本文運用縮放法，描繪了街邊的「一朵小花」，一朵精神文明的小花。作者的立足點始終沒有變，一直站在「一朵小花」的「街對面」；描寫對象也沒有變，「鏡頭」一直對準著「街邊的一朵小花」。但作者展示了三幅不同的畫面：

一幅是遠景：細雨，街邊，一朵「花」，點明小姑娘讀書的自然與社會環境。

一幅是近景：一把尼龍花傘，一個服務攤，攤上的小商品包得精巧，擺得整齊，點明小姑娘讀書的條件。

一幅是特寫：看小攤的女孩，捧讀著一本書，稚氣的臉，清爽的打扮，聰穎的模樣……，描寫小姑娘讀書的神情。

三幅畫面由遠而近、由大而小、逐步推近、逐步縮小，組成了一個富有詩情畫意的鏡頭：一位小姑娘打著一把花傘，在細雨下，大街邊，小攤旁，捧讀著一本書，聲細細，語絲絲，「一靜對百鬧」，彷彿置身於美麗的童話世界……。這一鏡頭意境深遠，引人遐思，給人美感，深刻地反映了市井上的一個小景象。

67 隨時推移法

隨時推移法，就是按照時間推移的某種順序來描寫事物的表現手法。這裡的時序，或是年月，或是季節，或是時日，或是某種行爲與動勢的先後。在文章中，它們有兩種常見的排列形式：一種是嚴格按照時間的自然相續序列，如一天的早、中、晚，一年的春、夏、秋、冬，一生的幼、少、青、壯、老，等等；一種是按抒情叙事的某種主觀需要，變換這種客觀的自然順序，如春與秋呼應，夏與冬對比，等等。

運用這種手法，目的大都在於表現事物在不同時間裡的風貌神韻。通過這種多方面的有一定連續性的描寫，可以展現事物的各種變化和不同面貌，使人從中感受到一種動態美，整體美。然而，必須注意，在描寫不同時間裡的事物時，應當抓住事物的不同側面，使用不同筆法，各有側重地進行描繪。這樣，才能「推移」得景象殊異、各呈其妙，使讀者感到美不勝收，目不暇接；否則，若只是同一景象在不同時間裡的反覆出現，那讀者必定感到平板單調，不堪卒讀了。

例文：山峽之秋

方紀

三峽已經是秋天了。三峽的秋天，從大江兩岸的橘柚樹開始。這些樹，生長在陡峭的山岩上，葉子也如同那青色的岩石一般，堅硬，挺直。愈到秋天，它們愈顯出綠得發黑的顏色；而那累累的果實，正在由青變黃，漸漸從葉子中間顯露出來。就在這時候，它們開始散發出一種清香，使三峽充滿了成熟的秋天的氣息。

當早晨，透明的露水閃耀著，峽風有些涼意，彷彿滿山的橘柚樹上撒了一層潔白的霜，新鮮而明淨；太陽出來，露水消逝，橘柚樹閃爍著陽光，綠葉金實；三峽中又是一片秋天的明麗。

中午，羣峯披上金甲，陽光在水面上跳躍，長江也變得熱烈了，像一條金鱗巨蟒，翻滾著，呼嘯著，奔騰流去。而一面又把它那激盪的、跳躍的光輝，投向兩岸陡立的峭壁。於是，整個峽谷，波光盪漾，三峽又充滿了秋天的熱烈的氣息。

下午，太陽還没有落，峽裡早升起一層青色的霧。這使得峽裡的黃昏來得特別早，而去得特別遲。於是，在青色的透明的黃昏中，兩岸峭壁的倒影，一齊擁向江心，使江面上只剩下一線發光的天空，長江平靜而輕緩地流淌，變得有如一條明亮的小溪。

夜，終於來了。岸邊的漁火，江心的燈標，接連地亮起；連同它們在水面映出的紅色光暈，使長江像是眨著眼睛，沉沉欲睡。只有偶爾駛過的趕路的駁船，響著汽笛，在江面劃開一條發光的路；於是漁火和燈標，都像驚醒了一般，在水面上輕輕地搖曳。

也許由於這裡的山太高，峽谷太深，天空太過狹小，連月亮也上來得很遲很遲。起初，峽裡只能感覺到它朦朧的青光，和黃昏連在一起；而不知在什麼時候，它忽然出現在山上。就像從山上生長出來，是山的一部分；像一塊巨大的，磨平、發亮的雲母石。這時，月亮和山的陰影，對比得異常明顯——山是墨一般的黑，陡立著，傾向江心，彷彿就要撲跌下來；而月光，從山頂上，順著深深的、直立的谷壑，把它那清冽的光輝，一直瀉到江面。就像一道道瀑布，憑空飛降；又像一匹匹素錦，從山上掛起。

這一天，正是中秋。

〔簡析〕

這篇文章運用隨時推移法描繪了三峽的秋色，表達了作者對祖國大好河山的熱愛之情。

作者首先抓住「橘柚樹」這一典型事物，描寫了三峽秋景的主要特徵：充滿了成熟的秋天氣息。然後按時間順序，描寫了三峽在不同時間裡的不同景色：早晨，「橘柚樹閃爍著陽光，綠葉金實」，「一片秋天的明麗」；中午，「整個峽谷，波光盪漾」，「充滿了秋天的熱烈的氣息」；黃昏，「兩岸峭壁的倒影，一齊擁向江中」，「長江平靜而輕緩地流淌」，顯得十分寧靜；夜晚，月光「就像一道道瀑布，憑空飛降，又像一匹匹素錦，從山上掛起」，一派神奇美麗的景象。

作者從各個不同的時間去描繪了三峽的秋景，就使讀者對「三峽之秋」獲得了十分鮮明、深刻、完整的印象。

68 造像法

所謂「造像」，即肖像描寫，就是對人物的容貌、神情、姿態、身材、服飾、風度等進行描寫。「人心不同，各如其面」，人物的肖像在某種程度上可以反映人物的身分、地位、性格特徵和內心世界。因此，「造像」，是描寫人物形象的一種藝術手法。

肖像描寫的方法主要有以下幾種：

工筆細描。如《故鄉》中對中年閏土的刻畫可謂精雕細刻，通過灰黃的臉、很深的皺紋、紅腫的眼睛、松樹皮似的手、破毡帽、極薄的棉衣，表現了閏土遭受摧殘的命運。

粗筆勾勒。如《水滸》中描寫李逵的外貌，只粗疏幾筆就勾勒出一個黑漢子的形象。

漫畫筆法。如《裝在套子裡的人》對別里科夫的描寫就是誇張式的，漫畫式的，作者通過別里科夫把一切都裝在「套子」裡的外部特徵活畫出他的頑固、保守、拚命維護舊制度的特點。

側面烘托。如樂府民歌《陌上桑》，從行者、少年、耕者、鋤者、使君等人見到羅敷後的種種表現上，烘托出這個少女的美麗。

至於肖像描寫在作品中是一次完成（集中筆力對人物肖像進行完整的勾勒），還是多次完成（隨著情節的展開分散描寫，逐漸顯現出來），應視具體情況而定。一般來說，肖像應在作品的矛盾衝突中，通過人物的行動逐漸在紙上浮現出來，從而「造成立體化的性格」。「蓋寫其形，必傳其神」。無論用什麼方法進行肖像描寫，最根本的要求是抓住主要特徵，「以形傳神」，達到外形與內情的和諧統一。另一方面，肖像描寫要防止搞「臉譜化」，不能把「以形傳神」簡單地理解為英雄就要寫得高大英俊，壞人就要寫得矮小醜陋；而應該從生活實際出發，描繪出有千差萬別的、富有個性特徵的人物肖像。

例文：幾何老師

跨進學校的第一天，就聽見有人悄悄說：「王幾何來了！」

我心中立刻充滿了好奇。

終於，該他上課了。默默地，他反手在黑板上畫了個極圓的大圓圈。在幾十雙睜圓的眼睛和一片驚歎聲中，他接著描繪的圓圈和三角形的世界，使我想起兒時砌過的積木、美麗的迷宮和古埃及燦爛的金字塔……

他是神祕的。他的袖口有永遠抖不掉的粉筆灰，嘴裡有永遠吐不完的圓和角。

如果你在校園裡碰見他，他手裡總捏著大三角板和大圓規；如果你在街上碰見他，你會看見他提的籃子是圓圓的，頭上戴的帽子是圓圓的，衣服上的衣兜是方形、矩形……

真是幾何的化身呀！

有一天，我嘴裡禁不住冒出一句：「王幾何！」

——我真後悔。心兒咚咚狂跳著，被一種深深的負疚和崇敬久久地籠罩……

〔簡析〕

這篇文章是給一位幾何老師畫像的，作者雖然沒有「由帽子一直形容到鞋底」，但勾畫出了一幅獨具特色的幾何老師的肖像，人物形象栩栩如生，歷歷在目。

它成功的祕密在那裡呢？祕密就在作者善於抓住人物的主要特徵，處處著力以形傳神。請看王老師上課：「他反手在黑板上畫了個極圓的大圓圈。在幾十雙睜圓的眼睛和一片驚歎聲中，他接著描繪的圓圈和三角形的世界，使我想起兒時砌過的積木，美麗的迷宮和古埃及燦爛的金字塔……」寥寥幾筆，一個水平高、業務熟、學識廣的教師形象立刻躍然紙上。「他的袖口有永遠抖不掉的粉筆灰，嘴裡有永遠吐不完的圓和角。」觀察多麼細緻呀，這正是王老師忠誠於教育事業，爲培養下一代不辭勞苦、嘔心瀝血的明證。

在校園裡碰見他，「他手裡總揑著三角板和大圓規」；在街上碰見他，「你會看見他提的籃子是圓圓的，頭上戴的帽子是圓圓的，衣服上的衣兜是方形、矩形……」眞是幾何的化身，他把自己整個身心都傾注在工作裡、幾何裡、學問裡了。

作者還從側面進行了烘托。「我」跨進學校的第一天，就聽見老同學悄悄地叫王老師爲「王幾何」，這一叫法自然是不禮貌的，但另一方面也說明王老師擅長幾何教學的形象已深深地嵌入學生的心中。文章的最後寫「有一天，我嘴裡禁不住冒出一句『王幾何』」，但馬上「被一種深深的負疚和崇敬久久地籠罩……」於是，一位精於幾何教學，忠於教育事業的幾何老師的崇高形象從字裡行間鮮明地浮現出來。

老舍說：「一個人，有他的思想、感情、面貌、行動……能把它逼眞地記下來眞不容易。觀察事物必須從頭至尾，尋根追底，把它看全，找到它的『底』。」作者是做到了這一點的。課堂上、校園裡、大街上，他都仔細觀察，粉筆灰、三角板、菜籃子，他都一一探究。觀察得全，探究得深，所以作者成竹在胸，意在筆先，寫起來句句皆活，妙筆傳神。

69 畫眼法

所謂「畫眼法」，就是通過對人物眼睛的描寫，來揭示人物的性格特徵和內心世界。它實際上是「肖像描寫」的一個方面，但由於它在刻畫人物方面特別重要，已被視爲一種獨立的表現方法。

魯迅說：「要極省儉地畫出一個人的特點，最好是畫他的眼睛……。」宋朝的趙希鵠也說過：「人物鬼神生動之物，全在點睛，睛活則有生意。」這些話說明了畫眼睛、抓關鍵的重要。如《祝福》主要是通過描寫祥林嫂的眼睛，表現她性格與精神狀態的變化。祥林嫂初到魯家，總是「順著眼」，表現出她的性格善良。第二次到魯家，雖然還是「順著眼」，但「眼角上帶些淚痕，眼光也沒有先前那樣精神了」，透露出不幸的遭遇使她受到打擊，精神狀態遠不如從前了。後來，她在魯家愈來愈受到歧視，看人說話時總是「直著眼」，表明她已被折磨得麻木了。臨死前，祥林嫂「只有那眼珠間或一輪，還可以表示她是一個活物」，說明她受盡摧殘，陷於絕境，瀕於死亡了。這些對祥林嫂不同時期的眼睛的描寫，反映出她一生的悲慘命運，有力地控訴了封建勢力的罪惡。

達・芬奇說：「眼睛叫做心靈的窗子。」畫眼睛可以畫出不同人物的不同特點，同一人物在不同精神狀態下的不同眼神，使讀者能夠透過這個「窗口」，窺見其內心的種種變化。離開了這個目的，只是為畫眼睛而畫眼睛，寫姑娘都是「水汪汪的眼睛」，寫小伙子都是「炯炯有神的眼睛」，寫英雄都是「目光如劍」，寫壞人都是「三角眼」，「獐頭鼠目」，這樣的描寫雖然畫了眼睛，但總給人「千篇一律」、「千人一面」之感。另外，魯迅所說的「畫眼睛」，也是個比喻，還包含有抓住重點的意思，並非凡寫人物都必須畫眼睛。例如，魯迅寫阿Q，主要是抓住阿Q頭上的癩瘡疤來表現他的精神勝利法，寫楊二嫂，主要是抓住「高顴骨，薄嘴唇」來表現她的尖酸刻薄。由此可見，只要能把人物寫活，抓住任何富有個性特徵的東西進行描寫都是可以的。

例文：囑咐

正值十年動亂，我出生在白馬湖畔一個偏僻貧窮的鄉村，我的童年自然是很苦的。然而，母親卻給了我無微不至的愛，所以每當回憶起它來，也總覺得是甜蜜的、幸福的。

母親的愛是因她無聲的囑咐傳給我的。夜深人靜，我總愛站到夜風裡；凝望星星，我就會想起母親的眼睛，就會聽到她的囑咐、叮嚀……

還是四五歲的小伢子，母親就帶我下田了。在綠油油的菜畦裡，我跟母親學著給菜苗澆水、除草、捉蟲。母親笑眯眯地看著我，黑亮的眸子閃著光芒。她往往會蹲下身來，捧起我的臉親上一口：「好乖乖！」

有時，我也會仗力氣大欺負小伙伴。我清楚地記得，母親是怎樣責備我的。那時，我傷心地哭了，倒不是怕打——母親粗壯的手掌高高舉起，落在身上卻一點也不疼——我永遠忘不了那張充滿怒氣的臉，尤其那雙閃著淚花的咄咄逼人的眼睛！

後來上了學，從書本裡我知道了許多做人的道理，但我常會這麼想：「這，母親給我講過。」

記得一個仲夏的正午，母親冒著傾盆大雨去給妹妹尋藥。回來時，她的傘不見了，渾身上下被淋得透溼，父親問，她笑笑說：「路上碰見學富媽，傘讓她打了。」當晚母親就發了高燒。我靜靜地趴在她身邊。母親發燙的手指在我的臉蛋上滑過，隨後輕輕托起我的下巴，嘴角露出了一絲快慰的笑意。凝望母親疲憊無神的眼睛，我覺著了母親的目光在叩擊我的心扉，正默默囑咐著我什麼。

在書本裡我找出了這條囑咐的話：「勿以善小而不爲，勿以惡小而爲之。」自然，母親的口中絕不可能吐出這樣的言詞，然而，她的眼睛、她的心不就是這麼囑咐我的嗎？

忘不了母親的囑咐，忘不了母親送我來百里外的城市讀書的叮嚀……

家鄉村口小河邊柳樹下的候車亭裡，母親拉我到她身邊，用她那滿是硬繭的、曾哺育過我的寬厚的手掌，給我理著頭髮，整著衣領。我仰視著母親，她的嘴角不時地抽搐著。母親老了，眼裡已滿是血絲，目光混濁，皺紋爬上了眼角，那是幾十年風風雨雨辛勤操勞的見證呵！母親一遍又一遍重複著她的動作，她忽然又捧起我的臉——像在我兒時一樣——輕輕說道：「到那裡，用心讀書，別老念著家！」猛然，她的眼裡閃出兩道亮光……不容我看清，她已撒開手，轉身頭也不回地走了。清涼的晨風吹撫著我的面龐。凝望母親身影消逝的遠方，我著力尋索著母親要留給我的囑咐……

母親呵，您是在爲兒的遠走而難受嗎？不，您的淚花裡沒有，從來没有過半絲的悲戚，卻總是那麼堅强。您說過：「孩兒家，總不能伴父母一輩子。你們應當有出息，將來不論作什麼，都要以國爲家，盡心報國。這也就算盡了你們的孝心了。」沈思中，屈原的詩句閃入我的腦海：「路漫漫其修遠兮，吾將上下而求索。」——啊，這不正是母親要留給我的囑咐麼？

我愈來愈深刻地認識到了這一點：母親的勤勞善良的美德，只是我們古老民族傳統美德的一部分。母親的囑咐也並非她所獨有的，每想起它，我都會聯想到我們偉大的祖國。是祖國的土地、祖國的歷史養育了我的母親，母親所給我的囑咐不全是來自於祖國母親的心房嗎？

母親畢竟是個極平常的農村婦女，她的囑咐不可能「驚天地」而「泣鬼神」，然而對我卻有無比的魅力。夜深人靜，疲倦爬上眼睛，我總愛站到夜風裡，凝望星星。滿天的星星啊，都是母親的眼睛，它們會照徹我的心房，說給我深情的囑咐和叮嚀……

是的，爲了母親的囑咐，我會用自己沸騰著的青春的熱血去譜寫一部最壯麗的人生的詩篇，獻給我深深愛著的祖國！

〔簡析〕

《囑咐》是一篇歌頌「母愛」的文章。但是，「母親的愛是用她無聲的囑咐傳給我的」，而無聲的囑咐又是母親用眼睛傳遞的。因此，描寫母親的眼睛，通過眼睛傳遞母親的「無聲的囑咐」，傳遞母親對兒子的愛，表現母親勤勞善良深明大義的美好心靈，就成爲本文的一個重要特色。

請看作者是怎樣描寫母親的眼睛的：

高興時的眼睛——當作者跟著母親在地裡勞動，給菜苗澆水、除草、捉蟲時，母親笑眯眯地望著他，「黑亮的眸子閃著光芒」。這是讚許的目光，是母親用慈愛的陽光溫暖孩子的心房。

生氣時的眼睛——當作者仗著力氣大欺負小伙伴時，母親的眼睛「閃著淚花」，「咄咄逼人」，這是責備的眼光，是母親用愛的力量融化兒子心上的冰霜。

重病時的眼睛——當母親因幫助別人而病倒了，兒子依偎在母親的身旁，母親睜著「疲憊無神的眼睛」，輕輕托起兒子的下巴，嘴角露出一絲快慰。這是希望的眼光，是母親用航燈爲兒子把航道照亮。

送別時的眼睛——當兒子離別母親，到百里外的城市去讀書，母親給兒子理著頭髮，整著衣領，「布滿血絲」的眼裡突然閃出兩道亮光……這是愛撫的目光，期待的目光，期待兒子像雄鷹展翅飛翔。

「隨風潛入夜，潤物細無聲」，母親的目光，無聲的囑咐，像春風，像細雨，滋潤著兒子的心田，使兒子茁壯成長。因此夜深人靜，兒子總愛站在夜風裡，凝望星星。每當看見「滿天的星星」，就「想起母親的眼睛」，「聽到她的囑咐和叮嚀」，渾身充滿奮發向上的力量，決心「用青春的熱血去譜寫一部最壯麗的人生的詩篇」，報效親愛的祖國。

作者通過描寫母親的眼睛，謳歌了偉大的母愛，謳歌了母愛的偉大力量，從這位母親的眼睛裡，我們看到了——「母親是人生第一師」。

70　對話法

對話，是通過兩個人或幾個人的交談，來刻畫人物、發展情節、表現主題的方法。作爲一種敍述描寫手段，它主要是用來刻畫人物，如表現人物的性格特徵、揭示人物的內心活動、反映人物之間複雜而微妙的關係、摹擬人物的神態、語態等；其次，還可以用來交代事件線索，發展故事情節。必須注意，對話還運用於議論和說明，但那只是一種表現形式，而不是藝術手法。這是有根本區別，不可混同的。

運用對話描寫人物，應當注意下述幾個問題。第一，對話切忌一般化，要有個性。郭沫若告訴我們：「對話部分要看你所寫的是什麼人，要適合於他的身分，階級、年齡、籍貫、性別，而儘量地使用他們自己的語言。」這就是要求言如其人，讀起來感到形象而逼眞，給人以如聞其聲，如見其人的感覺，「使讀者由說話看出人來」（魯迅）。第二，對話切忌囉嗦，要簡練。人物對話要恰如其分，切合需要，不可長篇大論，沒完沒了。精煉的語言才有力量。對話散漫瑣碎，就會失去表現力，無法起到刻畫人物的作用，而且令人生厭。第三，對話切忌空泛，要精警。這就要求對人物的對話進行提煉加工，要選那些最能反映人物性格、反映生活本質、反映時代特徵的，並包含有深刻哲理的典型話語。這樣的對話包容豐厚，能給人以深刻的印象。

總之，對話語言要準確、簡潔、精警、個性化。這樣，才能刻畫出血肉豐滿、神形畢肖的人物形象來。

例文：立論

魯迅

我夢見自己正在小學校的講堂上預備作文，向老師請教立論的方法。

「難！」老師從眼鏡圈外斜射出眼光來，看著我，說。「我告訴你一件事——

「一家人家生了一個男孩，合家高興透頂了。滿月的時候，抱出來給客人看，——大概自然是想得一點好兆頭。

「一個說：『這孩子將來要發財的。』他於是得到一番感謝。

「一個說：『這孩子將來要做官的。』他於是收回幾句恭維。

「一個說：『這孩子將來是要死的。』他於是得到一頓大家合力的痛打。

「說要死的必然，說富貴的許謊。但說謊的得好報，說必然的遭打。你……」

「我願意既不謊人　也不遭打。那麼，老師，我得怎麼說呢？」

「那麼，你得說：『啊呀！這孩子呵！您瞧！多麼……阿唷！哈哈……」

〔簡析〕

這是一篇用對話寫的故事，或者說「微型小說」。這篇作品猶如一面小巧玲瓏的鏡子，把舊社會的醜惡面貌照出來了：虛僞、庸俗、腐朽、黑暗、沒有眞實的聲音，只有吹捧與恭維，或者言不及義，言不由衷。爲什麼會這樣呢？因爲「說謊的得好報，說必然的遭打」，要想不謊人，也不遭打，就只有「阿唷！哈哈……」人們如何「立論」，如何發言，並不取決於自身的願望，而取決於客觀的報應。這一切怪現象都是那個怪社會所造成的，從作品的傾向性看，矛頭主要針對著那個黑暗的社會。當然，從另一方面說 作者對當時上流社會中人與人之間一味吹捧和恭維的虛僞關係，進行了淋漓盡致的揭露，對搞中庸之道，巧滑騎牆的處世態度進行了有力的鞭笞。

這篇作品的主要特點是：一、人物形象很有代表性。說謊話的，說眞話的，哈哈哈的，各代表著一類人。社會上的每個人都可以從這個或那個形象上找到自己的影子。雖然作品中只有幾個人，但這幾個人卻成了當時社會的縮影。二、對話十分簡潔，並且極富個性色彩。「這孩子將來要發財的」，從中可以聽到虛僞的聲音；「這孩子將來要做官的」，從中可以看到巴結的諂笑；「這孩子將來要死的」，一個愚直的漢子立刻站在你的眼前；「啊呀！這孩子呵！您瞧！多麼……」活畫出一個圓滑世故者的嘴臉。一句對話就寫活一個人物，眞是巧奪天工，妙筆傳神。

71 獨白法

獨白法，是通過人物的自言自語，來展現內心世界，刻畫人物形象以及敍述事件過程的一種表現方法。如郭沫若的名劇《屈原》中的「雷電頌」，就是人物的內心獨白。它以屈原獨自呼天問地、自剖心曲的形式，表現了屈原的理想、願望和愛國主義激情。

運用這種方法，要注意兩點：其一，獨白，往往有一個假擬的對象（自己或別人），似乎是在同一個實際上並不存在的對象對話。這樣，獨白的語言便不僅要受獨白者內心情緒的制約，還要受「對象」的制約。其二，獨白的語言要求個性化，即符合人物的地位、身分、年齡、經歷、教養、氣質等等，不能「千部一腔，千人一面」。獨白手法是從戲劇中借用來的。因而，運用獨白法敍事抒情，往往具有較爲突出的戲劇性，能給人以强烈的感受。而且，由於它是一種自我解剖、直敍心曲，所以不僅展示內心世界和感情變化顯得特別細膩，也能使人感到「聞其聲如臨其境，聽其言如見其人」，更加具有眞實感。

例文：你明天再來一趟吧

范大林

「啊，您來了，您挺遵守時間，現在正好是一點半，兩點我要去趕一個會議。現在會議太多，又都得我參加，我得充分利用時間。好吧！您抓緊時間，要講的話快講吧。簡短些！時間寶貴嘛。喲，我忘了，這有一張椅子，快坐，快坐，坐下來講。喲，您大概走渴了吧？這個大熱天，我竟忘記泡茶了。吶，茶，喝，喝，別客氣，我也要喝口茶潤潤喉嚨。啊，怎麼能抽您的煙？您等一下，我身上沒煙了，等一等，我到對門買一包煙就來。這只要分把鐘時間，稍等。……好吧，您講吧。哎，我真糊塗，火柴……您有嗎？真不像話。吶，抽一支吧，小意思，小意思。好吧，咱們開始吧。喲，瞧您，滿臉都是汗，鬼天氣，太熱了，等等，我去找電風扇來，風涼風涼。……好吧，言歸正傳吧。呀，差點忘了，我得給太太打個電話，今天這個會議，她還不知道，可能要晚一點回家，叫她不用等我吃晚飯了。……好吧，沒干擾的了。您快講吧。呀，糟了，兩點到了。這會很重要，不能遲到，真對不起，時間太快、太無情了。這樣吧，請您明天再來一趟吧。您看到了吧，坐辦公室也不是容易的事，是不是？……」

〔簡析〕

這篇作品深刻諷刺了那種自己不珍惜時間，而又浪費別人的時間的官僚主義者。

作品通篇使用獨白。這位主人公口頭上要別人「抓緊時間」，實際上自己不抓緊時間而又儘浪費別人的時間；表面上對來訪者「熱情」接待，實際上壓根兒就不把別人的事放在心上；自稱工作忙、會議多，實際上他的工作就是喝茶、抽煙、吹風扇……然而這一切不是作者直接描寫的，而是通過主人公的「獨白」來「自我畫像」的，這就更具諷刺意味，更富有情趣。

人物形象鮮明，語言頗有特色。「現在會議太多，又都得我參加」，「坐辦公室也不是容易的事」，「你明天再來一趟吧」，這些話不禁使人想起那些大大小小官僚主義者自負、頤指氣十足的面孔和鬆鬆垮垮、拖拖拉拉的作風，確有「聽其言如見其人」之妙。

「獨白」也是一種極省儉的寫法。這篇作品形式上是主人公獨自講話，實際上描寫了兩個人的對話和活動，只不過對方的話以及雙方的活動被省略了，僅剩下主人公的獨白，但讀者完全可以憑藉自己的想像把省略的部分補充出來，使作品中的人物、情節、場面活現在自己的眼前。因此運用獨白法展開情節、刻畫人物是極簡潔、明快的，可以收到篇幅短、容量大、形象鮮明、趣味雋永的效果。

72 細節描寫法

細節，是指作品的人物、事件、社會環境和自然景物中最小的基本組成單位，如人物的細小的神態動作、生活中細小的事件、環境中細小的事物等等。細節描寫，就是細膩入微、具體生動地描繪這些細節，藉以塑造形象和表現主題的方法。作品中完整的藝術形象，總是由一系列的細節描寫所組成的。「沒有細節就沒有藝術。」任何作品，它合情合理的故事情節、有血有肉的人物形象、繪聲繪色的生活環境，以及它能吸引讀者走進忘我境界的藝術魅力，都離不開傳神的細節描寫。沒有細節描寫，故事情節和人物形象只能是乾巴巴的，故事必然成爲梗概，人物只能如同影子，既失去了高度的眞實性，也失去了藝術的感染力。

文藝史上無數事實表明，一篇（部）作品要刻畫出個性鮮明的人物形象，深刻而具體地反映出事物的本質，增强生活氣息和藝術感染力，必須有維妙維肖，細緻入微的細節描寫。可見，細節描寫是文學作品和記敍文寫作中一個十分重要的描寫手法。運用這一手法，應當注意兩點：第一，細節要眞實。情節可以虛構，細節必須眞實。細節如果違背生活的邏輯，整個作品就不能令人置信；它的認識作用、教育作用和美感作用也便失去了存在的基礎。第二，細節要典型。這就是要選擇那些富於表現力的有意義的細節，選擇能有力地服務於塑造人物形象和表現主題思想的細節。如果無節制地描寫繁瑣的細節，就會淹沒作品的主體，使作品的主題模糊不清。

例文：　比當媽媽的還親（節選）

一個初冬的早晨，寒氣襲人，我隨著熙熙攘攘的人流走進百貨大樓。

嗬，糖果組的櫃臺前好不熱鬧，人們擁擠在櫃臺前，看一位戴著「勞動模範」胸章的老售貨員賣糖果。他站在櫃臺裡那股精神勁兒，售貨動作的迅速勁兒，接待顧客的熱情勁兒，像一團火一樣，把大家深深地吸引住了。顧客們悄悄議論道：

「他就是勞動模範張秉貴！」

「你瞧他拿糖，一抓就準。」

「他賣得真快，又那麼熱情，讓人心裡暖乎乎的。」

一位抱小孩的女顧客來買糖，還沒輪到她買，孩子就哭鬧起來，嚷著要吃糖。只見張秉貴從貨櫃裡拿起一塊糖，放到孩子手裡，孩子頓時止住了哭聲。張秉貴又對這位顧客說：「這塊糖等會兒一塊算帳。」她感激地點點頭。過了一會兒，輪到她買糖時，張秉貴從秤好的糖果中拿出來一塊，放回貨櫃裡，又拿出幾塊，用小紙袋裝好，塞進孩子的衣兜裡，把剩下的糖果包捆結實，遞給顧客，囑咐道：「孩子兜裡的糖，留給他路上吃。」這位顧客激動地對孩子說：「快謝謝爺爺！」孩子天真而又親昵地叫了聲：「爺爺！」周圍的顧客不約而同地笑起來，讚揚張秉貴比當媽媽的想得還周到。

〔簡析〕

這篇文章寫得生動、具體、感人。這種藝術效果的取得，主要在於作者成功地運用了兩個典型而有趣的細節。一個細節是：

一位抱小孩的女顧客來買糖，還沒輪到她買，孩子就哭鬧起來，嚷著要吃糖。只見張秉貴從貨櫃裡拿出一塊糖，放到孩子手裡，孩子頓時止住了哭聲。張秉貴又對這位顧客說：「這塊糖等會兒一塊算帳。」她感激地點點頭。

這一細節表現了張秉貴既理解孩子的心，又理解當媽媽的心，想顧客之所想，急顧客之所急，待顧客如親人一般。

另一個細節是：

輪到她買糖時，張秉貴從秤好的糖果中拿出來一塊，放回貨櫃裡，又拿出幾塊，用小紙袋裝好，塞進孩子的衣兜裡，把剩下的糖果包捆結實，遞給顧客，囑咐道：「孩子兜裡的糖，留給他路上吃。」

這裡細緻地描寫了張秉貴幾次拿糖、包糖的動作，進一步表現了他的耐心、細心，「比當媽媽的想的還周到」；同時，也說明了他並不喪失原則，並不慷公家之慨，眞正體現了一個勞動模範的高貴品質。

這兩個細節增強了文章的表現力，使人物的心靈閃耀出了美麗的光輝，人物形象栩栩如生，具體可感。如果去掉了這兩個細節，人物形象就將黯然失色。文章開始所說的那「三股勁」（精神勁兒、迅速勁兒、熱情勁兒）就將變成乾巴巴的「三根筋」。可見，成功地運用細節，是具有重要意義的。

73 點面結合法

點面結合，指在記敍中既要有面的描寫，又要有點的刻畫，使二者互相補充，和諧統一的方法。世界上的萬事萬物，都存在著整體與局部、一般與個別的辯證關係。點面結合的描寫，正是這種關係在寫作上的體現。這是一種藝術的辯證法。

在寫作中，進行這種有點有面的描寫，不僅可以多方面地展示描寫對象的言行神態，使之更加栩栩如生；而且，這樣描寫，也反映了客觀事物的固有規律，符合現實生活的本來面貌，可以加强作品的表現力。同時，這種點面結合、富於變化的描寫，可以造成文勢起伏跌宕，畫面流轉有致，使文章避免呆板單調；並且，點面結合還可以形成二者的對比映襯，點能具體而生動地體現面的特色，面能明確而深刻地顯示點的內涵，使點和面在對比映襯中表現得更加充分，更加豐滿，從而加强作品的感染力。總之，這種描寫方法，既能使人對整個生活畫面有具體的感受，又能使人對重點事物有深刻的印象。

運用點面結合的描寫方法，應當注意點面二者的辯證關係。要在面的整體中描寫點，在點的基礎上描寫面，使二者互相生發，熔爲一體，切不可點是點，面是面，游離相間，各不關涉，甚至相互抵觸；否則，會使作品中描寫的畫面鬆散凌亂，遮蔽主題的表現。

例文：搶險

一天夜裡，山洪暴發了。河裡的水不斷上漲，快要漫到堤上來了。風很大，擁著浪花不斷向河堤上猛撲，剛退回去，水猛撲上來。忽然天崩地裂一聲響，堤決口了。

隨著一陣緊急的鑼聲，出險的地方燈火通明。堤上的人們奔跑著，喊叫著，來來往往搬運沙袋。堤決口有兩丈多寬。縣防汛指揮部總指揮老田和公社黨委書記老翟忙著指揮人們往決口填沙袋。水流太急，沙袋扔下去馬上給沖跑了。

堵決口的行家老姜頭趕到了。他什麼話也沒說，站在堤邊觀察水勢。過了一會兒，他大聲說：「快下樁！護好斷頭！」老田馬上指揮人們排成兩行，站在堤上不斷把打樁的器材傳遞到決口的地方。老姜頭指點人們打木樁，老田和老翟各自領了一批人，在打樁的地方繼續填沙袋。風聲，水聲，打樁聲，號子聲，攪和在一起。

堵口工程進行得很順利。決口慢慢在縮小，到夜裡三點多鐘，還有丈把寬。可是這時候水勢更猛更急，木樁打下去一半就被沖走了，一連沖走了四五根。老姜頭和幾個小伙子正使勁打樁，忽然一下子都被沖到水裡去了。幸虧他們都拴著保險繩，没沖多遠，就被衆人七手八脚拉上岸來。老姜頭渾身是水，臉色灰白，冷得直打哆嗦。他一爬上堤就氣喘吁吁地對老田說：「堵不住了！」

大家議論紛紛，不知道怎麼辦好。老田大喊一聲：「下水去堵！」他一邊讓人們趕快運沙袋，運木樁，一邊喊：「會水的跟我來！」十幾個壯小伙子馬上跑到老田身邊，手挽手連成一串。老田領頭，拉著長長的隊伍下了水。渾濁的河水没到他們的腰了，一會兒没到他們的胸口了。沖得他們東倒西歪。他們不顧一切，仍然往前移動。那邊老翟也領著一隊人下水了。老田和老翟一次又一次想靠攏拉起手來，但是一次又一次被巨浪沖散了。

老姜頭在岸上喊：「快！擡一根電線桿來！」電線桿擡來了。他讓人們把電線桿卡到決口上，又向下水的人喊：「扶著桿子走！」老田和老翟扶著電線桿，一步一步走近，終於手拉著手了。兩隊人一個個緊挨著，靠在電線桿上。堤上又有很多人手挽手跳下水。轉眼間，決口排滿了人，結成了一條沖不斷的人堤。

大股的洪水被攔住了，風浪可更加凶猛了，一個巨浪接著一個巨浪朝人們劈頭蓋臉撲過來。巨浪撲過來，人們好像都被吞沒了；巨浪退回去，人們又露出水面。他們吐掉嘴裡的泥漿，大口喘著氣，迎接下一次衝擊。

堤上的人也緊張極了。一些人繼續打樁，另外一些人把傳遞過來的沙袋匆忙往決口裡填。一根根木樁打下去，一袋袋沙土填下去，決口逐漸縮小了。

黎明的時候，決口終於合攏了。人們都興高采烈地歡呼起來。

〔簡析〕

本文記敍了一次搶險的經過，表現了防汎大軍爲了鄉里和人民的利益奮不顧身、頑强不懈的精神。文章描寫的場面大、人數多、事件複雜、情節驚險，但由於作者善於把點與面結合起來描寫，仍然層次清楚、有條不紊、短小精悍、精彩動人。

文章中對羣衆的描寫是「面」的描寫，對老田、老姜頭的描寫是「點」的描寫。寫老田具體寫了三件事：一是堤決口時，他指揮人們填沙袋、堵決口，二是當老姜頭提出下樁護斷頭時，他非常尊重行家的意見，立即指揮人們打木樁、塡沙袋，三是當老姜頭說堵不住了，人們沒了主意時，他當機立斷，帶領小伙子下水去堵，這些都體現了領導的指揮、帶頭作用和重要時刻扭轉局面的關鍵作用。寫老姜頭具體寫了兩件事：一是當大家堵不住決口時，他觀察水勢後立即提出「打樁護斷頭」的正確意見，二是當老田和老翟帶領的兩隊人被巨浪沖得靠不攏時，他立即指揮岸上的人把電線桿卡在決口上，使兩隊人「終於手拉著手了」，這些體現了行家的參謀作用。而對羣衆的描寫則是粗筆勾勒，並與對「點」的描寫緊密結合。如，當堤決口時，「堤上的人們」在老田的指揮下，「奔跑著，喊叫著，來來往往搬運沙袋」，「往決口塡沙袋」；當老姜頭提出下樁後，人們立即「打木樁」、「塡沙袋」，「風聲、水聲、打樁聲、號子聲，攪和在一起」，使「堵口工程進行得很順利」；當水情發生變化，老田命令「下水去堵」時，「十幾個壯小伙子馬上手挽手連成一串」下了水，「結成了一條沖不斷的人堤」；「堤上的人也緊張極了。一些人繼續打樁，另外一些人把傳遞過來的沙袋匆忙往決口裡塡」，使決口終於合攏了。這些描寫說明了羣衆在搶險行動中的決定性作用。

點的描寫突出重點，面的描寫反映全貌，點面結合、鳥瞰特寫，才全面而具體、眞實而形象地反映了搶險行動的雄壯畫面，並有力地說明了搶險行動的勝利，是領導、行家、羣衆齊心協力、頑強奮戰的結果。如果只有面的描寫，就會失之空泛；如果只有點的描寫，就會失之片面，因而都不能眞實地反映驚險的畫面，不能鮮明有力地表現主題。

抒情

「情動於中而形於言。」抒情，是寫作的重要動因和基本目的。人們寫文章，不管是描繪物象，還是闡發事理，都必然滲透浸染著作者的愛憎感情。通過種種方式，將這種愛憎之情訴諸文字，就是抒發感情。「動人心者，莫先乎情」。文章如果感情濃郁，抒發暢達，就可以激發讀者的情思，引起讀者的共鳴，有效地增强文章的吸引力和感染力。

羅丹說：「藝術就是感情。」在某種意義上說，一般文章又何嘗不是如此。文章不是無情物。抒情，固然是記敍文的顯著特色和基本表現手法，但對於議論文和說明文，也是一個重要因素。而且，除直接抒情外，間接抒情往往要藉助於敍述、議論和描寫；或觸景生情，或借景抒情，或詠物寓情，或議論含情。這就是有人所說的：「情不可以顯出也，故即事以寓情。」

「登山則情滿於山，觀海則意溢於海。」這應當是寫作的一個美學追求。文章，如何寫得情意郁勃，動人心弦，感人肺腑呢？我們這裡只介紹了幾種主要抒情方式，但若能在寫作實踐中恰當運用，是有利於加强抒情效果的。

74 借景抒情法

借景抒情又稱寓情於景，是一種常見的抒情方式。這是作者帶著强烈的主觀感情（喜怒哀樂等）去描寫客觀景物，通過景物來抒情。它的特點是「景生情，情生景」，情景交融，渾爲一體。在文章中，則是只寫景，不直接抒情，以景物描寫代替感情抒發。這也就是王國維說的「一切景語，皆情語也。」如杜甫的《春望》：「國破山河在，城春草木深，感時花濺淚，恨別鳥驚心」，就是通過對花鳥草木的描寫來抒發亡國的憂憤，離散的感傷，達到了情景交融的境地。

在寫作中，抒情而不直寫情，繪景而不止乎景，借景抒情，情以景興，能使文章含而不露，蘊藉悠遠，又能情豐意密，深切動人。運用這一方法要注意以下幾點：一，感情要眞摯。「不精不誠，不能感人」。矯揉造作，無病呻吟，則不能以情動人。二，景中要有情。寫景在於抒情，景語即是情語，情與景應水乳交融。三，感情要健康。文章抒情是爲了讀者受到思想教育和美感享受，因而，必須用積極的思想、感情、情操去感染讀者。

例文：春雨

林力

春雨，古今中外有多少人讚美你！「隨風潛入夜，潤物細無聲」這是杜甫描述你偷偷來到人間的佳句。春雨，你可知道農民是怎樣地盼望你呀！

春雷一聲，你可來臨了，無聲無息地下著，雨絲如煙似粉。竹林裡新撥節的翠竹，田野裡的綠苗，池塘邊的垂柳，剛剛綻開的粉色桃花，在水霧碎雨中，綠瑩瑩，細潤潤。

暖融融的雨絲好像一串串的珍珠，又好像春姑娘的鞭子，抽打著冬天的陰影，驅趕著料峭的寒意。你是那樣的纖細，卻又是如此不可抗拒。你粉碎了堅冰的頑抗，瓦解了積雪的防禦；你把冰冷的硬殼化作了裊裊飄飛的水霧，化作了潺潺的小溪，化作了滔滔滾動的潮水。

柔情的春雨，你多麼像一位天使，從山那邊跑來，你拖著乳白的寬大的裙子，罩著整個村莊，乾渴的大地等待著你的擁抱；你滿頭插著潔白的花，在雲霧中吻著土地。你看：所有的種子都翻個身，打著滾兒，揉揉惺忪的眼睛，伸個懶腰，打個哈欠，一切復蘇了。

一場溫暖的春雨，亮晶的雨絲，綿綿的雨絲，又好像春姑娘撥動的琴弦，春風是你輕柔的手指，彈出了一首首動人的歌曲。你又好像春姑娘手中繡花的針線，一針針，一線線，繡出了一片清新和翠綠，也有點點耀眼的金黃；你繡啊！繡啊！繡出了嫩生生、水靈靈的新葩新蕾！還有翩翩起舞的蜜蜂……

春雨，我希望你永駐人間！

〔簡析〕

郭沫若在《科學的春天》一文中寫道：「我們民族歷史上最燦爛的科學的春天到來了」，「這是革命的春天，這是人民的春天，這是科學的春天、讓我們張開雙臂，熱烈地擁抱這個春天吧！」《春雨》所讚美的也是這個「春天」，不過，作者不是直接抒情，而是藉助寫景來表達這個主題。

文章中的「春雨」，象徵著國家的新氣象。「隨風潛入夜，潤物細無聲」，這是春雨的特點，也是國家新氣象的特點。「春雨，你可知道農民是怎樣地盼望你呀！」這一句寫出了幾億中國農民的心聲，反映了人民期盼的心情。

作者以形象的語言描繪了這一欣欣向榮的蓬勃景象：「所有的種子都翻了個身，打著滾兒，揉揉惺忪的眼睛，伸個懶腰，打個哈欠，一切復蘇了。」春姑娘撥動琴弦，「彈出一首首動人的歌曲」，揮動針線，「繡出了一片清新和翠綠。」這一生機勃勃、春意盎然的景象不正是今天國家新貌的生動寫照嗎？

文章的最後一句：「春雨，我希望你永駐人間！」反映了人民對國家的由衷熱愛、擁護與讚美之情。文章句句是景語，句句是情語，既熱情奔放，感人至深，又含蓄雋永，耐人尋味。

75 觸景生情法

觸景生情法，就是「情以物興」，觸及外界景物而引起情思，發爲感嘆述懷的方法。這種寫法可以先寫景，再抒情；也可以先抒發對景物的感受，然後描寫景物；還可以把二者交織起來，一邊寫景，一邊抒情。

「感人心者，莫先乎情。」寫文章，無非是以情感人，以理服人；而記敍文則更重於以情感人。運用觸景生情法，首先必須是情由景生，有感而發。「不精不誠，不能感人」，景觸心弦，情動於中，不言不快，才能達到情中有景，景中有情，「情景相生，物我雙會」的境界。其次，必須情景兼到，有主有次。李漁說：情景「二字亦有主客。情爲主，景爲客。」這就是說，寫景是爲了抒情，筆在寫景、卻應當「句句是情，字字關情」。這樣，文章主旨才得貫通全篇，情思才能沁人肺腑。這樣寫成的文章，可以創造出富有詩情畫意的藝術境界，表現出誘人的藝術魅力。

例文：急流

劉白羽

今天，我久久的沈思著。……

我自己彷佛回到了閩江邊上，不錯，四年前我曾經沿著閩江走了一日。頭一眼看到江，是在天剛剛亮的時候，使我非常之驚奇的，是那江水的綠，綠得濃極了。時已初冬，但那濃綠，卻給人春深如海之感。原來雄偉的山，蒼鬱的樹，苔染的石壁，滴水的竹林，都在江中投下綠油油的倒影，事實上是天空和地面整個綠成一片，就連我自己也在那閃閃綠色之中了，這真是：「醉人的綠呀！」不過馬上使我從那一團濃綠中驚醒的，卻是閩江的險峻的急流。你看它碧綠盈盈，但仔細看時，倒真吸了一口冷氣。江流迂迴於懸岩峭壁之間，突然，像風一樣激盪著滾滾波濤，向前沖擊而去，……尤其驚心動魄的，是江心無數礁石，森然林立，每一波瀾都聚集在那兒，萬馬奔騰般喧囂起來。看上去，那江水和礁石，那礁石和江水，正在拼命的搏鬥。它們噴射起高高的浪花，如雪如霧，浪花儘管在空中跳盪迴旋，而那濃綠的江水，卻像疾風驟雨橫掃著那險灘，奔流而下了。這江流有那樣一種氣概，無論什麼礁石，無論什麼險灘，總之，無論什麼艱難險阻，它都十分渺視它們，而只管洶湧直前。江流之速真是間不容髮，你一錯眼珠，它已經風掣電閃般遠了去了。這時我早已忘卻去欣賞那濃綠，雖然那濕潤的綠、鮮明的綠，愈加可愛了。問題是那江流吸引了我。恰好在這時，我看見一隻順流而下的木船。這種船恐怕也是特別適宜通過閩江急流的船，——它又尖，又窄，又薄，看上去就如同一片窄窄的木片。但就這窄窄的木片，出没於驚濤駭浪間，一下埋入波濤之中，一下浮升浪濤之上，如若說那急流像風，那麼這船真是風中之箭了，……你注視著它，那實在是驚險萬分呢！面前是嵯峨的礁石，是沸騰的漩渦，水急，浪急，風急，而在這一切力量衝擊迴盪之間，只要稍微有半點差錯，那船和船上的人就都要撞得粉碎，無影無蹤。可是，你看，那船不就那樣筆直的朝那黑森森的亂石衝去了嗎。眼看浪花已在礁石上飛濺，而這時那船上的人，鎮定，勇敢，毫不遲疑的順著急流划去。就在一瞬之間，小船緊緊擦著礁石一轉，飛過去了，而後它又在波瀾舒闊的江水中悠然前進了。

那時我目不轉睛的盯著那隻船，我卻深深想到：在那轉瞬之間，是急流勇進還是急流勇退呢？

閩江上的英雄水手告訴我們：在那轉瞬之間，只能勇進，憑著人的力量，藉著水的力量勇進。在這緊急關頭，只要你稍微一怯弱，一動搖，那船便會撞碎在尖厲的石岩上。那時那險峻的急流，那激烈的浪濤，「嘩……」的一聲響，就像嘲笑你一樣，一刻不停，旋捲而去。而後面更險峻更激烈的江流，緊跟著又洶湧而來，澎湃而至，然後又立刻旋捲過去了。

今天，當我靜靜的望著深遠的夜空和燦爛的星羣時，我理解到：那江流上有一條平安的道路，這道路是屬於勇士的。勇士乘那奔騰澎湃之勢，追風逐電，翺翔自如，轉瞬千里；而懦夫還沒有進入急流，早已爲那顯赫的聲勢所威懾，丟魂喪膽，低頭徘徊，而結果也只能使自己和自己所駕駛的船隻一道擊沈撞碎。

在戰爭中我兩渡天險急流。

一次是在黃河之上。當黃河從上游沖擊而來，風聲水聲，真是「黃河之水天上來」呀！我們乘一方形巨舟，先順岸邊向上拽，拽到一定程度，解纜而下，那速度實在驚人，剛剛覺得波濤翻滾，倏然之間，已抵彼岸。

一次是在長江之上。也是只見黑色巨浪一陣掀騰，雪白浪花一陣飛濺，向前看，向後看，到處是風帆，風急帆峭，卻都像凝然不動。誰料想眼睛一瞬，我們已渡過「濤似連山噴雪來」的江濤高處，竟沒來得及體會一下天險的滋味。上了岸回頭看看，還有些悵意呢！

只有在閩江這一次，它綠得發濃，流得飛快，我卻從這急流得到了勇氣。今天，那濃而且亮的江水似乎又閃動在我的眼前。是急流勇進，還是急流勇退？是知難而進，還是知難而退？生活在革命浪濤中的人，應當作乘長風破萬里浪的能手，因爲急流是永遠奔騰前進的。

今天，我久久的沈思著。……

〔簡析〕

本文運用觸景生情的手法，抒發了不畏艱難險阻，急流勇進，知難而上的革命情懷。

文章的前一部分主要是寫景。作者首先描寫閩江江水的綠，再寫江中急流的險，然後筆鋒一轉，重點描寫急流中的飛舟：「它又尖，又窄，又薄」，「出沒於驚濤駭浪間，一下埋入波濤之中，一下浮升浪濤之上」，它筆直的朝那黑森森的亂石衝去，眼看浪花已在礁石上飛濺，而這時那船上的人，鎮定，勇敢，毫不遲疑的順著急流划去，……」寫「綠」，寫「急流」，寫「飛舟」，都是爲寫船上的勇士作鋪墊，爲襯托勇士的美。

後一部分主要是抒情。面對這幅急流飛舟、驚心動魄的畫面，作者觸景生情：在那緊急關頭，是急流勇進、知難而進，還是急流勇退、知難而退呢？結論是：只能勇進，不能勇退，因爲「只要你稍微一怯弱，一動搖，那船便會撞碎在尖厲的石岩上」。平安的道路是屬於勇士的。由此引伸開去，作者進一步領悟到：「生活在革命浪濤中的人，應當作乘長風破萬里浪的能手，因爲急流是永遠奔騰前進的」。情從景出，有感而發，很能扣動讀者的心弦，激起人們「到中流擊水，浪遏飛舟」的豪情。

76　詠物寓情法

詠物寓情，是通過描寫客觀事物來表達自己的思想感情的一種表現手法。詠物寓情的關鍵在「寓」。它的特點是，只描寫物像，不直接抒情，作者將所要表達的思想感情寄寓在對物像的具體描繪之中，通過比喻、擬人、象徵等方式，委婉曲折地表現作者的思想感情。如流沙河寫的《藤》，就是運用了詠物寓情的手法。

他糾纏著丁香，往上爬，爬，爬……終於把花掛上樹梢。丁香被纏死了，砍作柴燒了。他倒在地上，喘著氣，窺視著另一棵樹……。

這裡寫的是「藤」，但影射的是那種趨炎附勢，踩著別人的肩膀向上爬的人。作者把自己對這種政治投機商的憤恨與蔑視的感情，寄寓在對「藤」的物性的描寫之中，達到了形象性與抒情性的高度的和諧與統一。

詠物寓情，將思想感情化作生動的形象和具體的畫面，不僅更能動人心弦，使讀者在潛移默化中接受作者的思想觀點；而且，文章也因此而體現出情意深邃，韻味雋永的藝術魅力。但在運用這一方法時要注意以下幾點：一，要準確地把握事物的特徵，既要刻畫事物的外形特徵，給人以具體的印象，又要寫出它的內在氣質，使人產生感情上的共鳴。二，要抓主要特徵。景物的特徵不止一種，不能面面俱到，一一鋪寫，要從立意出發，有所選擇，如寫「藤」，作者著重寫它攀附他物向上爬的特徵，就很好地表達了題旨，使形象性與暗示性統一起來了。

例文：小草贊

景象萬千的大自然有蔚爲奇觀的高山峻嶺，江河湖海，有爭奇鬥艷的松菊梅竹，奇花異卉。唯獨小草最爲平凡，小草開不出花朵，更没有醉人的芬香。它那低低的草莖配上瘦窄伶伶的葉子，真有點像離鄉飄泊的遊子一般。所以園藝家的盆景裡是不栽小草的；丹青畫師筆下也不會專爲小草畫像。

世界上的野草上了綱目的不下千萬種，恐怕上不了綱目的也有這個數目吧，無論在高山上，平原上，在森林中或江湖畔，你隨處可見到那些不惹人眼目的小草。它們到處流浪覓尋著生存的土地，貪婪的向大自然尋取陽光、水分和空氣。

小草雖然瘦弱，但在大自然的搏鬥中卻絲毫不遜色於其他高等植物，它那奇蹟般的生存本能比任何植物的生命力都强。它不像許多美麗的花要藉助於溫室和花匠精心的料理才能開放；它不像藤蔓要攀援著大樹才能生長；它更不像蘚苔和蕨類只能生長在陰暗和晦濕的角落裡，小草它只要有一寸土地，那怕是一條極細窄的岩縫也能紮根生長。它不怕寒冬不怕酷暑，不怕雷電不怕風暴，靜靜的伏在大自然巨人般的胸脯上，以它那特有的綠色之美裝點著這個世界。

一株草是微不足道的，然而，草的宏觀世界，造福於人類的本領卻是無窮的。莽莽草原，風吹草低見牛羊；一塘碧水，浮萍水草飼魚蝦；山崗雜草，覆蓋大地保水土；公園草地，綠絲如茵，使人悅目怡神。至於神農嘗的百草，白娘子盜的仙草，治病療傷，起死回生，其功能更遠勝於鮮花美果。

小草雖小卻擁有無邊的土地，它那野性和不屈的形象實在太酷似一首生命的贊歌了，難怪唐代詩人白居易寫的「離離原上草，一歲一枯榮，野火燒不盡，春風吹又生……」這一詩章千百年來一直流傳至今。

小草，什麼都摧不垮她的生命，縱然是火也無奈，一俟春風化雨立即破土而生。

小草啊小草多麼可愛。

〔簡析〕

本文運用詠物寓情法，生動地描寫了小草的五大特點：平凡卑賤——「唯獨小草最爲平凡」，「園藝家的盆景裡是不栽小草的，丹青畫師筆下也不會專爲小草畫像」；數目衆多——「無論在高山上，平原上，在森林中或江湖畔，你隨處可見到那些惹人眼目的小草」；生命力强——「它那奇蹟般的生存本能比任何植物的生命力都强」，「它不畏寒冬，不怕酷暑，不怕雷電，不怕風暴」；貢獻特大——「造福於人類的本領是無窮的」，「其功能遠勝於鮮花美果」；永不屈服——「什麼都摧不垮她的生命，縱然是火也無奈。一俟春風化雨立即破土而生」。

讀著讀著，我們很自然地聯想到中國人民。中國人民不正是像野草一樣嗎？他們平凡，但是貢獻極大；他們「卑賤」，但數量衆多；他們常常遭遇「雷電風暴」，但生命力極强；他們有彈性，能屈能伸，有韌性，長期堅持，「野火燒不盡，春風吹又生」，小草正是偉大人民的象徵，正是我們中華民族的象徵。作者詠物寓情，把人民的偉大品格附麗在小草的不屈的形象上，寓意深刻，情景交融，耐人尋味。

77 詠物言志法

詠物言志，即「應物斯感，感物吟志」(《文心雕龍》)，是指有感於外物而述志抒懷。它與詠物寓情的區別是：詠物寓情只狀物，不直接抒情，以狀物代替抒情；詠物言志則既狀寫事物，也直接抒懷，因物生情，有感而發。如許地山的《落花生》就是詠物言志之作。文章首先「詠物」，描寫花生的可貴品質：「它只把果實埋在地底，等到成熟，才容人把它拔出來。」然後「言志」，說明做人的道理：人要做有用的人，不能做表面好看而對別人沒有益處的人。這樣，文章生動形象，很能打動讀者的心弦。

詠物言志，既有物象，又有情志，情志因物象而顯得具體，能夠取得可感可觸的效果；物象因情志而饒有韻味，可以起到動人心弦的作用。二者相融相匯，相映生輝。文章通過具體的形象和動人的畫面表現情志，而顯得內容豐富、蘊含深遠，使讀者能從中受到感染和啓迪。

運用這一寫法，要注意以下幾點：一、要準確地把握客觀事物的特徵，給以逼眞的描繪，使事物的內情與外形達到統一。二、抒懷應緊扣外物，緣物生情，有感而發，不能架空抒懷，漫無邊際或矯揉造作，無病呻吟。三、詠物是爲了言志，言志藉助於詠物，不可離開言志而盲目詠物，或盡情詠物而淹沒情志。

例文：小石子贊

我愛小石子，雖然它並沒有晶瑩光潔的面貌，也沒有奇特巍峨的身軀，但是，我愛它們，愛它們美麗而寬廣的內心世界和純潔而高尚的精神品質。

人們喜歡那高聳入雲的友誼賓館，喜歡那雄偉壯觀的跨江大橋，喜歡那筆直寬廣的林蔭大道，喜歡那設計精巧的園林……。可是，當你讚美這些建築物時，你想到過那小小的石子嗎？它們是建造賓館、大橋、道路、園地必不可少的材料。有了它，人們才能漫步寬廣的道路，跨過奔流的江河，住上舒適的樓房，欣賞園林的幽景。

它們，這些可愛的小石子，並不炫耀自己，甚至不肯露出自己的面容。它們毫不珍惜自己，甚至不怕粉身碎骨。在地下，它經得起幾十層高樓大廈的重壓；在高空，它無懼風暴雷霆的轟擊；在水底，它經得起激流巨浪的沖刷；……它埋頭苦幹，任勞任怨，這就是小石子的高尚的情操和優秀的品質。

在我們的社會裏有無數默默辛勤工作的人們，正像這些小石子一樣，把自己畢生的精力貢獻給了人類壯麗的事業。工農商學兵，哪一行，哪一處沒有這樣的無名英雄？

當你聽到工程師用自己的智慧革新了技術，使產品質量不斷提高；當你聽到農學家培育出新的品種，使生產躍登新的高峯；當你聽到數學家論證了一條新的定理；當你看到宇宙太空又多了一顆銀光閃爍的人造衛星；……在這樣的時刻啊，你是怎樣地禁不住心潮澎湃，欣喜若狂！可是，你想到過與這些重大成就有關的普普通通的工人、農民、兵士、教師……，這些終日勤奮工作的「小石子」嗎？

我特別敬愛那些辛勤的園丁。他們在平凡的崗位上，用自己的心血澆灌著幼小的禾苗。他們遵循教育方針，培養出一代又一代的新人。他們的學生成了技術革新的闖將，卓有成就的科學家……，可是，他們還在教「1＋1」，在教豎、橫、勾，在辛勤地備課、改作業……他們不就是值得我們讚揚的小石子嗎？

我敬愛那些甘當小石子的人們，我也心甘情願地當一顆小小的石子，把社會發展的大道一直鋪向理想的遠方。

〔簡析〕

本文運用「詠物言志」的手法，歌頌了各行各業中「把自己的畢生精力貢獻給人類壯麗事業」的無名英雄。

文章的第一部分是「詠物」。作者讚揚小石子「美麗而寬廣的內心世界和純潔而高尚的精神品質」。描寫了小石子的三大特點：貢獻大——「它們是建造賓館、大橋、道路、園地必不可少的材料」；不圖名——它們「並不炫耀自己，甚至不肯露出自己的面容」；肯獻身——「它們毫不憐惜自己，甚至不怕粉身碎骨」。

第二部分是「言志」。作者由物及人，以物喻人，熱情讚頌了教師和其他普通勞動者。他們也具有小石子的高尚情操和優秀品質：貢獻大——科學技術的革新，產品質量的提高，生產的發展，新定理的論證，人造衛星的上天，都有著「普普通通的工人、農民、兵士、教師」的辛勤奉獻；不圖名——辛勤的園丁培養了「技術革新的闖將，卓有成就的科學家」，可是，他們還在教「1＋1」，「豎、橫、勾」。最後，作者以自己「甘當一顆小石子」的志願結束全文。

文章感情眞摯，想像豐富。「詠物」能抓住特徵，飽含激情；「言志」能展開想像，志趣崇高。而且，文章鋪開筆墨描寫小石子，由於含有深意，因而小石子的形象寫得生動感人；後面，表達甘當無名英雄的志趣，由於有小石子形象的喻託映照，因而志趣顯得具體切實。所以，文章內容充實，形象鮮明，有血有肉，樸實感人。

78 直抒胸臆法

直抒胸臆，就是作者或作品中的人物，不藉助於任何別的手段，直接地表白和傾吐自己的思想感情，以感染讀者，引起共鳴。它不同於借景抒情、觸景生情、詠物言志、詠物寓情等間接抒情方式。這些抒情方式，都要藉助於一定的景或物來抒發感情；直抒胸臆的特點卻是：不要任何「附著物」，而是思想感情直接了當的渲泄；不講究含蓄委婉，而是思想感情毫無遮掩的坦露。這種直陳肺腑的抒情方式，往往顯得坦率眞摯，樸質誠懇，很能打動人心。

直抒胸臆大體有兩種形式，一種是娓娓道來，緩緩而抒，感情深沈，懇切動人；一種是激情噴射，酣暢盡致，感情濃烈，撼人心魄。總的說來，直抒胸臆雖然不如間接抒情那樣含蓄雋永，韻味深長，富於魅力，但運用得當，仍然能夠有力地增强作品的表現力和感染力，收到强烈的效果。

直抒胸臆是一種看來簡易卻實難掌握的抒情方式。在運用時，應當注意如下三點：

第一，感情要眞實自然。不管是深沈的或是濃烈的感情，都要情眞意切，樸實自然。因爲，誠則感人，否則，「强哭雖悲不哀，强怒雖嚴不威」（莊子）。

第二，直抒要講究分寸。要徑直抒發感情，但不可簡單地和盤托出，一瀉無餘；否則，娓娓道來則流於瑣碎平淡，滔滔噴射則流於大叫空喊。

第三，運用要注意節制。在一篇文章裡，直抒胸臆不可多用，否則，文章容易成爲空泛淺露，令人感到單調平淡。

例文：一封終於發出的信（節選）——給我的爸爸陶鑄

陶斯亮

爸，我在給您寫信。

人們一定會奇怪：「你的爸爸不是早就離開人間了嗎？」是的。爸爸呀！早在九年前，您就化成灰燼了，可是對我來說，您卻從來沒有死。我絕不相信像您這樣的人會死！您只是軀體離開了我們，您的精神卻一直緊緊地結合在我的生命中。你我雖然在兩個世界，永無再見面的那一天，但我卻銘心刻骨，晝夜思念，與您從未有片刻分離……

……

爸爸，您的女兒是個醫生，曾給許多病人看過病，曾在許多病人彌留之際進行搶救，也曾守護過許多將與生命告別的病人。可是，在您病中，我卻不能給您餵一次藥，打一次針，甚至在您臨終之際，我都不能讓您看上一眼……爸爸，女兒對不起您……女兒實在對不起您……我知道，您一定會原諒女兒的，可是，我又怎麼能寬恕自己呢？

爸爸，我聽人說，在夜深人靜時，九泉之下的人會得知親人的絮語和思念，這時，他們就會化作夢來與家人相會。這當然是不可能的事情，但我卻常常希望它是真的，那樣，我就可以和您在夢中見面了。爸爸，您現在在哪兒？您可曾聽到女兒的呼喚？您是否知道女兒在您逝世一周年的時候，一個人在大西北高原的月夜給您荒祭的事呢？

……

現在，中央終於爲您平反昭雪了。爸爸，我真恨不得砸開死亡的鐵門，找遍整個九泉，將這個好消息告訴您，您聽到了一定會高興得拉著我的手重返人間。

親愛的爸爸，十一年了，我不知在默默中給您寫了多少封信，我既不能讓人知道，又沒有可投之處，可我卻不停地寫，不停地寫……寫在紙上的我不得不一封封毀掉，可寫在心上的卻銘刻得越來越深。

現在，我終於給您發出了十一年來在紙上和心上反反覆覆寫的這封信。它僅僅是我作爲一個女兒在短短的時間裡看到的，聽到的，想到的。它怎麼能裝得下我積鬱多年的感情，又怎麼能表現您四十多年來的戰鬥生涯呢？它僅僅是一朵小小的白花，是女兒向您誌哀和報春的一朵小小的白花。……

……

安息吧，爸爸！

〔簡析〕

在這篇節選的短文裡，作者飽含熱淚和激情，直抒胸臆，直陳肺腑，表達了女兒對父親、懷念和敬仰的深沈感情。文章開頭，通過表述「您卻從來沒有死」，「您的精神卻一直緊緊地結合在我的生命中」的痛切感受，直接抒發了對父親「銘心刻骨，晝夜思念」的深摯感情。這是敞開感情閘門的第一個浪濤；在它後面，就是洶湧澎湃的感情激流。

接著，作者爲自己身爲醫生，卻不能搶救爸爸；身爲女兒，卻不能守護爸爸；甚至在爸爸「臨終之際」，不能讓他「看上一眼」而自責自疚，悲憤交加，情不可禁，聲淚迸發地哭喊：「爸爸，您現在在哪兒？您可曾聽到女兒的呼喚？您是否知道女兒在您逝世一周年的時候，一個人在大西北高原的月夜給您荒祭的事呢？」讀到這裡，人們無不心弦顫動，熱淚奔湧。這是何等深摯的思念！何等強烈的懷戀！

文章的後一部分，作者抒發了自己在獲知父親終得平反昭雪後的喜悅心情以及對爸爸更加深切的懷念。文章寫道：這封信，「怎能裝得下我積鬱多年的感情，又怎能表現您四十多年來的戰鬥生涯呢？它僅僅是一朵小小的白花，是女兒向您誌哀和報春的一朵小小的白花。」眞是懷念與哀思、悲傷與欣慰交融相匯，委婉情切，使我們彷彿看到女兒遙望長空，默悼英靈，含淚微笑的面容和情懷！

這篇文章採用書信體，不假修飾，不藉寓託，娓娓傾訴，樸質眞切，格外打動人心，能引起讀者強熱的共鳴。

說明

說明，就是簡明扼要地解說事物，闡述事理，以揭示其本質特徵。這是一種重要的語言表達方式。它使用相當廣泛，是科學論文、教科書、說明文的主要語言方式。在記敍文和議論文中，也常常使用說明。

說明，包括實體事物說明和抽象事理說明。實體事物說明，是介紹事物的形狀、特性、成因、類別、構造、功能等；抽象事理說明，是解釋事理的概念、內容、性質、特點、來源、作用等。這種介紹和解釋，要求表達的說明性、內容的知識性、態度的客觀性、語言的準確性。

說明，不同於敍述、議論，更不同於描寫、抒情。它有自己獨具的特色。有人認爲，說明文「宜潔淨，宜平實，簡而明，詳而不支、不煩」。這就是說，說明文的特點是：樸實、簡明、清晰、準確。即使有時使用一些其他表現手法或修辭方法，也必須體現這一特點，爲說明服務。

那末，如何使說明樸實簡明、清晰準確呢？這就需要掌握一些常用的說明方法。

79 詮釋法

詮釋，就是詳細介紹和解釋事物的性質特徵的說明方法。這是一種運用得較多的有效的方法。詮釋，要揭示事物的內涵，說明事物的本質特徵，它要求語言通俗精煉，解釋則具體詳盡，讓人感到明白易懂，便於理解。

詮釋法，能夠清楚地解釋概念，確定其內涵，有助於使人正確認識事物，把握事物的本質特徵。同時，它還可以起補充文章的思想內容，解決讀者的疑難困惑的作用，對抽象複雜的事物進行具體清晰的解說，能給人以鮮明的具有實感的印象。此外，詮釋有時還能藉助於對比襯托等手段，加强氣氛，活躍文勢，從而增强文章的趣味性和吸引力。

運用詮釋法解說事物，必須簡明精確。這就首先要求對事物的性質、特徵、狀態、功能等，有一個正確而清晰的認識；否則，在詮釋時就會言不及義，辭不達意，令人不明所以。其次，詮釋還要求文字精練，表述扼要，解說明白，易於爲讀者所理解；切不可繁瑣冗贅，夾纏不清，致使文章表意不清，呆板乏味。

例文：　地球的外衣——大氣

地球被一層厚厚的空氣包裹著。這層空氣好像地球的外衣，在科學上叫作大氣層。

大氣層非常厚，在靠近海面的地方十分稠密，越往高處越稀薄。在海拔六到七公里的地方，空氣的密度就減少了一半；在五百公里的高空，大氣已經十分稀薄。

大氣層可以分成好幾層，每一層都有不同的特點。

緊貼地面的一層叫對流層，大約十一公里。這一層的空氣最稠密，總重量佔全部大氣重量的四分之三還要多。在這一層裡，離地面越高空氣溫度越低，每升高一公里，溫度差不多下降攝氏六點五度。低處熱，熱空氣就往上升；高處冷，冷空氣就往下降，這就形成了對流。所以這層空氣叫對流層。

空氣對流就成了風。再說，對流層裡有大量的水蒸氣和塵土之類的微粒，因而會形成雲、霧、雨、雪。刮風下雨是對流層經常發生的自然現象。

稠密的空氣爲飛機飛行提供了條件。但是對流層裡氣流不穩定，不是飛機飛行最理想的地方。只有中程和短程飛機在對流層裡航行。

對流層以上是平流層。這一層的頂部離地面大約八十公里。在平流層裡，高層和低層的大氣溫度幾乎沒有變化，差不多都是攝氏零下五十六度，因而空氣沒有上下方向的對流，只有水平方向的流動，所以叫平流層。由於平流層裡的水蒸氣非常少，沒有雲雨等現象，所以適宜飛機飛行。遠程客機的航線一般都在平流層裡。但是，由於越高空氣越稀薄，飛機再往高飛就比較困難。目前，飛機飛行高度的紀錄只接近四十公里，遠遠沒有到達平流層的頂點。

在對流層和平流層之間，有一層特殊的大氣層。這裡有一股由西往東吹的急流，每小時可以吹八百公里，比颱風還要快。飛機到達這裡不必開動發動機就可以隨風向東滑翔。

從平流層往上，直到八百至一千公里的高處，是電離層。這裡的空氣受到宇宙射線和陽光中的紫外線的强烈照射，分子被電離成爲帶電荷的離子，所以叫電離層。電離層可以反射無線電波，給無線電通訊帶來好處。電波沿地面只能傳播一百公里遠，通過電離層反射回來，可以傳送到兩千公里之外。晚上，我們能聽到遠方的電臺廣播，就是這個原因。

電離層還會發生一種美麗的自然現象，就是極光。極光是太陽射來的電子流跟電離層中稀薄的氣體分子猛烈衝擊引起的發光現象。電子流受地球磁場的影響，總是偏向地球南北兩極，所以極光都發生在兩極地帶。

雖說電離層的空氣極其稀薄，沒有一架飛機能到達這裡，但是正因爲空氣極其稀薄，空氣的阻力也極其微弱，所以這裡是遠程火箭和人造衛星活動的好場所。

在電離層以上是擴散層。因爲這裡離地球很遠，地球的引力非常小，空氣分子就經常逃散到星際空間去，所以叫擴散層。擴散層並沒有明顯的邊緣，幾乎延伸到三千公里以外，從這裡逐漸過渡到宇宙空間。人類發出的航天飛行器早已穿過大氣層的邊緣，向更深的宇宙空間前進了。

大氣層實在是地球得天獨厚的一件理想的外衣。大氣裡的氧氣供人類和動物呼吸，大氣裡的二氧化碳爲植物提供養料。地球有了這件外衣，白天的陽光才不會把地面曬得過熱，夜晚太陽落山以後，才不會變得過冷，爲人類創造了適宜生存的良好環境。這件外衣還像一件盔甲，可以抵擋隕石和宇宙射線、紫外線的襲擊，保護我們的安全。

大氣層真是地球的一件寶衣啊！

〔簡析〕

本文運用詮釋法說明了大氣層的特點與作用，使讀者對大氣層有了全面而清楚的認識。大氣層分為對流層、平流層、電離層、擴散層，作者從低到高依次介紹了這四層的不同特點。對流層：空氣稠密，離地面越高氣溫越低，熱空氣往上升，冷空氣往下降，形成對流，所以叫對流層；這一層有水蒸氣，經常刮風下雨，地球引力大，適合中、短程飛機航行。平流層：空氣稀薄，溫度低，空氣沒有上下方向的對流，只有水平方向的流動，所以叫平流層；這一層水蒸氣少，沒有雲雨，適宜遠程飛機飛行。電離層：空氣受到宇宙射線和陽光中的紫外線的强烈照射，分子被電離成為帶電荷的離子，所以叫電離層；電離層可以反射無線電波，也是遠程火箭和人造衛星活動的好場所。擴散層，地球引力非常小，空氣分子經常逃散到星際空間去，所以叫擴散層。以上四層是大氣層這個概念的全部內涵，對這四層的特點的介紹就是對「大氣層」本質特徵的詮釋。

另外，從各部分看，作者對大氣層各層特點的解釋，以及對大氣層的作用的解釋，主要也是用了詮釋法，所以，這篇文章在運用詮釋法方面是典型的，具有條理清楚、簡潔準確、明白易懂的特點。

80 舉例法

舉例，是一種經常使用的說明方法。這是選取某種事物中比較典型的具體實例，用以說明這種事物的性質、特徵、規律等等的一種方法。這種說明方法的特點是：通過個別說明一般。舉例，在議論文和說明文中都有應用。但在議論文中，實例是論據，作用在於增强文章的說服力；而說明文舉例，則是爲了使抽象變爲具體，深奧變爲淺顯，複雜變爲簡明，陌生變爲熟悉，使被說明的事物易於被人理解。但是，舉例雖然具有獨立的功用，卻不能單獨使用，往往是作爲其他說明方法的一種輔助手段。

在說明某一事物時恰當地舉出實例，能使被說明的事物顯得具體清晰，眞實可信，易於爲人們所理解和認識，給人以深刻印象；同時，由於實例代替了解說、介紹、交代等，能省去許多筆墨，使文章簡潔精練，嚴謹暢達。

舉例說明，關健在於實例要典型。這就是說實例要眞實可靠、有代表性，能起以點帶面的作用，這樣才能收到令人信服的效果。其次，舉例要扼要。這就是要抓住重點，詳略得當，不作過多的敍述和描寫，這樣才能收到說明清晰的效果。再次，舉例要有明確目的。這就是有的放矢，針對性强，要說明什麼，就舉相應的實例，對實例作有重點的敍述和介紹。這樣才能收到說明準確的效果。

例文：生物的「技術」

信鴿爲什麼能夠準確無誤地回歸老家？雖然信鴿爲人們服務已歷時二千餘年，但是人們直到最近才能開始回答這個問題。

前不久，有一個外國科學家帶著五隻鴿子，到離家很遠的地方放飛，牠們都準確地回了家。後來，這位科學家在每一隻鴿子的翅膀下繫上一小塊磁石，到同一地點去放飛，結果，五隻鴿子只有一隻飛回了家，其餘的都沒有能夠飛回來。這個實驗說明，鴿子所以能夠從陌生的地方飛回來，是因爲牠依靠地球磁場的磁力線來定向的，一旦在牠的翅膀下繫上一塊磁石，就擾亂了牠對地球磁場的「感覺」，以致迷失了方向。原來鴿子竟是一位掌握地球磁場的飛行家，牠掌握了這種「技術」，因而贏得了「信使」的美名。

其實，在自然界中掌握物理技術的生物卻不在少數呢！

我國雲南省的大理，有一個蝴蝶泉，相傳每年四月二十五日，總有數不清的蝴蝶從四面八方前來聚會，構成一幅奇妙絢麗的圖景。這樣多的蝴蝶，爲什麼能夠聚在一起？據科學家最近的研究，蝴蝶之間是通過無線電聯繫的，蝴蝶頭部的一對觸角就是天線。蝴蝶放出的電磁波，能傳播得很遠，牠的同類用觸角收到這「無線電話」以後，就會確定對方在什麼地方，而前去聚會。

蝙蝠的體內有超聲波發射器發射超聲波，用來探索周圍空間，確定被探索物的方向和距離，辨別出牠是什麼。這種超聲波發射器的靈敏度和可靠度，超過人類目前能夠製造的同類儀器。蝙蝠喜歡捕食夜蛾，但夜蛾卻時常能逃避牠的襲擊，因爲夜蛾的身上裝有微弱的超聲波接收器，能夠接收到蝙蝠發射的超聲波。

響尾蛇能感覺到紅外線的輻射。某些深海的魚類好像一架精確的電壓、電流計，靈敏度幾乎達到幾億分之一安培。

隨著研究的深入，人們越來越多地發現各種生物所掌握的「技術」的奧祕。「生物技術學」這門新興的科學就這樣誕生了。

人們已經開始記錄魚類和鳥獸發出的超聲波，在捕魚和狩獵時，把超聲波放出來，使魚和鳥獸自投羅網。發送使鳥類驚恐的超聲波的器具，目前已經出現在飛機場上，用以嚇走干擾飛行的鳥羣；也可以用來代替「稻草人」，驚嚇害鳥，守衛果樹和莊稼。人們從各種生物的磁學、電學、超聲波、無線電通訊等「裝置」中，將能找到進一步提高人類製造的同類裝置的靈敏度和可靠度，找到減少能量消耗和縮小體積的途徑。大自然爲我們的科學研究作了多麼好的安排！

〔簡析〕

本文運用舉例法說明了「生物技術學」是怎樣誕生的，以及發展這門新興科學的重要性。

文章首先舉了六個例子：

信鴿——牠在飛行中依靠地球磁場的磁力線來定方向，所以把牠帶到很遠的地方也能準確無誤地回歸老家；蝴蝶——牠們之間通過無線電聯繫，頭部的一對觸角就是天線，放出的電磁波能傳得很遠，同類收到這「無線電話」以後，就會前去聚會；蝙蝠——體內有超聲波發射器，其靈敏度和可靠度超過人類目前能夠製造的同類儀器；蛾——身上裝有超聲波接收器，能接收到蝙蝠發射的超聲波，所以時常能逃避蝙蝠的攻擊；響尾蛇——能感覺到紅外線的輻射，某些深海魚類——像一架精確的電壓，電流計，靈敏度幾乎達到幾億分之一安培。這些典型例子清楚地表明「人們越來越多地發現各種生物所掌握的『技術』的奧祕」，「生物技術學」是一門前途廣闊的新興科學。

接著，文章又舉例說明發展「生物技術學」的重要性，爲讀者展現了一個美好的前景。由於通篇文章都是先舉例，後歸納，所以寫得具體清晰，通俗易懂，富有吸引力。

81 分類說明法

分類，是對事物進行分門別類、逐一說明的方法。這是一種分析性說明。這種分類，在形式邏輯中，是將屬概念分爲種概念，目的在於通過限制外延的辦法，充分地反映事物的特有屬性，使人們對事物的本質屬性和主要特徵認識得更清楚，了解得更全面。

常見的分類有兩種，即一次劃分和連續劃分。運用分類法介紹事物，可以從不同方面和不同角度對事物的各種類型及各種類型的具體內容和特有屬性，進行多層次的系統的分別說明，能收到清晰具體、系統全面、使人一目了然的效果。同時，劃分門類，分別說明，可以縮小範圍，突出重點，讓人們通過重點去具體認識複雜事物的全貌概況。因而，這樣的文章，能夠顯得條分縷析，層次井然，說事清楚，給人以深刻印象。

對事物進行分類說明，必須注意兩點。第一，分類要明確標準，確定角度。每次分類，只能依據一個標準。這樣，不同類別才能互相並列、互相排除；如標準不一，類別之間必定互相包含、互相交叉，不能反映事物的屬性。如果在同一篇文章中需要從幾個角度分類，則應在行文中交代清楚。第二，分類要系統、全面。即對事物的本質屬性和主要特徵的類別，要力求窮盡；如果只介紹其中部分類別，則無法正確認識事物。但在對各種門類分別說明時，又切忌面面俱到，而應詳略得當，突出重點，以免流於繁瑣，掩蓋事物的本來面貌。

例文：看雲識天氣

天上的雲，真是姿態萬千，變化無常。它們有的像羽毛，輕輕地飄在空中；有的像魚鱗，一片片整整齊齊地排列著；有的像羊羣，來來去去；有的像一床大棉被，滿滿地蓋住了天空；還有的像峯巒、像河川、像雄獅，像奔馬……它們有時把天空點綴得很美麗，有時又把天空籠罩得很陰森。剛才還是白雲朵朵，陽光燦爛；一霎間卻又是烏雲密布，大雨傾盆。雲就像是天氣的「招牌」，天上掛什麼雲，就將出現什麼樣的天氣。

經驗告訴我們：天空的薄雲，往往是天氣晴朗的象徵；那些低而厚密的雲層，常常是陰雨風雪的預兆。

那最輕盈、站得最高的雲，叫捲雲。這種雲很薄，陽光可以透過雲層照到地面，房屋和樹木的影子依然很清晰。捲雲絲絲縷縷地飄浮著，有時像一片白色的羽毛，有時像一塊潔白的綾紗。如果捲雲成羣成行地排列在空中，好像微風吹過水面引起的鱗波，這就成了捲積雲。捲雲和捲積雲的位置很高，那裡水分少，它們一般不會帶來雨雪。還有一種像棉花團似的白雲，叫積雲。它們常在兩千米左右的天空，一朵朵分散著，映著溫和的陽光，雲塊四周散發出金黃的光輝。積雲都在上午開始出現，午後最多，傍晚漸漸消散。在晴天，我們還會遇見一種高積雲。高積雲是成羣的扁球狀的雲塊，排列得很勻稱，雲塊間露出了碧藍的天幕，遠遠望去，就像草原上雪白的羊羣。捲雲、捲積雲、積雲和高積雲，都是很美麗的。

當那連綿的雨雪將要來臨的時候，捲雲在聚集著，天空漸漸出現一層薄雲，彷彿蒙上了白色的綢幕。這種雲叫捲層雲。捲層雲慢慢地向前推進，天氣就將要轉陰。接著，雲越來越低，越來越厚，隔了雲看太陽和月亮，就像隔了一層毛玻璃，朦朧不清。這時捲層雲已經改名換姓，該叫它高層雲了。出現了高層雲，往往在幾個鐘頭內便要下雨或者下雪。最後，雲壓得更低，變得更厚，太陽和月亮都躲藏了起來，天空被暗灰色的雲塊密密層層地布滿了。這種新的雲叫雨層雲。雨層雲一形成，連綿不斷的雨雪也就開始下降。

夏天，雷雨來到之前，在天空先會看到積雲。積雲如果迅速地向上凸起，形成高大的雲山，羣峯爭奇，聳入天頂，就變成了積雨雲。積雨雲越長越高，雲底慢慢變黑，雲峯漸漸模糊，不一會，整座雲山崩塌了，烏雲彌漫了天空，頃刻間，雷聲隆隆，電光閃閃，馬上就會嘩啦嘩啦地下起暴雨，有時竟會帶來冰雹或者龍捲風。

我們還可以根據雲上的光彩現象，推測天氣的情況。在太陽和月亮的周圍，有時會出現一種美麗的七彩光圈，裡層是紅色的，外層是紫色的。這種光圈叫做暈。日暈和月暈常常產生在捲層雲上，當捲層雲後面有一大片高層雲和雨層雲時，是大風雨的徵兆。所以有「日暈三更雨，月暈午時風」的說法。說明出現捲層雲，並且伴有暈，天氣就會變壞。另有一種比暈小的彩色光環，叫做華。顏色的排列是裡紫外紅，跟暈剛好相反。日華和月華大多產生在高積雲的邊緣部分。華環由小變大，天氣將趨向晴好。華環由大變小，天氣可能轉爲陰雨。夏天，雨過天晴，太陽對面的雲幕上，常會掛上一條彩色的圓弧，這就是虹。人們常說：「東虹轟隆西虹雨。」意思是說，虹在東方，就有雷無雨；虹在西方，將會有大雨。還有一種雲彩常出現在清晨或傍晚。太陽照到對面的天空，使雲層變成紅色，這種雲彩叫做霞。朝霞在西，表明陰雨天氣在向我們進襲；晚霞在東，表示最近幾天裡天氣晴朗。所以有「朝霞不出門，晚霞行千里」的諺語。

雲能夠幫助我們識別陰晴風雨，預知天氣變化，這對工農業生產有著重要的意義。我們要學會看雲識天氣，就要虛心地向有實踐經驗的人民學習，留心觀察雲的變化，在反覆的實踐中掌握規律。但是，天氣變化異常複雜，看雲識天氣當然有一定的限度。我們要準確地掌握天氣變化的情況，還得依靠當地的天氣預報。

〔簡析〕

這篇文章運用分類說明的方法，具體說明了雲的變化同天氣變化的關係，揭示了天氣變化的某些規律。

作者是怎樣分類的呢？首先從雲的不同屬性分類，分成「雲的形態同天氣的關係」和「雲的光彩同天氣的關係」兩部分，這樣就確定了文章的兩個大層次。「雲的形態同天氣的關係」這一部分又根據雲的不同特點分成兩類，一類是預兆晴天的薄雲，一類是預兆雨雪的厚雲，這樣第一大層次中劃分爲兩個小層次。然後，又根據雲的不同形態把預兆晴天的薄雲分成捲雲、捲積雲、積雲、高積雲四種，把預兆雨雪的厚雲分成捲層雲、高層雲、雨層雲、積雨雲四種，再依次一一說明它們的形態特徵以及與天氣的關係。

第二大層次根據雲上光彩現象的不同特點，把光彩分爲暈、華、虹、霞四種，然後，依次一一說明它們的特徵以及與天氣的關係。這樣寫層次清楚，條理分明，給讀者完整而深刻的印象。此外，這篇文章中還運用了比喻、描述等方法。使文章顯得具體形象，不呆板，不枯燥。

82 順序說明法

順序說明，是一種按照對象的特徵、發展規律，或人們認識過程的推進等方面的條理，以某種先後順序來說明對象的方法。這種說明順序主要有五種：結構順序，即按照事物結構的一定次序來進行說明，如從整體到局部、從外到裡等；時間順序，即按照事物發生和發展的一定次序來進行說明，如春夏秋冬，年月日等；空間順序，即按照事物空間聯繫的次序來進行說明，如上下左右、高低遠近等；邏輯順序，即按照事物各部分之間的邏輯聯繫來進行說明，如由主到次、由淺入深、由因到果等；觀察順序，即按照人觀察點的移動次序來說明事物等。然而，事物往往是錯綜複雜的，它們本身的條理也不是單一的。因而，我們在給予說明時，也往往不是單用某種順序，而是多種順序的綜合運用。

順序說明，就是「言而有序」。按照某種條理次序來說明事物，可以使文章先後有序，脈絡清楚，有條不紊，層次井然，給讀者一個清晰而完整的印象。同時，這種說明既便於介紹事物的性質特徵，也有利於揭示事物的相互關係，並且可以使讀者循序漸進地加深對這一事物的了解和認識，從而達到介紹事物、傳播知識的目的。

「文如看山不喜平」，對說明文同樣如此。而運用順序說明，稍不注意，文章就會流於平淡呆板。因此，在進行順序說明時，一要注意多種順序的綜合運用，使之由於順序的交叉而顯現變化；二要恰當運用一些修辭手法，使文章能夠顯得文詞優美，情韻動人。

例文：微型電子計算機

阿烈

不久前，我看到一種新式的電子計算機，它只有日記本那麼大，放在手心掂掂分量，只有半塊磚頭那麼重。這種電子計算機叫「微型機」，又叫「袖珍機」。這種「微型機」看上去像半導體收音機那樣小巧，但本領卻不小，每秒鐘竟能進行幾萬次計算！

電子計算機是由成千上萬個「細胞」——電子元件組成的。世界上第一臺電子計算機誕生於一九四六年，名叫「埃尼阿克」。它的「細胞」是電子管。兩、三個電子管，就有現在的微型電子計算機那麼大。因此，由上萬個電子管組成一臺整機，就重達三十噸，要佔好幾個大房間，真是個龐然大物。而它的效應呢，每秒鐘只能計算五千次，遠不如現在能放在手掌上的「微型機」。再說，電子管的玻璃罩容易損壞，壞了幾隻電子管，電子計算機就不能正常運算。

一九四八年，人們發明了用半導體材料製造電子元件——晶體管。一隻體積比鞭炮還小的晶體管，可以代替一隻普通燈泡那麼大的電子管。這樣一來，人們就採用小巧的晶體管作元件，製成了第二代電子計算機——晶體管電子計算機。晶體管電子計算機具有體積小、重量輕、壽命長、耗電少等優點。

循此繼進，人們在一九六四年，製成更爲小巧的集成電路。所謂集成電路，就是在只有幾平方毫米的一小塊硅片上，集中幾十個二極管、三極管、電容和電阻等電子元件。這樣一來，誕生了第三代電子計算機——集成電路電子計算機。

在最近幾年，人們不斷提高集成電路的「集成」程度，在幾平方毫米那麼小的硅片上集中的電子元件越來越多，多到幾千以至幾萬個，稱爲「大規模集成電路」、「超大規模集成電路」。像日記本那麼大的「微型機」，便是用大規模集成電路作「細胞」的第四代電子計算機，它只消用幾節很小的乾電池作電源就行了，性能可靠，使用壽命又長。現在，更小的電子計算機已經出現，國外有一種手錶式的「微型機」，有顯示時間、日曆、計算、記憶等多種用途。作計算時，可算到十一位數字。

小巧輕盈的微型電子計算機，可以作爲「電腦」裝在人造衛星、宇宙飛船、飛機和導彈上，用來導航，自動控制飛行。它也可以用來自動控制交叉路口的紅綠燈，自動駕駛汽車，它還會幫你料理家務呢。

〔簡析〕

本文按時間順序介紹了電子計算機產生、發展的過程，以及微型電子計算機的特點與功能，展示了電子計算機廣闊的發展前景。

文章從介紹微型電子計算機的體積、重量、本領開始，使讀者對微型電子計算機的「特異功能」感到驚奇。然後再按時間順序追述電子計算機飛速發展的歷史；從一九四六年誕生的第一臺電子管組成的電子計算機，到一九四八年製成的晶體管電子計算機，到一九六四年製成的集成電路電子計算機，到最近幾年製成的大規模集成電路第四代電子計算機——微型電子計算機，經歷的時間不長，但更新的速度很快。其特點是，體積愈來愈小（從「要佔好幾個大房間」，到「只有日記本那麼大」），重量愈來愈輕（從「重達三十噸」，到「只有半塊磚頭那麼重」），功能愈來愈强（從「每秒鐘只能計算五千次」，到「每秒鐘竟能進行幾萬次計算」），而且壽命愈來愈長，用途愈來愈廣，充分顯示了這門新興科學的强大生命力。文章最後又回到微型電子計算機上，把它的廣泛用途、神奇功能作了概括而簡略的介紹。

讀了這篇文章，你會感到視野開闊，印象深刻，讀者不僅了解了微型電子計算機的特點與功能，而且了解了電子計算機的發展歷史，獲得了較爲全面的關於電子計算機的知識；這種寫法，還能激起讀者愛科學、學科學的興趣。

83 問答法

問答法，是以雙方對話的方式解說和介紹某種事物的說明方法。它不同於作爲敍述描寫方法的對話。對話法，主要是用於刻畫人物形象，交代事件線索，發展故事情節，對話者(二人或更多的人)都是作品中的人物形象；而作爲一種說明方法的問答法，其作用則是說明某一事物的形狀、性質、特徵，功用等等，對話雙方其實都是作者本人。運用這種方法來說明事物，可以逐點交代，層層介紹，不僅可以使被說明的事物具體清晰，也可以使文章層次清楚，生動活潑，令人感到親切、新穎，引起讀者的興趣，表現出一定吸引力。

問答式說明一般有一問一答和甲乙對話兩種形式。一問一答式，是一方提問，另一方回答；回答就是說明的主體，提問則相當於這一部分說明的小標題。而甲乙對話式，則是雙方都有問有答，共同進行說明介紹。這兩種形式，都包含有「問」與「答」兩個因素。一問一答，要求問得集中，答得準確；問在關鍵上，答在點子上。甲乙對話，要求問與答自然交叉，和諧配合。

總的說來，運用問答法說明事物，「問」要根據事物的主要特徵和讀者可能存在的疑難提問。盲目設問，則不能引出有針對性的回答，無法說明問題；過多設問，則會流於瑣碎，將使對事物的說明缺乏應有的完整性。「答」，要簡明扼要。即要針對問題，抓住重點，突出特點不可長篇大論，面面俱到，否則，不僅令人感到枯燥乏味，而且也不得要領。

例文：　談學邏輯

問：學邏輯有什麼必要？

答：常言說，某人文理通順，某人說話條理清楚；這裡說的「文理」、「條理」就是邏輯。學了邏輯，可以幫助人寫起文章來文理通順，講起話來條理清楚。

問：那麼邏輯是一門寫文章和講話的學問嗎？

答：是，但又不是。邏輯是幫助人們合理地寫文章，合理地講話的科學；同時也是幫助人們合理地進行思想的科學。古人說：「言爲心聲」。語言文字是人的思想的表現形式，人怎樣講、怎樣寫，實際上就是這個人怎樣想的表現；一個人思想不清楚，不通順，他講起話來和寫起文章來也就不會條理清楚，文理通順。反過來說，要求說話條理清楚，寫文章文理通順，必先要求思想清楚，通順。所以應當說，邏輯是一門幫助人們合理地進行思想——合理地思維的科學。

問：那麼，邏輯到底有些什麼內容呢？

答：邏輯的內容主要有三部分：一講概念，二講判斷，三講推理。概念是人們思維的出發點。思維的過程就是認識的過程。人對某一種或某一類事物有了認識就形成一個概念。例如有人多次看到月季花，不但知道了它的名稱，並且經過仔細觀察，把它的枝幹、葉子、花朵等等的大小、形狀、色香等等都一一記在心裡，並把它開花的季節也弄清楚了，他對月季花就有了比較深入全面的認識，也就是在他腦子裡形成了「月季花」這個概念。以後他在別的地方又看到了花的時候，他就能作出「這是月季花」或「這不是月季花」或「這有點像月季花」的判斷。所以判斷是比概念進了一步的思維過程，它把概念階段的認識又向前推進了一步，擴大了認識的範圍。一個人作出判斷時，必須指出這個判斷的根據，說出他的理由，拿出他的論證。他的思想活動，並不是很簡單的；細細分析，就可以看出其中包含著這樣的過程：

一　月季花是怎樣怎樣；

二　這株花是或不是或不完全是怎樣怎樣；

三　所以這株花是或不是或有點像月季花。

這樣一種思想活動就叫推理（認識的推廣、擴大），這樣三步的過程叫做「三段論式」，因爲它是由三個判斷（在這裡，邏輯上叫做三個命題）組成的。前兩個判斷（命題）叫做前提，必須是已經確定無疑了的認識，後一個判斷（命題）是把前兩個判斷結合起來從而推論出的一個新成立的判斷，叫做結論，這是從舊認識的基礎上推演出來的新認識。所以推理又是比判斷更前進一步的思維過程，它把判斷階段的認識又向前推進一步，擴大了認識的範圍。

問：概念、判斷、推理各有什麼法則，可否講一講？

答：概念、判斷、推理各有其法則。概念要明確，自己用一個概念必須對形成這個概念的具體內容毫不含糊，就是說，用這個概念，到底指的是些什麼，有些什麼含義，必須明確，不能含糊。判斷要恰如其分，不誇張，也不貶抑；判斷是由兩個概念結合而成的，這兩個概念所含意義的多少、大小相當不相當，相當的程度多大，要由聯繫詞（即「是」或「不是」或「不完全是」）等等表明，這聯繫詞要用得恰當。「是」說成「不是」或「不是」說成「是」固然不恰當，「不完全是」說成「不是」或「是」也都不恰當。推理要前後一貫，不能「前言不對後語」，就是說，三段論式中三個命題所用的三個概念各見兩次，其內容必須前後一致，即其含義前後相同，不能有所變更，三個命題中的結合詞也須前後符合，不能前後不一樣。概念要怎樣才算明確，判斷要怎樣才算恰如其分，推理要怎樣才算前後一貫，都各有一定的、必須遵照的客觀規律。邏輯書就是闡述這些規律的，大家最好都讀一讀。

〔簡析〕

這篇文章用問答的方法寫的，共講了四個問題。第一、二個問題講為什麼要學邏輯，作者歸納了兩條：一是可以「幫助人們合理地寫文章，合理地講話」，二是可以「幫助人們合理地思維」。第三個問題講邏輯的主要內容，即概念、判斷、推理。第四個問題講概念、判斷、推理各有什麼法則。形式邏輯的基本規律是同一律、矛盾律、排中律，這些規律運用於概念、判斷、推理，就有一系列相應的具體法則，作者沒有一一介紹這些規律和具體法則，因爲文章的題目不是「談邏輯」，而是「談學邏輯」，所以作者只是對運用概念、判斷、推理等思維形式分別提出了主要要求，即「概念要明確」，「判斷要恰如其分」，「推理要前後一貫」。這四個問題歸納起來說明一個中心：我們應該學點邏輯。

這篇文章的特點是：問題提得鮮明而恰當，解答簡明而通俗；問題之間有一定連貫性，特別是第一、二兩個問題聯繫更爲緊密，第二個問題就是從第一個問題的答案中提出的。這樣一問一答，互相呼應，環環緊扣，使文章的內容不斷擴展、深入，結構緊湊、周嚴，讀起來感到親切、自然。

84　比擬法

比擬，就是藉助於擬人來說明、介紹事物的方法。我們說明一種事物，首先當然是要求說得準確精煉，但有時也要力求說得形象生動，在這方面比擬是較爲有效的一種。

在比擬中，擬人作爲一種說明方法，與它作爲描寫方法是大不相同的。後者，作用在於刻畫形象，敍述故事；而前者，作用則在於生動地說明事物的本質特徵。

比擬，在科普說明文中最爲常見。同舉例說明一樣，它在說明介紹事物時，能將抽象變爲具體、深奧變爲淺顯、複雜變爲簡明、陌生變爲熟悉、枯燥變爲生動，使讀者能夠準確地認識事物的基本屬性和主要特徵。此外，比擬說明運用得當，可以使文章解說明白而又準確簡練，淺顯易懂而又形象生動，讀來饒有興味。

運用比擬說明，一要精當準確，不可誇張比附，鋪陳摹擬，否則，文章就會冗贅駁雜，淹沒對事物的確切說明；二要貼切自然，這樣，事物中那些抽象的難於把握的本質特徵，才能變得具體明確，豁然如在目前。

例文：洲際導彈自述

一九五七年八月，我在蘇聯出世。消息傳開，曾經使全世界爲之轟動，因爲我是一種不可多得的戰略武器。從此以後，我就成了超級大國軍備競賽場上的第一號種子選手。

我們導彈大家庭中有許多成員。按起飛位置和攻擊對象可分爲地對地、地對空、空對空、空對地……，按飛行方式可分爲彈道式和巡航式，按射程可分爲近程、中程、遠程和洲際等。我是屬於地對地、彈道式，射程超過一萬公里的洲際導彈。

我們的名字和炮彈雖然只有一字之差，卻有著本質的不同，不僅外形尺寸大得多，而且內部構造的複雜程度也遠非炮彈所能比擬。

我錐形的腦袋裡裝的是核彈，人稱彈頭。接近目標時，彈頭同身體分離，衝向並炸毀目標。身體呈細長圓柱形，由發動機、制導系統和彈體結構三部分組成。有時彈體末端還有幾片尾翼，在飛行時有穩定作用。

發動機使我能在空中一邊飛行，一邊加速，越飛越快。我自己帶有氧化劑，能保證發動機在真空中也可以燃燒工作，直到推進劑（燃料和氧化劑）燒完爲止。

制導系統是我的大腦和神經中樞，它指揮我沿著規定的路線飛向目標。彈體結構把身體各部分聯結成一個整體。

我有時使用液體火箭發動機，人們叫我液體導彈。當我使用固體火箭發動機時，人們叫我固體導彈，尺寸和重量都比液體導彈小。

打起仗來要分秒必爭，時間就是勝利。液體導彈在臨發射前要加注推進劑，容易貽誤戰機，所以，原有的液體導彈都紛紛復員、轉業，去做發射人造衛星的運載工具，而留在部隊和新「參軍」的全都是固體導彈。

無論就身高、體重、射程和威力而言，我們「洲際」這一支在導彈家族中都是首屈一指的。我身高有二、三十米，胸圍三到五米，使用液體發動機時體重一百多噸，用固體發動機時體重二、三十噸。

彈頭的重量一般在一噸左右。爆炸的威力有的相當於一百萬噸，有的相當於幾十萬噸的梯恩梯炸藥。

我有飛得快、爬得高、打得準的絕技，具有強大的威懾力量。我的最大飛行速度可達每秒七公里以上，比聲音快五倍，一萬公里的路程，半個小時就飛完，即使對方的預警雷達網在飛行中途發現我，立即準備防禦或反擊，也已經是臨陣磨槍，措手不及了。在萬里征程中，我大部分時間飛行在幾百公里高的外層空間，那裡沒有空氣，可以通行無阻，高速前進，任何常規防空武器，對於我也只能作「高不可攀、鞭長莫及」的望空興嘆。在制導系統指引下，「我行我素」，外界干擾對我不起作用，飛行一萬多公里，彈頭命中目標的誤差不超過一公里，甚至只有二百米。

白天在太陽照射下，我那高大的身體會在地面上灑出一條細長的影子，偵察衛星在天上一眼就能識破我的真面目。爲了保護我免遭對方「先發制人」的打擊，六十年代初，人們把我從地面轉移到地下，藏在發射井裡，整裝待命，伺機出擊。隨著衛星偵察設備的不斷改進，從衛星拍攝的照片上可以發現地下發射井的位置，於是地下井也不安全了。人們又想出了「機動發射」的新招，把我裝在車輛上轉來轉去，迷惑對方。

俗話說：「一物降一物」，「有矛必有盾」。雖然我很厲害，但在預警雷達網和導戰預警衛星的監視下，我也不敢輕舉妄動。另外還有專門用來打我的反彈道導彈，更是我的寃家對頭。

然而，「道高一尺，魔高一丈」，我的本領也在不斷提高。七十年代，人們賦予我「分頭術」，在快接近攻擊目標時，我搖身一變，變出好幾個子彈頭，叫對方的預警雷達和反彈道雷達真假難分，防不勝防。幾個子彈頭能分別沿著不同的路線去打擊多個目標，在總的爆炸當量相等的情況下，多彈頭摧毀目標的效果比單彈頭大好幾倍。最多時我可以帶上八到十個子彈頭。這就叫做「分導式多彈頭」。「分導式多彈頭」大大提高了我的使用價值，一個能頂幾個用。這樣一來，蘇、美兩家在「限制戰略武器協議」中關於洲際導彈數目規定的條款就成了一紙空文。協議中規定：美國不許超過一〇五四枚，蘇聯不得多於一六一八枚。實際上，在配上了多彈頭以後，雙方有效的攻擊能力都增加了幾倍。

我自出世以來，完全被兩個超級大國所壟斷和控制。霸權主義者狐假虎威，拿著我到處張牙舞爪，擴張侵略，致使我也背上了「洲際搗蛋」的惡名。其實我是無辜的，我同一切武器一樣，是人製造的，由人操縱的。在擴張主義者的手裡，我可以成爲「助紂爲虐」的工具；在人民的手裡又能變成伸張正義的力量。

〔簡析〕

這篇文章運用比擬手法，介紹了有關洲際導彈的種種知識，並指出了人民掌握洲際導彈的重大意義。

本文在運用比擬手法方面，主要有以下幾個特點：一、以自述的方式寫，把洲際導彈人格化，讓洲際導彈以「我」的身分直接向讀者作自我介紹，娓娓而談，親切自然。二、在系統介紹洲際導彈的產生、類屬、構造、性能、發展及其作用時，恰當地運用了一些描寫人的詞語，如用「第一號種子選手」來說明洲際導彈的重要戰略地位，用「大家庭」來說明導彈種類的繁多，用「腦袋」、「身高」、「體重」、「胸圍」等詞語來形容洲際導彈的形狀、大小與重量，用「復員、轉業」、「參軍」等詞語來形容新、老導彈的更迭，用「我行我素」來形容洲際導彈在萬里高空中暢行無阻，用「冤家對頭」來形容洲際導彈的對手——反彈道導彈，這些描述具體形象，生動活潑。三、在注重趣味性的同時，嚴格遵守科學性和準確性的原則。如：介紹洲際導彈的身高、體重、胸圍、爆炸威力、飛行高度、速度、射程時，都用了一些具體可靠的數據，言之鑿鑿，令人信服。

總之，這篇文章既不是板著面孔說知識，也不是撇開實體事物講故事，既藉助了擬人的表現手法，又以介紹科學知識為旨趣，知識性與趣味性很好地結合在一起，使人讀起來興趣盎然，印象深刻。

85　比喻法

比喻說明，是通過打比方來介紹說明事物。這就是「以彼物比此物」，「以其所知喻其所不知而使人知之」，即用人們常見的、熟悉的事物比喻說明人們罕見的、陌生的事物。這是一種有效的說明方法。比喻說明，不同於比擬說明，比擬是以物爲人，比喻是以物喻物；比喻說明，也不同於記敘文和文學作品中的比喻方法，後者的比喻可以誇張鋪飾，前者的比喻要求準確，不能誇張。

比喻說明，可以說是一種形象的說明方法。運用比喻，可以把抽象複雜的事物介紹得具體生動，淺顯易懂；把陌見的陌生的事物解釋得形象清晰，簡明通俗，使人易於認識和了解。同時，使用比喻，可以突出說明對象，使它顯豁清朗，給人以具體深刻的印象；而且，它能使文章生動活潑，引起讀者的聯想，激發讀者的閱讀興趣，增强文章的吸引力。

運用比喻說明，應當注意兩點：一是兩物之間必須有可比性，即兩物具有相同相似的特徵或性質，否則，便不能構成比喻；二是兩物之間必須有說明性，即彼物應爲人所熟知和了解，否則，便無法進行說明。

例文：**海底世界**

你可知道，大海深處是怎樣的嗎？

海面上波濤澎湃的時候，海底依然很寧靜。最大的風浪，也只能影響到海面以下幾十米深。陽光射不到海底，水越深光線越暗，五百米以下就全黑了。在這一片黑暗的深海裡，卻有許多光點像閃爍的星星，那是有發光器官的深水魚在游動。

海底是否没有一點兒聲音呢？不是的。海底的動物常常在竊竊私語。你用水中聽音器一聽，就能聽見各種聲音：有的像蜜蜂一樣嗡嗡，有的像小鳥一樣啾啾，有的像小狗一樣汪汪，有的還好像在打鼾。牠們吃東西的時候發出一種聲音，行進的時候發出另一種聲音，遇到危險還會發出警報。

海裡的動物，已經知道的大約有三萬種。牠們各有各的活動方法。海參靠肌肉收縮爬行，每小時只能前進四米。有一種魚身體像梭子，每小時能游幾十公里，攻擊其他動物的時候，比普通的火車還快，烏賊和章魚能突然向前方噴水，利用水的反推力迅速後退。還有些貝類自己不動，能巴在輪船底下做免費的長途旅行。

海底有山，有峽谷，也有森林和草地。植物的色彩多種多樣，有褐色的，有紫色的，還有紅色的。最小的單細胞海藻，要用顯微鏡才能看清楚。最大的海藻長達二三百米，是地球上最長的生物。

海底蘊藏著豐富的煤、鐵、石油和天然氣，還有陸地上儲藏量很少的稀有金屬。

海底真是景色奇異、物產豐富的世界！

〔簡析〕

這篇文章介紹了海底世界的奇異景色，豐富物產，主要是介紹海底的動物。人們對於海底的情形是陌生的，爲了使讀者對海底世界有一個具體的認識、鮮明的印象，作者在介紹海底動物時運用了比喻的方法。如：「在這一片黑暗的深海裡，卻有許多光點像閃爍的星星，那是有發光器官的深水魚在游動。」這一比喻能使讀者想像到海底世界的動人情景和深水魚的奇異特點。如果去掉比喻，只說「在黑暗的深海裡游動著許多有發光器官的深水魚」，是不能喚起讀者的想像的。

又如：「你用水中聽音器一聽，就能聽見各種聲音：有的像蜜蜂一樣嗡嗡，有的像小鳥一樣啾啾，有的像小狗一樣汪汪，有的還好像打鼾。」這些比喻會使人感受到海底世界的勃勃生氣與奇妙色彩，有如臨其境、如聞其聲之妙。如果不用這些比喻，海底世界的那些微妙的聲音是絕對沒有辦法形象地再現出來的，因而也就不能達到使讀者認識海底世界並激起對科學的興趣的目的。由此看來，介紹那些人們罕見的，陌生的事物時，運用比喻是一種非常有效的手段。

86 描述法

在寫作中，敍述、描寫、議論、說明等手法往往是交叉運用，很難截然分開。不過，由於表現對象和寫作目的不同，而各有側重，各有主體。正因爲如此，才有夾敍夾議、論說相生以及描述說明等「邊緣」表現手法。所謂描述法，即描述說明，就是通過對人物的心願或事物的特徵進行一定程度的敍述描繪，來介紹某一事物的方法。運用這一方法介紹事物，可以在清楚明瞭的基礎上，增加一些形象性和感情色彩，使被說明的事物形貌具體，特徵鮮明，具有實感，易於爲人所理解；同時，也使文章免於空論平淡，而顯得具體形象，清晰生動，具有吸引力，能給讀者留下深刻印象。

描述說明，包含有說明和描述兩個因素。但這兩個因素並非對等而書，其中，說明是主體，描述是輔助，或者描述是爲了說明，說明藉助於描述。因此，運用描述法介紹事物，說明問題，不同於敍述故事，刻畫人物，切不可鋪陳渲染，細緻刻畫，而必須以說明事物爲依據，講究恰當、貼切、有分寸。這是其一。其二，這兩種因素不可「貌合神離」，二者並立，而應當是自然結合，融爲一體，說明中有描述，描述就是說明，從而使說明顯得更眞實可靠，具體動人。

例文：水

小朋友，你們知道水嗎？

水是由氫元素和氧元素組成的，每一個水分子中含有兩個氫原子與一個氧原子，因而它的分子式是H_2O。

純淨的水在正常狀態下是無色、無味的透明液體，但它不是一成不變的。洗過的衣服，一曬就乾了；長久不下雨，河裡的水也會慢慢地少下去。這是怎麼回事？原來，水也有脾氣。它喜歡變，它常常不聲不響地變成水氣跑了，尤其是在酷熱的日子裡。跑到哪兒去了呢？化作雲彩遨遊太空去了。在遨遊中，一旦遇到冷空氣，它就緊緊抱成一團，淅淅瀝瀝地叫喊著，又回到了地面。在嚴冬，它就凝結成美麗的雪花，飄悠悠地向著冰凍的大地落下來。待到太陽暖和了大地，它又蒸發升騰，重新活躍起來。這就是說，水的形態隨著氣溫條件的變化而不斷地變化著。

當然，我們平時看到的都是成液體狀的水。在湖泊裡，微風吹拂，碧波盪漾；在那懸崖峭壁上，瀑布「飛流直下三千尺，疑是銀河落九天」；在洶湧澎湃的汪洋大海裡，水又似千獅咆哮，萬馬奔騰，更顯示出它的磅礴氣勢。……自然界的水有聲有色，千姿百態！

講到水的用途，那可大啦。我們日常煮飯、燒菜、洗衣裳，樣樣都得用水。人的生活離不開水，發展工農業和交通運輸更不能沒有水。水對農業更加重要。因為一切農作物沒有水就不能生長，而搞好了水利，農田得到灌溉，農業就能獲得大豐收。為了發展農業，多打糧食，我國修建了成千上萬個大小水庫，開了水渠，治了河道；有的地方還穿巖繞嶺把河水引上山呢，真是人間奇蹟！

小朋友，水是多麼重要。我們一定要珍惜每一滴水，充分利用它，叫它乖乖地為人類服務。

〔簡析〕

這篇文章對水的構成、形態和用途作了全面而生動的介紹，在介紹水的形態變化和常態時運用了描述手法。如：「洗過的衣服，一曬就乾了；長久不下雨，河裡的水也會慢慢地少下去。這是怎麼回事？原來，水也有脾氣。它喜歡變，它常常不聲不響地變成水氣跑了，尤其是在酷熱的日子裡。跑到哪兒去了呢？化作雲彩遨遊太空去了。」這一段描述了水由液態變氣態的過程，形象、具體，能啓發讀者的想像。又如：「在遨遊中，一旦遇到冷空氣，它就緊緊抱成一團，淅淅瀝瀝地叫喊著，又回到了地面。在嚴冬，它就凝成美麗的雪花，飄悠悠地向著冰凍的大地落下來。」這一段描述了水由氣態變爲液態或固態的情形，也很具體、生動。至於對水的常態的描繪，如湖泊裡的碧波，懸崖上的瀑布，大海裡的浪濤，那就更是寫得有聲有色，鮮明逼眞，使人有如臨其境之感。

但是，作者的全部描述都是爲說明服務，爲介紹知識服務的，並非詠物言志或借景抒情，因而大大增强了說明的效果，使讀者對水的特性和用途有了深刻印象。

議論

「理形於言，敍理成論」。議論，就是擺事實，講道理，論是非。即作者通過事實材料和邏輯推理來闡明自己的觀點，表明贊成什麼或反對什麼。議論有兩種形式，一是闡述正面論點「表明贊成什麼」的，以「立」爲主，叫做「立論」；一是駁斥反面論點「表明反對什麼」的，以「破」爲主，叫做「駁論」。

議論，總是由論點、論據和論證組成。論點，是作者的觀點或主張，必須正確、鮮明；論據，是以論據證明論點的事實和道理，要求確鑿、典型；論證，是以論據證明論點的過程，要求周密、合理。

議論，是議論文寫作的主要方式，但在其他各類文章中運用也較爲廣泛。「心與理合」，「義貴圓通」。在議論中，如何有力地對論點展開論證，把說理闡發得全面深刻，令人心服，這就需要切實地了解論證的規律，熟悉各種論證的方法，並能靈活運用。下面，我們介紹一些主要的論證方法。

87 歸納法

歸納法，是通過若干個別事例，概括它們的共同屬性，綜合它們的共同本質，從而得出一個反映普遍規律的論點的方法。這是一種經常使用的論證方法。它的特點是：從個別到一般，符合人類認識活動的規律。人們對客觀事物的認識，是通過實踐活動，接觸一個個具體事物，得出許多個別性判斷，然後由此得出一般性結論，從而揭示事物的本質。歸納法，包括歸納證明和歸納反駁；人們常說的歸納法，卻往往是指歸納證明。它在論證中運用較爲普遍。

亞里斯多德在《論辯篇》中指出：「歸納法是有說服力和簡單明瞭的，從感性認識的觀點看來是比較方便和簡單易行的」。他是從邏輯推理的角度來闡述的。但這種概括，對於說明歸納法在寫作中所能收到的效果，也是適用的。

歸納法，由於是從大量事實出發來證明論點，講說道理，切實可信，因而能以理服人，具有較强的說服力。其次，由於運用歸納法總是要集中地舉出一系列事例，如此排列而下，有時造成了表述上的排比句式，因而，文章往往顯得語意暢達，文勢連貫，條理分明，甚至還可以表現出一定的感情色彩。

運用歸納法，一要事例典型，二要事例眞實。這就要求文章在列舉事例時，必須選擇有代表性的典型事例，以揭示事物的本質。同時事例要確鑿，應當選擇客觀存在的事實，切不可以虛假的事例作爲論據。

例文：要做一個有理想的人

理想是一個美麗而動人的字眼，它召引著千千萬萬的人不息地奮鬥，執著地追求。早在兩千多年前，作爲一個普通農民的陳勝，就有要成爲一個爲國捐軀的英雄的理想。他樹立了要推翻秦王朝殘暴統治的志向，因此，當人譏笑他時，他就豪邁地說：小鳥怎麼能知道大雁的志向呢？理想使他終於在大澤鄉領導了中國歷史上的第一次農民起義，成爲農民的領袖。試想：如果他沒有這樣遠大的理想，能在大澤鄉一下子鼓動並領導農民起來抗爭嗎？可見，理想是多麼重要呀。

這樣的事例不但古代有，現代亦有。就說優秀青年張海迪吧，她從小就身患絕症，隨時都受著死亡的威脅，但她卻做出了很多正常人所做不到的事情，這豈不是奇蹟？這是因爲她從小樹立了遠大的理想，立志要成爲一個對祖國對人民有用的人。有了理想，她就力量倍增，勇敢地向困難挑戰，頑强地戰勝困難而取得成功。理想簡直就成了滋潤她生命的露水。

理想與成功的例子，在外國也不乏其人。意大利足球隊的「鋼門」佐夫，從小就立志要成爲一名出色的門將，雖然他由於身材弱小而遭到不少挫折，但他的遠大理想卻堅定不移，經過艱苦的奮鬥，終於在一九八二年世界杯大賽中，率領意大利隊勇奪了金杯。啊，又是理想在放射光芒！

古今中外，這樣的例子真是數不勝數。然而，陳勝這個二千多年前的農民；張海迪這樣一位患高位癱瘓的殘廢人……他們尚且能樹立遠大的理想，我們八十年代的新一代青年，更要有崇高的理想，偉大的志向了。

理想是行動的指南，是前進的動力，要成爲一個有作爲的人就必須有理想。讓我們駕起理想的翅膀，成爲一個有理想的人吧。

〔簡析〕

本文論述了從小樹立遠大理想的重要性。文章先列舉了陳勝、張海迪、佐夫三個典型事例，然後歸納出論點：要成爲一個有作爲的人，必須從小樹立起遠大的理想。

這篇文章的優點是：一、舉例典型。文章列舉的事例，有古代的，現代的，中國的，外國的，有普通的農民，身患絕症的病人，條件不佳的弱者。這些人，由於「從小樹立了遠大理想」而「取得成功」，因而有力地說明了理想是使事業獲得成功的指南和動力。二、論證有力。論據與論點之間的關係不是簡單相加，每提出一個事實論據之後都有一、二句精當的分析議論，如「試想：如果他沒有這樣遠大的理想，能在大澤鄉一下子鼓動並領導農民起來抗爭嗎？可見，理想是多麼重要呀。」「有了理想，她就力量倍增，勇敢地向困難挑戰，頑強地戰勝困難而取得成功。理想簡直就成了滋潤她生命的露水。」「啊，又是理想在放射光芒！」這些話加强了論據與論點之間的勾連，並突出了中心。另外，三個論據按由古及今，從中到外的順序排列，條理清楚，層次分明；論據之間注意了過渡，如「這樣的事例不但古代有，現代亦有」，「理想與成功的例子，在外國也不乏其人」，這些過渡句加强了論據之間的聯繫，使文章顯得思路清晰，氣勢連貫，中心突出，論證有力。

88 例證法

清人劉熙載說：「人多事多難遍論，借一論之」。即選擇典型的有代表性的個別事例，來論證觀點。這種舉例說明的論證方法，通常叫做例證法。例證法與歸納法在邏輯思維形式上並無不同，它們的區別只是表現在使用論據的方法有所不同。歸納法是先擺出若干個別事例，最後歸納出結論，例證法則是先提出論點，然後以事實證明之。

議論文中的事例，不同於記敍文中的事例。在記敍文中，事例是情節的有機組成部分，本身就是一種描寫對象；因而，對它要展開敍述描繪，以情動人。在議論文中，事例只是一種論據，是爲議論說理服務的手段；因而，要簡明概括，不能鋪敍細描，它往往帶有一定的政論色彩。

運用例證法，就是「據事以取義，援古以證今」（《文心雕龍・事類》）。這表明，其中事例主要有兩大類，即歷史事例和現實事例；此外，還有數字實例。歷史事實，常常是最可靠的論據，可以啓迪人們認清現實生活中類似的現象；現實事例，又大都是人們熟悉的事實，這些事實過去不久或仍在目前，不容置疑；統計數字，則更顯精確可靠。「事實勝於雄辯」，用這樣一些事例來證明觀點，當然正確、眞實、鮮明，令人信服。

運用例證法，關鍵在於選例。第一，應當選擇具有典型性和代表性的事例。這種事例往往爲人熟知，眞實可信。第二，「援古」是爲了「證今」，因而選擇事例，應如劉勰所說的「用舊合機」，即要切合現實，與所論觀點有密切關係。

例文：自由和必然

世界萬事萬物都是有規律地發展的。這些規律是客觀的，是不依人們的意志爲轉移的。只有認識規律，按照規律辦事，事情才能辦成功。如果不認識規律，違反規律，沒有不失敗的。

哲學上所說的自由和必然是什麼呢？它們的關係是怎樣的呢？規律就是必然。人們通過實踐，只是認識了事物的規律，還不是自由的，只有進一步在實踐中學會正確地運用規律，使主觀符合客觀，變主觀的東西爲客觀的東西，即在實踐中得到預想的結果，那才是真正的自由。

至於那些通過書本取得理性知識的人，沒有實踐經驗，對規律的認識只是停留在抽象的理解上，如果又不願意到實踐中去學習、去運用，這種人既不能真正認識規律，更不能掌握規律，也就根本談不到是自由的。

我們且舉一些例子來說明。

一個人光懂得一些游泳的道理和規則，卻不到水裡去反覆實踐，他是不會游泳的，在水裡是沒有自由的。

打乒乓球也是一樣。如果把徐寅生的《關於如何打乒乓球》讀了多少遍，就是不練，不多練，在乒乓球臺前絕不能打得得心應手，運用自如。

原子分裂會釋放出大量的能量，這個道理是自然科學家早就懂得的。但是，只有經過科學實驗，造成原子的分裂，人們才開始有運用原子能的自由。

戰國時代趙國有個將軍，名叫趙括，從小熟讀兵書，自以爲天下無敵。他的父親趙奢卻真正了解他，早就說過：「破趙軍者必括。」果然，這位紙上談兵的將軍，一領兵打仗，就被秦軍打得落花流水，連自己的命也送掉了。

如何進行革命戰爭，一開始我們也是不會的，是在革命戰爭的實踐中，打了一些勝仗，也打了一些敗仗，不斷總結自己的經驗，逐步掌握了革命戰爭的規律，勝仗越打越多，才最後取得了戰爭的勝利。

綜上所述，我們可以看到，自由不僅是對規律的認識，對必然的認識；更重要的是在實踐中善於運用規律，在實踐中得到預想的結果，才有真正的自由。

〔簡析〕

本文一至三自然段提出論點。第一自然段是導言，確立立論的基礎；第二自然段從正面提出論點；第三自然段則從反面提出論點。提出論點後，接連舉了幾個例子證明論點，最後一個自然段再次歸納，重申論點。文章結構嚴謹，論點鮮明，論據充分，論證有力。

這篇文章在運用例證法方面有以下幾個優點：

一，選例典型。選用的事例有體育方面的，有建設方面的，有科學技術方面的，有軍事方面的，有古代的，有現代的，而且每一個例子都很典型，都有說服力。這樣，幾個例子合起來，就從各個不同的方面全面而有力地證明了論點。

二，敘述簡要。對典型事例沒有作細緻鋪寫，只是抓住關鍵，概括敍述，三言兩語就把事實說得一清二楚，並且緊扣論點，處處勾連。

三，安排合理。文章中列舉的事實論據，按由淺入深、由簡單到複雜的原則安排。關於游泳和打乒乓球的事例最容易爲人們所理解和接受，所以放在前邊說；原子能的運用和紙上談兵的故事，一般來說，人們也早有所聞，所以安排在第三、第四位；革命戰爭的例子，雖然爲大家所熟悉，但事情複雜，範圍廣泛，概括敍述不免有些抽象，理解的難度較大，所以放在後面。作者這樣安排材料，即符合人們的認識規律，也符合本文的寫作意圖。

89 分析法

「離開具體的分析，就不能認識任何矛盾的特性。」在議論文寫作中，通過分析問題進行論證，以揭示事物本質特徵的方法，就叫分析法。分析的方法就是辯證的方法。它要求將客觀事物或某一問題解剖成比較單純明瞭的組成部分，找出它們的本質屬性及其彼此關係，加以考察，以揭示論點與論據之間內在的必然聯繫，從而將觀點建立在不可動搖的堅實基礎上。

分析法同例證法一樣，都是常用的最基本的直接論證方法。而且，在實際運用中，分析總是藉助於舉例，實例又必須進行分析，二者常常結合在一起，相輔相成。同時，分析還往往離不開綜合。分析，能使議論細緻深入，體現出理論深度；綜合，能使議論精括完整，體現出原則高度。先分後合，相反相生。不過，這並非公式，應視論證的需要而定。如果無須綜合，也可以不加綜合。

文章要有不容置疑、無可辯駁的說服力，一靠具體而周密的分析，二靠充分而確鑿的論據。以眞實有力的論據爲基礎，進行嚴密合理的分析，視理而破，層層深入，可以切中肯綮，充分顯露出客觀事物的內部聯繫和本質特徵，使文章的論點立於不敗之地。同時，在文章中，說理周密往往表現爲結構嚴謹，說理暢達往往表現爲文勢貫通，文章可以因此而增强邏輯性和吸引力。

「論如析薪，貴能破理」。分析，首先要抓住實質。「抓住它的實質，這才是可靠的科學的分析方法」。如果在分析中只見現象，不見本質，文章定然是無的放矢，「理屈詞窮」。其次，要說理周密。「義貴圓通」，「彌縫莫見隙」，應當將論點可能存在的問題、讀者可能產生的疑問，在分析中一一予以論說，使之周到嚴密，無懈可擊。

例文：儉以養德

「靜以修身，儉以養德」（諸葛亮《誡子書》），節儉不僅是經濟問題，而且還可能牽聯到一個人的思想品質。

一個人的腦子，容量總是有限的。這方面想得多，那方面就想得少了。腦子裡過多地想如何吃，如何穿，如何玩，就不可能有更多的精力和時間去考慮工作和勞動的問題。

魯迅的一條褲子穿了好幾十年了。孫伏園受周老太太之託勸他換一條新棉褲。魯迅說：「豈但我不穿棉褲而已，你看我的棉被，也是多少年沒有換的老棉花，我不願意換。你再看我的鋪板，我從來不願意換藤綳或棕綳，我也從來不願意換厚褥子。生活太安逸了，工作就被生活所累了。」

是魯迅連一條棉褲也穿不起嗎？當然不是；是魯迅吝嗇嗎？當然更不是。魯迅對青年、對革命，向來是十分大方、慷慨的。魯迅深刻地領悟到這一真理：工作容易被安逸的生活所累。許多人都會有這樣的經驗：物質的追求和安逸的生活可以分散人們在工作、學習上的精力；還可以養成人們拖拉懶散的作風！此其一。

其二，如果你是一個國家幹部或者先進的勞動者，還得考慮到你的一舉一動都會對周圍的人發生影響。

高爾基在回憶列寧的時候，寫道：「生活儉樸，沒有煙酒的嗜好，從早到晚忙於複雜而又困難的工作，他完全不會關心自己，可是仔細地注意周遭人的生活。」高爾基感到列寧有一個生活邏輯：「人們過活得壞，那就是說，我也應當過活得壞。」

當大多數人生活水平還比較低的時候，你在生活上過分突出，一方面容易脫離羣衆；另一方面如果相互效尤，形成風氣，也就會無形中浪費了本來可以節省下來的國家物質財富。

其三，一個人開始學會大手大腳花錢的時候，他總是有條界線的，這就是限於自己的工作收入。但是，由儉入奢易，由奢入儉難。大手大腳花慣的人，這道界線也就岌岌可危了。

「儉以養德」，當然不是諸葛亮時代的封建道德，而是當今該提倡的美德。艱苦樸素是我們的光榮傳統，發揚光大，不亦宜乎？！

〔簡析〕

本文一開始就提出「儉以養德」的論點，即提倡節儉，培養好的道德品質。爲什麼要提倡節儉呢？文章接著從工作學習上、社會影響上、思想品質上對不講節儉的危害性作了深入的剖析，擺出了三條理由：

一、過分的物質追求會分散人們工作、學習的精力；

二、過分的物質追求容易脫離羣衆，並將對周圍的人發生不良影響；

三、過分的物質追求有可能蛻化變質、腐化墮落，甚至走上犯罪道路。

應該指出的是，作者對三條論據的安排是經過精心考慮的，不是隨便擺的。第一條論據所指出的危害程度略輕一些，放在前面；第二條論據所指出的危害性大，放在第二；第三條論據所指出的危害性最大，擺在最後。三條論據，由輕而重，層層推進，一層進一層地論證了論點。因此，文章顯得層次清楚，條理分明，分析透闢，論證有力。

90 演繹法

演繹法，是根據已知的一般原理推斷個別事物，得出新結論和新觀點的論證方法。演繹法，有著與歸納法截然不同的特點。第一，論點與論據的關係不同：歸納法的論點與論據之間的關係是或然的，是論點包容論據；而演繹法的論點與論據之間的關係是必然的，是論據蘊涵論點。第二，論證進程的方向相反：歸納法是從個別到一般；而演繹法卻是從一般到個別。

演繹法用來進行論證的主要是理論論據。它包括經典著作的原話、衆所周知的科學原理和道理、長期流傳的格言警句等。由於論據的確鑿無疑及其與論點之間的必然聯繫，因而，運用演繹法來進行論證，可以加强文章的邏輯力量，具有較大的說服力。同時，由於進行演繹論證，往往是將不容置疑的論據放在文章的前面，似乎不許對由此推出的新結論、新論點有任何懷疑，可以收到先聲奪人的效果。

在演繹論證中，關鍵在於對作爲論據的一般原理，必須有一個全面準確的理解，不可斷章取義或曲解原意；否則，推出的論點必然錯誤。其次，一般原理要正確地運用於與之相適合的特殊事物，即特殊事物的屬性必須包括在一般原理之中；否則，也不能必然地證明論點的正確性。

例文：天下興亡 匹夫有責

幾天來，當我看著民族英雄文天祥豪情洋溢的《指南錄後序》時，我總是心潮起伏，熱血沸騰，在心中一次又一次地感嘆：古往今來的英雄啊，你們無不把「天下興亡，匹夫有責」作爲自己的神聖信念，作爲自己的誓死諾言。

「救北宋，匹夫有責。」文天祥不顧自身安危，歷盡千辛萬苦，爲救國操戈策馬，灑盡鮮血。他寫的《指南錄》的「指南」，就是「向著宋朝」。這表現了他身陷囹圄、心懷祖國的民族氣節。

文天祥有這樣一句豪言：「人生自古誰無死，留取丹心照汗青！」中國的歷史上，有多少個像文天祥那樣的志士仁人，他們的愛國精神時刻在激勵著後來人。

今天，中國的青年，在頭腦裡也立下了一個信念：「保江山，匹夫有責。」

在那「中國向何處去」的十字路口，在「四人幫」飛揚跋扈的一九七六年，天安門廣場人潮滾滾，到處迴盪著「若有妖魔噴鬼火，斬妖自有後來人」、「神州自古多義士，豈容王莽再篡權」的誓言。這是出自人民對國賊的無比憤恨，出自人民捍衛祖國的强烈責任感。

在那越寇肆意挑釁、踐踏我民族尊嚴的時刻，妻子送郎上戰場，母親送兒去前方。炮火中多少個英勇的指戰員，高喊著「把最艱巨的任務交給我！」衝了上去。

啊！我偉大的祖國，每當你遇到險風惡浪，你的兒女總是挺身而去，把自己的鮮血和生命獻給你。英雄們的大無畏的舉動不正是他們心中「天下興亡，匹夫有責」的信念的最好體現嗎？

「天下興亡，匹夫有責」是英雄的信念，也應該是我們每一個青年應有的抱負。祖國的前途和我們「匹夫」的利益息息相關，我們對她應抱有强烈的責任心，應該把祖國的前途與我們自身的遠大抱負緊密地結合在一起。

我們是中華兒女，我們是英雄後代，我們是祖國的希望，我們是時代的未來。我們要像無數捨生忘死的民族英雄那樣，把「天下興亡，匹夫有責」作爲自己的畢生誓言，爲振興中華而英勇奮鬥！

〔簡析〕

本文的論點是：青年人應把「天下興亡，匹夫有責」作爲自己畢生的誓言，爲振興中華而英勇奮鬥。

作者是怎樣證明這個論點的呢？

文章首先列擧了古往今來的民族英雄、保衛祖國的英雄「愛國」、「救國」、「衛國」的事例，歸納出「天下興亡，匹夫有責」歷來都是中華優秀兒女的堅定信念的結論。然後以此爲大前提，運用演繹法，推導出正確的結論（即論點）。

具體推理過程如下：

「天下興亡，匹夫有責」歷來是中華兒女的堅定信念：
我們是中華兒女；
所以，我們也要以「天下興亡，匹夫有責」爲神聖信念。
「天下興亡，匹夫有責」在不同的歷史時期有不同的具體内容，在今天，它的具體内容是振興中華；
我們以「天下興亡，匹夫有責」爲神聖信念；
所以，我們要爲實現四化、振興中華而英勇奮鬥。

本文推理正確，邏輯性强，抒情色彩濃厚，具有震撼人心的作用。

91 類比法

類比，是把兩類(或兩個)某些屬性基本相同或相似的事物，放在一起進行比較，從而得出有關結論的方法。這是一種間接論證方法。其特點是：從個別到個別。即用另一類含意明確的事物來證明這個事物的明確含意;「這個事物的含意」,就是文章所要論證的觀點(結論)。這種論證必然包括著兩類事物,二者缺一不可;這兩類事物往往存在著兩種關係:即比較與比喻(因而,有人認為類比是通過打比方來證明論點的方法)。這裡的比較,並非雙方對等相比,而主要是用「另一類事物」來比較「這個事物」。而「另一類事物」大都是人們所熟知的具體事物或實例。因而,它有時可以對「這一事物」起比喻作用。

類比是一種形象化的論證方法。當「另一類事物」是故事、寓言或具體事例時,使文章說理具體生動,發人深省;行文明快活潑,饒有趣味;從而收到文章精練,內容豐富的效果。同時,由於比較適於突出事物的特點,比喻便於顯示事物的內涵,所以,類比運用得當可以較好地揭示事物的本質特徵,從而有力地證明論點的正確性。

但是,類比畢竟只是一種論證的輔助方法。它得出的結論是否正確,往往還待實踐證明。文章如果只用類比論證,便會顯得說理不夠充實;因此,它須同別的論證方法結合使用。此外,用以類比的兩類事物之間,共同屬性越多越好。如果以本質屬性進行比較,結論則更為令人信服;兩類事物如果沒有或極少共同屬性,則不可類比。

例文:呂叔湘先生說的比喻

葉聖陶

最近聽呂叔湘先生說了個比喻，他說教育的性質類似農業，而絕對不像工業。工業是把原料按照規定的工序，製造成爲符合設計的產品。農業可不是這樣。農業是把種子種到地裡，給它充分的合適的條件，如水、陽光、空氣、肥料等等，讓它自己發芽生長，自己開花結果，來滿足人們的需要。

呂先生這個比喻說得好極了，辦教育的確跟種莊稼相仿。受教育的人的確跟種子一樣，全都是有生命的，能自己發育自己成長的，給他們充分的合適的條件，他們就能成爲有用之才。所謂辦教育，最主要的就是給受教育者提供充分的合適條件。

辦教育絕不類似辦工業，因爲受教育的人絕對不是工業原料。唯有沒有生命的工業原料可以隨你怎麼製造，有生命的可不成。記得半個世紀以前，豐子愷先生畫過一幅漫畫，標題是《教育》。他畫一個做泥人的師傅，一本正經地把一個個泥團往模子裡按，模子裡脫出來的泥人個個一模一樣。我現在想起那幅漫畫，因爲做泥人雖然非常簡單也算得上工業：原料是泥團，往模子裡一按就成了產品——預先設計好的泥人。可是受教育的人絕非沒有生命的泥團，誰要是像那個師傅一樣只管把他們往模子裡按，他的失敗是肯定無疑的。

但是比喻究竟是比喻，把辦教育跟種莊稼相比，有相同也有不相同。相同的是工作的對象都有生命，都能自己成長，都有自己成長的規律。不同的是辦教育比種莊稼複雜得多。種莊稼只要滿足莊稼生理上生長的需要就成，辦教育還得給受教育者提供陶冶品德、啓迪智慧、鍛煉能力的種種條件，讓他們能動地利用這些條件，在德智體各方面逐步發展成長，成爲合格的建設社會的人才。

對受教育者提供充分的合適的條件，讓他們各自發揮能動作用，當然比把他們往模子裡按難得多。但是既然要辦教育，就不怕什麼難，就必得把這副難的擔子挑起來。

〔簡析〕

本文運用一個比喻、一幅漫畫，把應當如何辦教育這個問題說得清清楚楚，明明白白。

文章首先引用呂叔湘先生說的比喻，「教育的性質類似農業，而絕對不像工業」，然後對這個比喻進行具體的闡發、補充。

闡發分三步進行。第一步，把教育與農業進行類比，指出辦教育跟種莊稼在特點、規律上相仿，「受教育的人的確跟種子一樣，全都是有生命的，能自己發育自己成長的，給他們充分的合適的條件，他們就能成爲有用之材。」第二步，把教育與工業進行比較，指出辦教育絕不類似辦工業，「因爲受教育的人絕對不是工業原料。唯有沒有生命的工業原料可以隨你怎麼製造，有生命的可不成。」並援引豐子愷先生題爲《教育》的漫畫，進一步豐富、證明了呂先生的比喩。第三步，把教育與農業的不同之點進行比較，指出辦教育比種莊稼複雜得多，「種莊稼只要滿足莊稼生理上生長的需要就成，辦教育還得給受教育者提供陶冶品德、啓迪智慧、鍛煉能力的種種條件，讓他們能動地利用這些條件，在德智體各方面逐步發展成長，成爲合格的建設社會的人才。」經過這麼一闡發、豐富、補充，呂先生說的比喩就具體化了，明確化了，把辦教育的特點、規律說得一清二楚，而又形象生動。

文章最後點明了題旨，語重心長，令人深思。

92 引證法

在寫作中，通過引用事理作爲論據，來證明論點的論證方法，叫引證法。所謂事理，一般包括經典作家的言論、科學上的公理和原理、盡人皆知的常識以至內涵精警的格言成語等等。這也是一種運用理論論據進行論證的方法。但是，它與演繹法不同，演繹法是從理論論據中推出論點，而引證法則是以理論論據證明論點。

劉勰說：「明理引乎成辭」。成辭即所引事理的語言形式。由於成辭的內容已被公認，經得起考驗，是客觀眞理，無須再加證明，具有較大的權威性和鮮明的理論性，所以，直接引來作爲論據，既能增加文章的理論色彩，給人以確鑿可靠、不容置疑的感覺，使文章具有令人信服的力量，又能給人以精練深刻、生動活潑的印象，使文章在理論闡述中表現出一定的感人的力量。

不過，引證法只是一種輔助性論證方法，往往要同其他論證方法結合使用。在具體運用中，要注意兩點：第一，引用要準確，即所引言論、事理，要注意內容的科學性、理解的正確性、運用的針對性。如果引用的事理本身還需證明，或者所用並非原意，或者論點論據脫節，論點就失去支撐而不能成立，甚至成爲謬誤。第二，引用要精粹，即要少而精，不可連篇累牘，堆砌言論事理，而缺乏生動實例和具體分析。否則，文章必然累贅單板，教人不得要領，失去說服力。

例文：談勤奮

世界上有許多著名的科學家、文學家和藝術家，像著名的科學家愛因斯坦、祖沖之；著名的文學家魯迅、高爾基；著名的藝術家貝多芬、梅蘭芳等等。也許有人會說：「這些人都是天才。」可是，縱覽古今，橫觀中外，無論哪一個有建樹的科學家、文學家和藝術家，無不是經過一番勤奮、苦鬥，才取得成就的。

有這樣一個故事，說的是一個愛講廢話而又不肯勤奮學習的青年，整天纏著大科學家愛因斯坦，要他公開科學成功的祕訣。愛因斯坦被他纏得沒辦法了，就給他寫了一個公式：A＝x＋y＋z。然後告訴他：「A代表成功，x代表勤奮，y代表正確的方法，z代表少說廢話。」這個公式，包含著真理，它表明：一個人要想在科學上取得一點成績是不容易的，它既要求人們在學習時要有正確的方法，又要求人們少說廢話，多幹實事，更重要的是要求人們有一個「勤」字。

馬克思曾經說過：「在科學上沒有平坦的大道，只有不畏勞苦沿著陡峭山路攀登的人，才有希望達到光輝的頂點。」馬克思是這樣說的，也是這樣做的。他每天起早摸黑，廢寢忘食地工作和學習。爲了了解資本主義的發展規律，馬克思堅持每天到圖書館查閱資料，風雨無阻，寒暑不輟，用辛勤的汗水澆灌他親手栽下的科學之樹。日復一日，年復一年，整整四十年哪，終於結出了勝利的果實，寫出了世界上第一部關於研究資本主義發展規律的科學巨著——《資本論》。

「不經一番冰霜苦，哪得梅花放清香。」這是我國著名的表演藝術家俞振飛老先生在向青年演員傳授技藝經驗時説的，也是他發自肺腑的感受。確實，經過一番勤學苦練才成爲著名表演藝術家的俞振飛老先生，走過的是一條不平凡的藝術道路。在這崎嶇的小路上，他灑下了辛勤的汗水，付出了艱苦的勞動，費盡了畢生的心血，經過一番「冰霜苦」，終得「梅花放清香」。

「業精於勤荒於嬉。」這是我國古代文學家韓愈留給後人的名言。這就是説：勤奮可以使學業更加精深，鬆懈就會使學業荒廢。現在我們的知識還是很貧乏、膚淺的，如果不勤奮學習，就不能很好地爲社會主義四化貢獻力量。「勤」字應該成爲我們學習上的座右銘。高爾基説過：「我撲在書本上，就像飢餓的人撲在麵包上一樣。」我們正像飢餓的人非常需要麵包一樣，非常需要學習，需要勤奮地學習。

綜上所述，我們不難悟出其中的道理：只有勤奮學習，我們才能在科學和藝術上取得成就。勤奮，是通向科學、藝術高峯的階梯。

〔簡析〕

本文開始提出論點：「無論哪一個有建樹的科學家、文學家和藝術家，無不是經過一番勤奮、苦鬥，才取得成就的。」然後，運用引證法證明論點：

論據一，科學家愛因斯坦的話：「A＝x＋y＋z」（即成功＝勤奮＋正確的方法＋少說廢話）。

論據二，革命導師馬克思的話：「在科學上沒有平坦的大道，只有不畏勞苦沿著陡峭山路攀登的人，才有希望達到光輝的頂點。」

論據三，著名表演藝術家俞振飛的話：「不經一番冰霜苦，哪得梅花放清香。」

論據四，我國古代文學家韓愈的話：「業精於勤荒於嬉。」蘇聯著名文學家高爾基的話：「我撲在書本上，就像飢餓的人撲在麵包上一樣。」

這些閃閃發光的名言，都是革命導師、科學家、文學家和藝術家們從自己的生活體驗中提煉出來的、感受最深的東西。它們最濃縮地反映了某些生活眞理或客觀規律，富有哲理意義。因而引用這些名言，不僅大大加强了文章的論證力量，也大大增强了文采，給了讀者以更多的啓迪和敎益。

當然，引證法只是一種輔助手段。本文除了運用引證法外，還運用了例證法與分析法，三者有機地結合在一起，才使文章如此觀點鮮明，有血有肉，雄辯有力。

但是，一般來說，引證法又是一種必不可少的輔助手段。這篇文章如果去掉這些引用的名言，雖然仍然能成爲一篇文章，仍然能證明論點，但其論證力量就差遠了，其理論光輝也失去了。

93 比較法

比較，就是通過幾個事物或同一事物的幾個方面的比較來證明論點的方法。這是一個重要的寫作方法，在其他各種體裁的文章中也經常運用。比較，包含兩個方面，即比較物與被比較物。運用比較證明，就是通過這二者的對照，確定其相同與相異之點，從而說明一個道理，表示一種觀點；因爲，在這種比較中，肯定什麼，否定什麼，褒揚什麼，貶斥什麼，在二者的互相映襯對照中，可以得到顯豁的表現。

比較論證，不同於類比，更不同於記敍文中的對比。類比，是兩個相同或相似方面的對照；對比，是兩個不同方面的對照；而比較，則不只是兩個方面，還可以是更多方面的對照，也不只是不同方面的對照，還有相同方面的對照。此外，用於對比的事物必須具體敍述，乃至生動描繪；而用以比較的事物則是論據，要求敍述概括，簡明扼要。在具體運用中，應當注意這三種方法的區別。

俗話說：「不怕不識貨，只怕貨比貨。」有比較才有鑑別。比較，不僅能把道理說得清楚明白，通俗易懂，而且能突出事物的特徵，給讀者留下鮮明印象，加深對論點的理解。同時，運用比較證明，往往還能形成一定的對比映照，既能使文意更加充實，又能使文勢較爲生動，從而增强文章的說服力和吸引力。

進行比較證明應當注意，用作比較的幾個方面，應有某種聯繫，即其性質、特徵等有其相同、相似或相異之處；否則，隨意拉來幾個事物進行比較，便無法證明論點。

例文：在不顯眼的席位上

吳方

在茅盾文學獎首次發獎大會上，六部長篇小說的作者獲了獎。人們在這條新聞中注意到一句話：「在不顯眼的席位上，還坐著六部作品的責任編輯。」我覺得這句話寫得好，不僅是因爲沒有抹殺編輯的功勞，感人的是，這些編輯仍然像他們的工作一樣，堅持著「不顯眼」

的風格。確實，連作家本人也承認，在他們的作品中含有編輯的辛勤工作。而今天，當他們的工作也獲得了人民的讚揚時，他們仍然甘於坐在不顯眼的席位上。

在這些不顯眼的人面前，那種追逐浮名的現象不禁黯然失色。在生活中，有人只要做了一點兒事，就生怕人家不知道，總要擺上自己的大名才覺得風光。一部電影或一部電視劇可以把分工精細的演職員表拉得很長；一個並非創作的錄像，也得掛上一堆人名，把本來很簡明精練的片頭片尾，變成了工作機構花名册。某些商店、企業請人書寫招牌，不論雅俗，不管功能和效果，也不管是否真具有書法特色，卻偏要弄上題款，甚至做成立體的，使自己的大名必得跟在「××門市部」之後。這些畫蛇添足的做法，除了唯恐人家不知道外，又能有什麼意思呢？

高適曾贈友人兩句詩：「莫愁前路無知己，天下何人不識君。」讀起來有一種慷慨灑脫的境界。這境界也屬於那些埋頭苦幹、不務虛名、虛懷若谷的人。儘管他們的努力是「無名」的，卻真正爲人所深知，所熟識。

〔簡析〕

本文運用比較論證的方法，讚揚了埋頭苦幹、不務虛名的人，批評了某些人「追逐浮名」的不良思想行爲。作者有感而發，以情動人；文章短小精悍，犀利有力。

文章首先讚揚六部獲獎作品的責任編輯：在獲獎作品中包含著編輯們的辛勤工作，可是，「當他們的工作也獲得了人民的讚揚時，他們仍然甘於坐在不顯眼的席位上」，仍然堅持著「不顯眼」的風格，虛懷若谷，可敬可佩。繼而批評與之完全相反的不良社會風氣：「有人只要做了一點兒事，就生怕人家不知道，總要擺上自己的大名才覺得風光」，於是，一部電影或電視的片頭片尾，「變成了工作機構花名册」，某些人給商店企業寫塊招牌，也要「弄上題款」，畫蛇添足，大殺風景。

相形之下，一個高尚，一個低下，一個令人肅然起敬，一個被人嗤笑鄙棄，對比鮮明，褒貶有力。

文章最後引用高適的兩句詩「莫愁前路無知己，天下何人不識君」，高度讚揚了一切埋頭苦幹、不務虛名的人那種慷慨灑脫的襟懷，使文章情理相生，更爲感人。如果這篇文章不運用比較手法，或褒或貶，取其一端，絕不可能產生現在這樣感人的力量。

94 引申法

引申，是通過對某一具體事例進行由此及彼、由點及面的引申和擴展，使論點更加鮮明突出的論證方法。引申法的特點，也是從個別到一般；這個論證過程，與歸納法是相同的。但是，它們的論證方法卻並不相同：歸納，是通過對若干具體事例進行總結、歸納、概括論點；引申，則是通過對某個具體事例進行擴展、引伸，突出論點。而在論證方法上，引申法與歸謬法卻有相同之處，都是對某一具體事例進行合乎邏輯的引申得出結論；但它們引申的內容截然不同：歸謬法是對具體事例的荒謬性進行引申和擴展，多用於駁論；引申法是對具體事例的正確性進行引申和擴展，多用於立論。

引申論證是一種帶有聯想色彩的論證方法。它通過對具體事例的合理引申和擴展，以强調的方式揭示它的內涵，突出它的意蘊，從而說明道理，闡發觀點。這樣，文章的論點往往顯得特別鮮明豁朗，引人注目。而且，由於引申是步步擴展，層層生發，表現在文章結構上，則是環環相扣，層次井然，可以增强文章的邏輯力量。

運用引申論證，關鍵在於引申要合理，不能違反邏輯，無視客觀事物間的內在聯繫；否則，就得不出正確結論，更談不上突出論點。其次，引申要節制，要講究分寸，切不可隨意生發，漫無邊際；否則，必定揆違情理，得出錯誤結論。

例文：聽廣播想到「快」

中央人民廣播電臺四月二十一日晨新聞和報紙摘要節目，播發了一條快訊，報導中國乒乓球隊在第三十六屆世乒賽中的戰績。半小時內，同一件事三次播出，交換了三個內容，使人耳目一新，越聽越愛聽。第一次播出女隊已榮膺冠軍，男隊比賽正在進行；第二次播出男女隊雙獲冠軍；第三次播出戰果，並加了國家體委的賀電。就在這次節目中，還及時配了短評。這條消息很快很新，聽了使人振奮。新聞記者、編輯和播音員們夜以繼日緊張工作的動人情景，浮現於眼前，令人敬佩。

由此想到，全國十億人民，各行各業，如果都像電臺這次廣播這樣「快」起來，一掃拖拉、疲沓惡習，爭分奪秒，不失時機，講求速度，講求效率，那麼實現四化就有保證了。

快，是精神振奮的標誌之一。廣播電臺這次帶了一個好頭。在振興中華的熱潮中，期待各行各業更快地傳出更新的捷報。

〔簡析〕

這篇短評論述了「快」，指出快是精神振奮的標誌，是實現四化的保證。作者是怎樣闡明這一論點的呢？不是例證，不是歸納，也不是演繹，不是類比，而是引申、擴展、生發。

文章首先讚揚中央人民廣播電臺工作上的高效率、高速度：「半小時內，同一件事三次播出，交換了三個內容，使人耳目一新，越聽越愛聽。」於是想得「新聞記者、編輯和播音員們夜以繼日緊張工作的動人情景」，不禁油然而生敬意。由此聯想到「全國十億人民，各行各業，如果都像電臺這次廣播這樣『快』起來……講求速度，講求效率，那麼，實現四化就有保證了。」這就是由點及面、由此及彼、由小及大地引申。這一引申，使高效率、高速度的意義更顯豁、更鮮明、更突出了，因而也就從個別事物（廣播的「快」），推論出一個帶有普遍意義的結論（各行各業「快」，四化就有保證），這個結論即論點。

文章最後對「快」的實質作了揭示，指出「快是精神振奮的標誌之一」，并號召各行各業的人們向中央廣播電臺的工作人員學習，振奮精神，加快步伐，頻傳捷報。文章一事一議，短小精悍，豁人耳目。

95 遞進法

遞進，就是先將論點解剖成幾個相互具有遞進關係的層次，然後逐層進行分析和闡述，以證明論點的方法。這些層次，也可以說是一些分論點。它們與論點的關係，是部分與整體的關係；它們相互之間，則是相繼相續的遞進關係，是一個邏輯上的先後序列。

遞進論證，體現著一個剝荀式的論證步驟。這是一種常用的基本論證方法，它是沿著人們邏輯思維的常規順序，一層一層地展開闡述，一步一步地進行分析，由表及裡，由淺入深，逐層遞進，逐步深入。這樣，說理充分，論證周嚴，既可以全面地闡發論點的豐富內涵，又可以深刻地揭示論點的理論深度，從而將論點建立在不可動搖的堅實基礎上，令人堅信不疑。而且，運用這種論證方法，也可以使文章的氣勢流轉，文脈貫通，層次分明，邏輯嚴密，從而增强說服力和吸引力。

運用遞進論證，應當注意層次與論點之間以及各個層次之間的內在聯繫。一是各個層次都必須是論點的有機組成部分，絕不可與之毫無關涉；否則，分層論證，並無補於論點的證明和建立。二是各個層次之間都必須是遞進關係，絕不是平列、從屬或其他什麼關係；否則，便不能構成遞進論證，當然也無法證明論點。

例文：欲成事，必立志

「志不立，天下無可成之事。」這是從古至今的一句至理名言。古今中外，凡有所作爲、有所成就者，無一不把這條真理作爲自己行動的準繩，也無一沒有一個崇高的志向。古代的歷史學家司馬遷之所以含辛茹苦幾十年，完成《史記》這部歷史、文學巨著，這是因爲他從青年時代起，就立志寫一部空前的史書；馬克思立志改革舊的社會，而寫下了《資本論》；居里夫人立志獻身化學事業而兩次獲得了諾貝爾獎金；年輕的數學家陳景潤之所以能在攀登哥德巴赫猜想的數學高峯中，獨步人前，就是因爲他上初中時就立下了摘取數學皇冠上明珠的雄心壯志……志向、理想如大海中的航標燈，引導人們向既定目標前進。一個人立定了崇高的志向，奮鬥有目標，前進有動力，就有希望到達光輝的頂點。否則，就會如迷失方向的航船，隨波飄流，今日不知明日事，庸庸碌碌、渾渾噩噩地虛度光陰，空擲年華，白了少年頭，仍是一事無成。所以，欲成事，先立志。青年人應把立志作爲一生中的大事來認真對待。

當今青年處於繼往開來的偉大時代，歷史賦予我們一個建設現代化國家的崇高使命。在這特定的歷史條件下，青年人應立什麼樣的志，更是一個嚴肅的問題。志爲人之魂。任何時代，都有兩種不同的志向標準。不同的志向反映人的不同思想、不同靈魂。有的人立志爲人類的進步、社會的發展做出貢獻，這樣的志向是崇高的。成千上萬爲革命獻身的先烈、古今中外爲科學事業做貢獻的科學家、在各條戰線上做出貢獻的人們都是這樣的人。他們的思想是充實的，靈魂是純潔高尚的。他們是搏擊時代風雲的雄鷹，是時代的有用之材。可也有另一種人，不是立志爲人類、爲社會的進步繁榮而盡責，而立志在向社會進行貪婪的索取，以填補自己無法滿足的慾壑。這樣的「志向」是渺小的，這種人思想是空虛的，靈魂是骯髒的。他們是時代的蛀蟲。

在要不要立志、立什麼志的問題上，不是每個青年都能正確對待的。在當今的青年中，有崇高志向的人是很多的。他們把理想、志向與實現四化的宏偉目標結合起來，以堅韌不拔的毅力，向著光輝的目標前進，創造社會的美好未來，也創造自己美好的明天。但也應看到，有另外一些人，妄自菲薄，總覺得自己這塊「料」不能幹成什麼大事，因而胸無大志；有些人雖有理想，有志向，有幹一番事業的念頭，但一遇挫折，就悲觀失望，把美好的理想、志向忘得乾乾淨淨，被無情的現實撞得粉碎。至於極少數爲個人私利而蠅營狗苟、投機鑽營者，他們的這種「志」是被時代所唾棄的，應迅速改弦更張，走上正道。

志在專，志在奮，有志者事竟成。數學家華羅庚只上過初中，年輕的數學家張廣厚考中學時曾一度落榜；愛因斯坦、達爾文年輕時甚至被認爲是平庸的人。但是由於他們志向專一，勤奮好學，都成爲傑出的人才。因此，成功的關鍵決定於對所立的志向是否能精誠如一、鍥而不捨地奮鬥，也就是説是否「專」、是否「奮」。有些人好高騖遠，見異思遷，今日想學物理，明天想攻數學，游移不定，結果什麼也沒有學到。十年動亂，青年一代喪失了許多寶貴時間，更應該從基礎工作做起，切不要學習東漢的陳藩，立志要掃天下，成大業，可是自己的庭院很髒，卻懶得去掃幾下。而應該胸懷大志、腳踏實地、不怕失敗、不怕挫折，向既定的目標進擊。

「山重水複疑無路，柳暗花明又一村。」美好的未來在招手，年輕的朋友們，勇敢地前進吧。

〔簡析〕

本文論述了「立志」的問題，在內容上與《要做一個有理想的人》有相同之處，但論證的方法不同，深度與廣度也不同。《要做一個有理想的人》用的是歸納法，著重論述樹立理想的重要性，本文則用遞進法，不僅論述了立志的重要性，而且論述了立志的內容與要求，在深度和廣度上都進了一層。

本文可分爲四個部分。第一部分談爲什麼要立志，作者從正反兩個方面證明了「古今中外，凡有所作爲，有所成就者」，都是「先立志」，無志者將「一事無成」；第二部分論述應立什麼志，指出「任何時代，都有兩種不同的志向標準」，青年人應「立志爲人類的進步，社會的發展做出貢獻」，向社會貪婪地索取「志向」是渺小的；第三部分分析青年人的思想狀況，指出在要不要立志，立什麼志的問題上，存在四種情況：多數人立定了崇高志向，有些人胸無大志，還有些人雖有理想，但一遇挫折就悲觀失望，極少數人爲個人私利而投機鑽營；第四部分闡述怎樣立志，作者從正反兩個方面舉例證明「志在事，志在奮，有志者事竟成」，好高騖遠、見異思遷是什麼也得不到的。四個部分緊密相連，層層深入，全面而深刻地論證了

「欲成事，必立志」的論點。文章條理清楚，結構嚴密，邏輯性强，很有說服力。

96 直駁法

直駁，就是直接了當地反駁對方論點的方法。這是反駁論點的基本方法。實際上，無論運用什麼反駁方法，無論是反駁論據還是反駁論證，歸根結底，都是爲了否定對方的論點。這是一切反駁的根本目的。而直駁，則是反駁論點中最常用的方法。

直駁法，包括有三種主要形式。即例證反駁、事理反駁和乘隙反駁。例證反駁，是立論的「例證法」在駁論中的運用，所不同者，一個證明什麼是正確，一個證明什麼是謬誤；其長處在於事實爲證，不容置辯。事理反駁，是正面說理，從理論上進行深入的剖析，揭露對方論點的錯誤；其長處在於理直氣壯，聲勢奪人。如果說這兩種形式是指「用什麼反駁」，那末，乘隙反駁則是指「怎樣反駁」，這就是抓住對方論點的漏洞和矛盾，以其之矛攻其之盾；其長處在於使對方不攻自破，眞相畢露。總的說來，針鋒相對地直接反駁對方論點，如同兩軍相逢，短兵相接，步步進逼，「刀刀見血」，使文章顯得有聲有勢，沛然如流，具有較大的雄辯力量。

運用直駁法，反駁固然直接有力，但切忌將文章做得平直乏味。這就需要選用生動實例，或使用一些修辭手法，或配合運用其他反駁方法，使文章能顯得「議論風生」，詞藻煥然，有氣勢，有韻味。

例文：「羨慕」小議

說起「羨慕」，我就想起小時候的一件事。一天，媽媽帶著我上街，在玩具店裡媽媽給我買了個橡皮小人兒，我拿著不過幾分鐘，忽然看到另一個小孩子手裡捧著個漂亮極了的大娃娃，我心裡不免直癢癢，眼睛盯著看，真想也有一個。媽媽發覺了，當即怪罪說：「羨慕別人的東西，真沒出息。」我第一次知道「羨慕」這個詞，但它是與「沒出息」連在一起的。

無獨有偶，不久前，我與一些同學參觀了西方某國在上海舉辦的航空展覽。回來後餘興未散，在教室裡談論起來。老師聽見了，批評我們道：「羨慕外國，沒骨氣。」從「沒出息」至「沒骨氣」，「羨慕」一詞似乎是一個不祥不善之物，非滅絕了不可。果真如此嗎？我認爲：

否！

什麼是「羨慕」？羨慕就是對別人有的，而自己沒有的事物表示嚮往和期待，它是一種常見的心理活動，本身没有什麼不妥。嚮往和期待不是一件壞事，而是一件好事，因爲很多人的努力和登攀往往是從嚮往和期待開始的。蘇聯著名小說《鋼鐵是怎樣煉成的》一書中的主人公保爾，就十分羨慕偉大革命者牛虻和加里波第的戰鬥精神，這成爲他參加革命，馳騁疆場，爲人民大衆而戰鬥的動力；著名數學家陳景潤學生時代就十分仰慕歷史上的偉大科學家，期待著揭開數學王國的祕密，這成爲他以後幾十年艱苦努力、鍥而不捨、忘我工作的思想基礎。以上事例足以說明，許多革命者、科學家的奮鬥和努力，往往是從羨慕、嚮往、期待開始的，可以說羨慕是他們奮鬥、登攀的起點。

由此看來，「羨慕」並非没有出息，而是恰恰相反，「很有出息」。

同樣，現階段的青年們羨慕外國，也不能一概而論地斥之爲「没有骨氣」。我們羨慕外國，是感到他們的生產技術如此發展，能節省很多的人力物力，能廣泛地提高人民的生活水平，有了雄厚的物質基礎，大霸小霸也不敢輕擧妄動、隨意挑釁。我們希望自己的祖國也能這樣發達、強大，由此而產生了羨慕外國之情。這個羨慕在我們絕大多數青年的心中將化爲建設自己祖國的決心，外國能做到，我們也能做到，而且要做得更好。爲此我們將會發奮地學習，爲趕超世界先進水平而奮鬥。這樣的「羨慕」有什麼不好？怎能說是「沒有骨氣」呢？當然，青年中盲目地羨慕外國的也有，他們只注意外國生活好的一面，卻不知道差的一面。這是需要教育和引導的。我們相信大多數的青年是能夠從「羨慕」中獲得骨氣和勇氣，而骨氣和勇氣正是我們這一代建設者不可缺少的寶貴財富。

綜上所述，「羨慕」不是什麼不祥之物，而是一種能激勵人們努力上進、爲事業而奮鬥的推動力量。因此，我們不但不應該去指責、批評羨慕，而且應當鼓勵青年「羨慕」前者、他人的成就，從羨慕中獲得勇氣和力量。事實也證明青年們是很容易從「羨慕」中吸取力量的，比如我自己在念初中時，英語極差，那時我真羨慕那些英語成績優秀的同學。不久，我從羨慕到勤奮，漸漸超過別人，不但獲得了優良成績，而且能在外語雜誌上發表文章。因此可以認爲：只要在「羨慕」問題上加以引導，是可以造就一大批勤奮有爲的人才的，這將是我們祖國强大的力量和基礎。

讓我們青年人「羨慕」吧，在羨慕中競爭，在羨慕中取得力量，變羨慕爲勤奮，使祖國强大起來，讓別人羨慕我們！

〔簡析〕

本文從敍述生活中遇到的兩件小事開始，自然地提出問題，引出反面論點：一曰「羨慕別人的東西，沒出息」，二曰「羨慕外國，沒骨氣」。然後針鋒相對地直駁這兩個論點。作者先運用舉例法，列舉了保爾、老一輩革命家及數學家陳景潤的事例，說明「許多革命者、科學家的奮鬥和努力，往往是從羨慕、嚮往、期待開始的」，「羨慕是奮鬥、登攀的起點」。這就有力地駁倒了所謂「羨慕就是沒出息」的錯誤看法；後運用分析法，分析了有些青年「羨慕外國」，是希望「自己的祖國也能這樣發達、强大」的心理，指出這種羨慕之情「將化爲建設自己祖國的決心」，化爲「趕超世界先進水平」的動力，與盲目崇拜外國的人不能相提並論，這就駁倒了所謂「凡羨慕外國就是沒骨氣」的模糊認識。

在駁倒反面論點之後，作者歸納出正面論點：羨慕「是一種能激勵人們努力上進、爲事業而奮鬥的推動力量」。「不但不應該去指責，並且應當鼓勵青年從羨慕中獲得勇氣和力量。」並以自己從羨慕到勤奮、到獲得優良成績的實例，雄辯地證明了這個論點。這樣正反論證，先破後立，不僅進一步駁倒了反面論點，而且開拓了一種新的境界，有發人深省的作用。

文章的結尾號召青年在羨慕中競爭，「變羨慕爲勤奮，使祖國强大起來，讓別人羨慕我們！」精警深刻，簡潔有力，很能振奮人心，鼓舞鬥志。

97 反證法

反證，是通過對反論題(與原論題相對立的論題)的論證，來證明原論題的正確或謬誤的方法。這是一種間接論證方法。它的特點，是議論在彼，目的在此。反證，包括間接證明和間接反駁兩個內容。間接證明，是根據形式邏輯關於不可同眞、必有一假的「矛盾律」通過論證反論題的謬誤來證明原論題的正確，是以反駁爲證明手段；間接反駁，是根據形式邏輯關於不可同假、必有一眞的「排中律」，通過論證反論題的正確來反駁原論題的謬誤，是以證明爲反駁手段。

反證法中的反論題，有時是客觀存在的，不得不予以論證；有時是論者假設的，爲便於展開論證。在這種論證中，由於同時擺出了截然相反的兩個論題，它們在客觀上便形成了一定的對照、對比，因而，能夠突出地顯現其是非分明性，使被肯定的論題更見其正確，被否定的論題更見其荒謬。而且，這種方法運用得當，常常可以使論證更充分，析理更深刻，說服力更強。此外，運用反證，由於不是直接了當地證明或反駁，而是近乎「旁敲側擊」，因此，文章雖是議事說理，卻能顯出生動靈活。

運用反證法的關鍵在於：兩個論題必須確為對立，性質相反，是互相抵牾、不可共存的。這樣，通過對反論題的論證，原論題的正確性和謬誤性才能得到有力的無可懷疑的證明。其次，在論證中，雖然是直接面向反論題，但必須時時顧及原論題，切不可離開肯定或否定原論題的目的，而去展開證明或反駁。

例文：　不知足才常樂

古人云：「知足常樂。」意思是說，一個人知道滿足，他就會永遠快樂。如果把這話理解為今天的青年在生活上知足，不作不切實際的追求，倒也不錯。但是要從對事業的追求上來理解，這話卻是不對的。

常樂的源泉在於奮鬥，在於創造，在於探索。從根本上來說，就在於不知足。只有不知足，才能勇於奮鬥，勇於創造，勇於探索，才能不斷地獲得新的快樂；知足了，停滯了，快樂的源泉便告枯竭。

在政治領域裡不能知足。舊中國，人民飢寒交迫，受盡欺壓，只有無窮無盡的憂愁，沒有一時片刻的歡樂。如果在這種社會裡，人們還「知足」，那麼人民就只有永遠愁苦，而不會常樂。新中國成立了，人民當家作主，人人喜笑顏開。但是，如果滿足於眼前的成就，不去解決新的歷史條件下產生的新問題，不願繼續奮鬥，那麼社會就不會發展，人民就會抱怨，也就不會有永遠的快樂，甚至已得到的快樂可能還會喪失。

在經濟上不應該知足。建國以來，生產力在不斷提高，人民的生活水平在不斷地改善，這是事實。但是，我們不能滿足。須看到，我國的經濟水平比起某些發達的國家，還相差很遠，必須迎頭趕上。否則，我們就會被人瞧不起，被人恥笑，「落後就會挨打」嘛，那也不會有什麼常樂。並且，隨著人們生活水平的提高，人們對物質生活的要求也越來越高。如果我們不去繼續奮鬥、繼續創造而停滯不前的話，人民不僅不會常樂，恐怕還會抱怨呢！

在科研上不應該知足。衆所周知，十九世紀英國大科學家牛頓青年時代才華橫溢，創造了牛頓力學，天體力學，奠定了物理學的基礎，對科學技術的發展起了巨大的作用。但是他半途而廢，在取得成績之後，躊躇滿志，自我滿足，不再深入研究，因此，他在後半生裡，就顯得庸庸碌碌，黯然失色了。

在文藝創作上也不應該知足。我們來看看郭老創作的劇本《屈原》吧，這個劇本，無論是藝術構思，還是遣詞造句，無不精妙絕倫，從而淋漓盡致地表現了詩人屈原的愛國主義精神。可是，你可曾知道，郭老爲了修改這個劇本花了多少精力？他接受演員的建議，把「你是個無恥的文人」這句臺詞改爲「你這個無恥的文人！」就是其中的一例。試想，如果初稿一出，郭老就心滿意足，不加修改、潤色，這個劇本還能有如此大的魅力嗎？再如宋代詩人王安石爲了推敲「春風又過江南岸」這句詩，把「過」字改爲「到」「遍」「滿」「吹」等，都不滿意，繼續探求下去，終於找到了「綠」字，使全篇振起，成了傳頌千古的名作。如果王安石滿足於那些平庸的「到」「過」……，恐怕這首詩也早被人們遺忘了吧？

在學習上，更不應該知足。宋代「神童」方仲永本來天資穎慧，但是他父親拿他當搖錢樹，不讓他好好學習下去，結果使他成了「庸人」。六朝時才華橫溢的江淹，由於晚年做了大官，滿足於安逸的生活，不再刻苦鑽研，結果弄得個「江郎才盡」。我還聽說有這樣一些同學，他們在初中時學習成績本來挺好，後來卻自滿了，不肯苦學，現在作文經常落得個「平常」的評語，數理化成績甚至還不及格呢！這還不足以引起我們的警惕和深思嗎？

可見，知足是非常有害的。知足，就會目光短淺；知足，就會裹足不前；知足，就會目空一切；知足，就會一事無成；知足，能使勤奮者變得懶惰，使有才者變得愚昧，它能消磨人的意志，它能給人們帶來無窮無盡的憂愁。而只有不知足，不能高瞻遠矚，謙虛好學，勇往直前，才能使無知者變得知識淵博，使愚笨者變得聰明，它能激勵人們更上一層樓，奮勇登攀，給自己和人類帶來無窮的歡樂。

親愛的朋友，你想搞技術革新嗎？你想攀登科學高峯嗎？你想有所創造、有所前進嗎？那麼當你取得一點成績的時候，請不要自我滿足吧。須知，科學無止境，奮鬥無窮期啊！古語說：「滿招損，謙受益。」魯迅先生晚年説：「我倘能生存，我仍要學習。」只有奮勇登上萬丈高峯，才能領略無限風光。朋友們，努力啊！

〔簡析〕

反證可以用於立論，也可以用於駁論，這篇文章是用於駁論的例子。

本文是批駁「知足常樂」的觀點，但作者沒有直接批駁，而是針鋒相對地提出一個新論點，即「不知足才常樂」，然後從幾個方面全面地證明這一新論點的正確性：「在政治領域裡不能知足」，「在經濟上不應該知足」，「在科研上不應該知足」，「在文藝創作上也不應該知足」，「在學習上，更不應該知足」。這樣，自古流傳下來的、至今還頗有市場的「知足常樂」的論點就不攻自破了。

文章最後引用古人和魯迅的名言，進一步證明了「科學無止境，奮鬥無窮期」，只有不知足，才能高瞻遠矚，勇往直前，登上萬丈高峯，領略無限風光。文章氣勢雄健，筆鋒犀利，思路開闊，論據充足，能給人很大的啓迪和鼓舞。

這種寫法的特點是以證明爲反駁手段，立中有破，立重於破，既可以使讀者知道什麼是錯誤的，又可以使讀者知道什麼是正確的，從而更好地起到指明方向、鼓舞鬥志的作用。當然，從局部看，這篇文章中還運用了其他一些方法，這裡就不一一説明了。

98 歸謬法

間接反駁論點，有兩種基本方法，即反證法和歸謬法。歸謬法，就是通過將對方的錯誤論點進行合乎邏輯的引申，得出荒謬的結論，以證明對方論點謬誤的方法。這種反駁方法的特點，是「設假爲眞」，以結論駁前提。即明知對方論點錯誤，卻故意認作是正確的，並以此爲前提，進行推理，這樣得出的結論必然錯誤。然後，再用這錯誤結論去推翻前提（對方論點）。

歸謬，是一種「以其人之道還治其人之身」的方法。它將對方論點的錯誤加以合理的「放大」，合乎邏輯地推向極端，使之無所遮蔽地徹底暴露全部的謬誤、荒唐，將對方逼進自相矛盾、破綻百出的絕境，無法辯解，無法解脫，只能束手就擒。這是一種令人神往的邏輯力量。同時，這種反駁法使人感到，對方論點根本不值一駁，而是不攻自破，自己倒臺；這種明爲不攻，實爲狠攻的戰術，顯示出一種勝利者居高臨下的嘲弄，使文章詞鋒犀利，文風潑辣，並體現出一些幽默感、諷刺味。

歸謬反駁的關鍵在於引申合理。因爲它是通過荒謬的結論去證明前提的荒謬，所以，引申得出的結論，必須和前提（對方論點）具有眞實合理的邏輯聯繫。否則，反駁必然無力。其次，引申出來的結論，既必須是極端荒唐的，又必須是對方論點的要害，致命之處。這樣，才能有力地將對方論點徹底駁倒。

例文：論「我高興」

「高興」一詞，有兩解：一是愉快，二是喜歡。而後一種用法，近年來尤爲盛行：加上一個主語，便是三個錚錚作響的字：我高興！意思是我愛這麼做。

請看：

幾個時髦青年嗑著瓜子，大搖大擺地走在路上，瓜子皮不斷從嘴裡飛出，馬路上便留下一條彎彎扭扭的長蛇。路人爲之側目，熱心的便去勸阻，得到的回答響亮而乾脆：「我高興！」

某人在影院邊看邊發表高論，毫無顧忌，唾沫星子橫飛，鄰座請他稍加注意，他嘴唇一撇，吐出三個字：「我高興！」

一同學在課堂上吵鬧，老師中斷講課，向他發出警告，他脖子一扭：「我高興！」

……

由此看來，「我高興」三字確實具有無上威力。可不是，「我高興」——人身自由嘛！於是，一聲「我高興」，便把迎面而來的批評、指責全部擋了回去，便可隨心所欲，一意孤行，便可爲了自己的自由而妨害別人的自由。

「我高興」三字既有這許多「好處」，於是便有人把它奉爲法寶，卻不想若是人人都以「我高興」爲擋箭牌，以自己爲中心，那麼，土地將會因農民的「不高興」耕種而荒蕪，工廠也將會因工人的「不高興」工作而倒閉，生活物資無人創造，世界將不成爲世界，而那時，誰也高興不了了。

也有人以爲「我高興」三字時髦。不是有所謂的「個性解放」嗎？於是競相模仿，以顯示自己對新事物的敏感。殊不知，絕對的「我高興」、「個性解放」並不存在。個人是社會羣體中的一員，「我」與周圍的人羣必然是互相制約的。因此「我高興」和所謂的「個性解放」都只能是相對的，並且絕不能是壓制別人而解放自己的那種「解放」，也絕不是使別人不高興而自己高興的那種「高興」。

因此，奉勸諸位，切勿把「我高興」奉爲擋箭牌，於人於己，均無益處。既有損社會公德，又不利於自己提高思想認識。我們是新時代的青年，古人尚能「先天下之憂而憂，後天下之樂而樂。」我們豈能只顧個人之樂而不顧他人之憂呢？

〔簡析〕

這是一篇駁論文。反面論點是「我高興」，意即「我愛怎麼做就怎麼做，誰也管不著」。作者從兩方面進行批駁。首先以歸謬法，把「我高興」這個論點進行引申：「若是人人都以『我高興』爲擋箭牌，以自己爲中心，那麼，土地將會因農民的『不高興』耕種而荒蕪，工廠也將會因工人的『不高興』工作而倒閉，生活物資無人創造，世界將不成爲世界，而那時，誰也高興不了了。」這一引申就徹底暴露了「我高興」（「我愛怎麼做就怎麼做」）這一論點的荒謬，揭露了它對社會的危害性和極端個人主義的實質，使其不攻自破，無法立足。接著，作者又運用反證法，通過證明絕對的「我高興」、「個性解放」並不存在，進一步駁倒了反面論點，並顯示了以追求「個性解放」爲時髦的荒謬性與盲目性。

文章短小精悍，批駁有力，詞鋒犀利，打擊性強，一個中學生能寫出這樣的文章，確屬難能可貴。

99 釜底抽薪法

釜底抽薪，是通過論證論據的虛假，來反駁對方論點的方法。這就是直接反駁論據，是一種基本的反駁方法。在議論文中，論點與論據是兩個最基本的構成因素。一般說來，論點來自論據，論據孕育論點。論據眞實，則論點正確；論據虛假，則論點謬誤。顯然，論點是論據的集中表現，論據是論點存在的基礎。因此，反駁論據，如同釜底抽薪，刨根倒樹，是從根本上展開對論點的反駁。

論據，通常有三種，即事實論據、數字論據和理論論據。反駁論據，主要就是有的放矢地從這三個方面著手，有力地揭露其事例論據的虛妄、數字論據的虛假、理論依據的荒謬。由於謬誤的論據必定產生謬誤的論點，所以，這樣針鋒相對地反駁論據，揭露其虛假和謬誤，就徹底推翻了對方論點賴以存在的基礎，使它失去了必不可少的支撐，而自行破滅。顯而易見，這種反駁方法徹底有力，使對方既沒有退路，又無力還擊。

運用釜底抽薪法，應當注意兩點：一，要緊扣論據與論點之間辯證統一的邏輯關係。如果論據與論點之間並無內在關係，反駁論據必然落空。二，要緊扣反駁論點。反駁論據的目的在於反駁論點。因此，反駁論據與反駁論點不可截然分開；在對論據進行反駁時，要時時有針對性地反駁論點。

例文：重理豈能輕文

在今天這個「知識大爆炸」的年代裡，我們需要理科方面的研究人員，同時迫切需要大批從事文科研究的專業人才。文科，具有同理科一樣重要的地位。在美國的大學裡，學文同學理的比例基本相同。在日本，學文的甚至多於學理的。可是在我國，文科同理科的發展極不平衡，學文者寥寥無幾，難道我國文科方面的人才太多了嗎？恰恰與此相反。難道我國這麼多學生都不願從事文科研究嗎？也不全是。那麼根本原因在哪裡呢？

其基本原因在於社會的壓力和偏見。這樣，使許多有志於研究文科的同學不得不忍痛割愛，棄文從理。那麼學文究竟有何不好呢？衆説不一。歸結起來不外下列幾條：一曰「學文科無真才實學，學數理化才是真功夫，實現現代化少不了」；二曰「學文科政治上風險太大」；或曰「學文科待遇差，獎金少」。

學文科真無真才實學嗎？讓我們來分析一下就知道了。就以文科中的語文爲例吧，它是工具課，是學好包括數理化在內的任何其他學科的基礎。試想，語文學得很糟能學得好數理化嗎？一篇數理化論文，必須概念明晰，說理透徹，推理合乎邏輯；倘若詞不達意，晦澀難懂，是肯定不行的。而要做到這些，必須以學好語文爲前提。有人認爲文科的研究出不了像原子彈那樣的成果，那麼請看，馬克思的理論就是這樣一顆原子彈。馬克思通過對資本的研究，有力地推動了歷史的發展。說實現現代化不需要文科，那更是幼稚，甚至是荒唐的。請問實現現代化要不要引進外國技術？要不要學術交流？要不要查閱外國資料？如果對外語一竅不通，這一切豈非成了空談？還有，在實現現代化中，我們必須按照客觀經濟規律辦事，統籌兼顧，實行全面質量管理，提高工作生產率。無需贅述，我們已清楚地看到文科是何等重要，它同實現現代化又有何等密切的聯繫，然而有人會說：文科是重要，可風險太大。這不能不歸咎於「四人幫」，歸咎於我國不健全的法制。在「四害」肆虐時，「帽子」滿天飛，「棍子」隨意打。知識份子動輒得咎，慘遭「文字獄」的迫害，人們至今尚心有餘悸。可是逆境也能鍛煉人，在轟轟烈烈「四・五」運動中無數人以筆代槍，寫出了一篇篇戰鬥檄文，像投搶和匕首一樣直刺「四人幫」，爲徹底粉碎「四人幫」拉開了戰鬥的序幕。前進的道路上雖然還會有種種艱難險阻，但我們應該去克服它，絕不能畏縮不前。

至於有人說學文科待遇差，工資低，因此不考文科，那實在是鼠目寸光，純粹市儈了。

總之，文理同等重要，不能重理輕文。可是，社會上的重理輕文之風不可能一下子煙消雲散，因此，有志於從事文科研究的學生還必須頂住錯誤思想，拿出勇氣來，不要彷徨。要記住意大利詩人但丁的一句名言：走你的路，讓別人去說罷。

〔簡析〕

本文批駁了「重理輕文」的錯誤觀點，但作者不是直接批駁這個論點，不是論述「爲什麼不能重理輕文」而是採用「釜底抽薪」的方法，一一駁倒其重理輕文的論據。

文章著重駁了第一個論據。作者以語文爲例，說明了語文是學好數理化和總結科研成果的基礎；以馬克思主義爲例，闡明了革命理論對歷史發展的重要作用；以外語和經濟學爲例，證明了文科與實現現代化的直接關係。這些鐵一般的事實，有力地駁倒了所謂「學文科無眞才實學，學數理化才是眞功夫，實現四化少不了」的謬論。對第二個論據，即「學文科政治風險大」，作者在承認這是曾有過的歷史現象的基礎上，著重指出粉碎「四人幫」以後情況已發生了根本性的變化，並强調任何時候都要以高度的歷史責任感去正確對待前進道路上可能遇到的艱難險阻，從而高瞻遠矚、高屋建瓴地批倒了第二個論據。對第三個論據，即所謂「學文科待遇差，獎金少」，作者只略加披露，一筆帶過，因爲這種唯利是圖的「市儈」哲學目光短淺，境界低下，不值一駁。「皮之不存，毛將焉附」，論據一倒，論點也隨之而倒，自行破滅。

這篇文章的特點是有主有次，有詳有略，火力集中，簡短有力，最後引用但丁的名言作結尾，更增强了文章的感情色彩和磅礴的氣勢。

100　矛盾法

矛盾法，是通過反駁對方論點與論據之間邏輯關係的矛盾和錯誤，來駁倒其論點的方法。這是一種反駁論證的方法。論證，就是闡明論點與論據之間的內在邏輯關係，組織論據證明論點的過程。在現實生活中，錯誤的觀點和理論，往往不是坦露無遺的。那些宣揚錯誤觀點和理論的文章，經常藉助於似是而非的邏輯推理，掩蓋其錯誤實質。運用矛盾法，就是要抓住對方在立論中的自相矛盾之處，揭露對方在論證推理過程中的邏輯錯誤，即：證明這樣的論據得不出這樣的論點。可見，反駁論證的實質，就是要推翻對方論點賴以存在的基礎，使之不能成立，不攻自破。

矛盾法，也是一種「以子之矛攻子之盾」的反駁方法。它主要是從兩方面入手：一是論點與論據的不統一，即論據不能說明論點；二是對方闡述論點與論據之間的關係時，邏輯混亂。這是反駁的「突破口」。

這種反駁文章的特點是：在對方振振有詞、煞有介事的論證推理中，一下子揭出幾個漏洞，使其不能自圓其說，窘態畢露；而且，往往說理生動有趣，結構較有變化，筆調略有諷刺意味，對讀者能產生一定的吸引力。同時，由於矛盾反駁是以邏輯理論爲武器，即用合理嚴密的邏輯推理去揭穿對方邏輯上的矛盾，因而，文章常常能體現出邏輯性强、說服力强的特色。

運用矛盾法的關鍵在於抓準對方邏輯推理中的矛盾和漏洞，打開「突破口」。抓得準，才能打得開，從而揭穿對方論證的錯誤及其掩蓋錯誤論點的實質，達到將其論點駁倒的目的。

例文：孔融讓梨何罪之有

「孔融讓梨」是個很普通的故事。說的是四歲幼童孔融在與哥哥分梨吃時，挑了個小的。他說：「哥哥年齡大，應吃大的；我年齡小，應吃小的。」這個故事千百年來爲人傳誦。

但是，十年動亂期間，這個故事卻倍受攻擊。有的說，孔融是孔子二十代的嗣孫，讓梨是他從娘胎裡帶來的虛僞本性。有的說，孔融出身孔門，不配讓梨。還有的說，這個故事被北宋末年的王應麟寫入《三字經》，被標榜爲封建倫理道德的樣板，用來毒害人民。總之，孔融讓梨與凡人讓梨有質的不同。

孔融一生如何評價，另當別論。僅就讓梨一事加給他的罪名，未免太不公平。所謂從娘胎裡帶來的虛僞本性，這在醫學上是說不通的。至於九百年後的王應麟在《三字經》裡寫了「融四歲，能讓梨」，想藉此達到什麼目的，恐怕與孔融並無關係。如果因爲孔融出身孔門，史有劣迹，不配讓梨，就未免太滑稽了。

儒家的「禮讓」學說包含著封建糟粕，但人們相處中提倡禮貌和謙讓，則是我國的傳統美德。如果對講究謙遜友愛、尊老愛幼、助人爲樂等美德的人，都要查點祖宗，盤問後世，這已經不是笑話，而是近乎荒唐的了。「禮讓」二字在今天有了新的、更豐富的內容。過去孔融讓梨是高尚的行爲，今天我們要用高於古人的標準，培養良好的社會風氣。不論是什麼人，只要他這樣做，都應當歡迎。

〔簡析〕

「孔融讓梨」一事，反映了孔融從小就講禮貌，本來無可非議。但在十年動亂中，有些人卻對此橫加攻擊。本文作者運用反駁論證的方法，對種種謬論進行了有力的批駁。

作者在列舉了反面論據後寫道：

所謂從娘胎裡帶來的虛僞本性，這在醫學上是說不通的。至於九百年後的王應麟在《三字經》裡寫了「融四歲，能讓梨」，想藉此達到什麼目的，恐怕與孔融並無關係。如果因爲孔融出身孔門，史有劣迹，不配讓梨，就未免太滑稽了。

這段反駁可以分爲三層意思：一是批「血統論」，指出虛僞本性是不能遺傳的，從「孔融是孔子二十代的嗣孫」這個論據，推論不出孔融具有虛僞本性；二是批「株連論」，指出孔融與九百年後的王應麟毫不相干，從王應麟的思想動機去推論孔融小時候的思想動機是極其可笑的；三是批「唯成分論」，指出從出身不好推論出「不配讓梨」的結論來，「未免太滑稽了」。三個反面論點的共同特點都是大前提不正確，從錯誤的大前提中推論不出正確的結論來。作者抓住這一點，只輕輕一駁，錯誤論點就被攻倒了。

文章最後從正面論述「提倡禮貌和謙讓，則是我國的傳統美德」，「今天我們要用高於古人的標準，培養良好的社會風氣」，不僅增強了文章的論辯力量，而且昇華了主題。

國家圖書館出版品預行編目資料

寫作方法一百例／劉勵操著. --初版. --臺北市：萬卷樓，民79

面；　公分

ISBN 957-739-025-0(平裝)

1. 寫作法

811.1　　82002403

寫作方法一百例

著　　者：劉勵操
發 行 人：許錟輝
責任編輯：朱盈俊
出 版 者：萬卷樓圖書有限公司
台北市和平東路一段67號14樓之1
電話(02)23216565・23952992
FAX(02)23944113
劃撥帳號 15624015
出版登記證：新聞局局版臺業字第5655號
網站網址：http://www.wanjuan.com.tw/
E-mail：wanjuan@tpts5.seed.net.tw
經銷代理：紅螞蟻圖書有限公司
台北市內湖區文德路210巷30弄25號
電話(02)27999490
FAX(02)27995284
承印廠商：晟齊實業有限公司
電腦排版：浩瀚電腦排版股份有限公司
定　　價：400元
出版日期：民國79年10月初版
民國89年3月初版五刷

ISBN 957-739-025-0